Nelli Novell

Geheime Gefühle

Sex ist doch Liebe, oder?

Geheime Gefühle
Roman

Dieser Roman basiert zum Teil auf einer wahren Begebenheit. Vor allem die Erlebnisse mit Wahrsagerei. Die Recherche zu diesem Thema hat eine große Sehnsucht oder Not der Menschen offenbart. Aus diesen Gründen sind viele Menschen bereit, Wahrsagern zu vertrauen und viel Geld für einen Blick in die Zukunft auszugeben.
Alle beschriebenen Personen sind Fiktion. Sollten Ähnlichkeiten mit lebenden oder verstorbenen Personen bestehen, sind diese rein zufällig und nicht vom Autor beabsichtigt.

Bibliografische Information der Deutschen Nationalbibliothek
Die Deutsche Nationalbibliothek verzeichnet diese Publikation in der Deutschen Nationalbibliografie; detaillierte bibliografische Daten sind im Internet über http://dnb.d-nb.de abrufbar.

TWENTYSIX – Der Self-Publishing-Verlag

Copyright © 2017 Nelli Novell

Lektorat: Maria-Antonia Morgott
Umschlaggestaltung: Daniel Freiwald; www.freiwald.de
Titelbild: Julia Pietsch

Herstellung und Verlag: BoD – Books on Demand, Norderstedt
Printed in Germany
ISBN 9783740727390

Für
Michael

Inhalt

Tabulose Fantasien
Kapitel 1 - 7

Sexuelle Abenteuer
Kapitel 8 - 26

Emotionale Wandlung
Kapitel 27 - 37

Sehnsucht Liebe
Kapitel 38 - 67

Wahre Liebe
Kapitel 68 - 70

Tabulose Fantasien

»Die Tabuverbote entbehren jeder Begründung, sie sind unbekannter Herkunft; für uns unverständlich, erscheinen sie jenen selbstverständlich, die unter ihrer Herrschaft leben.«

- Sigmund Freud -

1

Ich spürte die Härte der Badewanne an meinem Rücken und das weiche, nach Mandelöl duftende Wasser, das meinen großen festen Busen umspielte, während ich in eine andere Welt tauchte.

Ein leiser Windhauch sagte mir, dass er soeben mein Badezimmer betreten hatte. Er war ein großer, starker Mann. Unglaublich männlich und intelligent. Er wusste, was Frauen wie ich zum glücklich sein brauchten.

Meine Augen blieben geschlossen, während er sich auf den Badewannenrand setzte. Mit seinen Fingerkuppen fuhr er an meinem Arm empor, umrundete meine Schulter und fuhr langsam an meinem pulsierenden Hals hinauf bis zum Haaransatz. Gefühlvoll und doch mit einem angenehmen Druck massierte er meine Kopfhaut. Entspannt lehnte ich mich in seine Hände und ließ los. Ich döste vor mich hin und fühlte, wie das Badewasser leicht hin und her schwappte. Das Plätschern des Wassers, die Wärme und die kreisenden Fingerspitzen an meinem Kopf hüllten mich ein. Ich ließ mich tiefer in die Badewanne sinken und es fühlte sich an, als ob ich im Nirgendwo schwebte. Seine Kreise wurden kleiner und kleiner, immer sanfter und sanfter und seine Fingerspitzen wanderten langsam hinunter zu meinem Kinn.

Seine Bewegungen veränderten sich fast unmerklich, dennoch begann mein Puls schneller zu schlagen. Ich schluckte. Der Kloß in meinem Hals wollte nicht verschwinden und ich musste erneut schlucken. Als seine Finger über meinen Hals bis zum Schlüsselbein streiften, schnappte ich nach Luft. Behutsam näherte er sich meinen Brüsten und mein Puls begann zu rasen. Ich holte tief Luft und bewegte meine Brüste in Richtung seiner Hände, doch er ließ sich Zeit. Meine Haut kribbelte und ich fühlte, wie ich trotz des warmen Badewassers Gänsehaut bekam. Meine Brustwarzen stellten sich erwartungsvoll auf, noch bevor er sie aufreizend langsam umkreiste. In meinem Kopf begann es zu knistern und während ich mir wünschte, seine Hände fest auf meinen Brüsten zu spüren, wanderten seine Finger langsam weiter in Richtung Bauchnabel.

Ich fühlte seine Fingerkuppen, als er zwischen meinen Brüsten und meiner Scham auf und abwanderte. In meinem Körper brodelte es wie in einem wirbelnden Geysir, der kurz vor einer Eruption stand. Seine kräftigen Hände drückten sanft aber bestimmt meine Knie auseinander und glitten langsam, mit einem angenehm leichten Druck an der Innenseite meiner weichen Oberschenkel hinauf. Ich bemerkte ein kurzes Zögern, als er sich meiner Weiblichkeit näherte. Gefühlvoll massierend verharrten seine Hände an meinen Innenschenkeln, bis sie sich tastend über das kleine behaarte Dreieck zu dem wesentlichen Punkt hin bewegten. Seine Fingerspitzen umkreisten meinen Venushügel und ließen mich innerlich vibrieren. Ich wollte mehr, noch viel mehr. Mein Becken drückte sich seinen Fingern willig entgegen, aber er bestimmte das Tempo und ließ es mich mit seinen kräftigen Händen spüren. Selig fügte ich mich den Signalen seiner Hände und ließ mich lustvoll seufzend fallen. Ich stöhnte vor Verlangen.

Er verwöhnte mich mit sanft kreisenden Bewegungen. Mein Kopf dröhnte, meine Muskeln spielten verrückt und mein Becken begann zu zucken. Ich hatte meinen Körper nicht mehr im Griff. Meine Haut spannte sich, als er mit einer Hand meine Brust umfasste und mir leicht in die Brustwarze kniff. In meinem Innersten fühlte ich dieses wahnsinnige Prickeln, von dem ich nicht genug bekommen konnte. Es war wie der erste Kontakt zwischen Zunge und feinster Nougatpraline. Sobald ich den unveränderlich zarten Schmelz von Nougat gekostet hatte, wollte ich mehr und mein Gewissen hatte erst dann wieder eine Chance, wenn die Schachtel leergegessen war.

Gekonnt streichelte und knetete er meine Brüste und ich stöhnte im Takt seiner Bewegungen. Ich ging ins Hohlkreuz, um seiner Hand noch näher zu sein. Sie wanderte wieder in kreisender Form hinunter, um mich fordernder zu massieren. Als ich das Gefühl hatte, kurz vor einer Explosion zu stehen, verließ seine Hand meinen Venushügel, um sich nach hinten zu bewegen. Ich wollte schreien, mich dagegen auflehnen, eine andere Entscheidung provozieren. Ich wollte weiter gestreichelt werden! Er durfte jetzt nicht aufhören. Ich wollte alles und zwar sofort.

Aber mein Meister hatte mich in seiner Hand. Er umfasste kurz und fest meine Pobacke, um dann seinen Finger langsam vorzuschieben. Es fühlte sich an, als ob mich mehr als zwei Hände streichelten. Seine Finger waren überall. Für einen kurzen Augenblick nahm ein kleiner Teil von meinem noch funktionierenden Gehirn mit Erstaunen wahr, wie gut er mich zu kennen schien. Wie gekonnt er mich zum Höhepunkt brachte. Das Rauschen in meinem Kopf wurde stärker. Die Wellen trugen mich fort, wurden immer höher und höher, schlugen über mir zusammen. Ich explodierte. Mein Becken zuckte unkontrolliert und mein lautes Stöhnen erfüllte das Badezimmer.

Ich streichelte meinen Körper noch eine Weile, um die Süße des Verbotenen so lange wie möglich auszukosten.

11

Ich fühlte meine harten Brustwarzen, die elektrisierte Hautoberfläche und die geschwollenen weichen Schamlippen. Langsam entspannte ich mich, ließ mich treiben und fühlte mich wohlig müde.

Ich öffnete meine Augen und kehrte blinzelnd in die Wirklichkeit zurück. Schnell stieg ich aus dem mittlerweile lauwarmen Wasser, um in meinen vorgewärmten flauschigen Bademantel zu schlüpfen. Ich kuschelte mich kurz hinein, um ihn dann wieder von den Schultern gleiten zu lassen. Gerade so viel, um mich eincremen zu können, ohne zu frieren. Ein Dutzend Tiegel mit wohlriechenden Texturen standen auf der Ablage. Diesmal entschied ich mich für die reichhaltige orangefarbene Emulsion. Ich rieb sie so lange in kreisenden Bewegungen ein, bis meine Haut sie vollständig aufgenommen hatte und nach Orange und ganz leicht nach Zimt duftete. Die Creme hinterließ einen seidig matten Glanz und machte meine Haut weich. Ich lächelte mein Spiegelbild an.

›Nie wieder wird mir ein Mann in dieses Haus kommen! Nun ja‹, grinste ich in mich hinein, ›höchstens in meiner kleinen Fantasiewelt‹. Mit meiner unbändigen Freude am eigenen Körper und meinem ausschweifendem sexuellen Vorstellungsvermögen konnte ich auch ohne Mann glücklich sein. Es war ganz einfach: Ich musste nur meine Augen schließen und schon konnte ich in eine andere Sphäre eintauchen. Für nichts musste ich mich schämen oder rechtfertigen und es gab keine Tabus in meinem kleinen Kosmos. Wenn ich meine Kleider auf den Boden fallen ließ, war ich allein mit mir und meinem Körper. Heute war es wieder einmal an der Zeit gewesen, etwas für mich zu tun und mich von meinen Illusionen treiben zu lassen. Müde, aber wohlig entspannt, ging ich zu Bett und schlief sofort ein.

2

Der Wecker klingelte um 6:00 Uhr morgens. Ich hielt meine Augen noch eine Weile geschlossen und versuchte, den Sprung in die Wirklichkeit hinaus zu zögern. Mit der linken Hand tastete ich blind nach dem Wecker und beendete den nervtötenden Klingelton.

Ich öffnete die Augen, reckte mich ausgiebig und freute mich, dass die Strahlen der aufgehenden Sonne durch meine halb geschlossenen Rollos flackerten. Vom Sonnenlicht angezogen stand ich schnell auf, öffnete das Fenster und sog die frische Morgenluft tief in meine Lungen ein. Ein Gefühl grenzenloser Freiheit machte sich in mir breit und tief in mir spürte ich Frieden.

Heute wird bestimmt ein schöner Tag, dachte ich. Gut gelaunt ging ich ins Badezimmer und schaute in den Spiegel. Mein Gesicht sah entspannt aus. Am Morgen wirkten meine sinnlichen Lippen noch voller als sonst, meine Mundwinkel zeigten nach oben und meine graublauen Augen glänzten. Sie drückten eine gewisse Zufriedenheit aus, auch wenn ein Hauch von Traurigkeit darin zu sehen war. Ich schenkte meinem Spiegelbild ein Lächeln und hüpfte schnell unter die Dusche. Meine Dusche. Der feste Wasserstrahl hatte mir schon oft Lust bereitet, aber heute Morgen musste ich mich beeilen, damit ich noch genug Zeit für meine Mädchen hatte. Seufzend steckte ich also den Duschkopf in die dafür vorgesehene Vorrichtung.

Langsam ging die Badezimmertür auf. Meine jüngere Tochter Lea stand in der Tür und blinzelte verschlafen in das helle Badezimmerlicht. Sie rieb sich die Augen. Mein Herz ging auf, wie sie so dastand, in ihrem etwas zu großen rosafarbenen Schlafanzug und mit ihrem Lieblings-kuscheltier, dem Pinguin, in der Hand.

»Guten Morgen mein Spatz. Hast Du gut geschlafen?«
Nachdem ich schnell in meinen Bademantel geschlüpft war, nahm ich sie in meine Arme. Sie schmiegte sich müde und liebevoll an mich. Ich küsste ihre weichen Wangen und streichelte ihr durch ihr wuscheliges rotblondes Haar, während ich sie im Arm hin und her wog und sie fest an mich drückte.
»Ja, aber ich habe einen Albtraum gehabt«, erwiderte Lea verschlafen.
»Und Du bist trotzdem in deinem Bett geblieben und hast mich nicht geweckt?«
Sie kuschelte sich in meinen Arm und nickte kräftig.
»Unglaublich! Du machst das wie eine Große!«, sagte ich bewundernd.
»Nun ja«, druckste sie herum und wand ihren schmächtigen Körper hin und her. »Ich habe Dich schon gesucht, aber die Badezimmertür war abgesperrt und ich hörte so komische Geräusche im Bad.«
Mein Herz blieb vor Schreck fast stehen. Ich wollte etwas Beruhigendes sagen, aber ich bekam nur ein Krächzen über meine Lippen. Schnell räusperte ich mich und fragte mit banger Stimme: »Und was hast Du dann gemacht?«
»Ich bin zurück in mein Zimmer gelaufen, mit einem Satz in mein Bettchen gesprungen, habe die Bettdecke über meinen Kopf gezogen und bin ganz schnell wieder eingeschlafen.« Ich drückte sie fest an mich. Mein schlechtes Gewissen umklammerte mein Herz. Wie konnte ich in einem Moment, in dem meine Tochter mich brauchte, mit meinen Fantasien zugange sein. Ich hatte ihr Klopfen nicht gehört. Nicht auszudenken wäre, wenn sie länger an der Türe gelauscht hätte und mein Stöhnen gehört hätte. Ich schämte mich so sehr.

»Es tut mir leid, dass ich Dich nicht gehört habe«, entschuldigte ich mich und hoffte, dieses Thema ganz schnell beenden zu können.

»Was hast Du denn im Badezimmer gemacht, Mama?«, fragte sie mich neugierig.

»Ach mein süßer Spatz«, rief ich und suchte krampfhaft nach einer Notlüge. »Ich lag in der Badewanne und habe Musik gehört.«

»Da war aber gar keine Musik im Badezimmer, es war nur Deine Stimme, aber sie war so komisch, so...« Lea suchte nach dem richtigen Begriff und mir wurde heiß und kalt zugleich. Bevor sie ihren Satz beenden konnte, verbesserte ich mich schnell: »Um euch nicht zu wecken, habe ich mit Kopfhörern Musik gehört. Vielleicht habe ich leise mitgesungen.« Ich versuchte nicht ängstlich sondern gutgelaunt auszusehen, während ich auf ihre Antwort wartete.

Abwägend legte sie ihren Kopf erst auf die linke, dann auf die rechte Seite. Irgendetwas gefiel ihr an meiner Erklärung nach wie vor nicht, aber sie gab sich schlussendlich mit meiner Antwort zufrieden und nickte mir zu. Erleichtert drückte ich sie erneut an mich. Das nächste Mal musste ich viel vorsichtiger sein.

»Ich bin sehr stolz auf Dich, mein Spatz, dass Du es geschafft hast, ohne meine Hilfe wieder einzuschlafen.« Lea nickte kräftig. Das sollte ich ihrer Meinung nach vermutlich auch sein, denn so einfach war es mit dem Schlafen in letzter Zeit nicht gewesen. Die Trennung von Bernhard und mir und der Auszug ihres Papas aus unserem Haus waren für Lisa und Lea eine fürchterliche Erfahrung. Daher wollte ich ihnen so viel Nähe und Geborgenheit wie irgend möglich geben. Deshalb hatte ich nach dem Auszug meines Exmannes erstmal ein großes Bettenlager errichtet, indem ich drei Matratzen aneinander geschoben hatte. Meine beiden Mädels und ich genossen es ungemein, eng aneinander gekuschelt einzuschlafen, oder morgens nach dem Aufwachen noch ein wenig miteinander zu reden, bevor wir jeder in unseren Tag starteten.

Nebenbei war so ein Matratzenlager auch für mich ganz praktisch. Wenn meine Kinder nachts weinten, gab ich ihnen einfach meine Hand und murmelte, ohne die Augen zu öffnen: »Schon gut, ich bin bei Dir.« Das beruhigte sie sofort. Leider wachten sie nachts oft auf, zu oft. Ganz besonders schlimm war es, wenn sie kurz nacheinander wach wurden, aber gerade so viel Zeit dazwischen lag, dass ich vorher einnicken konnte. Kaum hatte ich Lea beruhigt und war wieder eingeschlafen, weckte mich Lisa und ich konnte für den Rest der Nacht keinen Schlaf mehr finden. Hinzu kam noch, dass ich als Mutter natürlich in der Mitte lag. Die vielen Tritte, die ich jede Nacht einstecken musste, brachten mich zusätzlich um den Schlaf. Wenn mehrere Nächte hintereinander so abliefen - und das passierte regelmäßig - war ich nicht mehr fähig, eine gutgelaunte Mutter zu sein und schon gar nicht, konzentriert meiner Arbeit nach zu gehen.

Schließlich hatte ich mich vor einigen Wochen schweren Herzens dazu durchgerungen, das Bettenlager aufzulösen und die Kuscheleinheiten am Abend beim Zubettbringen zu verteilen, oder morgens, wenn sie noch verschlafen unter meine Bettdecke krabbelten.

»Darf ich mir ein Kreuz im Kalender machen?«, fragte Lea und schaute mich erwartungsvoll an.

»Natürlich, das hast Du Dir heute Nacht wirklich verdient, mein kleines tapferes Mäuschen.« Wenn sie gewusst hätte, wie groß mein schlechtes Gewissen war, hätte sie vermutlich noch mehr Kreuze herausgehandelt.

Um Lea, Lisa und mir zu mehr Schlaf zu verhelfen, hatten wir vereinbart, dass sie für jede durchgeschlafene Nacht ein Kreuz im Kalender machen durften. Wenn sie mich aufweckten, obwohl sie weder krank waren, noch einen Albtraum hatten, gab es hingegen einen Strich.

Hatten sie zehn Kreuze gesammelt, durften sie sich eine Zeitschrift oder andere Dinge wünschen, bei denen ich mich sonst weigerte, sie zu kaufen. Waren es zehn Striche, hatte Lisa eine Woche Fernsehverbot und Lea musste einen Nachmittag ohne ihre Freundinnen auf ihrem Zimmer verbringen. Wir hatten das ›Kreuze-und Striche-Machen‹ später ausgeweitet auf ›Beim-ersten-Mal-Hören‹ und ›aufgeräumte Zimmer‹. Sie waren nun eifrig beim Kreuze sammeln, weil sie, wie jedes Kind natürlich, viele Wünsche hatten. Ich fragte mich immer wieder, warum ich nicht früher auf diese Idee gekommen war. Das Leben war mit diesem System viel einfacher zu bewältigen.

»Hat Lisa Dich heute Nacht geweckt?«, fragte Lea neugierig.

»Nein, Lisa darf sich auch ein Kreuz machen.«

»Aber Mama, ich hatte einen Albtraum und habe Dich trotzdem nicht geweckt! Da darf ich mir eigentlich zwei Kreuze machen, sonst ist es ja gemein!«

Ich war hin und her gerissen. Der Nachteil von diesem ansonsten sehr hilfreichen System war das Konkurrenzverhalten der Kinder. Meine Mädels gingen wirklich sehr liebevoll miteinander um, aber wenn es darum ging mehr Kreuze als die Schwester zu haben, wurde schon mal mit harten Bandagen gekämpft.

»Jetzt zieh Dich erst einmal an, wir reden nachher darüber.« Lea hätte gern jetzt gleich meine Zustimmung gehabt, aber sie begnügte sich damit, mich vorwurfsvoll mit zusammengezogenen Augenbrauen anzuschauen, um dann wortlos aus dem Bad zu stapfen.

Jetzt hatte ich mir eine kleine Pause erschlichen und hoffte, dass das Thema im Sande verlief.

Lisa schlief heute noch. Ich weckte sie, indem ich ihr sanft über den Rücken streichelte. Sie knurrte verschlafen, dann streckte sie mir ihre Arme entgegen und zog mich zu sich hinunter. Wir kuschelten kurz. Doch bevor ich aufstehen konnte, stand Lea neben dem Bett und rief enttäuscht: »Mama, mit mir hast Du heute nicht im Bett gekuschelt! Ich weiß schon, Du magst Lisa viel lieber als mich!«

Ich breitete meinen freien Arm aus als Zeichen, dass sie sich zu uns gesellen sollte, aber sie lief weinend die Treppe zum Wohnzimmer hinunter, um sich wütend auf die Couch zu werfen und um so laut zu weinen, dass im Umkreis von 30 Kilometer niemand überhören konnte, wie bedauernswert sie war.

Seufzend streichelte ich Lisa ein letztes Mal über ihren wuscheligen Lockenkopf, drückte ihr einen Kuss auf die Wange und machte mich auf den Weg zu Lea.

»Lea, mit Dir habe ich im Bad genauso lieb gekuschelt, wie mit Lisa. Du hast keinen Grund traurig oder wütend zu sein. Wenn Du so ein Drama veranstaltest, bekommst Du heute sicher kein zweites Kreuz mehr.«

»Ich will zu Papa!«, rief Lea verzweifelt und vergrub ihr kleines Gesicht im Sofakissen. Ich wusste nicht, was ich darauf antworten sollte. Mir fiel ein, dass mir die Trennungstherapeutin geraten hatte, ganz gleich welche Sorgen und Nöte bei den Kindern wegen der Trennung entstanden, ich sie immer dort abholen sollte, wo sie gerade standen, bevor ich mit Erklärungen und dem Trösten begann.

»Ich kann verstehen, dass Du Deinen Papa vermisst«, sagte ich traurig, während ich ihr über die widerspenstigen rotblonden Locken streichelte. »Vor allem, wenn Du Dich von mir ungerecht behandelt fühlst.«

»Hier hat mich niemand lieb!«, schrie Lea ins Kissen. »Papa hat mich wenigstens lieb!«

Ich spürte Hilflosigkeit in mir aufsteigen und tiefe Traurigkeit. Tränen drückten sich in meine Augen. Mein

Herz wurde schwer und ich bekam keine Luft. Aber ich blieb auf der Couch sitzen, streichelte Lea weiter über ihre Haare und sagte leise: »Es stimmt, Dein Vater hat Dich sehr lieb, aber ich habe Dich und Lisa auch sehr lieb. Ihr zwei seid für mich das Wichtigste in meinem Leben. Es macht mich sehr traurig, wenn Du das Gefühl hast, dass ich Dich nicht liebe.«

Lea hörte auf zu schluchzen. Ich spürte, wie sie sich entspannte. Als ich aufstehen wollte, drehte sie sich um und hielt meine Hand fest, während sie sich das Gesicht mit ihrer anderen kleinen süßen Hand verdeckte. Sie spähte zwischen ihren Fingerchen hindurch, um meinen Gesichtsausdruck sehen zu können. Ich zog sie hoch und nahm sie auf meinen Schoß. Während ich sie hin und her wog, hörte ich ein leises unterdrücktes Schluchzen aus dem Kinderzimmer.

»Lea, ziehst Du Dich bitte fertig an? Ich gehe jetzt zu Lisa und ich wünsche mir von Dir, dass Du nicht traurig bist, wenn ich Lisa auch tröste.«

Ein langgezogenes »Na gut« von Lea, ließ mich erleichtert aufatmen. Behutsam setzte ich sie auf das Sofa und ging zu Lisa.

Meine Große versuchte ihr Weinen wie immer im Kissen zu ersticken, damit ich sie nicht hören konnte. Lisa spürte meine Verzweiflung in solchen Situationen mehr als mir lieb war. Sie gab sich immer sehr viel Mühe, mir nicht zusätzlich zur Last zu fallen, was mich allerdings beunruhigte. Ich dachte, ich spiele meinen Mädels erfolgreich die starke Mutter vor, die nichts umhaut, aber sie bemerkten meine Stimmungen dann doch meistens. Vor allem Lisa.

»Lisa, warum weinst Du denn?«, fragte ich, während ich mich neben sie kuschelte.

»Ich weiß nicht!«, sagte sie unwillig.

»Du musst doch wissen, warum Du so traurig bist«, ließ ich nicht locker.

»Ich muss immer weinen, wenn Lea weint. Das ist halt so.«

»Komm her mein Spatz.« Ich zog Lisa in meinen Arm und hielt sie ganz fest. Zuerst wurde ihr Weinen lauter, aber bald schon ebbte es ab. Sie legte ihre Arme um mich und drückte mich ganz fest.

»Ich vermisse den Papa ja auch so sehr und immer wenn Lea damit anfängt, muss ich auch weinen«, sagte sie leise.

»Du darfst auch weinen und Du darfst Papa vermissen. Es ist ganz normal, dass Du jemanden vermisst, den Du lieb hast und der nicht bei Dir ist.«

Lisa schaute mir prüfend in die Augen, dann sagte sie leise: »Ich habe euch alle beide lieb.«

»Das freut mich, Lisa. Du darfst Papa auch genauso lieb haben wie mich.«

Ich konnte förmlich hören, wie Lisa ein Stein von ihrem kleinen Herzchen fiel.

Wieder einmal war ein schöner sonniger Morgen zu einem Morgen geworden, an dem ich den Eindruck hatte, auf allen Ebenen als Mutter versagt zu haben. Hätte ich es den Kindern zuliebe doch in der Ehe mit Bernhard aushalten sollen? Ich hatte unter dem Gefühl gelitten, nicht geliebt zu werden. Aber wie groß war das Leiden meiner Kinder jetzt, wenn es sie innerlich zerriss? War es egoistisch von mir gewesen, an mich und mein Glück, meine Gefühle zu denken?

Nun schien die Sonne für mich nicht mehr ganz so hell, weil sich ein paar emotionale Wölkchen davor geschlichen hatten. Ich schlüpfte nicht ganz so beschwingt und heiter in mein neues Kleid, wie ich es mir ausgemalt hatte. Darauf hatte ich lange gespart und heute wollte ich es zum ersten Mal anziehen. Kaum hatte ich mich mit meinem neuen Kleid im Spiegel betrachtet, hob sich meine getrübte

Stimmung wieder. Ich war stolz, dass ich drei Kilo abtrainiert hatte. Das Kleid unterstrich meine weiblichen Rundungen, kaschierte aber durch ein paar gezielte Raffungen meine kleinen Speckröllchen am Bauch. Gigantisch! Wenn ich Modedesignerin wäre, würde ich nur Kleider mit diesem Schnitt entwerfen.

»Mama, Du bist so schön!«, rief Lisa, als sie mein Zimmer betrat. In ihren großen blauen Augen konnte ich echte Bewunderung erkennen.

»Danke, mein Spatz!«

»Bekomme ich Dein Kleid, wenn ich erwachsen bin?«, fragte sie mich und strich ehrfürchtig über den seidigen Stoff.

»Natürlich«, erwiderte ich lachend und gab ihr ein Küsschen.

3

»Was bekommt Lisa von Dir?«, hörte ich Lea von unten aus rufen. Ich verkniff mir eine unwirsche Antwort auf die eifersüchtige Frage und begnügte mich damit, innerlich die Augen zu rollen. Beleidigt kam sie angelaufen. Ich versprach auch ihr eines meiner Kleider. Endlich lächelte Lea wieder. Der Morgen war halbwegs gerettet.

Wie so oft war ich spät dran und gab ordentlich Gas, um ein paar Minuten aufzuholen. Auf dem Mittleren Ring war leider wie an jedem Morgen Stau und ich drehte die Musik im Radio lauter, um mich abzulenken. Ich sang lauthals mit und merkte, dass meine Stimmung trotz des Staus stieg. Als jemand neben mir hupte, ahnte ich, dass ich schon eine Weile beim Singen beobachtet worden war. Ein etwa Fünfzigjähriger Mann mit schwarzen Locken lachte mich an und zeigte eine Reihe weißer gepflegter Zähne, wie in der Zahnpastawerbung. Nachdem ich nicht schnell genug weg geschaut hatte, bat er mich mit Zeichensprache, das Fenster herunterzufahren. Es widerstrebte mir, aber ich wollte auch nicht unfreundlich sein, darum folgte ich seiner Bitte.

»Schöne Frau und singen können auch! Du mir geben Deine Telefonnummer? Ich wollen mehr singen hören!«

Ich setzte einen bedauernden Blick auf, schüttelte verneinend den Kopf und ließ die Fensterscheibe wieder hochfahren.

Er versuchte, mit seinem grünen Mercedes immer wieder auf gleicher Höhe neben mir stehen zu bleiben. Aber durch geschicktes Slalomfahren, kleine Zwischensprints und ein wenig Glück, konnte ich meinen Verehrer abhängen und war am Ende sogar schneller bei der Arbeit als sonst. ›Hat also auch etwas Gutes gehabt‹, dachte ich mir und ging gut gelaunt in mein Büro. Meine beiden

Kollegen waren schon in ihre Akten vertieft und schauten nur schnell für ein kurzes »Guten Morgen« auf. Als ich meinen Aktenschrank öffnete, zog sich mein Magen zusammen. Wo kamen bloß diese vielen Akten her? Ganz gleich, wie viel ich arbeitete, es wurde einfach nicht weniger.

Ich ließ mir meine gute Stimmung aber nicht verderben und zog den vordersten Stapel heraus, um ihn auf meinen Schreibtisch zu wuchten. Auf dem Weg dahin bemerkte ich einen verstohlenen Seitenblick meiner Kollegin Sandra, die mein neues Kleid und meine Schuhe musterte.

»Und, wie findest Du meine neueste Errungenschaft?«, fragte ich sie lachend und sah, dass sie sich ertappt fühlte.

»Ganz gut. Ich habe mich nur gerade gefragt, wie Du mit so hohen Hacken laufen kannst.«

In ihren Augen spiegelte sich eine Mischung aus Bewunderung und Neid für meine High Heels.

»Außerdem frage ich mich jeden Morgen, wie Du es schaffst, so fröhlich und gut gelaunt ins Büro zu kommen. Du hast so viele Akten im Schrank liegen, steckst privat in einer schwierigen Situation und kommst ins Büro geschneit, als würdest Du auf der Sonnenseite des Lebens stehen.«

Ihr Blick war vorwurfsvoll, was mich noch mehr amüsierte.

»Es gibt auch sehr viele schöne Dinge in meinem Leben. Wenn ich mich jetzt hängen lasse, wüsste ich nicht, wer mich aufrichten sollte. Also lasse ich mich erst gar nicht gehen«, erwiderte ich. ›Wenn die wüsste, wie viel Spaß ich gestern in meiner Badewanne hatte‹, dachte ich mir.

Sandra schüttelte verständnislos ihren Kopf und ließ ihn langsam wieder in Richtung Akte sinken. Das Gespräch war vorerst beendet, wollte sie mir mit dieser Geste wohl sagen. Ich akzeptierte es, obwohl ich gern noch ein wenig geplaudert hätte, bevor ich mich meinen Fällen widmete.

Kaum hatte ich mich in meine erste Akte eingelesen, hörte ich es knistern. Es knisterte eigentlich den ganzen Morgen lang. Snickers, Kinderschokolade, Gummibärchen und jede Menge Kekse verschwanden unauffällig fast ohne Unterbrechung in Sandras Mund. Entsprechend war auch ihre Figur, die sie aber selbstbewusst in enge Kleidung presste. Nun ja, vielleicht war ich auch einfach nur ein wenig neidisch auf sie, weil sie ohne Skrupel von morgens bis abends aß.

Als Bernhard sich morgens noch um die Kinder kümmerte, hatte ich die Möglichkeit genutzt, zum frühesten Zeitpunkt im Büro aufzuschlagen. In der Stille, die um 7 Uhr morgens im Büro herrschte, ließen sich die schwierigsten Fälle am besten bearbeiten. Außerdem fand ich es schön, zunächst allein an meinem Schreibtisch zu sitzen und zu sehen, wie sich das Büro langsam mit Leben füllte und zum Ende der Gleitzeit zunehmend in Hektik ausartete. Faszinierend war für mich auch, wie meine beiden Zimmerkollegen ihren Tag im Büro begannen. Sandra kam als Erste und richtete sich einen Frühstücksteller, auf dem meistens ein großes Salamibaguette, ein Ei, eine Paprika, ein Apfel und eine Orange appetitlich angerichtet waren. Immerhin, ein fast gesundes Frühstück. Nachdem sie ihre ersten drei Akten bearbeitet hatte, war ein Schoko-Müsli dran und wenn eine Akte ganz besonders nervte, folgte sonstiger Süßkram als Frustabwehr. Ihre Vorräte an Naschereien schienen unerschöpflich. Ich muss gestehen, dass mir schon ein ums andere Mal das Wasser im Munde zusammenlief und ich gelegentlich alle guten Vorsätze über Bord warf und mir beim Bäcker ein süßes Teilchen holte.

Mein Kollege Cornelius hingegen war knochendürr. Er weckte in mir meinen Mutterinstinkt. Am liebsten hätte ich ihn immer wieder ermahnt, etwas zu essen. Cornelius hatte die Angewohnheit, sich morgens als Erstes einen Tee zu kochen. Bis dieser fertig war, putzte und räumte er seinen ohnehin akribisch geordneten Schreibtisch auf. Das fand ich vor allem deshalb bemerkenswert, weil er ihn jeden Abend reinigte und ordnete, bevor er das Büro verließ. Ich war ja selbst gerne lieber ordentlich, aber manchmal war mir Cornelius Pingeligkeit echt zu viel. Da war mir Sandra mit den vielen Süßigkeiten deutlich sympathischer. Nervennahrung war in unserem Job sehr wichtig. Wir im Versorgungsamt kümmerten uns um Menschen, die Anspruch auf Leistungen des Staates für körperliche oder psychische Schäden, z.B. in Folge von Unfällen oder Erkrankungen, hatten. Wir befassten uns jedoch nicht nur mit teils tragischen Menschenschicksalen, wir mussten uns auch bei unseren Vorgesetzten behaupten. Die anstrengendste Aufgabe war eindeutig, uns unseren Gruppenleiter vom Leib zu halten. Herr Kümmerlich hatte es sich offenbar zur Aufgabe gemacht, uns unser Leben im Büro so schwer wie möglich zu machen. Zum Beispiel achtete er vorwiegend auf kleinere Formfehler in der Aktenbearbeitung, anstatt uns wertvolle Tipps zu geben, wie wir Fälle, in denen wir uns festgefahren hatten, auf den richtigen Weg zu bringen. Innerlich war ich schon immer ein kleiner Rebell, aber im Büro verhielt ich mich ruhig, denn ich wollte ja noch ein paar Jahre friedlich meine Arbeit verrichten dürfen.

Auch wenn es eine ordentliche Belastung war, als alleinerziehende Mutter einer Berufstätigkeit nachzugehen, wollte ich es nicht missen. Außerdem tat mir die Anerkennung gut. Auch wenn ich sie manchmal weniger für meine Arbeit, als für mein Aussehen bekam.

Und an diesem Tag bekam ich für mein Kleid besonders viel Aufmerksamkeit. Ich konnte mich glücklich schätzen, ein paar Kollegen zu haben, die mit bewundernden Blicken und Worten nicht sparten. Aber auch einer der Abteilungsleiter war mehr als freundlich zu mir. Herr

Richter. Er war sehr groß und hager und ich hatte den Eindruck, dass er Magenprobleme hatte, weil er sich immer ein wenig nach vorn gebeugt hielt. Sein Alter konnte ich schwer einschätzen, weil er bereits eine Glatze hatte, sehr distinguiert wirkte und andererseits noch nicht sehr viele Falten hatte. Hagere Menschen hatten zumeist mehr Falten als die korpulenteren Artgenossen. Auch wirkte er mit seinen karierten Hemden zu den glatt gebügelten Jeans eher jünger. Herr Richter hatte außergewöhnlich blaue Augen, die meist ernst und aufmerksam alles um sich herum aufzunehmen schienen. Manchmal, wenn ich seinen Rat suchte, weil ich nicht wusste, wie ich bei einem Fall verfahren sollte, sahen mich seine Augen lieb und warm an. In diesen Augenblicken vermittelten sie mir Sicherheit. Als würde er mir sagen wollen: »Das bekommen wir schon hin.«

Zuerst dachte ich, er mag mich, weil ich für seine Tipps dankbar war, wie ich die Akten bearbeiten sollte. Aber hin und wieder erhaschte ich einen Blick, der mich beunruhigte, weil ich ihn nicht deuten konnte. So wie an diesem Vormittag. Er rief mich fünfmal in sein Büro, um Fälle mit mir zu besprechen. Das war äußerst ungewöhnlich. Sandra und Cornelius lächelten still vor sich hin, wenn mein Telefon klingelte und schon wieder Herr Richter dran war. Sobald ich aufstand, tauschten sie vielsagende Blicke aus. Ich wusste, sobald ich dieses Büro verlassen hatte, würden sie über mich lästern. Scheinbar dachten sie, ich würde mich in meiner Einsamkeit Herrn Richter an den Hals werfen. Oder aber dass Herr Richter mich seit meiner Trennung als Freiwild betrachtete. Aber so schätzte ich ihn nicht ein.

»Frau Paulus, mir ist noch etwas in dem Fall Klausen aufgefallen. Wir könnten ihn genauso gut am Tegernsee in die stationäre Reha schicken. Er wohnt keine halbe Stunde von dort entfernt. Da wären die sozialen Kontakte für ihn sichergestellt. Ich denke, es wäre für alle Seiten gewinnbringender, als ihn die ambulante Reha am Wohnort durchführen zu lassen.« Herr Klausen war ein Opfer von Gewalt. Nach einem einjährigen Krankenhausaufenthalt weigerte er sich, in eine vom Wohnort weiter entfernte stationäre Reha zu gehen, da er seine Familie um sich haben wollte. Wir konnten ihn verstehen, aber wir wollten ihm auch die bestmögliche Behandlung zukommen lassen, um den Genesungserfolg nicht zu gefährden. Und er brauchte aus ärztlicher Sicht viel Ruhe, daher wäre es wichtig, dass er weiterhin stationär untergebracht war und nicht den Strapazen der täglichen Taxifahrten ausgesetzt wurde.

»Im Fall Dellwang liegt eine Dienstaufsichtsbeschwerde auf dem Tisch. Ich habe mit dem Anwalt telefoniert und er ist bereit, mit seiner Mandantin zu reden. Ich erwarte heute noch seinen Rückruf. Dieser Fall ist jetzt ein SOFORT-Fall.« SOFORT-Fälle waren Akten, die ohne die geringste Verzögerung bearbeitet werden mussten und von Hand zu Hand weitergereicht wurden, ohne die Registratur zu bemühen. »Um die Verletzte zu beruhigen, habe ich zugesagt, alle Reisekosten sofort zu erstatten. Auch wenn die Taxifahrten fraglich sind. Den Bescheidentwurf bezüglich der Versorgungsrente sollten sie heute noch Herrn Kümmerlich vorlegen.« Es lag kein Vorwurf in seiner Stimme, obwohl der Fall Dellwang in dem Durcheinander meines Aktenschrankes untergegangen war und tatsächlich schon zu lange unbearbeitet dalag. Herr Richter war gleichmäßig freundlich und sachlich. »Vielen Dank, mach ich«, erwiderte ich schuldbewusst. Ich fühlte mich gar nicht gut.

Während Herr Richter mir weitere Vorschläge unterbreitete, die selbstverständlich wie Anweisungen zu behandeln waren, machte ich mir fleißig Notizen. Als er fertig war, schaute ich auf und sah direkt in seine klaren blauen Augen, mit denen er mich fixierte. Verwirrt sah ich ihn fragend an, woraufhin er mich anlächelte. Das brachte mich noch mehr aus dem Konzept. »Wie geht es Ihnen, Frau Paulus?«, fragte er mich entgegenkommend. »Mit Ausnahme meiner Aktenberge ganz gut, vielen Dank«, antwortete ich schnell und schaute ihn unsicher an. Ich wusste nicht was, aber es war sonnenklar, dass jetzt etwas auf mich zukam. So hatte er mich noch nie gemustert. Mein Herz fing an zu pochen und ich konnte meinen Herzschlag noch im Hals spüren. Es war, als ob er erraten konnte, dass ich mich auf meine ausgefallene Fantasie heute Abend freute. Obwohl er mich freundlich ansah, wünschte ich mich weit weg. »Das sieht man. Ihr Kleid steht Ihnen wirklich gut. Ihr neuer Freund kann sich glücklich schätzen.«

»Ich habe keinen neuen Freund«, antwortete ich vorschnell und erkannte erst an seinem veränderten Blick, dass dies eine Fangfrage gewesen war. »Und ich habe auch nicht vor, mir einen zuzulegen«, ergänzte ich sofort und mit ernstem Ton. Ich stand auf und verließ sein Büro. Mein Magen rebellierte. So konnte ich nicht meinen neugierigen Zimmerkollegen unter die Augen treten. Ich ging zur Toilette, um mich etwas zu fangen. Diese blöden Männer! Warum ausgerechnet Herr Richter? Er verhielt sich mir gegenüber doch immer so korrekt. Oder hatte ich eben etwas missverstanden? Das wäre ja noch peinlicher! In Gedanken ging ich jede Kleinigkeit der letzten «Besprechung« durch. Nein! Sein Gesichtsausdruck war eindeutig. Er hatte mir sein Interesse bekunden wollen. Mein Magen fühlte sich an, als läge dort ein schwerer Stein. Bevor ich mein Büro betrat, setzte ich eine Maske der Unnahbarkeit auf. Ich wollte weder von Sandra noch von Cornelius angesprochen werden. Das Glück war auf meiner Seite. Sandras Vorgesetzte, Frau Meier, stand neben ihrem Schreibtisch und hielt einen ihrer endlosen Vorträge.

Cornelius schickte mir einen eindeutig zweideutigen Blick zu, konnte mich aber in Gegenwart von Frau Meier nicht wegen Herrn Richter aufziehen. Nachdem Frau Meier ihren Monolog endlich beendet hatte, waren wir alle so erschöpft von ihrem Redeschwall, dass wir nur still vor uns hinarbeiteten. So konnte ich erfolgreich alle weiteren Gedanken bezüglich Herrn Richter ausblenden. Allerdings dauerte es nicht lange, bis es erneut klopfte und Herr Richter unser Büro betrat. Scheinbar konnte er unser Gesprächsende nicht auf sich beruhen lassen.

»Frau Paulus, ich wollte Ihnen noch schnell die gute Nachricht überbringen, dass ich es tatsächlich geschafft habe, die Dienstaufsichtsbeschwerde im Fall Dellwang abzuwenden«, sagte er gespielt fröhlich. Nur ein paar hektische rote Flecken in seinem Gesicht verrieten ihn. Ich wusste, dass er nun auf meine Dankbarkeit spekulierte.

»Diese Nachricht rettet meinen Tag. Vielen Dank Herr Richter.«

»Das hatte ich mir schon gedacht, Frau Paulus. Wir tun ja, was wir können«, sagte er mit einem Augenzwinkern und verließ grinsend unser Büro.

»Wir tun alles für sie, Frau Paulus!«, äffte Cornelius ihn nach und Sandra kicherte. Vermutlich weil er «alles« besonders betont hatte.

»Ok, wollt ihr mir damit irgendetwas sagen?«, fragte ich amüsiert und leicht genervt.

»Nein, nein!«, erwiderte Cornelius gespielt schnell und theatralisch.

»Ich wusste gar nicht, dass Du so gut schauspielern kannst, lieber Cornelius. Also, was habt ihr hinter meinem Rücken ausklamüsert?«, fragte ich Sandra.

»Wirklich nichts Schlimmes, Priscilla. Es ist nur so, dass Du auffällig oft zu Herrn Richter ins Büro gerufen wirst. Den Spott musst Du jetzt einfach über Dich ergehen lassen.«

»Herr Richter hilft mir eben meine Rückstände so gut und schnell wie möglich aufzuarbeiten!«, verteidigte ich mich.

Cornelius und Sandra grinsten mich frech an und ich ahnte, dass sie etwas wussten, was ich nicht wusste.

»Herr Richter hilft Dir tatsächlich. Was Du nicht weißt, ist, dass sich Herr Richter am Nachmittag, wenn Du nicht mehr da bist, schwierige Fälle aus Deinem Schrank holt.« Ich wollte gerade etwas zu meiner Verteidigung vorbringen, aber plötzlich fielen mir ein paar wichtige Fälle ein, die ich tatsächlich nicht mehr in meinem Schrank gefunden hatte. Also erwiderte ich nur schulterzuckend: »Na und? Warum sollen Vorgesetzte zur Abwechslung nicht auch mal nett sein?« Sandra und Cornelius lächelten sich weiterhin an, sagten aber nichts mehr.

Ich beschloss, sie zu ignorieren und vertiefte mich in meinen aktuellen Fall. Ich stand unter extremem Zeitdruck, denn ich musste noch einige Akten vom Tisch bringen, damit ich anschließend in die Stadt fahren konnte, um »Spielzeug« für meine heutige Fantasie einzukaufen und trotz nachmittäglichem Berufsverkehr meine Mädels pünktlich vom Hort abzuholen.

4

Mittags entschied ich mich für heute Feierabend zu machen. Den Fall Dellwang hatte ich bearbeitet und vorerst vom Tisch und auch die anderen Vorgänge, die Herr Richter angeschaut hatte, waren erledigt. Die unerledigten Akten brachte ich zurück zum Aktenschrank, sperrte meinen Schreibtisch ab und schnappte mir meine Handtasche. »Heute schon so früh?«, fragte Cornelius vorwurfsvoll, mit einem dezenten Seitenblick auf die Wanduhr. »Ja«, stieß ich erleichtert aus und stolzierte zur Tür. »Lasst euch nicht stören. Ich wünsche euch allzeit frohes Schaffen.«

Leider musste ich in die Stadtmitte fahren. Da es die einschlägigen Geschäfte für die heißen Utensilien nur in der Fußgängerzone gab, hoffte ich sehr, dass mir niemand begegnete, der mich kannte. Ich platzierte mich in der Sendlinger Straße auf der gegenüberliegenden Straßenseite des Sexshops und tat so, als ob ich auf jemanden warten würde. Dabei suchte ich beide Richtungen nach bekannten Gesichtern ab. Als die Luft rein war, überquerte ich so schnell und unauffällig wie möglich die Straße und verschwand mit einem nochmals absichernden Seitenblick hastig in dem Laden.

Kaltes weißes Licht empfing mich und ich musste mehrmals blinzeln, da ich mir diesen Augenblick ganz anders vorgestellt hatte. Viel verruchter oder sinnlicher. Ich hatte mir einen Raum mit roten Plüschsesseln und schummrigem Licht ausgemalt, in dem leicht bekleidetes Personal den Kaufinteressenten beim Aussuchen der gewünschten Utensilien half. Aber es war wie ein ganz «normales« Geschäft und die Kaufinteressenten suchten sich, wie im Supermarkt, die benötigten Gegenstände in den Regalen selbst aus. Mit einem schnellen Blick suchte ich die Bereiche ab und stellte erleichtert fest, dass die von mir benötigten Dinge wohl im Untergeschoss zu finden waren. Rasch lief ich die Treppe hinunter.

Meine Freude währte nur kurz. Ich stand in einem einzigen Durcheinander von Reizwäsche, Porno-DVDs, Peitschen, Masken, Lederwäsche, hochhackigen Lacklederschuhen und sonstigen Hilfsmitteln, die wohl das Sexualleben aufpäppeln sollten, wenn es im Schlafzimmer nicht mehr so richtig klappte.

Endlich stand ich vor der von mir gesuchten Produktgruppe. Allerdings ließ mich die unglaublich große Auswahl an Männerersatzstücken leicht panisch werden. Wie sollte ich denn in diesem, an der Wand hängenden Chaos, so schnell das für mich geeignete Utensil finden? Ich griff einfach nach einem halbwegs natürlich aussehenden hautfarbenen Dildo, der vielleicht etwas groß war, aber laut der aufdringlichen Werbung versprach, weich und anschmiegsam zu sein und alle Frauen glücklich zu machen. Anschließend suchte ich die voll behängten Wände nach den anderen von mir benötigten Spielzeugen ab. Endlich hatte ich alles, was ich für heute Abend brauchte.

Dummerweise war die Kasse im Erdgeschoss. ›Wer hat sich denn das einfallen lassen‹, dachte ich mir wütend. Da brauchte ja jemand nur im Vorbeigehen in dieses Geschäft zu schauen und könnte mich mit einem Haufen Zeugs in der Hand in der Schlange stehen sehen. Ich konnte meine Einkäufe noch nicht einmal unauffällig hinter meinem Körper verstecken, weil die einzelnen Verpackungen so groß waren, dass ich Schwierigkeiten hatte, sie alle nebst meiner Handtasche fest zu halten.

Ein Pärchen, das vor mir an der Kasse stand, küsste sich wild und hemmungslos, während die Hände des Mannes den gesamten Körper der Frau abtasteten. Vermutlich in

Vorfreude auf den heutigen spannenden Abend. Ich versuchte unauffällig in ihren Einkaufskorb zu schauen, was gar nicht so einfach war, weil sie sich beim Küssen ungünstig viel bewegten. Ich konnte zwei Pornofilme sehen. ›Aha, sie standen augenscheinlich auf härteren Sex.‹ Auf einem Cover war ein Mann gefesselt und wurde an einer Kette hochgezogen. Neben ihm stand eine in Lack gekleidete Frau mit Gesichtsmaske, die eine Peitsche schwang. Mir wurde übel. Wie konnte sich jemand freiwillig auspeitschen lassen und dabei Lust empfinden? ›Ob Schmerz die Lust tatsächlich steigerte‹, fragte ich mich, während ich sie weiter beobachtete. Er sah wie ein erfolgreicher Geschäftsmann aus, der alles im Griff hatte. Oder vielleicht doch nicht? Sie hatte ihre langen dunklen Haare mit Gel streng zurückgekämmt. Während er seine Augen beim Küssen geschlossen hielt und es zu genießen schien, fixierte sie ihn mit ihren stark geschminkten Augen. Ihre Zunge schnellte immer wilder in seinen Mund hinein und ich fragte mich, wann er denn nun aufstöhnt oder ob er sie gleich an der Kassentheke nehmen würde. Zuzutrauen wäre es diesem Paar. Unwillig ließen sie sich vom Kassierer unterbrechen und bezahlten hastig ihre Einkäufe.

Danach war ich endlich an der Reihe. Der Kassierer versuchte freundlich, aber ungeschickt, mit mir ins Gespräch zu kommen, indem er mich fragte, ob ich alles gefunden hätte, worauf ich Lust hatte. Ich schwieg einfach. Mir war heiß und ich wollte nichts anderes, als endlich aus diesem unangenehmen Geschäft heraus zu kommen. Anscheinend merkte er, dass ich nicht zum Reden aufgelegt war und ließ mich in Ruhe. Erleichtert stellte ich fest, dass er die gekauften Artikel in undurchsichtigen braunen Tüten verstaute. Meine Handtasche war leider zu klein, um alle in großer Aufmachung verpackten Artikel verstecken zu können. Ungeduldig riss ich die Tüte an mich und verließ eilig das Geschäft, um mich in das Getümmel der Fußgängerzone unauffällig einzuordnen. Ein Mann, der es wohl sehr eilig hatte, rempelte mich so stark an, dass mir vor Schreck die braune Tüte aus der Hand fiel.

»Oh, Frau Paulus! Das tut mir leid. Ich wollte noch schnell die U-Bahn erreichen, aber das ist um diese Uhrzeit gar nicht so einfach.«

Herr Ludowich, der Sportlehrer meiner Kinder, schaute mich entschuldigend an und bückte sich, um meine fallengelassene Tüte aufzuheben. Ich war so geschockt, dass ich mich nicht mehr bewegen, geschweige denn, etwas sagen konnte. Die Schamesröte schoss mir ins Gesicht, als er mir verständnisvoll lächelnd meine braune Tüte reichte. Ich war immer noch starr vor Schreck. Mir fiel nichts ein. Ich konnte ihn nicht begrüßen und mich auch nicht fürs Aufheben bedanken. Wie eine Salzsäule stand ich einfach nur da und starrte ihn an.

»Alles okay mit Ihnen, Frau Paulus?«, fragte Herr Ludowich und sein Grinsen wurde immer breiter.

»Ja, ja danke!«, presste ich mit Mühe heraus. Ich hob kurz zum Gruß meine Hand und verschwand so schnell ich konnte in der Gegenrichtung der U-Bahn-Haltestelle Sendlinger Tor. Ich war peinlich berührt und konnte mich für den Rest des Tages kaum noch beruhigen.

5

Endlich war es soweit. Meine Mädels waren im Bett und der Abend gehörte mir. Nachdem ich mich in der Dusche vom Staub des Tages befreit und duftend eingecremt hatte, legte ich die neu erworbenen Utensilien bereit und zog mir ein weißes Spitzennegligé an. Sicherheitshalber zog ich meinen Bademantel über und sah ich nochmals nach den Kindern, ob sie auch wirklich tief und fest schliefen. Ich hatte wahnsinnige Angst davor, dass mich meine Töchter beim Ausleben meiner Fantasien erwischten, aber gleichzeitig übten diese Fantasien eine ungeheure Anziehungskraft auf mich aus. Leise trat ich an ihre Betten und beobachtete, wie sie völlig entspannt vor sich hin schnauften. Ich deckte sie zu und drückte ihnen noch ein kleines Küsschen auf den Kopf, bevor ich ihr Zimmer verließ. Jetzt stand meiner Flucht aus der Wirklichkeit nichts mehr im Wege.

Ich lag auf meinem seidenen Bettlaken und spürte die angenehme Kühle an meinem Rücken. Mein Puls beschleunigte sich und eine wohlige Vorfreude breitete sich in meinem Inneren aus. Ich schlang ein Tuch um mein linkes Handgelenk, verknotete es und fesselte meine linke Hand an den Bettpfosten. Mit dem Überstreifen der schwarzen Augenbinde entschwand ich in meine Traumwelt. Sie half mir, mich noch besser zu spüren und meine Sinne zu wecken.

Meine rechte Hand glitt langsam über das kühle, seidene Bettlaken. Ich bemerkte nicht, wie die Tür meines Schlafzimmers geöffnet und wieder geschlossen wurde. Erst als meine Matratze seitlich eingedrückt wurde, wusste ich, dass er da war. Mein Traummann. Ich zerrte nervös an dem Tuch an meinem linken Handgelenk, aber ich konnte es nicht lösen. Zwischen völliger Hingabe und einer Prise ängstlichem Abwarten bewegte ich mich unruhig hin und her. Mein Negligé verrutschte und enthüllte teilweise meinen Körper. Ich fühlte mich hilflos und doch so voller Lust. Mit einer Feder begann er mir sanft über den Körper zu streicheln und mein Dessous weiter hoch zu schieben. Meine Sinne erwachten. Die Berührung hinterließ ein angenehmes Prickeln auf meiner Haut. Ich fühlte mich wohl und wünschte mir, nun endlich seine Hände zu spüren. Er ließ sich Zeit. Je ungeduldiger ich mich hin und her wandte, desto langsamer bewegte er die Feder. Sie strich leicht über meine Brustwarzen und umrundete meine vollen Brüste. Er ließ sie in kreisenden Bewegungen über meinen Bauch flattern und fuhr sacht an meinen Oberschenkeln auf und ab. Ich spreizte etwas die Beine, aber meine Scham berührte er nicht. Stattdessen änderte er die Richtung und verweilte zart in meiner Kniekehle und deutete immer wieder nur an, am Innenschenkel entlang hinauf zu meiner intimen Stelle wandern zu wollen. Ich wurde wahnsinnig vor Lust, mein Stöhnen wurde lauter und mein Atem immer schneller.

›Wann fasste er mich endlich an, wann ließ er mich seine geschickten Finger spüren?‹ Unbeirrt langsam glitt er über mein Bein zu meinem Fuß hinab. Es kitzelte an den Zehen, aber gleichzeitig fühlte ich ein erotisierendes Prickeln in meinem Schoß. Ich wollte ihn so sehr und bettelte stumm, in der Hoffnung, erhört zu werden. Meine Nerven waren bis aufs Äußerste gespannt.

Endlich, endlich hörte er auf, mich zu streicheln. Legte er die Feder weg? Obwohl das zärtliche Streicheln sehr schön war, sehnte ich mich nach Befriedigung. Ich hielt die Luft an und fragte mich, was er nun tun würde. Einladend lasziv bewegte ich meinen Körper und hoffte, dass er mich endlich berührte. Doch ich hörte nur seinen Atem. ›Was konnte ich tun, um ihn zum Weitermachen zu bewegen?‹

›Oh ja‹, schrie es in meinem Inneren auf, als ich seine Fingerspitzen endlich spürte. Aufreizend langsam glitten sie an meinem Oberarm hinauf und verharrten kreisend an meinem Schlüsselbein. Ungeduldig hob ich ihm meinen Busen entgegen, doch er streifte nur über mein hochgeschobenes Negligé und wanderte tastend zwischen meinen Brüsten hinab zu meinem Bauchnabel. Er umrundete ihn und als er seine Finger unendlich langsam tiefer gleiten ließ, stöhnte ich leise voller Vorfreude auf. Ich spannte meine Bauchmuskeln an und stöhnte lauter. Ich wollte mich ihm nicht anbiedern, aber ich hatte keine Kontrolle mehr über meinen Körper. Mein Becken drückte sich ihm mit Wucht entgegen.

Zu spät merkte ich, dass ihn meine Reaktion vom richtigen Kurs wegbrachte. Er streichelte mich an der Taille entlang wieder aufwärts. Ich schluckte die Enttäuschung hinunter und versuchte mich treiben zu lassen. Zart strich er mit den Fingerspitzen durch meine Achselhöhle meinen Oberarm hinauf. Ich seufzte. Sobald sich seine Finger wieder nach unten begaben, spannte sich mein Körper in seliger Erwartung an. Als ich seine Hände auf meiner Taille abwärts spürte, brauchte ich meinen ganzen Willen, um nicht den gleichen Fehler erneut zu begehen und ihm mein Becken entgegen zu strecken. Ich atmete tief durch und versuchte so entspannt wie möglich liegen zu bleiben. Vorsichtig strich er über meine frisch rasierte Scham und erkundeten sacht den Beginn meiner Spalte. Allein diese Berührung entfachte in mir eine Explosion. Es war, als sähe ich tausende von Sternschnuppen über mir. ›Bitte!‹, schrie mein Körper und hob sich ihm nun doch entgegen. ›Bitte, bitte tu es!‹ Seine Finger umrundeten meinen Venushügel und strichen bedächtig über meine Leiste zum Oberschenkel. Enttäuschung machte sich in mir breit. Doch da verharrten seine Finger auf meinem Oberschenkel und fuhren aufreizend langsam wieder höher. Er wusste, worum mein Körper lautlos bettelte, doch er wollte meine Lust durch das Warten steigern.

Gefühlvoll berührte er erneut meine Taille, streichelte mich seitlich an den Brüsten hinauf bis zu den Achseln. Es kitzelte und ich wand mich unter der Berührung. Sanft massierte er mich mit seinen kräftigen Fingern unglaublich zart an der Schulter, wanderte in kreisenden Bewegungen zu meinem Nacken. Ich entspannte mich und genoss die Berührung. Gerade als ich mich fallen ließ, glitt seine Hand zu meinem Busen hinab und umfasste ihn fordernd. Mein Atem ging schneller, ich stöhnte lustvoll und mein wogender Vorbau presste sich seiner Hand entgegen. Er versuchte meine Brust mit seiner Hand zu umfassen. Das weiche Fleisch quoll zwischen seinen Fingern hindurch, während er sie nacheinander fest massierte. Als er mich zart in die Brustwarze zwickte, war es um mich geschehen. Mein Körper drückte sich ihm entgegen. Ich wollte endlich mehr. Aber er blieb bei meinen Brüsten und zwickte die Knospen immer wieder und immer ein wenig fester. Ich keuchte. Es war nahe an der Schmerzgrenze und jedes Mal, wenn ich vor lauter Wollust oder Schmerz stöhnte, ließ er von meinen Brustwarzen ab und massierte den Schmerz weg.

Er steckte mir den Zeigefinger in den Mund und befeuchtete mit meinem Speichel die Knöpfchen. Ganz zart rieb er mit der Fingerkuppe an meinen Nippeln. Ich wollte ihn endlich! Jetzt gleich! Mit aller Macht hob ich ihm wieder einmal meinen Körper entgegen, wobei mich meine gefesselte Hand am Bett festhielt. Zart drückte er mich in die seidenen Laken zurück. Er bestimmte das Tempo. Willig überließ ich mich seiner Hand. Langsam schob er mein ohnehin verrutschtes Negligee über meinen Kopf, strich mir über meine Haare, meinen Hals hinunter, zwischen meinen Brüsten entlang zu meinem Bauch, um sich dann Millimeter für Millimeter an meinen Venushügel heranzutasten.

Er drückte meine heißen Schenkel auseinander und seine Hände glitten langsam tiefer bis zu meiner pinkfarbenen Mitte. Mein Mund wurde trocken, ich befeuchtete meine Lippen mit der Zunge. Seine Finger wurden immer wilder und fordernder. Ich spürte die Spannung und den Druck in meinem Unterleib. Es steigerte sich, bis das Feuerwerk entzündet wurde. Mein Körper stand in Flammen, zuckte unkontrolliert und ich stöhnte vor Lust. Er streichelte mich zärtlich weiter. Obwohl sich mein Unterleib langsam beruhigte und der Gefühlsgeysir nur noch kleine, aber helle Funken versprühte, blieb die Spannung während seiner zärtlichen Streicheleinheiten in der Tiefe meines Venushügels bestehen. Ich spürte, wie langsam die Gier wieder erwachte und spreizte meine Beine. Das Streicheln seiner Finger wurde wieder fordernder. Ich näherte mich dem nächsten Feuerwerk. Diesmal schneller und viel intensiver, als beim ersten Mal. Ich ließ mich fallen. Mein Körper bäumte sich auf. Die Explosion trug mich fort. Ich fühlte mich wie auf einem anderen Stern. So leicht, so schwebend, so allein, so glücklich.

Seine Hand packte mich fest an der Hüfte und drehte mich auf den Bauch. Die überraschende Wendung ließ mich kurz aufschreien. Er fuhr mit seiner Hand zwischen meine Schenkel und hob meinen Unterleib so hoch, bis ich mit weit gespreizten Beinen vor ihm kniete. Hart führte er einen Vibrator in mich ein und stieß zu. Er fühlte sich kühl und fest an. Ich spürte das kalte Gel an meinem Oberschenkel hinunter rinnen. Die anfänglich unnatürliche Härte des Spielzeugs spürte ich bald nicht mehr. Er rotierte in mir und als er meinen G-Punkt fand, schrie ich vor Lust auf. Nach meinem Orgasmus wurde er sanfter, entzog ihn mir fast, um dann wieder einzudringen und mich immer wieder auf den Gipfel meiner Lust zu treiben. Irgendwann konnte ich nicht mehr. Ermattet ließ ich mich auf mein angenehm kühles Bettlaken fallen und genoss die letzten Streicheleinheiten. Zärtlich deckte er mich zu, löste den Knoten des Tuchs, das meine linke Hand gefesselt hielt und verließ mit einem leichten Windhauch mein Schlafzimmer.

Ich streckte mich glücklich. Es gab nichts Befriedigenderes als meine Fantasien Wirklichkeit werden zu lassen. Schnell duschte ich mich, schlüpfte in meinen rosafarbenen Frotteepyjama und sah nach Lea und Lisa. Ich hoffte, dass sie nicht wieder aufgewacht waren, während ich meine Kreativität auslebte. Noch einmal käme ich wahrscheinlich nicht so glimpflich davon. Meine Mädels waren nicht dumm. Wie peinlich wäre es vor allem, wenn sie es ihrem Papa gegenüber erwähnten. Er wüsste sofort, was in meinem Schlafzimmer los war.

Zum Glück schliefen sie ruhig. Dankbar streichelte ich ihre verwuschelten Haare und ging in mein Schlafzimmer. Eilig räumte ich meine Utensilien auf und kuschelte mich ins Bett. Befriedigt schlief ich ein.

6

Mit meiner kleinen Oase des Glücks ging die Woche schnell herum.

Am Freitagnachmittag packte ich mit Lisa und Lea die Tasche für das Wochenende mit ihrem Vater. Unzählige Spielzeuge und Kuscheltiere wanderten in die Reisetasche, von denen die meisten wahrscheinlich im Laufe des Wochenendes noch nicht einmal die Tasche verlassen würden. Ich fühlte die Verzweiflung der Kinder, mit der sie versuchen, ihr Zuhause mitzunehmen. ›Es wird wohl noch eine Weile dauern, bis sie begreifen, dass sie nun zwei Zuhause haben‹, dachte ich mir. Nachdem die letzten Kuscheltiere verstaut waren, setzten wir uns gemeinsam auf die Couch.

»Mama, liest Du uns aus unserem neuen Lola-Buch vor, bis Papa da ist?«, fragte Lisa, während sie mich mit traurigen Augen ansah.

Eigentlich wollte ich die Zeit nutzen, um meine Mädels eng an mich zu drücken und sie zu spüren, bevor ich sie zwei Tage und Nächte nicht bei mir hatte. Aber mir wurde auch klar, dass es den Kindern genauso schwer fiel, von mir fort zu gehen, um endlich wieder mit ihrem Vater zusammen sein zu können. »Also gut«, antwortete ich möglichst fröhlich, »wer von euch beiden holt das Buch?«

»Ich!«, rief Lea und lief schnell die Treppe hoch, um als Erste im Kinderzimmer zu sein. Lisa wollte es offenbar gar nicht holen und kuschelte sich stattdessen in meinen Arm. Ich spürte ihre Traurigkeit und hätte am liebsten geweint, aber ich riss mich zusammen und wir saßen einfach nur eng aneinander geschmiegt auf der Couch.

»Ich hab es gefunden!«, rief Lea und kam eilig die Treppe heruntergelaufen. Bevor sie im Wohnzimmer war, löste Lisa sich aus meinem Arm, um Lea keinen Grund zur Eifersucht zu geben.

Wir lasen eine Weile, bis Lisa sich ruckartig aufrichtete und rief: »Ich höre Papas Auto!« Ich lächelte sie an. Lisa hatte schon mit zwei Jahren heraushören können, ob ein Nachbar oder ihr Vater auf den Hof fuhr.

Lisa und Lea liefen flink in Richtung Haustür, um die Tür aufzumachen. In der Wohnzimmertür blieben sie plötzlich stehen und schauten sich unsicher nach mir um. »Lauft nur!«, rief ich ihnen aufmunternd zu und sie setzten ihren Weg fort, aber sehr viel langsamer.

»Papa!«, riefen sie beide aufgeregt an der Haustür. Sie fielen ihm um den Hals, küssten ihn und freuten sich, ihn endlich wieder zu sehen.

Bernhard ging in die Hocke, um seine Mädels besser in den Arm nehmen zu können. Lisa beobachtete mich heimlich, während sie sich halb hinter ihrem Vater versteckte. Ich lächelte und nickte ihr zu, obwohl mir gar nicht nach Lächeln zumute war. Nachdem sie Bernhard ausgiebig begrüßt hatten, kamen sie zu mir und drückten sich an mich. Ich nahm sie in den Arm und flüsterte ihnen zu: »Geht nur zum Papi. Ich finde es schön, dass ihr euch so auf ihn freut!«

Als sie zu Bernhard liefen, johlten sie vor Freude und rannten ihren Vater fast um. Ich erhaschte Lisas dankbaren Blick.

Obwohl es mir wirklich schwer fiel, mich von meinen Kindern zu verabschieden, war ich erleichtert, als sie endlich im Auto saßen. Sobald sie vom Hof fuhren, musste ich mich nicht mehr zusammenreißen. Ich durfte traurig sein. Traurig, weil meine Ehe zerbrochen war. Traurig, weil meine Kinder unter der Trennung litten. Traurig, weil ich meine Kinder vermisste und traurig, weil ich mich allein und verlassen fühlte. Voller Selbstmitleid ließ ich mich auf die Couch fallen. Ich fühlte eine tiefe Leere in mir, die mich lähmte, mich still werden ließ und mir meine Energie zum Aufstehen raubte. Anstatt mich dagegen aufzulehnen, mich zu ärgern oder zu weinen, ließ ich mich von ihr forttragen. Ich wollte einfach nur daliegen. Keinem Gedanken Raum geben. Schwerelos dahin schweben. Irgendwann rollte ich mich zusammen und schlief ein.

Das Klingeln des Telefons riss mich aus dem Schlaf.
»Hallo Priscilla!«, rief meine Freundin Sophia gutgelaunt ins Telefon, so dass ich den Hörer gleich etwas weiter weg von meinem Ohr hielt. »Hast Du heute Abend schon etwas vor?« Ihre gute Laune tat mir fast körperlich weh. Wie immer hatte ich mir die ganze Woche lang überlegt, was ich in meiner kinderfreien Zeit so alles machen könnte. Aber jetzt, wo die Kinder weg waren, war ich einfach nur traurig und hätte sie lieber wieder bei mir.
»Nein, bisher noch nicht«, erwiderte ich und hoffte insgeheim, dass sie mich aus meiner Traurigkeit herausreißen würde. Sophia enttäuschte mich nicht.
»Wir haben Karten für das Deutsche Theater und Ferdi liegt mit einer Magen-Darm-Grippe im Bett. Hättest Du Lust, für ihn einzuspringen und mit mir ins Theater zu gehen?«
Und ob ich Lust hatte, aber ich fragte noch anstandshalber: »Meinst Du nicht, dass Ferdi mit den richtigen Medikamenten heute Abend wieder fit ist?«
»Nee, er ist eigentlich froh, wenn ich mit Dir dahin gehe. Er ist ja eh nicht so scharf auf Musicals und er leidet heute wirklich ganz furchtbar.« In Sophias Stimme konnte ich kein Mitleid erkennen. Ganz im Gegenteil, es hörte sich eher so an, als würde sie ihm nicht glauben, dass er krank war.
»Ja, dann gern«, erwiderte ich glücklich. »In welches Musical gehen wir denn?«

»Die Schöne und das Biest. Ich wollte es mir schon letztes Mal ansehen, als es im Deutschen Theater gespielt wurde, aber da gab es nur noch Karten für die hinteren Reihen. Diesmal war ich schneller. Wir sitzen heute in der ersten Reihe im Parkett«, sagte sie stolz.

Ich lachte. Das war typisch für Sophia. Vermutlich waren wir aus diesem Grund so gute Freundinnen. Wir wollten immer das Beste und Schönste für uns, sofern wir es uns leisten konnten.

»Vielen Dank, ich freue mich schon sehr darauf! Was ziehst Du an?«, fragte ich, während ich in Gedanken meinen Kleiderschrank durchging.

»Mein kleines Schwarzes, das ich mir vor zwei Wochen bei René Lezard gekauft habe. Und Du?«

»Ich weiß nicht, vielleicht das schwarze, lange Stretchkleid, oder besser ein Kostüm?«, antwortete ich unsicher.

»Du musst unbedingt das lange schwarze Kleid anziehen. Es ist doch schulterfrei, oder?«

»Ja, ich weiß nur nicht, ob ich damit nicht overdressed bin.«

»Nein, nein«, sagte Sophia bestimmt. »Zieh es nur an, wir können ja nach der Vorstellung noch ein Glas Champagner trinken gehen.«

»Okay«, antwortete ich glücklich, »dann bis später.«

Beschwingt eilte ich ins Bad, um mich für diesen schönen Abend zu stylen.

7

Das Musical »Die Schöne und das Biest« wurde sensationell gut gespielt. Immer wieder musste ich vor Rührung weinen und war damit beschäftigt, mein Makeup zu retten. ›Warum hatte ich auch mein Schminktäschchen nicht mitgenommen?‹ Ein kleiner Seitenblick zu Sophia sagte mir, dass auch sie gegen die Tränen kämpfte.

Wir atmeten beide auf, als das Biest endlich erlöst wurde und ein schöner Märchenprinz zum Vorschein kam.

»Und jetzt suchen wir deinen Schatz«, sagte Sophia mit einem mehrdeutigen Lächeln, als der Vorhang fiel.

»Ich brauche keinen Mann«, erwiderte ich lachend. »Bei mir entpuppen sich die Märchenprinzen wohl immer als Biester. Darauf habe ich jetzt wirklich keine Lust mehr.«

»Warts nur ab. Dieses Mal erwischst Du den Richtigen. Ich bin mir ganz sicher!«

»Lass uns jetzt lieber einfach etwas trinken gehen, das ist sicherer. Wohin sollen wir denn gehen?«, fragte ich Sophia, um sie abzulenken.

»Wenn wir schon in München sind, würde ich gern in die Schrannenhalle gehen, weil da heute Abend eine Band auftritt.«

Sophia hatte sich anscheinend gut informiert. Ich hatte nichts dagegen, weil es eines der wenigen Lokale war, in dem immer etwas geboten wurde.

Die Schrannenhalle war brechend voll. Weil wir aber den Chef der Champagnerbar ganz gut kannten, bekamen wir den letzten freien kleinen Tisch bei ihm. Die Band spielte wirklich gute Musik, aber wir sparten uns die Mühe, uns bis zur Tanzfläche vorzudrängeln und bestellten uns lieber das Spezialgedeck: Ein Glas Champagner und dazu eine gut gewürzte Currywurst. Mit unserer Bestellung brachte der Chef auch gleich noch zwei gut aussehende

Männer mit und fragte, ob er sie an unseren Tisch dazusetzen durfte.

Ich hätte es vorgezogen, allein an diesem Tisch bleiben zu können, aber Sophia fand es gut und sagte schnell »Ja, natürlich!«, bevor ich etwas anderes erwidern konnte.

Sophia war in ihrem Element und hatte in kürzester Zeit herausgefunden, dass die beiden Richard und Volker hießen, geschieden, 44 und 46 Jahre alt und Anwälte waren. Sie stupste mich unter dem Tisch an. Widerwillig musste ich mir eingestehen, dass Richard ein sehr angenehmer Mann war. Er war nicht aufdringlich oder plump, obwohl ich merkte, dass er an mir Interesse hatte. Volker und Richard bestanden darauf, eine Flasche Champagner nach der anderen bestellen zu dürfen und schon bald waren unsere Zungen gelöst und alle Zurückhaltung vergessen. Als Richard mich zum Tanzen aufforderte, nickte ich glücklich, denn es war schon sehr lang her, dass ich mit einem Mann getanzt hatte.

Wir drängelten uns durch die Menschenmenge, wobei Richard voranging und aufpasste, dass mich niemand anrempelte. Es war ein wunderschönes Gefühl, einen Mann neben mir zu haben, der auf mich achtete. Ich genoss es und hatte auch nichts dagegen, dass er mich beim Tanzen näher an sich zog, als es notwendig gewesen wäre. Um uns herum war der Bär los. Schweißnasse, glückliche Gesichter sprangen ausgelassen über die Tanzfläche. Alle bewegten sich im Rhythmus der Rock 'n' Rollklänge, ob sie nun im Takt waren oder nicht, spielte keine Rolle. Spaß war angesagt und überall um uns herum sichtbar.

Wir tanzten eng aneinander geschmiegt und ich fühlte mich völlig entrückt von dieser Erde. Als er mich küsste, schloss ich genüsslich die Augen. Alles drehte sich, aber das lag wohl weniger an seinem Kuss, als vielmehr an dem vielen Champagner.

Am Ende des Abends war ich jedoch nüchtern genug, um nicht mit Richard mitzufahren und ihm auch nicht meine Telefonnummer zu geben. Wäre ich nicht vorbelastet gewesen, hätte Richard sicherlich eine 9 von 10 auf meiner Traummann-Skala bekommen. Aber die Trennung von Bernhard war noch so präsent in meinem Denken und Fühlen, dass die Angst erneut enttäuscht und verletzt zu werden, mich in meinem Verhalten so einengte, dass ich mich ihm nicht öffnen konnte. Also übersah ich Richards sehnsüchtigen Blick und verabschiedete mich schnell, bevor er mich nach meiner Telefonnummer fragen konnte.

Sophia und ich nahmen ein Taxi und sie kam noch auf einen Absacker mit zu mir. Wie ich befürchtet hatte, begann sie auch sofort, von Richard zu schwärmen.

»Ihr seid so ein schönes Paar, Priscilla. Trotz der hohen Absätze ist er größer als Du.« Sophia wusste genau, welcher Mann womit bei mir punkten konnte.

»Sophia, wir sind kein Paar! Wir haben nur miteinander getanzt.«

Sophia lachte. »Nun ja, wenn wir die leidenschaftlichen Küsse unter den Tisch fallen lassen, dann habt ihr tatsächlich nur eng aneinander geschmiegt getanzt.«

»Ich brauche keinen Mann, Sophia! Ich glaube ich bin glücklicher, wenn ich allein bleibe.«

»Aber zu zweit ist es doch viel schöner. Richard ist ein anständiger Mann mit Hirn, sieht gut aus und bringt darüber hinaus als Anwalt wahrscheinlich auch genug Geld mit nach Hause.«

»Ich komme mit meinem Geld ganz gut klar und außerdem will ich meinen Kindern jetzt noch keinen neuen Mann präsentieren.«

»Du musst ihn auch nicht gleich Deinen Kindern vorstellen. Du kannst einfach ein bisschen Zeit mit ihm verbringen und es genießen, umschwärmt zu werden. Außerdem kannst Du nicht ohne Sex leben!«

»Natürlich kann ich ohne Sex leben! Das mache ich jetzt schon seit mehreren Monaten. Wo kein Wille ist, da ist auch kein Sex.«

Entgeistert schaute mich Sophia an. »Das sind doch Perlen vor die Säue geworfen, wenn Du Dich in der Blüte Deines Lebens vergräbst.«

»Ich vergrabe mich nicht, aber ich habe einfach keinen Bock mehr auf Männer und ich habe eine Verantwortung meinen Kindern gegenüber.«

Sophia begann, an ihren Fingernägeln zu knabbern. Es war ein sicheres Zeichen für mich, dass sie innerlich total aufgewühlt war. Sie schaute mich mit einem seltsamen Blick an, dann sagte sie leise: »Ich habe auch eine große Verantwortung meinen Kindern gegenüber. Darum erhalte ich meine Ehe, indem ich mir hin und wieder etwas Aufregendes gönne.«

»Dir etwas Aufregendes gönnst?«, fragte ich erstaunt und auch etwas geschockt. Es konnte nicht sein, dass wir an das Gleiche dachten. Sophia war seit 15 Jahren glücklich mit Ferdi verheiratet, die liebevollste Mutter dreier Kinder, die ich kenne, und hatte noch nie mit einem Mann geflirtet, wenn wir miteinander ausgegangen waren.

»Ferdi ist ein lieber Mann, aber im Bett leider die absolute Niete. Wenn es überhaupt mal funktioniert, dann komme ich ganz sicher nicht auf meine Kosten, weil wir uns die ganze Zeit auf ihn konzentrieren müssen. Meistens kuscheln wir nur, ohne Sex zu haben. Das ist auch schön, aber hin und wieder brauche ich einfach mal einen leidenschaftlichen Rausch.«

»Oh nein!«, entfuhr es mir unbedacht. Als ich ihren verletzten Blick sah, fügte ich ganz schnell hinzu: »Sophia, Du Ärmste! Normalerweise verabscheue ich Fremdgehen, aber ich wüsste nicht, was ich in Deiner Situation tun würde.« Falsch. Ich wusste, dass ich es nicht tun würde. Ich würde meinen Mann nicht betrügen, nur weil er nicht mehr so konnte wie er wahrscheinlich auch gerne gewollt hätte. Es gab noch andere Arten von Befriedigung, bei denen Frau auf ihre Kosten kam. Wenn ich es allein zustande brachte, mich in einen leidenschaftlichen Rausch zu katapultieren, wie einfach wäre es zu zweit. Mit oder ohne erigiertem Penis. Ich sah Sophias trauriges Gesicht und schwankte zwischen Mitleid und Unverständnis.

»Ich liebe Ferdi und ich will ihm nicht wehtun, aber es war noch nie wirklich aufregend mit ihm und im Laufe der Zeit wurde es einfach immer weniger. Er ist nicht mehr der Ferdi, den ich geheiratet habe. Ab und zu brauche ich es einfach und dann hole ich es mir, ohne dass es jemand mitbekommt.«

»Wie und wann machst Du das?« Ich war immer noch sprachlos, aber gleichzeitig wurde ich langsam neugierig. Bei Sophia hätte ich es am Wenigsten vermutet.

»Wenn er auf Geschäftsreise ist, bringe ich die Kinder für eine Nacht bei Freunden unter, oder einfacher ist es, wenn ich mal beruflich zu Seminaren mit Übernachtung unterwegs bin. Ich warte auf den richtigen Zeitpunkt. Dann plane ich alles bis ins kleinste Detail. Es darf zum Beispiel niemals bei mir Zuhause stattfinden, weil es da zu viele Zufälle geben könnte, die mich verraten. Ich gehe auch nicht das kleinste Risiko ein. Es müssen abgelegene Hotels sein, in denen ich mich verabrede und ich lasse mich nur mit verheirateten Männern ein, die selbst auf äußerste Diskretion achten.«

»Aber wo lernst Du sie kennen?«

»Überall! In meinem Chemielabor arbeiten genügend verheiratete Männer. Sie sind zwar meistens deutlich älter als ich, aber im Bett sind sie die leidenschaftlichsten Liebhaber. Sie konzentrieren sich darauf, dass ich auf meine Kosten komme und veranstalten Dinge mit mir, von denen ich früher noch nicht einmal geträumt habe! Ich würde nicht mehr darauf verzichten wollen. Es ist einfach fantastisch!« Sophias ohnehin große Augen wurden noch größer und sie sah mich verträumt und glücklich an.

Als sie meinen Gesichtsausdruck sah, lachte sie.

»Wenn Du es geschickt anstellst, kannst auch Du einen Mordsspaß im Bett haben, ohne dass Deine Kinder irgendetwas mitbekommen«, sagte Sophia noch einmal nachdrücklich und schaute mir dabei tief in die Augen.

»Ich weiß nicht, da muss ich erst noch darüber nachdenken«, versprach ich.

Mein Kopf dröhnte und ich war wirklich geschockt, dass Sophia fremdging.

»Falls Du Richard doch noch anrufen willst, kannst Du Dich vertrauensvoll an mich wenden«, bemerkte Sophia mit einem Augenzwinkern.

»Was meinst du damit?«, fragte ich ungläubig.

»Ich habe mir Volkers Telefonnummer geben lassen. Für alle Fälle«, erwiderte sie und hob mit unschuldigem Blick ihre Schultern.

»Du bist unglaublich!«, antwortete ich lachend.

Sophia zog ihre Jacke an und winkte mir fröhlich zu.

»Ich hoffe, Du behältst alles für Dich. Außer dir weiß niemand davon. Normalerweise hätte ich es auch Dir nicht erzählt. Aber ich will nicht, dass Du Dich selbst aufgibst und irgendwann den Spaß am Leben verlierst.«

Ich schaute ihr noch eine Weile hinterher. Kopfschüttelnd schloss ich die Tür. Ich freute mich jetzt auf eine Nacht, in der ich sicher nicht geweckt wurde.

Aber obwohl meine Kinder nicht da waren, wachte ich bei jedem kleinsten Geräusch im Haus auf. Der Gedanke daran, doch wieder einmal Sex zu haben, ließ mich nicht los und sorgte in dieser Nacht für einen unruhigen Schlaf.

Sexuelle Abenteuer

»Sex ist die Liebesform einer Zeit, die für die Liebe keine Zeit mehr hat.«

- Sigmund Graff -

8

Am nächsten Morgen holte ich mir meine Tasse Kaffee ins Bett und dachte über den letzten Abend mit Sophia nach.

In mir sträubte sich alles gegen eine neue Partnerschaft, weil ich Angst hatte, wieder verletzt, enttäuscht und ausgenutzt zu werden. Obwohl ich den Abend mit Richard genossen hatte, war ich standhaft geblieben. Irgendwie war ich schon ein bisschen stolz auf mich.

Mir wurde aber auch langsam bewusst, dass ich vor etwas davonlief oder verdrängte, was ich noch nicht verarbeitet hatte. ›Waren meine sexuellen Fantasien letztlich eine Flucht vor mir selbst und dem Leben an sich?‹ Was ich mir bisher nicht eingestehen wollte war, dass ich beim Ausleben meiner Fantasien mit dem Orgasmus auch jedes Mal aus meiner Märchenwelt fiel und wieder mit aller Härte auf dem Asphalt der Wirklichkeit aufschlug.

Eine feste Partnerschaft schloss ich wegen meiner Kinder aus. Das war schon mal klar. Aber könnte leidenschaftlicher Sex ohne Verpflichtungen, ohne Beziehung und ohne Liebe für mich ein Kompromiss sein?

›Wenn Sophia es schafft‹, dachte ich, ›dann schaffe ich es auch, ohne dass meine Kinder etwas mitbekommen. Aber wirklich nur unverbindlichen Sex‹, bekräftigte ich in Gedanken. Mit dieser Erkenntnis stand ich auf und ging joggen. Der Gedanke an richtigen Sex hinterließ ein angenehmes Prickeln in meinem Körper.

Nach 20 Minuten ging mir die Puste aus. Heute Morgen hatte ich keine Lust mich so abzuplagen und ging lieber in schnellem Tempo meine Runde zu Ende. Normalerweise traf ich um diese Uhrzeit niemanden auf diesem Waldweg, aber schon bald hörte ich die Schritte eines anderen Läufers hinter mir.

»Nicht schlapp machen!«, rief er im Vorbeilaufen. Als er sich kurz umschaute und mir in die Augen sah, konnte ich in seinen Augen Interesse aufblitzen sehen. Prompt verlangsamte er sein Tempo und lief im Zeitlupentempo auf der Stelle, bis ich ihn eingeholt hatte.

»Kann ich Dich motivieren, mit mir Schritt zu halten?«, fragte er lachend. »Oder bist Du schon müde?«

»Womit möchtest Du mich denn motivieren?«, fragte ich ihn provokativ und riskierte einen Seitenblick auf seinen knackigen Hintern.

Er ging sofort darauf ein und entgegnete mit seiner tiefen männlichen Stimme: »Du wirst es nicht bereuen.«

»Hört sich vielversprechend an«, erwiderte ich lachend, aber als ich das Verlangen in seinen Augen sah, blieb mir das Lachen im Hals stecken.

»Also gut«, wollte ich laut sagen, aber es kam nur ein heiseres Flüstern aus meiner Kehle. Ich fing wieder an zu laufen, nicht ganz so schnell, aber zumindest lief ich wieder. Der Schweiß trat mir aus allen Poren und ich war mir sicher, dass es nicht nur wegen des Laufens war.

Er gefiel mir. Er war groß und kräftig und lief trotzdem leichtfüßig, schon fast tänzelnd. Wir liefen eine Weile schweigend nebeneinander her. Hin und wieder schaute er mir in die Augen und ich wusste: ›Wenn ich wollte, dann könnte ich.‹ Aber wollte ich mich wirklich einfach so einem fremden Mann hingeben? Wenn, dann aber nur Sex, nur unverbindlich.

In meinem Inneren tobten zwei unterschiedliche Stürme. Eigentlich wollte ich nicht mehr als flirten. Sehen, dass ein attraktiver Mann noch Interesse an mir hatte. Aber war er mein Typ Mann? Nein, eigentlich nicht. Ich stand nicht auf Schönlinge. Ich war eigentlich auf der Suche nach einem richtigen Mann. ›Nein‹, verbesserte ich mich in Gedanken schnell, ›ich war ja gar nicht auf der Suche! Wenn, dann wollte ich nur ein bisschen Spaß. Und für Spaß wäre dieser Typ genau richtig,‹ überlegte ich.

Obwohl mir vorher beim Laufen die Luft ausgegangen war, fühlte ich mich plötzlich fit und steigerte mein Tempo, um mich zu beweisen. Er legte seine Hand auf meine Schulter und sagte leise: »Nicht so schnell. Du darfst Dich nicht verausgaben.«

Mir liefen kalte Schauer über den Rücken, als er mir zuzwinkerte. Hatte ich jetzt Angst vor ein bisschen Spaß? Mir war ein wenig übel und ich spürte einen heftigen Druck auf der Blase. ›Nein, ich habe keine Angst‹, dachte ich mir. ›Aber wenn er verheiratet ist?‹, meldete sich mein kleines schlechtes Gewissen. Ich sollte ihn zumindest vorher fragen. Ich schaute ihn beim Laufen an und wollte ihm die Frage stellen, aber dann dachte ich mir: ›Nein, ich werde mich doch jetzt nicht lächerlich machen. Das ist doch sein Bier, oder? Ich weiß wie weh es tut, aber wenn er seine Frau sowieso betrügt, dann ist es doch gleich, ob er sie mit mir betrügt oder mit einer Anderen.‹ Ich erwog kurz, einfach davon zu laufen, aber dann würde ich nie damit beginnen. Ich wünschte, jemand könnte mir diese Entscheidung abnehmen.

Als wir an der Isar ankamen, nahm er mich in den Arm und mir somit auch die Entscheidung ab. Aber in diesem Moment wusste ich: »Ich bin noch nicht bereit.«

»Es tut mir leid, aber das geht mir zu schnell«, flüsterte ich nun völlig außer Atem.

»Ach komm schon, Du willst es doch genauso sehr wie ich!«, drängte er mich leicht verärgert.

»Ja. Nein. Ja. Ich weiß nicht«, antwortete ich völlig verwirrt. »Ich muss noch einmal darüber nachdenken. Es tut mir wirklich leid«, rief ich und entfernte mich von ihm. Wie er so dastand mit hängenden Schultern und einem bockigen Gesicht, tat er mir leid. Er sah aus wie ein Kind, dem man das Spielzeug weggenommen hatte.

»Falls ich es mir anders überlege, treffen wir uns morgen um dieselbe Zeit«, rief ich und lief davon. Er schrie mir noch hinterher, dass er meine Telefonnummer haben wollte, aber ich tat so, als hörte ich ihn nicht mehr. Ich war in Panik. Ich musste dringend erst einmal nachdenken.

Am liebsten wäre ich jetzt gleich zu Sophia gelaufen, um ihr von meinem Erlebnis zu erzählen. Bei dem Gedanken an Ferdi verwarf ich den Wunsch jedoch. Es war zu gefährlich. Er könnte etwas mitbekommen, was er nicht hören sollte. Außerdem traf ich mich mit ihr lieber allein, ohne Familie. Seit meiner Trennung von Bernhard hatte ich nicht das geringste Verlangen, andere glückliche oder weniger glückliche Familien um mich zu haben. Sophia verstand mich und respektierte es. Und Ferdi blieb nichts anderes übrig, als es zu akzeptieren.

Sobald ich zu Hause angekommen war, rief ich sie an.

»Sophia, du wirst es nicht glauben, aber ich hätte jetzt beinahe beim Joggen Sex gehabt!«, rief ich aufgeregt ins Telefon, als sie abhob.

»Hallo Priscilla. Was ist denn mit dir los? Warum beim Joggen? Mit welchem Mann?« Sie schien etwas verwirrt zu sein.

Ich lachte laut. »Entschuldige, aber es hat mich jetzt so mitgenommen, dass ich noch nicht einmal mehr klar denken kann.«

»Schieß los!«, sagte Sophia neugierig. Ich konnte ihrer Stimmlage anhören, dass sie schmunzelte.

»Ich habe gerade beim Joggen probeweise geflirtet und der Typ ist sofort angesprungen. Unfassbar!«
»Mit welchem Typ denn? Kennst Du ihn? Hat er auch einen Namen?«
»Das ist es ja. Ich kenne ihn nicht und ich weiß auch nicht, wie er heißt.«
»Dann lern ihn doch erst einmal kennen, bevor Du mit ihm ins Bett gehst.«
»Ich weiß nicht, ob ich ihn kennen lernen will. Aber er sah gut aus und ich könnte mir schon vorstellen, mit ihm… na ja, Spaß zu haben.«
Sophia lachte. »Das ging ja schneller, als ich gedacht hatte.«
»Ich habe dann aber doch Angst bekommen und bin einfach weggerannt.«
»Hm. Dann war er nicht der Richtige für Dich«, entschied sie nachdenklich.
»Ich weiß nicht. Irgendwie wollte ich schon.«
»Priscilla, nichts überstürzen! Warte erst einmal ab und denke darüber nach, was du wirklich willst.«
»Ach ja. Es ist wirklich furchtbar. Kaum setze ich mich mit dem Gedanken auseinander, ob ich wieder Sex mit einem Mann haben möchte, schon ist einer da. Ehrlich gesagt, bin ich froh, weggelaufen zu sein. Was machst du heute Abend?«
»Ich fahre jetzt zu meinen Schwiegereltern und leider kommen wir erst morgen Abend wieder. Aber versprich mir, dass Du nichts überstürzt. Ganz gleich, wie Du Dich entscheidest, höre auf Deine innere Stimme.«
»Das hast du von mir. Das ist meine Weisheit.«
»Aber jetzt passt sie zu deiner Situation.«
»Okay, mach ich. Du kennst mich ja.«

Ich duschte und versuchte mich mit einem spannenden Buch abzulenken. Es war mein kinderfreies Wochenende, da sollte ich eigentlich entspannen. Aber immer wieder sah ich den Jogger vor mir. ›Bin ich blöd‹, dachte ich mir. ›Ich hätte es haben können.‹ Ich spürte am ganzen Körper ein Kribbeln und eine Sehnsucht, die fast schmerzte. Ob er morgen wieder dorthin kam? Vermutlich dachte er sich, dass ich eine unreife blöde Gans war, die nicht wusste, was sie wollte.

Ich hielt es nicht mehr aus, einfach nur herum zu sitzen und begann das Kinderzimmer aufzuräumen. Der Gedanke an Sex gab mir so viel Energie, dass ich alle Zimmer im Handumdrehen in Ordnung gebracht hatte. Anschließend nahm ich mir die Fenster und Türen vor. Als alles sauber und ordentlich war, setzte ich mich wieder in meinen Sessel. Trotz müder Arme und Beine war ich innerlich so unruhig, dass ich mich nach wie vor nicht auf mein Buch konzentrieren konnte. Immer wieder dachte ich an den Sex, den ich heute hätte haben können und verschmäht hatte.

Irgendwann war mir klar: Ich wollte diesen Jogger. Ich wollte mal wieder richtigen Sex und ich wollte ihn möglichst bald! Enthusiastisch machte ich mich bettfertig und genoss das Kribbeln in meinem Bauch. ›Das ist die Vorfreude‹, sagte ich mir. Aber sobald ich das Licht ausgemacht hatte und unter meiner Bettdecke lag, kamen erneut die Zweifel. Ich hatte mir doch erst vor kurzem noch geschworen, keinen Mann je wieder an mich heran zu lassen. War ich inkonsequent, wenn ich mit dem Jogger einfach mal Sex hatte? Konnte ich tatsächlich, wie Sophia, Spaß von dem Thema unterscheiden, das für mich wichtig war? Bei dem ich verletzlich wurde? Nun ja, ich konnte nicht leugnen, dass Sex für mich wichtig war, aber wollte ich es auch mit einem Fremden? Und wollte ich riskieren, dass ich trotzdem verletzt werden könnte?

›Ich sollte es zumindest einmal ausprobiert haben‹, dachte ich mir, ›sonst würde ich es nie herausfinden. Ich könnte ja das Schicksal entscheiden lassen. Sehe ich ihn morgen wieder und es würde sich ergeben, dass wir uns sexuell nähern, dann soll es so sein. Ansonsten sollte ich einen großen Bogen um Sex mit fremden Männern machen und mich mit meinen Fantasien begnügen.‹ Dieser Gedanke beruhigte mich und ich konnte endlich einschlafen.

Als ich aufwachte, war ich verwirrt und nassgeschwitzt. Beim Blick auf meinen Wecker bekam ich einen Schreck, ich hatte gerade einmal eine Stunde geschlafen. Ich duschte mich und zog mir trockene Sachen an. An Schlafen war nun nicht mehr zu denken, also kuschelte ich mich vor den Fernseher. Leider lief nichts, was mich ablenken konnte. Ich zappte durch alle Kanäle und blieb schließlich bei einer Wahrsagerin hängen, die einer Fernsehzuschauerin gerade riet, sich von ihrem Partner zu trennen. Neugierig hörte ich ihr eine Weile zu und schaute mir die Bilder auf den Tarotkarten an, die vor ihr auf dem Tisch lagen und auf die sie immer wieder deutete. Die Karten sahen düster aus. ›Gut, dass ich die Trennung bereits hinter mir hatte‹, dachte ich mir. Bei mir hätten die Karten vermutlich auch so düster ausgesehen. Angenehm überrascht war ich über das Aussehen der Wahrsagerin. Mit ihrem blonden Kurzhaarschnitt und dem olivfarbenen Blazer sah sie sehr gepflegt aus. In meiner Vorstellung sahen Wahrsager eher etwas verwegen aus, ein bisschen so wie Zigeuner. Ich lächelte. Diese Vorstellung musste aufgrund eines Märchens bei mir entstanden sein. Die Wahrsagerin hörte sich eigentlich ganz vernünftig an. Warum holte ich mir nicht einfach bei ihr einen Rat, was ich tun sollte? Sie war unparteiisch und vielleicht sagten ihr die Karten ja tatsächlich etwas. Aber vermutlich kostete das eine Menge Geld.

Die Beratung endete nun mit einer Engelskarte, die sie der Anruferin mit auf den Weg gab. Die Telefonnummer wurde im unteren Teil des Bildschirms eingeblendet. Jetzt hätten noch zwei Hilfesuchende die Chance, eine Beratung bei Manuela, so hieß diese Wahrsagerin, zu erhalten. Die erste Beratung wäre kostenfrei, wurde den Zuschauern zugesichert. ›Kostenfrei? Es kann ja nicht schaden‹, dachte ich mir, holte das Telefon und wählte die Nummer. Sofort wurde mein Anruf entgegengenommen.

»Consilium. Schön, dass sie uns anrufen. Was können wir für sie tun?«, fragte eine freundliche Stimme am anderen Ende der Leitung.

»Äh, Paulus, grüß Gott. Ich, äh, wollte, mmh, würde gern eine kostenlose Beratung bei Manuela bekommen«, stotterte ich herum. Ich hätte mir einen anderen Namen überlegen sollen. Was wäre, wenn irgendjemand vor dem Fernseher saß, der mich kannte, der meine Stimme erkannte?

»Sehr gerne. Wären sie bereit, sich im Fernsehen auf Sendung beraten zu lassen?«

»Ähm, warum nicht. Muss ich meinen richtigen Namen sagen?«

»Nein, sie können natürlich auch ein Pseudonym benutzen.«

»Okay. Dann sehr gerne.«

»Dann bräuchte ich ihre Bankverbindung mit ihrem richtigen Namen bitte.«

»Bankverbindung? Ich dachte, die erste Beratung ist kostenlos.«

»Ja, das ist richtig. Allerdings können wir so sicherstellen, dass sie unser Angebot nur einmal in Anspruch nehmen. Sie können sich sicher sein, dass wir bei Ihnen für diesen ersten Anruf kein Geld abbuchen. Sollten sie unsere Lebenshilfe jedoch ein weiteres Mal nutzen wollen, würden wir den entsprechenden Betrag gleich abbuchen können.«

»Aha, also gut.« ›Ausgeklügeltes System‹, dachte ich. Aber ich war mir sicher, dass ich deren Beratung ganz sicher nicht noch einmal in Anspruch nehmen würde. Obwohl ich dieses Verfahren verstand, hatte ich ein mulmiges Gefühl im Magen, während ich ihr brav meine Bankverbindung durchgab. Endlose Warnungen von Bernhard und Sophia fielen mir ein, niemals am Telefon meine Bankverbindung bekannt zu geben. Nun ja, egal. Jetzt half es auch nichts mehr, wenn ich auflegte.

»Bitte legen sie nicht auf, Manuela meldet sich gleich bei Ihnen. Wir wünschen Ihnen, dass alles gut wird.«

»Vielen Dank«, erwiderte ich mit gepresst Stimme. Mein Herz schlug aufgeregt gegen meinen Brustkorb. Trotz beruhigender Warteschleifenmusik, verkrampfte sich mein Magen. Sollte ich doch lieber auflegen? Wie sollte die Wahrsagerin denn sehen, was mich beschäftigt? Ich würde nichts preisgeben. Wahrsager horchten doch die Hilfesuchenden nur aus und gaben anschließend mit Hilfe dubioser Karten psychologische Tipps. Da war ich mir sicher. Eigentlich waren es gewiefte, psychologisch etwas geschulte Hausfrauen, nicht mehr und nicht weniger. Die Werbepause endete. Ich sah, wie Manuela den Hörer in die Hand nahm und hörte im Telefon sowie im Fernsehen ihre Stimme.

»Hallo, hier ist Manuela. Mit wem rede ich?«, fragte mich die rauchige Stimme, die eigentlich nicht zu der gepflegten Blondine im Fernsehen passte. Bevor ich antworten konnte, bat sie mich mit schmerzverzerrtem Gesicht, den Ton am Fernseher leiser zu stellen. Ich gehorchte und überlegte mir schnell einen Namen: »Hallo Manuela, hier ist Simone«, antwortete ich aufgeregt.

»Sehr schön, Simone. Danke, dass du mich angerufen hast. Ich werde jetzt versuchen, dir zu helfen. Du musst nichts weiter tun, als dich bequem hinzusetzen, darauf zu achten, dass deine Arme und Beine nicht überkreuzt sind und tief durchatmen. Entspanne dich, schließe die Augen und denke an das Thema, bei dem ich dir helfen soll. Bist du bereit?«

Ich schaute sie im Fernsehen an. Ihr Blick war ernst und fordernd. Mich fröstelte es. Schnell änderte ich meine Sitzhaltung, atmete tief durch und schloss meine Augen.

»Ja.«

»Während du ganz intensiv an dein Thema denkst, mische ich die Karten. Wenn du das Gefühl hast, dass dein Thema bei mir angekommen ist, sag bitte ›Stopp‹.«

Ich atmete bewusst tief ein und aus und versuchte das Bild des Joggers vor mein inneres Auge zu holen. Zuerst wollte es mir nicht gelingen. Alles was ich sah, war ein eigenartiges Flimmern. Aber nach und nach konnte ich seine athletische Figur, sein verschmitztes Grinsen und dann seinen Augenausdruck erkennen.

»Stopp!«, rief ich begeistert und machte meine Augen auf.

»Sehr schön, Simone. Nun lege ich dein Kartenbild auf den Tisch und wir sehen uns gemeinsam deine Situation an.«

Die Karten schnipsten, so schnell griff sie zu dem Kartenstapel in ihrer Hand und legte eine Reihe nach der anderen aus. Als die Kamera auf die Karten gerichtet wurde, hielt ich den Atem an. Die ersten beiden Reihen waren so düster, dass sie düsterer nicht sein konnten.

»Ich sehe, du hast in der jüngeren Vergangenheit eine sehr schwere Zeit gehabt und im Moment bist du im Umbruch.« Ich schluckte. Konnte sie das wirklich sehen, oder hatte einfach jeder, der bei ihr anrief, eine schwere Zeit zu überstehen? Eigentlich ist das ja naheliegend, denn warum sonst würde irgendjemand bei einer Wahrsagerin anrufen?

»Ganz nah bei dir sehe ich zwei Kinder. Du bist ihnen zugewandt, das heißt, sie sind für dich sehr wichtig, sie sind in deinem Herzen.«

Jetzt hatte sie meine volle Aufmerksamkeit. Wenn sie das wusste, dann konnte sie mir vielleicht auch mehr sagen. Ich zitterte vor Aufregung und hörte ihr konzentriert zu.

»Ansonsten sehe ich viel Wirbel, aber keine Ruhepausen für dich. Du musst auf dich aufpassen. Ich sehe viele Männer, die auf dich schauen. Das ist dein Thema, habe ich Recht?«

»Ja«, erwiderte ich mit belegter Stimme.

»Der Mann in deiner Vergangenheit möchte zu dir zurück, aber du solltest es dir gut überlegen, da er dir sehr wehgetan hat.«

Um meinen Hals zog sich eine Schlinge zu, ich konnte nicht antworten. Ich nickte bloß. Als könnte sie mich sehen, redete sie weiter.

»In der nahen Zukunft werden einige neue Männer deinen Weg kreuzen. Sie werden dir nicht gut tun. Du solltest erst deinen Weg zu dir selbst finden und deine verwundete Seele heilen. Dann kannst du dich auf einen neuen Mann einlassen. Aber erst dann«, sagte sie eindringlich. »Ich hoffe, ich konnte deine Frage beantworten und dir in der jetzigen Situation helfen. Du kannst mich jederzeit gerne anrufen, wenn du weitere Fragen hast.« Panisch, weil sie das Gespräch beenden wollte, fragte ich sie schnell: »Ich habe heute einen Mann kennengelernt, werde ich ihn wiedersehen?«

Manuela vertiefte sich wieder in ihre Karten.

»Wenn du willst, wirst du ihn wiedersehen. Wenn Du willst, kannst du ihn auch haben, aber er wird dir nicht gut tun.« Manuela zog eine Augenbraue hoch, als würde sie mich fragen wollen, ob ich es jetzt endlich verstanden habe.

Ich konnte mir nicht verkneifen, noch eine Frage zu stellen: »Werde ich jemals einen Mann finden, mit dem ich glücklich sein kann?«

Sie schaute noch nicht einmal auf ihr Kartenbild, als sie mir leicht genervt antwortete: »Es liegt ganz bei dir. Wie ich schon sagte, solltest du erst mit dir selbst ins Reine kommen. Männer gibt es in deinem Umfeld genug. So, jetzt gebe ich dir noch eine Engelskarte mit, die Dir helfen wird.« Sie mischte einen dünnen Stapel kleiner Karten und schenkte mir den Engel. Den Namen des Engels konnte ich nicht hören, so sehr rauschte es in meinen Ohren. Krampfhaft versuchte ich das Rauschen durch intensives Schlucken wegzubekommen. Endlich begriff ich, dass es nicht in meinen Ohren rauschte, sondern im Telefonhörer. Langsam legte ich den Hörer auf die Couch. Die nächste Werbepause hatte Manuela von der Bildfläche verdrängt. Mir war kalt, ich zitterte und mein Magen schmerzte. ›Wie konnte sie das alles wissen? Ich hatte doch nichts preisgegeben‹, grübelte ich.

Schlotternd lag ich unter meiner dicken Decke. War es Kälte, oder war es die Aufregung, die mich innerlich so beben ließ? Oder die Angst eine falsche Entscheidung zu treffen? Ich schlüpfte unter meiner Decke hervor und holte mir meine dicken Schlafsocken, die ich eigentlich nur anzog, wenn ich krank war. ›War es falsch, sich auf diese Art Macht einzulassen?‹, fragte ich mich. Ich erinnerte mich an einen Prediger, den ich in meiner Kindheit gehört hatte. Er hatte gesagt, dass alles Okkulte vom Teufel stammt. Ließ ich mich auf den Bösen ein, wenn ich auf eine Wahrsagerin hörte? Ich wollte mit dem Teufel nichts zu tun haben. Ich wollte mir nur Denkanstöße und Hilfestellungen holen. Die Entscheidungen traf ja immer noch ich.

In diesem Moment sah ich im Geiste das Gesicht meiner Mutter. Mir fiel ein, dass ich sie unbedingt mal wieder anrufen sollte. Sie würde mir jetzt sagen: ›Ach Priscilla, was machst Du denn für Sachen. Wie kannst Du diese Wahrsagerei mit Deinem Glauben an Gott vereinbaren?‹ Es war lang her. In meiner Kindheit und Jugend brannte ich für meinen Glauben an Gott. Es war nicht so, dass ich nicht mehr an ihn glaubte, aber es gab im

Moment so viele Schwierigkeiten, denen ich mich stellen musste. Ich hatte mir meine Probleme selbst eingebrockt, da konnte ich ja jetzt schlecht angekrochen kommen und darum bitten, dass Gott für mich alles wieder richten sollte. Das musste ich jetzt schon allein schaffen. Eine tiefe Traurigkeit erfasste mich und ich weinte mich in den Schlaf.

Am nächsten Morgen wachte ich vor dem Wecker auf. Ich hasste es, zu früh aufzuwachen. Zwanghaft versuchte ich wieder einzuschlafen. Ich wollte einfach nur schlafen. Alle Gedanken über Sex und die Wahrsagerin ausblenden. Aber sobald ich die Augen schloss, sah ich den Jogger vor mir. ›Sollte ich auf die Warnungen der Wahrsagerin hören, oder mich in das Abenteuer stürzen?‹ Unablässig schaute ich auf die Uhr. Ich kapitulierte und stand auf.

Ich wollte ihn. Ich wollte Sex. Heute! Weil ich noch reichlich Zeit hatte, um den Jogger zur gleichen Uhrzeit wie gestern anzutreffen, duschte ich ausgiebig und machte mich zum Laufen hübsch zurecht. Ich musste lächeln, weil ich mich für Sport noch nie so aufwendig eingecremt und geschminkt hatte. ›Hoffentlich kommt er auch‹, dachte ich mir sorgenvoll. Wie peinlich wäre es, wenn ich jetzt dort hin jogge und er mich nur beobachtet, sich aber nicht zeigt? Oder wenn er sich rächt und heute er nicht will? Wie jeden Morgen nahm ich meine Pille. Normalerweise nahm ich sie nur wegen meiner unreinen Gesichtshaut. Aber heute…?

Ich hielt die Anspannung kaum noch aus. Ich musste so schnell wie möglich hin. Schneller als sonst lief ich zum Waldrand. Ich konnte niemanden sehen. Völlige Stille lag über den Feldern und auch am Waldrand konnte ich keine Bewegung ausmachen. Enttäuschung machte sich in mir breit. Am liebsten hätte ich losgeheult, so aufgewühlt war ich. Wie konnte ich nur so dumm sein zu glauben, dass er heute wieder da war, um mich zu treffen. Ausgerechnet mich, weil er nichts Besseres zu tun hatte, als auf eine dumme Gans zu warten, die zuerst »auf Teufel komm raus« flirtet und dann wegläuft. Enttäuscht suchte ich mit meinen Augen nochmals den Waldrand ab.

Da! Plötzlich sah ich ihn. Er saß auf einem Baumstumpf und wartete auf mich. Mein Herz setzte einen Schlag aus und ich überlegte, ob ich nicht doch lieber wieder schnell weglaufen sollte. Da kam er mir aber schon entgegen getrabt. Er strahlte mich an und nahm mich einfach in den Arm.

Völlig außer Atem küssten wir uns gierig. Es fühlte sich gut und irgendwie auch richtig an. In diesem Augenblick wurde mir klar, warum ich mich gerade diesem Mann hingeben wollte: er sah meinem Fantasiemann sehr ähnlich und fühlte sich auch ähnlich gut an. Vielleicht sah mein heimlicher Geliebter noch etwas intellektueller aus. ›Aber gab es so einen Mann in der Wirklichkeit? Ein intellektueller Mann, der sportlich und sexuell einfallsreich war?‹ Ich lachte in mich hinein. Worüber ich mir ausgerechnet jetzt Gedanken machte! Seine Hände tasteten mit gierigem Druck über meinen Körper. Ich stöhnte. Es war schon so lange her. Ich schaute ihn unablässig an, aus Angst doch nur eine Fantasie zu erleben.

Mit einem Ruck zog er mir mein Laufshirt über den Kopf. ›Uups, der ist ja ein ganz Schneller‹, dachte ich atemlos. Scheinbar gefiel ihm, was er sah. Er beugte sich zu mir herunter und leckte die kleinen Schweißtropfen, die zwischen meinen Brüsten standen, einfach weg. Seine Zunge hinterließ ein heftiges Kribbeln auf meiner Haut, wie das Knistern von Brause. Er öffnete meinen Sport-BH und nahm die hart aufgerichteten Knospen in seinen Mund. Er sog und leckte daran, wie ein kleines Baby. Er massierte meine Brüste und ich konnte einfach nicht wegsehen, weil es so unwirklich war und doch so schön. Seine Hände fühlten sich fast so an, wie die Hände meines

Fantasiemannes. Männlich, groß, stark, allerdings fehlte die leichte Behaarung. Beinahe hätte ich laut über mich gelacht. ›Ich werde wahnsinnig‹, dachte ich, während er nach wie vor ausdauernd an meinem Busen hing. ›Warum verweilt er so lang an meinem Brüsten? Vielleicht weiß er nicht, ob er weiter gehen will? Sollte ich ihn ermutigen? Wartet er auf ein Zeichen von mir?‹

Ich fühlte mich wie in einem Film. Was tue ich hier eigentlich? Ist es wirklich die richtige Entscheidung mich einem Fremden hinzugeben? Aber es tat wiederum so gut. ›Dann konnte es doch gar nicht so falsch sein, oder?‹ Endlich ließ er von meinem Busen ab und küsste mich. Er küsste mich stürmisch und zog mich fest an sich. Das war der Augenblick, in dem ich endgültig beschloss, mich auf dieses Abenteuer einzulassen. Allein eine stürmische Umarmung hatte ich schon so vermisst. Ich beschloss, mich voll auf ihn einzulassen und keinen Rückzieher zu machen. Ich schloss die Augen, um mir alle kleinen Details für meine nächste Fantasie zu merken, falls ich nach diesem Erlebnis hier keinen Sex mehr haben sollte.

Meine Hände krallten sich in seinen Haaren fest. Endlich wurde ich wieder einmal so richtig leidenschaftlich geküsst. Er fühlte meine Hingabe und wurde mutiger. Seine Hände streichelten mich an meinen intimsten Stellen. Durch den leichten Stoff meiner Sporthose konnte ich die Wärme seiner Hände spüren. Ich stöhnte laut. Das war es, wonach ich mich so gesehnt hatte. Eine männliche Hand, die mich streichelte und es war eigentlich auch vollkommen egal, wie diese Hand aussah. Ich zerrte an seinem T-Shirt. Er gehorchte sofort und zog es aus. Sein Oberkörper war nur leicht behaart und glänzte schweißnass. Ich streichelte über seine muskulöse Brust, für die er viele Stunden im Fitnessstudio trainiert haben musste. Ich drückte mich an ihn und ließ meine Hände tiefer zu seinem Hintern wandern. Hart und knackig. ›Wie kräftig er wohl zustoßen konnte‹, dachte ich. Mir wurde ganz heiß. Er löste sich von mir, zog meine Trainingshose und meinen Slip bis in die Kniekehlen herunter und drehte mich um, so dass er hinter mir stand. Während er mit einer Hand meinen Busen massierte, um mich bei Laune zu halten, spürte ich, wie er seine Hose ebenfalls herunterzog. Seine Hand drückte meinen Rücken so weit nach vorn, bis ich in gebückter Haltung vor ihm stand. Ne, so hatte ich mir das eigentlich nicht vorgestellt. ›Schneller Sex ja, aber doch nicht so‹, schoss es mir durch den Kopf. ›Ich will ihn sehen, ihm in die Augen schauen. Wie sieht seine Männlichkeit überhaupt aus? Schämt er sich dafür? Dreht er mich deshalb um? Warum drückt er mich so tief hinunter?‹, meine Gedanken fuhren Karussell. Ich fühlte mich nicht mehr auf Augenhöhe. ›Musste er mich klein machen, damit er sich groß fühlen konnte? Meine Beine sind noch in meiner Hose gefangen‹, dachte ich panisch, als er sich hektisch an mich presste und ich ihn auch schon in mir spürte. Ich verlor das Gleichgewicht und wäre vornüber gestürzt, wenn mich seine Hände nicht an der Hüfte gepackt und festgehalten hätten. Er war groß und füllte mein Inneres voll aus. Er nahm mich so kräftig, wie ich es mir schon lang ersehnt hatte. Aber jetzt empfand ich es als eher brutal. Er keuchte und stöhnte und brüllte einen Tarzanschrei, als er kam. Ich war etwas irritiert, weil das Ganze noch nicht einmal eine Minute gedauert hatte und ich noch gar nicht begonnen hatte, es wenigstens ein bisschen zu genießen. ›Nein, das war doch nicht der richtige Mann und schon gar nicht der so sehr von mir ersehnte Sex‹, dachte ich mir enttäuscht. Er kam meinem Fantasiemann noch nicht einmal annähernd Nahe. Eventuell mit seinem Aussehen, aber ganz sicher nicht mit seinem Verhalten. Mein Mann sollte sich in jeder Situation gentlemanlike benehmen können, auch bei stürmischem, schnellem Sex.

Als er aus mir herausglitt und mich losließ, zog ich rasch meine Hose hoch, schnappte meinen BH und mein Laufshirt, winkte ihm kurz zu und machte mich im Laufschritt davon. Als ich mich kurz umdrehte, stand er immer noch mit heruntergelassener Hose an einen Baum gelehnt da und schnaufte wie eine alte Dampflok. »Halt!«, rief er mir hinterher, »wann sehen wir uns wieder?«

»Das überlassen wir dem Zufall!«, rief ich zurück, zog im Laufen mein Shirt über und lief noch ein bisschen schneller. ›Und diesen Zufall wird es sicher nie mehr geben‹, dachte ich mir, ›ich werde mir eine andere Joggingstrecke suchen.‹ Ich hatte erwartet, dass es Spaß machen, mich auf irgendeine Art befriedigen würde, ich auch auf meine Kosten kommen würde. Aber das einzige Gefühl, das sich einstellte, war, dass ich mich benutzt und schmutzig fühlte. ›Du bist selbst schuld‹, sagte ich mir. Ich wollte es unbedingt einmal ausprobieren. Obwohl Sophia mir geraten hatte, vorsichtig zu sein. Obwohl die Wahrsagerin mir gesagt hatte, dass der Mann mir nicht gut tun würde. Obwohl ich Zweifel hatte, bevor ich zum Joggen gegangen bin.

Irgendetwas war mit mir nicht in Ordnung. Warum war ich mit 38 Jahren noch so naiv? Als ich endlich Zuhause war, riss ich mir die Kleidung vom Körper und ging duschen. Ich duschte so lange, bis ich das Gefühl hatte, endlich wieder sauber zu sein und nahm mir vor, das nächste Mal überlegter zu handeln. Vor allem sollte ich mehr auf das Verhalten des Mannes Wert legen. Aussehen war eben doch nicht das Wichtigste!

9

»Du hast waaaaaas?«, rief Jessi, die als erste die Sprache wiederfand. Sie wirkte schon fast hysterisch.

Meine Freundinnen Sophia, Jessi, und Claudia saßen um meinen Esstisch versammelt, vor sich ein gefülltes Glas Prosecco, das sie allerdings ausnahmsweise nicht beachteten. Sie starrten mich nur entgeistert an.

Ich nickte bestätigend und grinste. Gerade Jessi, die es faustdick hinter den Ohren hatte, tat so, als hätte ich mit dem Sex mit einem fremden Mann die größte Sünde begangen. Nachdem ich mein Erlebnis zum Besten gegeben hatte, konnte ich bei Jessi hektische rote Flecken im Gesicht erkennen. Ich war davon überzeugt, sie neidete es mir, dass ich tun und lassen konnte, was ich wollte. Ich war nicht mehr verheiratet und war niemandem Rechenschaft schuldig. ›Von solchen Abenteuern träumt sie nur‹, mutmaßte ich böse.

»Also, das würde mir nicht im Traum einfallen, einen fremden Mann an mich ran zu lassen. Du weißt ja noch nicht einmal wie er heißt, oder?«

»Nö, wozu auch? Ich will ja sonst nichts von ihm«, erwiderte ich grinsend.

»Er hätte sonstwas mit dir anstellen können, während ihr da ganz allein im Wald wart«, rief Jessi empört und schaute Claudia und Sophia Beifall heischend an. Claudia und Sophia waren zwar auch erstaunt über mein Abenteuer, aber ich nahm keine negative Haltung wahr.

Jessi nahm ihr Sektglas und trank es in einem Zug aus. Wir anderen schauten sie erstaunt an.

»Es ist doch nichts passiert, ich weiß gar nicht, warum du dich so aufregst«, sagte Sophia beschwichtigend.

»Nichts passiert? Ha!«, sagte Jessi, wobei ihre Mundwinkel verächtlich nach unten gingen. »Unglaublich!«

Jessi schüttelte ihren braunen Lockenkopf, so dass ihre seidig glänzenden Haarsträhnen hin und her wippten. Ihre rehbraunen Augen, die auf Befehl einen treuen Blick annehmen konnten, wirkten jetzt hart und abweisend. Claudia, die die Sanftmütige in unserer Runde war, legte beschwichtigend eine Hand auf Jessis Unterarm. »Wer weiß, was WIR alles anstellen würden, wenn wir nicht verheiratet wären.«

»Ganz sicher nicht wild durch die Gegend poppen!« Als Jessi diese verächtlichen Worte rausgerutscht waren, merkte sie, dass sie mir unrecht tat. Es lag mir auf der Zunge, ihr direkt ins Gesicht zu sagen, dass sie ja noch nicht einmal Gewissensbisse hatte, es während ihrer Ehe mit anderen Männern zu treiben, aber ich schluckte den Gedanken hinunter und schaute sie nur provokant lächelnd an.

Jessi mochte mir gar nicht mehr in die Augen sehen und unterhielt sich für den Rest des Abends nur noch mit Claudia und Sophia. Als Jessi und Claudia endlich nach Hause gingen, blieb Sophia noch sitzen.

»Ich dachte, du bist ihm davon gelaufen?«, fragte sie mich erstaunt.

»Der Gedanke an Sex und an diesen Mann hat mich nicht mehr losgelassen. Ich bin am nächsten Morgen wieder hingelaufen und habe ihn dort getroffen.«

»Verstehe ich ja, aber warum erzählst du es den beiden? Meine Meinung zu diesem Thema kennst du, aber Jessi ist unzurechnungsfähig. Wenn ihr irgendetwas nicht passt, dann regt sie sich immer gleich auf und erzählt es vermutlich auch Marcel. Wenn Marcel nicht dicht hält, weiß es bald der ganze Ort.«

»Na und!«, erwiderte ich aufmüpfig. »Ihr drei seid meine Freundinnen. Wenn ich es nicht einmal euch erzählen kann, dann hat unsere Freundschaft ihren Sinn verfehlt, oder?«

»Sei doch nicht so trotzig. Mir darfst du alles erzählen. Ich würde nie etwas nach außen dringen lassen. Ich habe ein erfülltes Leben und auch meine Geheimnisse, von denen ich dir erzählt habe. Ich gönne dir jedes Abenteuer und alles, was dir gut tut, aber andere haben vielleicht ein Problem damit.«

»Das ist dann ihr Problem, aber nicht meins. Von Jessi wissen wir alle, dass sie kein Kostverächter ist. Und Claudia ist lieb und nett, hat aber seit den Geburten ihrer Kinder keine Lust mehr auf Sex und kann es gar nicht nachvollziehen, wenn eine Frau sich danach sehnt. Trotzdem sind sie meine Freundinnen, mit denen ich auch solche Erlebnisse teilen will.«

»Manchmal bist du einfach echt stur, Priscilla. Ich will doch nur nicht, dass du deinen guten Ruf verlierst. Das bist du auf jeden Fall deinen Kindern schuldig.«

Das war der richtige Ansatz mich in die Wirklichkeit zurück zu holen.

»Ich hoffe nicht, dass Jessi es irgendwem weiter erzählt«, gab ich schuldbewusst zu. An meine Kinder hatte ich nicht gedacht, obwohl ich es Lisa und Lea zuliebe ja geheim halten wollte.

»Ich werde dafür sorgen, dass Jessi nichts ausplaudert, aber versprich mir, dass du dir das nächste Mal ganz genau überlegst, wem du was anvertraust, okay?« Sophia nahm mich in den Arm und drückte mich. »Du bist eine sehr starke Frau mit einem großen Willen. Was du anfasst, das bringst du auch zu Ende. Außerdem siehst du gut aus, hast süße wohlerzogene Kinder, schaffst es, dich mit Bernhard so zu arrangieren, dass die Kinder diese Situation gesund überstehen werden, hast einen Job und genug Geld. Dadurch hast du allerdings auch mehr Neider, als du glaubst. Während sie ihren Alltagstrott bewältigen und eher gelangweilt sind, erlebst du Dinge, die sie höchstens in Romanen lesen können. Sie saugen alles auf, was du erzählst, weil sie hoffen, dass ein Stück des Kuchens, der nach Glamour schmeckt, für sie abfällt. Vor allem hören sie sehr gern, wenn du etwas Intimes von dir preisgibst und dich dadurch angreifbar machst. Also sei in Zukunft vorsichtiger.«

»Jetzt übertreibst du aber. Es wäre so viel schöner, in einer Ehe und Familie glücklich zu sein. Ich wäre gern mit dem Mann, mit dem ich Kinder in die Welt gesetzt habe, ein Leben lang zusammen geblieben. Das wäre viel einfacher und harmonischer. Aber das habe ich offensichtlich nicht hinbekommen. Wenn ich es anders angepackt hätte, wäre meine Ehe vielleicht nicht zerbrochen.«

»Dazu gehören immer noch zwei. Einer allein kann gar nichts retten. Wenn du Bernhard allerdings wirklich zurück haben wolltest, bin ich mir sicher, dass er zu dir zurückkommen würde.«

Mein Körper versteifte sich bei Sophias Worten.

»Nein, nie wieder!«, sagte ich voller Überzeugung. »Dann lasse ich mich lieber auf fremde Männer ein, wo mir alles Mögliche passieren kann.« Mein Augenzwinkern brachte Sophia zum Lachen.

10

Am Abend erwartete ich unruhig meine Kinder zurück. Ich fühlte mich unwohl und hatte Angst. Würden meine Mädels mir anmerken, dass ich etwas erlebt hatte, was mir nicht gut getan hatte? Außerdem hatte ich tief in mir ein schlechtes Gewissen Bernhard gegenüber, obwohl ich ja wirklich nicht mehr treu sein musste.

Ich stand am Küchenfenster und blickte sehnsüchtig zur Straße. Endlich war es soweit. Bernhard kam mit seinem BMW um die Ecke gefahren. Schnell ging ich zur Haustür und öffnete sie. Kaum blieb das Auto auf dem Hof stehen, sprangen meine Mädchen mit Geschrei heraus und liefen mir entgegen. Ich ging in die Knie und fing sie auf.

»Mama! Mama!«, riefen Lisa und Lea und mir ging das Herz auf. Lisa ließ mich gar nicht mehr los, während Lea wieder zu ihrem Papa lief und ihn umarmte. Sie hatten wohl Angst, einem von uns Elternteilen das Gefühl zu geben, nicht so geliebt zu werden. Die Kinder strampelten sich ab, es Mama und Papa recht zu machen. Dabei waren wir Eltern diejenigen, die ihnen ihre heile Welt genommen hatten. Ich nahm mir fest vor, mit den beiden darüber zu reden.

Bernhard stellte mit hängenden Schultern die Reisetasche in den Hausflur. Er sah müde und traurig aus und er hatte seit der Trennung mindestens 10 kg abgenommen. Mir fehlte das Mitgefühl für ihn, obwohl ich nachvollziehen konnte, dass es für ihn hart sein musste, Lisa und Lea nur am Wochenende sehen zu können. Zudem hatte ich ihm auch angeboten, dass er jeden Tag mit den Kindern telefonieren könnte und wenn die Sehnsucht zu groß werden würde, er sie auch unter der Woche sehen könnte. Das hatte er jedoch noch nicht in Anspruch genommen. Als ich ihn darauf angesprochen hatte, meinte er nur, dass ich mir gar nicht vorstellen könnte, wie hart er arbeiten musste, um uns zu finanzieren. Mein Mitleid hielt sich in Grenzen.

Jetzt setzte er sich mit seinem traurigen Gesicht auf die Treppe. Er wirkte ausgebrannt und müde. Seine Kleidung hing etwas schlotterig an seinem ausgemergelt wirkenden Körper. Bernhard war eigentlich ein ausgesprochen gepflegter Mann, der sehr großen Wert auf sein Aussehen legte. Seine Haare trug er jetzt viel länger als vorher und ich fragte mich, ob er eine neue Friseurin gefunden hatte.

Sein Blick, mit dem er mich ansah, wirkte aufrichtig. Ehrlich traurig. Aber ich glaubte ihm nicht mehr. Dieser Blick hatte mich eingelullt. Hatte mich glauben lassen, dass er mir niemals wehtun würde. Ob und warum er jetzt traurig war, konnte ich nicht einschätzen. Ich wollte es auch nicht mehr.

»Mama, darf ich den Fernseher anmachen?«, fragte Lisa mich mit flehendem Gesichtsausdruck.

»Nein, Lisa, ich habe mich so auf euch gefreut und möchte jetzt lieber mit euch zu Abend essen und noch etwas spielen, bevor ihr ins Bett geht.«

Lisas Gesichtsausdruck konnte ich entnehmen, dass ihr dieser Ablauf nicht passte. Lisa und Lea drehten voll auf und machten einen Blödsinn nach dem anderen. Ärgerten sich gegenseitig, nahmen sich das Kuscheltier weg, liefen um den Tisch herum, warfen dabei eine mit Wasser und Rosen gefüllte Vase um und lachten auf eine so aufgesetzte Art und Weise, dass mein Blutdruck ins Unermessliche stieg. Bernhard saß nur da und sagte nichts.

»Lisa, Lea! Verabschiedet ihr euch bitte von Papa und dann ab mit euch ins Zimmer, bis das Abendessen fertig ist.«

Beide Kinder liefen zu ihrem Vater, der sie lieb in den Arm nahm, aber keine Anstalten machte, aufzustehen und sich zu verabschieden. Er schaute einfach nur traurig und wiegte die Kinder hin und her. Lisa und Lea schauten unsicher zu mir und es schien fast so, als ließe sich Bernhard von den Kindern trösten und nicht umgekehrt.

»Bernhard. Es ist schon spät. Du kannst gern mit uns zu Abend essen, wenn du magst«, sagte ich leise, aber mit einem bestimmten Unterton, der keine Widerrede zuließ.

»Nein, nein«, sagte er, während er sich mit einem schweren Seufzer von der Treppe erhob. »Also Tschüss ihr beiden, bis zum nächsten Wochenende.«

»Tschüss Papa!«, riefen beide fröhlich im Chor. Ohne sich nach mir umzudrehen, ging er zur Tür hinaus. Die Kinder waren von diesem Abschied irritiert, aber überspielten es, indem sie sich gegenseitig weiter ärgerten.

Zum Glück überstanden wir das Abendessen und das Umziehen, bevor mein Geduldsfaden riss. Wir spielten noch eine Weile, aber ich merkte, wie aufgedreht und gleichzeitig unglücklich Lisa und Lea waren, daher kuschelten wir uns früher als sonst ins Bett. Plötzlich waren meine Mädels wie ausgetauscht. Sie drückten sich ganz fest in meinen Arm und hielten sich wie Ertrinkende an mir fest.

»Mama, warum habt ihr euch eigentlich getrennt?«, fragte Lisa traurig.

»Es ist für mich sehr schwierig, euch das zu erklären, weil ich weiß, wie traurig es euch macht. Papa und ich waren irgendwann an einem Punkt angelangt, wo wir nicht mehr zusammen leben wollten. Wir haben uns nicht mehr lieben können.«

»Aber ich habe euch doch auch beide lieb«, antwortete Lea verständnislos.

»Papa und ich haben euch auch sehr lieb und das wird sich nie ändern.«

»Sollen wir beten?«, fragte Lisa müde in die betretene Stille hinein. Wir blieben so liegen, fassten uns an den

Händen und sprachen Lisas und Leas Nachtgebet zusammen:

»Lieber Gott, nun schlaf ich ein,
schicke mir ein Engelein,
das an meinem Bettchen kniet
und nach meinem Herzchen sieht. Amen«

Anschließend kuschelten sie sich einfach noch näher an mich und ich sang leise »Guten Abend, gute Nacht«, bis sie einschliefen. Diesmal ließ ich sie in meinem Bett liegen und ging leise ins Wohnzimmer.

Die Kinder waren völlig überfordert. Sie erlebten Mama und Papa nur sich kalt gegenüberstehend. Die Übergaben mussten schneller vonstattengehen. Ich nahm mir vor, das nächste Mal zu erlauben, erstmal Fernsehen schauen zu dürfen, wenn sie von Bernhard zurück kamen. Ich verstand jetzt, dass Lisa und Lea etwas Zeit brauchten, um sich von Mama auf Papa umzustellen und umgekehrt. Fernsehen könnte da ausnahmsweise sinnvoll sein. Vor allem mussten diese Trauerzeremonien ein Ende haben. Die Kinder brauchten das Gefühl, zu Papa genauso wie zu Mama gehen zu dürfen, ohne dabei ein schlechtes Gewissen haben zu müssen.

Ich griff zum Telefon und rief Bernhard an. Bernhard zeigte widerwillig Verständnis und versprach, bei der nächsten Verabschiedung darauf achten.

Ich war wirklich froh, dass er einsichtig war. Er hatte seine Kinder wirklich lieb und bemühte sich ein dementsprechend guter Vater zu sein. Für das Wohl von Lisa und Lea tat er alles.

Hätte er sich während unserer Ehe einmal vor mich, oder zumindest auf meine Seite gestellt, wenn es darum ging, in Diskussionen Kontra geben zu müssen, dann hätte ich mich zumindest in diesen Situationen geliebt gefühlt.

Es war vorbei! Aber ich fand es beachtlich, dass er wenigstens jetzt für die Kinder einstand. Und dafür war ich ihm sehr dankbar.

Mit einem Blick auf die Uhr entschied ich mich, noch schnell meine Mutter anzurufen. Mein schlechtes Gewissen war riesengroß, weil ich mich so selten meldete. Schon nach dem zweiten Klingeln hob sie ab.

»Hallo Mama, ich bin es, Priscilla.« Ich musste in den Telefonhörer schreien, weil meine Mutter altersbedingt schwerhörig war.

»Priscilla, wie schön, dass du dich meldest!«, rief sie erfreut. Ich konnte ihrer Stimme anhören, dass sie gerade lächelte. Sie freute sich aufrichtig, was mein schlechtes Gewissen nur noch vergrößerte. »Ich hoffe, ich habe dich nicht geweckt?«

»I wo! Ich brauche nicht mehr so viel Schlaf und außerdem habe ich Zeit, dass ich mich jederzeit schlafen legen könnte.«

»Wie geht es dir, Mama?« Meine Mutter hatte seit meiner Kindheit sehr große undefinierbare Schmerzen. Jedes Medikament, das die einen Schmerzen linderte, verursachte andere. Ich kannte schon die Antwort auf meine Frage. Meine Mutter jammerte nie.

»Es geht schon, Priscilla. Du kennst mich doch. Solange ich die Schmerzen ertragen kann, ist alles bestens. Aber erzähl mir, wie es euch geht. Was machen Lisa und Lea?«

Ich erzählte ihr ein paar beruhigende Dinge aus unserem Leben. Lustige Anekdoten und wie gut ich alles im Griff hatte.

»Gib Bernhard und eurer Ehe nochmal eine Chance, Priscilla.« Das war meine Mama. So völlig aus dem Zusammenhang, schoss sie zielsicher zwischen die Augen. Ich schluckte und wappnete mich innerlich auf ein unangenehmes Gespräch.

»Mama, darüber haben wir doch schon so oft geredet. Ich kann mit Bernhard nicht mehr zusammenleben. Er hat mich getäuscht, enttäuscht und mein Vertrauen missbraucht. Ich will ihm keine Chance mehr geben, mich wieder und wieder zu verletzen.«

»Priscilla, wir alle machen Fehler. Aber er ist der Vater deiner Kinder. Denk doch bitte an Lisa und Lea!«

»Ja, Mama. An Lisa und Lea denke ich, wenn ich sage, es gibt keine Chance mehr. Kein Kind möchte mit einer Mutter aufwachsen, die unglücklich ist.« Das war ein kleiner Seitenhieb von mir, aber ich konnte und wollte dieses Thema nicht mehr erörtern. Meine Mutter hielt eisern zu meinem Vater und behauptete immer, dass sie ihn liebe und dass er sie brauche. Bewundernswert, aber ich wollte mehr Liebe in meinem Leben. Oder gar keine. Schwarz oder weiß.

»Ach Priscilla, ich will doch nur, dass du glücklich bist.«

»Ich weiß, Mama. Danke. Aber eigentlich geht es mir schon ganz gut. Es geht doch jetzt aufwärts.«

»Gehst du denn wenigstens in die Kirche?« Da war sie zielsicher beim nächsten Thema, das einen Nerv traf. Meine Mutter kannte meine Antwort schon, aber sie ließ nicht locker.

»Nein, Mama. Du weißt doch, dass ich die Gottesdienste nicht brauche, um an Gott zu glauben. Meine Wochenenden sind eh so anstrengend. Ich wüsste nicht, wann ich da auch noch in die Kirche gehen sollte.«

»Du musst den Kindern wenigstens diesen Halt geben. Wie sollen sie denn Gott kennen lernen, wenn sie nicht in den Kindergottesdienst gehen?«

»Mama, ich bete mit den Kindern und wenn es sich ergibt, dann erzähle ich ihnen Geschichten aus der Bibel.«

»Das ist zu wenig, Priscilla, das weißt du selbst!« Die traurige Stimme meiner Mutter brach mir das Herz. Mein Leben lang bemühte ich mich darum, dass meine Eltern stolz auf mich waren. Aber das Einzige, was ich zustande brachte, war, sie zu enttäuschen. Traurig und voller Selbstmitleid gab ich nach.

»Ich verspreche dir, dass ich mir Mühe geben werde, eine Kirche zu finden, in der ich mich wohlfühle, ok?«

Damit war sie vorerst zufrieden. »Pass auf dich auf, Priscilla. Ich bete für dich und die Kinder. Ihr werdet es schon schaffen.«

»Danke Mama. Ich hab dich lieb. Grüß Papa von mir.«

»Ich hab dich auch lieb. Danke für deinen Anruf.«

Nach dem Telefonat blieb ich noch eine Weile auf der Couch sitzen. Ich fühlte mich schuldig und ich fühlte mich mies. Meiner Mutter gegenüber, weil ich nichts dazu beitragen konnte, dass es ihr gut ging und meinen Kindern gegenüber, weil ich ihnen die heile Welt genommen hatte.

11

Mit meinen Freundinnen hatte ich vereinbart, dass die Zeit zwischen 18:00 Uhr und 20:00 Uhr meinen Kindern gehörte. Das war notwendig geworden, nachdem es in letzter Zeit immer häufiger vorkam, dass sie sich nach der Arbeit zu einem Pläuschchen bei mir einfanden. Dadurch durften die Kinder länger draußen spielen oder fernsehen, damit sie beschäftigt waren. Aber für unser Abendritual blieb in der Regel kaum noch Zeit übrig.

Seit wir das so beschlossen hatten, fragten die Kinder am Abend nicht mehr, ob sie Filme anschauen durften. Sie genossen es, dass ich Zeit für sie hatte und sie sich nach dem Abendessen, Zähneputzen und Umziehen zu mir ins Bett kuscheln konnten. Wir lasen dann gemeinsam aus einem Buch. Lea nur ein paar Wörter, Lisa eine Seite und den Rest der Geschichte las ich ihnen dann vor. Anschließend sprachen wir gemeinsam unser Abendgebet und dann lag ich noch einmal mit jedem Kind einzeln in seinem Bettchen, während ich ein Schlaflied sang. Hin und wieder, wenn wir besonders viel Zeit hatten, wünschten sich Lisa und Lea eine Fußmassage. Da kamen wir dann in der Hetze des Alltags zur Ruhe und hatten Zeit füreinander.

Wenn Lisa und Lea schliefen, kümmerte ich mich um den liegen gebliebenen Haushalt. Ich wollte nicht nachdenken. Putzen, Wäsche waschen und bügeln lenkte mich von meiner Einsamkeit ab.

Die Woche ging schnell herum und ich hatte mich noch nicht wieder in meine Fantasiewelt begeben. Ich vermisste sie noch nicht einmal. Vermutlich hatte ich Angst, dem Jogger vor meinem geistigen Auge zu begegnen. Das wollte ich ganz sicher nicht. Ich sollte mir schnellstens ein neues, schöneres sexuelles Erlebnis suchen, um den Sex mit dem Jogger ausblenden zu können.

Nachdem meine Mädels am Freitag von ihrem Papa abgeholt worden waren, fuhr ich zum nahegelegenen Supermarkt. Ich hasste es Lebensmittel einzukaufen, aber als ich beim Obststand einen Mann sah, der mein Interesse weckte, war das Einkaufen plötzlich nur noch halb so schlimm. Nach seinen Lebensmitteln im Einkaufswagen zu urteilen war er ziemlich sicher ein Single. Ich überlegte, wie ich ihn dazu bringen konnte, dass er sich traute, mich anzusprechen. Heimlich beobachtete ich ihn. Nein, er sah nicht so mutig aus. Seine Bewegungen waren langsam und jeder seiner Handgriffe wirkte sehr überdacht. Es war ihm deutlich anzusehen, dass er mit dem Einkaufen überfordert war. Bei ihm musste ich wohl aktiv werden, sonst würde es mit dem Kennenlernen nichts werden.

Ich beeilte mich und füllte eine Tüte mit Orangen. Anschließend ging ich ganz nah an ihm vorbei und riss mit meinem Fingernagel ein Loch in die Tüte. Als die Orangen auf den Boden kullerten, entfuhr meinen Lippen ein kurzer Schreckensschrei.

Der Mann sah aus der Nähe noch besser aus. Natürlich half er mir, die über den ganzen Boden verteilten Orangen einzusammeln. ›Mein Trick hat also funktioniert‹, grinste ich in mich hinein. Als wir gemeinsam nach der letzten Orange griffen, schauten wir uns in die Augen. Ich blickte ihn intensiv an, ließ meine Augenlider koket auf und zu gehen, wanderte mit meinem Blick langsam zu seinem Mund, bevor ich ihm wieder in die Augen sah. Zuerst wirkte er erstaunt, dann lächelte er verstehend.

»Danke, wie lieb von dir«, wisperte ich und blickte ihn dankbar und bewundernd zugleich an.

»Na klar! Schönen Frauen hilft man immer gern. Ich habe dich hier noch nie einkaufen gesehen. Wohnst du in der Nähe?«

›Wow, er hat doch mehr Mut, als ich erwartet habe‹, dachte ich mir und lachte ihn breit an.

»Ja, nur ein paar Minuten zu Fuß. Und du?«, fragte ich ihn munter und kam mir schon fast blöd vor.

»Ich bin vor ein paar Monaten in den Hirtenweg gezogen. Da werden wir uns wohl noch häufiger über den Weg laufen«, sagte er, während er einen interessierten Blick über meinen Körper wandern ließ.

»Ja, vermutlich«, erwiderte ich und versuchte meine Rundungen so gut wie möglich aussehen zu lassen. Bauch rein, Brust raus und beim Weggehen ein wenig mit den Hüften schwingen, während ich mich noch einmal nach ihm umsah und ihm aufmunternd zulächelte. Er stand wie angewurzelt vor den Bananen und sah mich erstaunt, ja fast geschockt, an. Ich war gespannt, wie lange es dauern würde, bis er in die Gänge kam und konnte mir ein triumphierendes Lächeln nicht verkneifen, als er sich an der Kasse direkt hinter mich drängelte.

Als ich die Lebensmittel in die Tüten packte, schaute er mir aufmerksam zu und suchte anscheinend händeringend nach einem Aufhänger, warum er mich jetzt nicht gehen lassen konnte. Um es ihm ein wenig leichter zu machen, lächelte ich ihn an.

»Damit dir mit den Lebensmitteln nicht das Gleiche wie mit den Orangen passiert, könnte ich dich schnell mit dem Auto Heim fahren«, sagte er und ich merkte, wie angespannt er auf meine Antwort wartete.

»Das wäre wirklich hilfreich, aber kann ich das denn annehmen?«, fragte ich mit einem Augenaufschlag, der gleichzeitig Hilflosigkeit und Interesse ausdrücken sollte.

»Natürlich. Ich fahre ja sowieso mit dem Auto! Ich heiße übrigens Karl«, sagte er mit stolz geschwellter Brust und wirkte in diesem Moment sehr männlich.

»Ich bin die Priscilla!«

»Ein sehr schöner Name und wie besonders er aus deinem Mund klingt«, sagte er mit heiserer Stimme, während sein Blick betont lang auf meinen Lippen verweilte. Es wurde sehr still um uns herum. Erst da bemerkten wir, wie die Kassiererin interessiert unserem Flirt lauschte. Als Karl nervös in seinem Geldbeutel nach den Geldscheinen suchte, zwinkerte sie mir verschwörerisch zu. ›Hoffentlich kann sie sich bei meinem nächsten Einkauf nicht mehr an mich erinnern‹, dachte ich peinlich berührt.

Ich sagte ihm nicht, dass mein Auto vor dem Supermarkt parkte und ließ mich von ihm nach Hause fahren. Wie selbstverständlich nahm er meine Einkaufstüten, um sie in mein Haus zu tragen. Kaum fiel die Tür hinter uns ins Schloss, riss er mich in seine Arme und küsste mich leidenschaftlich. So mutig hätte ich ihn nie eingeschätzt. Er sah schüchterner aus, als er war. Irgendwie entglitt mir die Situation. Nach kurzem Bedenken ließ ich mich von der Leidenschaft treiben. Er drängte mich ins Esszimmer und schob meinen Rock hoch. Er zerriss meinen Slip, während er mit der linken Hand seine Hose öffnete.

Mir blieb die Spucke weg. Mein Mund fühlte sich ausgetrocknet an und ich hatte einen dicken Kloß im Hals, der auch nach mehrmaligem panischem Schlucken nicht weg war. Seine Männlichkeit war unübersehbar groß. Ich verkrampfte mich kurz, als ich an den Jogger denken musste. Karl hatte mein Zögern gespürt, denn er flüsterte mir ins Ohr, dass ich keine Angst zu haben brauchte, da er sehr zärtlich sein würde. Mit dieser Bemerkung brachte er mich zum Lachen, weil das Zerreißen meines Slips wenig Zärtliches an sich hatte. Er erstickte mein Lachen mit einem unglaublich leidenschaftlichen Kuss. Seine Lippen fühlten sich voll, weich, fest und gierig an.

Karl drückte mich auf den Tisch und spreizte meine Beine. Entgegen meiner Annahme von einer schnellen Nummer, fuhr er mehrfach, fast zu oft, mit seiner Zunge an meinem Oberschenkel auf und ab, bis er endlich meinen Venushügel erreichte. »Du siehst so geil aus!«, stieß er hervor, bevor er seine kundige Zunge zwischen meinen Schamlippen auf Entdeckungsreise schickte. Fasziniert sah ich ihm zu, mit wie viel Hingabe er sich den Genitalien einer unbekannten Frau widmen konnte.

Wieder meldeten sich bei mir meine alten Bedenken, weil ich mich einem Fremden hingab, aber wenn ich die Augen schloss, fühlte es sich ganz schön und aufregend an. Ich ließ ihn gewähren und wurde von seiner Leidenschaft langsam erfasst. Seine Zunge umkreiste sanft meine Klitoris, kostete von meinem Nektar und löste wohlige Schauer in mir aus. Immer wieder saugte er vorsichtig an meiner Honigblüte, während er meine Vagina massierte und dehnte. Ich starb vor Glück und schwebte lustvoll in ungeahnten Höhen. Seine Finger bewegten sich in mir auf und ab. Er sah kurz mit einem prüfenden Blick in meine Augen, um zu sehen, ob ich auf meine Kosten kam. Ich lächelte ihn glücklich an. Schon allein, dass er auf mich achtete, machte mich glücklich.

Seine Finger standen nicht still. Sanft zupften und kreisten sie an meinen Blütenblättern entlang, um dann in meine Kammer wieder einzutauchen. Mit der anderen Hand streichelte er unablässig meinen Busen. Meine Brustwarzen zeigten ihm, wie sehr ich seine Berührungen genoss. Als sich seine Finger zu meiner empfindlichsten Stelle begaben und sie immer leidenschaftlicher massierten, wünschte ich mir nichts sehnlicher, als endlich meinen Höhepunkt zu erreichen. Ich merkte, dass auch Karl darauf wartete, aber irgendwie konnte ich mich doch nicht so richtig fallen lassen.

Vorsichtig drang er schließlich mit seinem Horn zuerst langsam, dann immer fester und wilder in mich hinein. Sein Gesicht wurde puterrot und bekam einen ekstatischen Ausdruck. Seine Augen quollen leicht hervor und seine Mundwinkel zogen sich nach unten, während er immer stärker zustieß. Nachdem er seinen Höhepunkt erreicht hatte, hob er mich vom Tisch und drückte mich an sich, während er in mir drin blieb. Das hatte ich noch nie erlebt. Ich dachte immer, dass ich viel zu schwer für einen Mann war, um hochgehoben zu werden. Er bewegte sich weiterhin rhythmisch und schaukelte mich auf und ab, als täte es ihm leid, weil es schon vorbei war. Vorsichtig setzte er mich auf den Tisch zurück. Als ich aufstehen wollte, drückte er mich auf die Tischplatte zurück.

»Ich will sehen, wie mein Saft aus dir herausläuft«, sagte er bestimmt.

Als ich spürte, wie die weißliche Flüssigkeit an meinem Schenkel hinunterlief, beugte er sich vor und schleckte sie genüsslich von meinen Schenkeln und meiner Vagina. Ich zuckte. Sein Verhalten war befremdlich, aber auch irgendwie schön. Seine Zunge verharrte kreisend an meiner Öffnung und ich spürte, wie in mir die Lust auf mehr erwachte. Auch Karl hörte mein leises Stöhnen und hob meine Schenkel auf seine Schultern. Unermüdlich und sanft streichelte mich seine Zunge. Seine Finger lösten seine Zunge ab und er massierte mich gefühlvoll und leidenschaftlich zugleich, aber eine innere Sperre verhinderte meinen Orgasmus. Ich stand auf und küsste ihn dankbar. Er tat mir leid, denn es lag ganz sicher nicht an ihm.

Ich zog meinen Rock herunter und überlegte fieberhaft, wie ich ihn jetzt wieder loswerden konnte. Ich hatte das Bedürfnis, allein zu sein.

Karl ging in die Küche und begann, meine Schränke zu durchsuchen.

»Suchst du etwas Bestimmtes?«, fragte ich ihn erstaunt mit hochgezogenen Augenbrauen.

»Ein Glas, ich brauche jetzt dringend etwas zu trinken. Sex macht durstig!«, antwortete er mir augenzwinkernd.

»Normalerweise fragt man nach einem Glas und durchwühlt nicht alle Schränke in einer fremden Küche, oder?«

»Ich werde mich hier in Zukunft ja auch allein zurechtfinden müssen, da kann ich doch gleich damit anfangen. Du hast doch sicher nichts dagegen, oder?«, fragte er selbstsicher.

»Doch, ich habe sehr wohl etwas dagegen! Du musst dich hier nicht auskennen. Wir haben miteinander Sex gehabt, das wars!«, erwiderte ich erbost.

»Das kannst du nicht ernst meinen.« Jetzt wurde er weinerlich. Sein ängstlicher Blick nervte mich.

»Du wolltest doch auch einfach mal Sex mit mir. Ich hatte nicht den Eindruck, dass du mich näher kennen lernen oder mir gleich einen Heiratsantrag machen wolltest. Es war nur unsere spontane Lust auf Leidenschaft, sonst nichts«, erwiderte ich knallhart. Das fehlte mir noch. Eine Memme, die sich an mich hängt. Nein danke!

»Können wir uns denn wenigstens ab und zu sehen?« fragte er bettelnd.

»Nein, es ist besser, wenn wir uns nie wieder treffen. Ich wollte dir nicht wehtun. Ich dachte, wir wollen beide das Gleiche. Tut mir leid, aber es ist besser, wenn du jetzt gehst.«

Er ließ seine Schultern nach vorn fallen und verzog sein Gesicht, als ob er jeden Moment anfangen würde zu weinen. Widerwillig drehte er sich um und ging zur Haustür.

Ich schloss die Tür hinter ihm und dachte mir: ›Es ist schon beunruhigend, wie viele Männer bereit sind, ihren

Trieb auszuleben, es aber nicht akzeptieren, wenn sich eine Frau auch nur ihrer Lust auf Sex hingibt.‹

Nun ja, eigentlich war es gar nicht soooo schlecht mit Karl gewesen. Auch wenn ich den von mir ersehnten Orgasmus nicht gehabt hatte, war es insgesamt kein schlechtes Erlebnis. Allerdings fühlte ich mich mit seinem Verhalten danach unwohl. Wahrscheinlich sollte ich bei dem nächsten Tête-à-Tête fairerweise vorher abklären, dass ich nur eine schnelle Nummer wollte und keine Beziehung anstrebte. Vielleicht sollte ich mich daher doch besser auf verheiratete Männer konzentrieren, auch wenn ich es mit meinem Gewissen nur schwer vereinbaren konnte, jemanden zum Fremdgehen zu animieren. Vor allem aber würde ich nie wieder einen Mann mit zu mir nach Hause nehmen. Es war äußerst unangenehm, jemanden aus dem Haus zu werfen. Nicht auszudenken wäre, wenn er hier klingelte, während meine Kinder da waren und er sich nicht entsprechend benehmen konnte. Ich nahm mir vor, dieses Risiko nie wieder einzugehen.

Besser hätte ich wohl gleich auf Sophias Tipps gehört. Oder auf die der Wahrsagerin. Manuela hatte ja Recht behalten. Vielleicht sollte ich sie noch einmal anrufen. Zuerst zog ich mich um und joggte zum Supermarkt, um mein Auto zu holen.

12

Ich rief Sophia an und erzählte ihr von meinem Zusammentreffen mit Karl.

»Du Priscilla, jetzt fühle ich mich langsam schuldig. Ich hätte nie gedacht, dass du meinen Rat so schnell und unüberlegt umsetzt. Erst hast du fast ein Jahr lang überhaupt keinen Sex und dann ziehst du einen nach dem anderen ins Bett!«

»Nein, im Bett war ich mit keinem Mann!«, erwiderte ich lachend. »Aber du hast Recht gehabt, irgendwann musste ich damit anfangen. Jetzt spüre ich die Einsamkeit nicht mehr. Dieses Gefühl, das mich so traurig gemacht hat, ist weg!« Während ich das sagte, spürte ich, wie unehrlich ich mir selbst gegenüber war.

»Übertreibe es nicht, Priscilla. Geh es lieber langsamer und bedächtiger an, sonst fügst du dir Wunden zu.«

»Ich passe schon auf mich auf, Sophia. Jetzt gönne ich mir einfach mal etwas Spaß. Normalerweise sind es doch die Männer, die genau das mit uns Frauen machen. Sie wollen uns nur herum bekommen und anschließend sind wir langweilig. Genau das mache ich jetzt mit den Männern. Warum soll das nun plötzlich nicht mehr in Ordnung sein?«

»Ich verstehe dich ja. Du solltest es nur nicht so wahllos betreiben. Du bist ja schon fast aggressiv dabei.«

»Sophia, ich verstehe dich nicht! Eine gewisse Aggressivität, gepaart mit Charme und Erotik gehört doch dazu, oder?«

»Ja, aber du kannst es doch auch ein wenig auf dich zukommen lassen und musst es nicht gleich aktiv vorantreiben, wenn du einen Mann siehst, der dir gefällt.«

»Ach, daaas meinst du. Ich soll passiv und demütig darauf warten, dass mich jemand lieb und nett findet? Das hat mir meine Mama auch immer gesagt, als ich 16 war!«

»Priscilla, ich will dir gar nichts vorschreiben. Du bist alt genug, um selbst zu wissen, was du tust. Ich fühle mich jetzt nur nicht so wohl, weil ich dich auf diese Idee gebracht habe.«

»Glaub mir, Sophia, darauf wäre ich mit Sicherheit auch selbst gekommen und bislang habe ich in meinem Leben alles allein in den Griff bekommen.«

»Ja, ich weiß.«

»Okay, trotzdem vielen Dank für deine Ratschläge und bis bald.«

»Na dann, Priscilla. Pass gut auf dich auf und bis bald.«

Jetzt konnte ich erst recht nicht mehr allein zu Hause bleiben. Ich brauchte mehr Luft zum Atmen. Das Gespräch mit Sophia hatte mich mehr aufgewühlt, als ich mir eingestehen wollte. ›Warum verstand sie mich plötzlich nicht mehr? Sie war immer diejenige gewesen, die mich unterstützt hatte und alles gut und im schlechtesten Fall akzeptabel fand. Warum versuchte sie mich nun als männermordenden Vamp hinzustellen? Steckte sie jetzt mit Jessi unter einer Decke? Das könnte ich ihr nie verzeihen. Eigentlich wollte ich ihr noch die Geschichte mit der Wahrsagerin erzählen, aber das käme ihr vermutlich grad Recht, weil Manuela mir auch gesagt hatte, ich sollte erst zu mir selbst finden, bevor ich mich auf einen Mann einlasse. Nein, dieses Geheimnis behielt ich besser für mich.‹

Spontan stieg ich in meinen schönen roten Alfa Romeo, machte alle Fenster auf, drehte die Musik auf volle Lautstärke und brauste los.

Ohne Ziel fuhr ich über kleine Landstraßen, bis ich einen kleinen Parkplatz mit einem herrlichen Bergpanorama entdeckte. Entschlossen hielt ich an und setzte mich auf den Rasen.

Die Aussicht und die Sonne taten mir gut und ich merkte, wie ich mich innerlich wieder beruhigte. ›Ich sollte meinen Weg gehen, wie ich es selbst für richtig halte‹, dachte ich trotzig. Bisher war ich immer die Brave gewesen, die vielleicht geflirtet hatte, aber ansonsten treu blieb. Jetzt wurde es Zeit, das Versäumte nachzuholen. Jetzt war ich dran. Davon konnte auch Sophia mich nicht abbringen. Ich wollte spüren, dass ich lebe und endlich auch mal meinen wohlverdienten Spaß haben.

Ich stand auf und fuhr nach Hause. Der Haushalt wartete und die Kinder kamen bald zurück. Meine Stimmung stieg, als ich an meine Mädels dachte. Sie waren mein Ein und Alles. Lisa und Lea hatte ich so lieb, dass es tief in meinem Inneren schon fast wehtat. Sie waren für mich wichtig, sehr wichtig. Aber ich brauchte auch ein bisschen Freiheit, um mich als Frau und nicht nur als Mutter fühlen zu können.

13

Ich stand gerade am Küchenfenster, als Bernhard seinen BMW in der Einfahrt parkte. Schnell lief ich zur Haustüre und riss sie auf. Lisa und Lea beeilten sich aus dem Auto auszusteigen und ließen sich glücklich in meine Arme fallen. Ich drückte und küsste sie innig. Es war so schön, meine zwei Prinzessinnen wieder bei mir zu haben.

Bernhard kam schon wieder mit dem langgezogenen und traurigen ›mir gehts sooo schlecht, ich Armer‹ Blick und schlurfenden Schrittes daher. Ich merkte, wie sich eine kräftige Welle in meinem Bauch löste und immer höher stieg. Sein Versprechen, die Verabschiedungszeremonie weniger dramatisch zu gestalten, hatte er wohl wieder vergessen. Nun ja, ich konnte es auch noch einmal deutlicher wiederholen.

Nachdem die Kinder sich die Schuhe ausgezogen hatten, fragte Lisa wieder bettelnd: »Mama, dürfen wir Fernsehen?«

»Ja, Lisa, 15 Minuten«, antwortete ich. Sie liefen johlend ins Wohnzimmer.

»Ich sitze auf meinem Lieblingsplatz!«, rief Lea Lisa hinterher, weil Lisa schneller bei der Couch war.

»Nein, ich war zuerst da, also sitze ich jetzt auch hier«, antwortete Lisa und Lea fing prompt an zu weinen.

»Na gut«, gab Lisa nach, weil sie befürchtete, dass ich den Fernseher ausmachen würde, wenn sie sich nicht einigen konnten.

Lea ließ es in diesen Situationen gern darauf ankommen, weil sie eigentlich sowieso lieber spielte als fernzusehen. Ich spürte den Drang in mir, Lisa zu ihrem Recht zu verhelfen, aber ich hatte noch etwas Wichtigeres zu erledigen. Ich war ausnahmsweise ganz froh, dass der Fernseher auf voller Lautstärke lief, weil ich mit Bernhard reden musste.

Er schaute mich müde und traurig an und wollte sich gerade wieder auf die Treppe setzen, als ich ihn aufhielt.

»Du Bernhard, findest du es den Kindern gegenüber fair, wenn du dich mit diesem Gesichtsausdruck von ihnen verabschiedest?«, fragte ich ihn.

»Sie halten diese Verabschiedungszeremonie, wie du sie hier jedes Mal veranstaltest, nicht mehr aus. Sie fühlen sich schuldig, dass du dann allein wieder fahren musst. Glaubst du nicht, dass sie sowieso schon genug leiden und sie deine Leidensmiene nicht auch noch brauchen?«

Bernhard schaute mich zuerst erstaunt an, dann veränderte sich sein Gesichtsausdruck. Das Leidende war wie von Geisterhand verschwunden. »Es fällt mir halt schwer in dieses Haus zu kommen, obwohl ich hier nicht mehr wohnen darf. Ich will zurück zu dir, Priscilla. Ich liebe dich und ich will keine andere Frau als dich.«

»Das hättest du dir früher überlegen müssen«, erwiderte ich sanft, aber sehr deutlich. Jetzt kam diese alte Leier wieder! Am liebsten hätte ich ihn gefragt, ob er das nur sagte, weil er bisher keine andere Frau gefunden hatte, die genau so dumm ist, wie ich es die letzten 13 Jahre gewesen war. Aber ich schaffte es zum Glück, mich zu beherrschen und lenkte das Gespräch auf das Thema, das mir wirklich wichtig war: Unsere Kinder.

»Bernhard, wir haben die Ehe gemeinsam vermasselt und daran lässt sich auch nichts mehr ändern, aber lass uns jetzt nicht bei Lisa und Lea auch noch als Eltern versagen. Sie sind so oft traurig, weil du ihnen fehlst und so glücklich, wenn sie bei dir sein durften. Mein Gefühl sagt mir, wenn du diese Traurigkeit bei jedem Abschied so auslebst wie in letzter Zeit, werden sich die Mädels jedes Mal unglücklicher und schuldiger fühlen und irgendwann den Respekt vor dir und vielleicht auch vor mir verlieren, weil sie es nicht mehr aushalten. Auch ich bin manchmal traurig. Meine verletzten Gefühle lasse ich jedoch nur zu, wenn sie nicht in der Nähe sind. Wenn sie da sind, dann haben sie ein Recht auf normalen Alltag. Emotionen sind ein Bestandteil unseres Lebens, sie dürfen uns nur nicht in Besitz nehmen. Ich fände es gut, wenn du in Zukunft deine Empfindungen erst nach dem Zuziehen dieser Tür zulässt und den Kindern einen aufmunternden Abschied bietest. Du könntest Ihnen zum Beispiel sagen, wie oft sie noch schlafen müssen, bis sie dich wieder sehen, oder dass du dich darauf freust, sie nächstes Wochenende wieder zu sehen.«

Ich schaute ihn zugleich fragend und bittend an und sah, dass er sich meinen Worten gegenüber nicht verschloss.

Bernhard nickte leicht und ging zu den beiden ins Wohnzimmer, um sich zu verabschieden. Die Kinder stellten den Fernseher sofort auf lautlos. Ich hörte, wie er ihnen leise sagte, wie oft sie noch schlafen mussten, bis er sie wieder abholte und dass er sich schon auf sie freut. Lisa und Lea drückten Bernhard und zogen ihn zu sich auf die Couch, bis er sich lachend befreite und ging. Am Wohnzimmereck winkte er ihnen noch einmal lächelnd zu, bevor er verschwand. Ich begleitete ihn zur Haustür und sagte leise: »Danke«.

Er schaute mich nicht an, stieg in sein Auto und gab Gas. Die Steine vom Schotterweg flogen durch die Luft, als er wegfuhr. Ich fragte mich, wie sich ein Mann so wenig unter Kontrolle haben konnte. Aber zumindest war ich ihm dankbar, dass er sein Verhalten den Kindern gegenüber geändert hatte.

Ich ging ins Wohnzimmer, setzte mich zwischen meine Mädels, die sich sofort an mich kuschelten, und sah mir notgedrungen die Kinderserie Sponge Bob an. Schon sehr bald war der Fernseher nicht mehr wichtig, weil sie so viel zu erzählen hatten. Ganz aufgeregt berichteten sie vom Wochenende mit Papa, was sie alles unternommen hatten und wie schön es bei ihm gewesen war. Es machte mich glücklich, ihnen zuzuhören und sie einfach nur in meinem Arm zu halten. Ich konnte Bernhard verstehen. Ich wäre auch traurig, wenn ich meine süßen Mäuse nicht so oft um mich hätte.

14

Als es wenige Minuten später an der Tür klingelte, liefen Lisa und Lea sofort zur Tür. Sie hatten wohl angenommen, dass ihr Vater etwas vergessen hatte und noch einmal zurückgekommen war.

»Hallo, ihr Süßen!«, ertönte es gutgelaunt und fröhlich. Ich erkannte die hohe Stimme meiner Freundin Jessi. ›Welche Standpauke will sie mir heute wohl halten‹, fragte ich mich, und schlenderte langsamen Schrittes zur Haustür.

»Seid ihr schon wieder da?«, fragte sie in diesem Moment meine Mädels. Es hörte sich fast wie ein kleiner Vorwurf an.

Lea und Lisa sagten leise »Hallo« und kamen gleich wieder zu mir, um sich in meinen Arm zu kuscheln. Ich spürte, dass sie mich jetzt brauchten und mich nicht mit Jessi teilen wollten. Auf der anderen Seite konnte ich Jessi aber auch nicht gleich wieder wegschicken.

Meine Freundin streckte künstlich lachend, wie es so ihre Art war, die Hand aus, in der sie eine Flasche gekühlten Prosecco hielt. Freudestrahlend fügte sie hinzu: »Ich will nur schnell ein Schlückchen mit dir trinken.«

»Das ist aber lieb von dir«, antwortete ich brav, ließ jedoch keine Begeisterung erkennen. Da ich mir aber ihre Interpretation von »schnell ein Schlückchen trinken« lebhaft vorstellen konnte, setzte ich noch freundlich hinzu: »Schade, dass Du mich nicht vorher angerufen hast, weil ich jetzt gern mit meinen Mädchen ein bisschen kuscheln und lesen will, bevor sie ins Bett müssen. Um acht Uhr sollten sie schlafen, wenn Du danach noch einmal herkommen möchtest, dann würde ich mich auf ein Gläschen mit Dir freuen.«

»Ach, das macht doch nichts«, erwiderte Jessi eine Spur zu schrill. »Ich kann doch vorlesen, während ihr drei kuschelt und nebenher können wir ein Schlückchen trinken. Dann haben wir alles untergebracht.«

Ich war versucht, dem zuzustimmen, aber meine beiden Mädels drückten kaum merklich meinen Arm, was vermutlich so viel heißen sollte wie: ›Mama, bitte nicht! Nicht Jessi!‹

»Ein andermal gern. Heute habe ich meine Kinder noch gar nicht für mich allein gehabt, deshalb muss ich für heute leider nein sagen«, erwiderte ich selbstbewusst.

»Frag doch die zwei Süßen erst einmal, vielleicht haben sie Lust darauf, dass ich heute vorlese.«

Jetzt wurde sie mir zu aufdringlich.

»Lisa, Lea, ihr zwei könnt euch schon die Zähne putzen und euch umziehen, ich komme gleich nach.« Mit einem sanften Klaps verabschiedete ich sie nach oben. Als die Badezimmertür ins Schloss fiel, schaute ich Jessi fragend an, weil ich einen Grund für ihr aufdringliches Benehmen erwartete.

Sie zeigte ihren süßen Schmollmund und sagte mit kindlicher Sprache: »Ich wollte es wieder ins Lot bringen, weil ich letztes Mal so ungerecht zu Dir war und mich so anmaßend verhalten habe. Natürlich kannst Du Dich mit Männern treffen und mit ihnen Sex haben, so oft Du willst. Es geht mich ja eigentlich gar nichts an.« Bewundernd schaute ich ihrem Schauspiel zu. Sie schaffte es, wie ein kleines reumütiges Kind vor mir zu stehen und mich anzulügen, während sie meinem Blick standhielt. Ich überlegte, ob ich ihr sagen sollte, dass ich ihr Spiel durchschaute, oder ob ich es einfach ad acta legen sollte, weil sich dadurch ohnehin nichts ändern würde.

Ich hörte meine Kinder, wie sie sich leise stritten, wer auf meiner Bettseite liegen durfte und entschied mich spontan, nichts mehr zu dieser Angelegenheit zu sagen. Es würde Jessis Aufenthalt hier nur verlängern und ich wollte jetzt alles andere, als eine Diskussion über Männer, die meine Mädels zu allem Überfluss mitbekommen könnten.

»Ist schon gut. Danke, dass Du es mir gesagt hast, aber lass uns ein anderes Mal darüber reden. Ich will nicht, dass meine zwei Mäuse etwas mitbekommen. Außerdem ist gerade Kinderzeit, da möchte ich einfach für sie da sein. Das verstehst Du sicher.«

Ihre Augen glitzerten und ich konnte ihre Enttäuschung sehen. Sie hatte kein Verständnis dafür, aber sie nickte.

»Wenn Du willst, kannst Du nachher oder morgen Abend um acht Uhr vorbei kommen«, bot ich ihr an, um mein schlechtes Gewissen zu beruhigen.

»Nein, da habe ich leider keine Zeit mehr, weil ich mich noch mit Freunden treffe«, erwiderte sie zickig, während sie mir ein Bussi in den Wind hauchte und zur Haustür ging. »Tschaui!«, rief sie und winkte im Weggehen, ohne sich umzudrehen.

»Tschau«, erwiderte ich leicht genervt.

Auf dem Weg nach oben versuchte ich alles Ungute von mir abzuschütteln.

Lisa und Lea hatten sich heute geeinigt, wer wo liegen durfte, ohne dass ich vermitteln musste. Dankbar nahm ich sie beide in den Arm und Lea schlug ihr Buch für Leseanfänger auf. Bevor sie mit dem Lesen begann, schaute sie mich aufmerksam an und fragte: »Mama, was ist eigentlich Sex?«

Die Spucke, die ich gerade herunterschlucken wollte, geriet in die Luftröhre. Meine Luft blieb weg und ich hustete und hustete, während mein Gesicht rot anlief und die Tränen sich aus den Tränensäckchen drängten. Als ich endlich wieder reden konnte, fragte ich sie mit brüchiger Stimme: »Hast Du gelauscht, Lea?«

»Nein, aber die Jessi hat so laut geredet, dass ich es hören musste. Also was ist jetzt Sex, Mama?« Ihre Augen schauten mich neugierig an und ich überlegte fieberhaft, wie ich diese Frage jetzt so kindgerecht wie möglich beantworten konnte.

»Das würde ich auch gerne wissen!«, sagte Lisa traurig.
»Das war nämlich die Aufnahmeprüfung für die Clique.«
»Die Aufnahmeprüfung für die jetzige Viererclique?« Die Viererclique war seit Beginn der zweiten Klasse Gesprächsthema Nummer eins bei uns Zuhause. Nicht selten weinte Lisa, weil sie wieder einmal nicht mitspielen durfte, da Cliquentag war. An den Cliquentagen durften nur die vier Mädchen der Viererclique zusammen sein. Sie durften dann mit keinem anderen Kind reden oder spielen.

»Und?«, fragte ich Lisa, »weißt Du denn, was Sex ist?«
»Nein, und ich will es auch gar nicht wissen«, antwortete sie bockig. »Außerdem hat mich Lili letztens gefragt, ob ich jetzt auch mit in die Gruppe will, aber ich habe Nein gesagt, weil ich es gemein finde, dass ich dann mit anderen Kindern nicht mehr spielen darf.«

»Deine Entscheidung finde ich richtig toll, Lisa. Dazu gehört viel mehr Mut, als mit den Mädchen mitzumachen«, lobte ich meine Tochter und war mächtig stolz, dass sie so viel Selbstbewusstsein hatte, sich dagegen aufzulehnen. Dabei hatte sich Lisa seit der Entstehung der Clique nichts sehnlicher gewünscht, als mit dabei sein zu können.

Für Lea war es zum Glück gar nicht mehr wichtig zu erfahren, was Sex nun wirklich war. Sie war froh, unsere volle Aufmerksamkeit zum Vorlesen zu haben.

›Puh, das war knapp‹, dachte ich erleichtert und hoffte, dass die Kinder nicht hörten, wie mir gerade ein riesiger Stein vom Herzen fiel.

15

In der folgenden Woche störte nichts Außergewöhnliches unseren Tagesablauf und wir hasteten vor uns hin, um alles, was für uns wichtig war, möglichst gut hinzubekommen. Lea und Lisa gaben mir immer wieder das Gefühl, eine gute Mutter zu sein und das reichte mir im Moment.

Im Büro hatte ich die Befürchtung, mich einem Abgrund zu nähern. Die unerledigten Aktenberge wuchsen immer höher und ich wusste nicht, wie ich sie jemals bewältigen sollte. Mir fehlte es an Konzentration und Durchhaltevermögen. Wie auch an diesem Donnerstag.

Ein verlängertes kinderfreies Wochenende stand an und ich wollte weg. Dummerweise hatte ich noch nichts gebucht. Ich überlegte, ob ich schnell im Internet nach etwas Passendem suchen sollte, verwarf diesen Gedanken jedoch und versuchte mich auf die vor mir liegende Akte zu konzentrieren. Leider ohne Erfolg. Bei einem komplizierten Fall schweiften meine Gedanken gern ab. Entweder beschäftigten mich unerledigte Dinge oder neue Abenteuer. In letzter Zeit dachte ich gern über Herrn Richter nach. Er wurde immer seltsamer. Seine Blicke wurden intensiver, seine Anrufe häufiger und wenn ich ihn im Gang traf, nahm er sich viel Zeit, um mit mir zu plaudern. Ich musste mir eingestehen, einer Affäre nicht abgeneigt zu sein. Irgendwie machte mich seine stille vornehme Art neugierig und ich wollte ihn auch mal erleben, wenn er die Kontrolle verlor. Außerdem fühlte ich mich ihm zu Dank verpflichtet, weil er mich beim Bearbeiten meiner Akten unglaublich unterstützte. Und ich könnte mir die anstrengende Suche nach neuen, interessanten Männern sparen. Zumindest eine gewisse Zeit lang. Es sprachen also einige Argumente dafür. Andererseits hatte ich vor seiner Reaktion Angst, wenn unsere Affäre einmal beendet wäre. Er wäre als Vorgesetzter in der Lage, mich auf eine subtile Art und Weise fertig zu machen. Ich sollte wirklich wieder einmal den Rat der Wahrsagerin einholen. Mit dem Jogger hatte sie ja Recht behalten. Vielleicht konnte ich das ein oder andere Mal eine Enttäuschung umgehen, indem ich auf sie hörte. Und ihr Versprechen, für die erste Beratung keinen Betrag von meinem Konto abzubuchen, hatte sie eingehalten.

Ich sah auf die Uhr und seufzte, wieder einmal hatte ich einen Arbeitstag vergeudet.

Auf dem Heimweg hielt ich schnell am Supermarkt an. Im Vorbeigehen hatte ich eine Zeitschrift der Fernsehsendung Consilium im Regal gesehen. Vermutlich würde ich da nachlesen können, wie ich mich dort wieder anmelden konnte. Es wäre ja ganz interessant zu erfahren, was mir die Wahrsagerin über Herrn Richter sagen konnte. Ich kaufte die Zeitschrift und freute mich auf neue Erkenntnisse aus einem weiteren Gespräch mit Manuela.

An diesem Abend waren Lisa und Lea ausgesprochen fröhlich und freuten sich, das verlängerte Wochenende mit ihrem Vater verbringen zu können. Er hatte versprochen, sie gleich am Freitagmorgen abzuholen und mit ihnen zum Ponyreiten zu fahren. Sie packten mit glänzenden Augen ihre letzten Kuscheltiere in die Reisetasche, während sie aufgeregt plauderten. Es war schön, sie so glücklich zu sehen. Dass es nichts mit mir zu tun hatte, versuchte ich auszublenden. Ich hatte ja auch etwas Schönes vor mir, redete ich mir ein. Ich wollte an diesem Wochenende irgendwohin, wo ich abgelenkt war und wo ich mir keine Gedanken über mein Leben machen musste.

Am Abend, als meine Mädels schliefen, suchte ich im Internet nach einem kleinen Hotel, das einerseits ruhig gelegen, aber trotzdem in der Nähe einer größeren Stadt war, falls ich doch lieber unterwegs sein wollte. Ich fand es kurzfristig im Bayerischen Wald, nahe dem Dreiländereck. Haidmühle versprach im Sommer wie im Winter ein Urlaubsparadies zu sein. Sollte ich Ausflüge machen wollen, wären das historische Krumau in Tschechien, Linz in Österreich, oder auch die Dreiflüssestadt Passau nicht weit entfernt. Ich entschied mich, ein Zimmer im Sportgasthof *Zur Waldliesl* zu buchen. In einem Sportgasthof fand ich sicher auch sportliche Männer.

Anschließend machte ich es mir vor dem Fernseher gemütlich und suchte den Sender Consilium. Diesmal sah die Wahrsagerin einer Hexe aus dem Märchenbuch erschreckend ähnlich. Mich gruselte es. Mit ihr wollte ich nicht telefonieren. Ich kramte die Zeitschrift aus meiner Tasche und fing an zu lesen. Es gab unterschiedliche Kategorien wie z.B. Wahrsagen, Astrologie und Channeling. Also Channeling mit einem Medium war mir dann doch zu abgehoben, aber Wahrsager und Astrologen konnten ja nicht so schlimm sein.

Ich suchte nach Manuela und fand sie schließlich unter den Top Zehn. Mit 3,49 Euro pro Minute war sie eine der teuersten Wahrsagerinnen. Es gab auch wesentlich günstigere für 79 Cent pro Minute, z.B. Anne. Allerdings sah die nicht so sympathisch aus.

›Bevor ich mit der spreche, um ein bisschen Geld zu sparen, sollte ich wohl in den sauren Apfel beißen und Manuela anrufen‹, dachte ich. Sie hatte beim ersten Gespräch ja Recht gehabt. Ich wählte die Nummer von Consilium und erfuhr, dass ich an fünfter Stelle auf der Warteliste stand. Sie würden mich zurückrufen, sobald ich an der Reihe wäre.

›Bei 3,49 Euro die Minute‹, dachte ich mir, ›wird es nicht lang dauern, bis ich an der Reihe bin‹. Ich wartete zwei Stunden, dann kam endlich der ersehnte Anruf.

»Hallo Manuela, hier ist Simone«, meldete ich mich schon viel entspannter als beim ersten Mal.

»Hallo Simone, wie kann ich dir helfen?« Ihre rauchige Stimme hörte sich müde an.

»Wir hatten schon einmal während deiner Sendung miteinander telefoniert. Ich wollte noch einmal hören, was du mir zu den Männern um mich herum sagen kannst. Vielleicht hat sich ja etwas verändert.«

»Dann bitte ich dich, dass du dich vollständig entspannst, die Arme und Beine nicht überkreuzt und tief ein- und ausatmest. Konzentriere dich auf die Männer, über die du etwas erfahren möchtest und gib mir ein ›Stopp‹, wenn du soweit bist.«

Während ich mich entspannte und mir Herrn Richter vorstellte, hörte ich das Rascheln der Karten.

Einer inneren Eingebung folgend sagte ich »Stopp«.

»So, dann wollen wir doch mal sehen, was sich bei dir getan hat.« Wieder hörte ich das Schnipsen der Karten und stellte mir die Reihen mit düsteren Bildern vor. Nach einer gefühlten Ewigkeit, sprach Manuela endlich weiter:

»Du sitzt bildlich gesprochen zwischen zwei Stühlen. Du weißt nicht, was du tun sollst.«

›So weit war ich vorher auch schon. Ich brauche klare Antworten und keine schwammigen Aussagen‹, dachte ich mir.

»Kann es sein, dass du im beruflichen Umfeld jemanden kennst, der großes Interesse an dir hat?«

»Ja, das könnte sein.« Sofort war ich hellwach.

»Allerdings sehe ich neben diesem Mann noch eine andere Frau. Aber sie liegt in seinem Rücken, während er auf dich schaut. Du bist für ihn im Moment wichtiger.«

»Kannst du mir noch mehr über diesen Mann sagen? Damit ich weiß, ob wir den gleichen Mann meinen?«

»Moment. Ja, beruflich steht er über dir. Es müsste ein Vorgesetzter von dir sein.«

Mein Mund fühlte sich staubtrocken an. Woher konnte sie das denn wissen?

»Stimmt, ich hatte an einen Vorgesetzten gedacht.«
»Ist er verheiratet?«
»Ja, ich denke schon.«
»Dann solltest Du die Finger von ihm lassen. Ihr würdet ohne Frage sehr gut zusammen passen, aber es würden viele Schwierigkeiten auf euch zukommen. Ich glaube Du suchst im Moment eher Ablenkung und Leichtigkeit. Dafür ist dieser Mann nicht zu haben. Außerdem würde er seine Frau niemals für dich verlassen.«

Nein, das wollte ich auch nicht. Das würde ich keiner Frau antun. Ich sollte mich schleunigst umorientieren. Manuela beschrieb mir in aller Ausführlichkeit noch einige Männer, die sie sah, aber ich hatte das Gefühl, diese Männer gar nicht zu kennen. Ich schaute auf die Uhr. Das wird ein teures Gespräch, dachte ich mir, aber ich wollte wissen, ob vielleicht ein toller Typ in meiner Nähe war, den ich bereits kannte. Unruhig wartete ich auf eine kleine Pause und als diese kam, stellte ich ihr schnell eine Frage.

»Siehst Du sonst einen netten Mann um mich herum?«
»Es werden immer irgendwelche Männer um dich herumschwirren. Du musst sehr attraktiv sein.« Es hörte sich nach einer Frage an, aber ich konnte sie nicht beantworten. Jede Frau wollte attraktiv aussehen und viele Männer, die sie toll fanden, um sich herum haben, oder nicht?

»Aber den einen Richtigen sehe ich hier für dich nicht. Warte, ich lege gern noch einmal ein paar Karten aus, mit deiner Frage, nach dem richtigen Mann.«

Wieder raschelten die Karten und Manuela atmete tief ein und aus.

»Er ist leider noch nicht in greifbarer Nähe. Er ist noch sehr weit weg von dir.«

»Was heißt ›sehr weit weg‹?«, fragte ich mit bangem Herzen.

»Du musst noch sehr viel dazulernen, um ihn zu erkennen. Aber du wirst es schaffen.«

»Was siehst du sonst noch auf mich zukommen?«

»Im Moment sehe ich viel Chaos in deinem Leben. Aber du bist eine starke Frau. Du wirst es schaffen. Du brauchst keine Angst vor finanzieller Not zu haben. Du wirst immer jemanden um dich haben, der dir hilft.«

»Wie lange wird dieses Chaos andauern?«

»Das entscheidest du selbst. Du musst deine innere Balance wieder finden, dann wird sich um dich herum alles zum Guten wenden.«

›Leichter gesagt, als getan‹, dachte ich mir mutlos und hörte gar nicht mehr zu, welche Tipps sie herunterleierte.

»Okay, vielen Dank, Manuela«, unterbrach ich sie nach einer Weile.

»Zum Schluss ziehe ich dir noch eine Karte, die dir die nächste Zukunft zeigt.«

Wieder mischte Manuela die Karten: »Oh, die 4 Stäbe!«, sagte sie erstaunt. »Sie deuten darauf hin, dass Du durch Deinen Einsatz etwas vollenden kannst. Das könnte ein größerer Arbeitsauftrag oder auch ein emotionales Vorhaben sein. Vermutlich sehen wir dann bei unserem nächsten Gespräch, was du abgeschlossen hast und wie deine weitere Zukunft aussieht.«

Kurz überlegte ich, ob ich sie fragen sollte, warum sie so erstaunt über die 4 Stäbe war. Ließ es aber sein. Ich fühlte mich ausgelaugt und leer.

»Vielen Dank Manuela.«

»Immer wieder gern.«

Ein Blick auf die Uhr verriet mir, dass ich gerade 127,60 Euro vertelefoniert hatte. Das nächste Mal musste ich mich besser auf ein Telefonat vorbereiten, damit ich schneller zu meinen Antworten kam. Müde, verspannt und traurig kroch ich in mein Bett. Der nächste Tag konnte nur besser werden.

Nach einer gefühlvollen Abschiedsszene, in der Lisa und Lea mich küssten und drückten und mir immer wieder beteuerten, wie lieb sie mich hätten und mich gar nicht mehr loslassen wollten, war es an diesem Freitagmorgen im Haus plötzlich erdrückend still und trostlos. Schnell verstaute ich meine Taschen, die ich in weiser Voraussicht bereits fertig gepackt hatte, im Auto und fuhr los.

Um der Stille keinen Raum zu geben, legte ich meine Lieblings-CD von Amy Winehouse ein und drehte die Lautstärke voll auf. Die rauchige, melodiöse Stimme hüllte mich ein und ich konnte nicht anders, als mitzusingen. Ich freute mich auf neue Erlebnisse, wie auch immer sie aussahen.

Gut gelaunt stieg ich mittags vor dem Sportgasthof *Zur Waldliesl* aus. Die Luft roch hier frischer, die Wiesen sahen hier grüner aus und die Aussicht ins Tal war einfach nur traumhaft idyllisch. Der Gasthof war viel kleiner, als ich ihn mir vorgestellt hatte, wirkte aber sauber und gemütlich. An der Rezeption wurde ich von der Chefin des Hauses sehr freundlich willkommen geheißen und als ich mein Zimmer sah, wusste ich, dass ich mich richtig entschieden hatte. Es war sehr hell und geschmackvoll möbliert und hatte ein großes, bodentiefes Fenster, wodurch es noch heller und einladender wirkte.

»Oh wie schön!«, entfuhr es mir.

»Das freut uns. Wir wünschen Ihnen einen erholsamen Aufenthalt in unserem Hause. Sollten sie uns brauchen, können sie uns gern jederzeit telefonisch erreichen. Die Telefonnummer ist auf dem Telefon aufgeklebt. Die Rezeption ist in der Nebensaison nicht immer besetzt, daher ist es einfacher, wenn sie uns anrufen. In den Prospekten auf Ihrem Schreibtisch finden sie Vorschläge für Wanderungen oder Radtouren. Wenn sie Fragen dazu haben, können sie sich jederzeit gerne an uns wenden.

Frühstück gibt es von 7:00 – 10:00 Uhr und wenn sie bei uns zu Abend essen wollen, wäre es gut, wenn sie es bitte gleich nach dem Frühstück anmelden. Heute können sie bei uns selbstverständlich auch zu Abend essen, wenn sie möchten.« Fragend schaute sie mich an.

»Ja, ich glaube, heute würde ich Ihr Angebot gern annehmen.«

»Vielen Dank. Heute bieten wir ausnahmsweise ein Buffet an, das ab 18:00 Uhr für sie bereit steht«, erwiderte sie freundlich und ließ mich allein.

Ich schaute ins Bad und war von der Sauberkeit beeindruckt. Mein Blick fiel auf einen flauschigen Bademantel, der für die Dauer des Aufenthaltes zur Verfügung gestellt wurde. Da stand einem Gang in die Sauna nichts mehr im Wege. Allerdings wollte ich zuerst die Gegend erkunden. Die Sonne und der atemberaubende Blick ins Tal luden mich zu einem ausgedehnten Spaziergang ein. Schnell zog ich mir meine Wanderschuhe an und machte mich auf den Weg hinunter ins Tal. Gierig sog ich die frische Luft ein und atmete tief durch. Es tat so gut, hier zu sein und wandern zu können. Die innere Anspannung ließ mit jedem Schritt etwas nach und meine Lebensgeister erwachten zu neuem Leben. Als ich im Ortskern ankam, war ich enttäuscht, wie verlassen er wirkte. Andererseits fragte ich mich, was ich erwartet hatte, denn schließlich war ich hier auf dem Land. Zumindest gab es eine Gastwirtschaft, in die ich einkehren konnte.

Während ich auf dem kleinen Marktplatz davor stand, überlegte ich es mir anders und wanderte in einem großen Bogen, am Waldrand entlang, zurück zur *Waldliesl*. Erschöpft, nach meiner dreistündigen Wanderung, setzte ich mich hungrig und durstig an die Bar. ›Hoffentlich ist die Bar überhaupt geöffnet‹, dachte ich mir. Eine Bedienung war nicht zu sehen, also holte ich mir eine Karte und überlegte, worauf ich Hunger hatte. Endlich kam ein junger

Angestellter vorbei und ich bestellte mir einen Schinken-Käse-Toast und ein Glas Weißwein.

Ich vermutete, dass sich die anderen Gäste noch auf ihren Tagesausflügen befanden. Auf meine Frage, warum hier so wenig Gäste waren, antwortete der junge Herr freundlich, während er mir meinen Wein einschenkte: »Die Bar öffnet eigentlich erst um 18 Uhr.«

Ein kurzer Blick auf die Uhr sagte mir, dass es später Nachmittag war.

»Oh, das wusste ich nicht«, erwiderte ich erschrocken. Aber sein Lächeln sagte mir, dass es für ihn nicht weiter schlimm war.

»Heute ist es gar kein Problem. Ich bin ja ohnehin hier.« Bald brachte er mir mein Essen und begann, Gläser zu polieren. Genussvoll verspeiste ich den appetitlich angerichteten Toast und bestellte mir ohne schlechtes Gewissen ein weiteres Glas Riesling.

Der Wein war erstaunlich gut, so dass ich mir ein drittes Glas mit auf mein Zimmer nahm.

16

Leicht beschwipst kuschelte ich mich in meinem Zimmer in den Bademantel, setzte mich in den großen Sessel am Fenster und genoss meinen Wein und das herrliche Panorama. Ich wusste, dass es unvernünftig war, angetrunken in die Sauna zu gehen, aber ich beruhigte mich damit, dass ich den Alkohol schnell wieder ausgeschwitzt haben würde.

An der Rezeption war niemand, also folgte ich dem Hinweisschild am Aufzug in den Keller des Gasthofes.

Auch hier sah es einladend gemütlich aus. Braune Kerzen standen in einem Meer von Hölzern und Moos und zeigten den Besuchern den Weg zur Sauna. Durch eine Scheibe konnte ich in den Ruheraum sehen. Mehrere Liegen waren um ein Kaminfeuer herum aufgestellt, und mit den dominierenden Brauntönen wirkte der Raum gemütlich und warm. Das Licht war mir eigentlich etwas zu schummrig, aber in der Sauna konnte das durchaus vorteilhaft sein, denn schwitzende, nackte Menschen waren nicht immer schön anzusehen. Zuerst wähnte ich mich allein, aber von irgendwoher konnte ich das Schließen einer Tür hören. Schade, dachte ich enttäuscht, ich hätte es jetzt auch genossen, die Sauna für mich zu haben.

Der Wein, den ich doch etwas zu reichlich genossen hatte, half mir, nicht länger darüber nachzudenken. Schnell schälte ich mich aus meinem Bademantel, um erst einmal ausgiebig zu duschen. Ich ließ das Wasser auf meinen Kopf prasseln und hob mein Gesicht dem prickelnden Nass entgegen. Bald fühlte ich mich entspannt und bereit für die Sauna. Ich rubbelte ich mich trocken, zog meinen Bademantel an und folgte wieder den flackernden Kerzen. Durch die Glastür der Sauna konnte ich sportlich muskulöse Unterschenkel eines Mannes sehen. ›Egal, dann bin ich halt nicht allein in der Sauna‹, dachte ich beschwingt, warf meinen Bademantel über einen Haken und öffnete die Tür.

Die trockene Luft setzte meinen Augen zu und ich musste mehrmals blinzeln, bevor ich wieder klar durch meine Kontaktlinsen schauen konnte. Außer mir war nur der eine Mann in der Sauna. Er saß in der rechten oberen Ecke.

Mir war es eher zu heiß, darum murmelte ich schnell einen Gruß und legte mich auf die unterste linke Bank. Ich machte meine Augen zu und versuchte mich zu entspannen. Obwohl ich die Augen geschlossen hielt, spürte ich seinen Blick auf meinem Körper. Langsam sammelte sich der Schweiß auf meiner Hautoberfläche und kitzelte mich. Die Hitze ließ auf meinem Bauch eine kleine Lache entstehen. Ich strich mit meiner Handfläche langsam über meinen Bauch. Ich schaute zu dem Mann hinüber und hätte beinahe laut gelacht. Sein Blick war völlig ungeniert auf mich gerichtet und seine Augen stierten mich regelrecht an. Wusste er denn nicht, dass man das in der Sauna nicht machte? Das Jucken der Schweißperlen auf meinem Bauch verwandelte sich unter meiner Hand in ein wohliges Prickeln.

Ich bekam Lust auf mehr. ›Der Typ hat eine Lektion verdient‹, dachte ich mir und ließ meine Finger weiter über meinen Bauch gleiten. Das Kribbeln wurde intensiver. Meine Haut war wie elektrisiert. Trotz der Wärme hatte ich eine leichte Gänsehaut. Meine Brustwarzen stellten sich erwartungsvoll auf. Vorsichtig näherte ich mich meinem Brustansatz, entschied mich aber dagegen, meine Brüste zu streicheln. Ich streckte mich, hob die Arme und legte meine Hände unter meinen Kopf. Das Prickeln auf der Haut wurde nicht weniger.

Als ich meine Arme wieder herunter nahm, streiften sie wie zufällig meinen Busen. Die Lust auf mehr ließ mich neugierig zu dem Mann hinüber linsen. Als ich seinen Gesichtsausdruck sah, wäre ich beinahe von der Bank gefallen. Er starrte mich inzwischen unverhohlen gierig an. Sollte ich ihn anbaggern? Wäre es nicht blöd, mit einem Fremden in der Sauna herum zu machen? Was, wenn in diesem Moment jemand anderes in die Sauna käme?

Während ich mich lasziv auf der Saunabank räkelte, beobachtete ich den Fremden mit halb geöffneten Augen. War er es wert, fragte ich mich und wusste im gleichen Moment, dass es mir egal war. Sein gieriger Blick hatte etwas Animalisches, das mich meine Bedenken über Bord werfen ließ und mich magisch anzog. Der Alkohol trug auch dazu bei, dass ich mich wieder streichelte und mutig meine Finger aufreizend langsam nach oben um meine Brüste kreisen ließ. Meine Brustwarzen richteten sich trotz der großen Hitze weiter auf. Liebevoll streichelte ich sie mit meinen Fingerkuppen. Der Fremde schluckte hörbar und sein Kehlkopf sprang auf und ab. Ich nahm eine kleine Bewegung zwischen seinen Beinen wahr. Zu spät stellte er ein Bein auf, um seine beginnende Erektion zu verbergen.

Der Wein und die Hitze stiegen mir endgültig zu Kopf. Ich wurde immer mutiger und stellte meine Beine auf. Meine Finger glitten an meiner Schenkelaußenseite von der Hüfte bis kurz vor das Knie, um dann in der Schenkelinnenseite wieder nach oben zu gelangen. Bei der Abwärtsbewegung meiner Finger zog ich meine Knie zusammen um sie bei der Aufwärtsbewegung wieder leicht zu spreizen. Dieses Spiel machte mir Spaß, vor allem weil ich einen dankbaren Zuschauer hatte, der sich kaum zu blinzeln traute, um nichts zu verpassen. Meine Hand verschwand zwischen meinen Schenkeln und ich hörte den Fremden die heiße feuchte Luft einatmen. Ich wurde noch mutiger, stellte das rechte Bein auf den Boden und liebkoste mit langsam kreisenden Bewegungen meinen Venushügel. Der Fremde saß bewegungslos und aufrecht auf der Bank, als ob er einen Besenstiel verschluckt hatte. Während meine rechte Hand meine intime Stelle zwischen meinen Beinen streichelte, massierte meine linke Hand abwechselnd meine Brüste. Mein Körper wand sich vor Lust hin und her. Um meine Beine weiter spreizen zu können, hob ich mein linkes Bein auf die höher gelegene Bank.

Der Fremde rutschte langsam aus seiner Ecke in Richtung Mitte, um auf der Bank direkt vor meinen Füßen sitzen zu können. Die Schweißperlen auf seiner Stirn kamen nicht allein von der Hitze der Sauna. Er saß jetzt direkt vor mir, seine Augen erwartungsvoll aufgerissen, ohne den Blick von meiner Scham zu wenden. Er versuchte auch nicht mehr, seine Erektion vor mir zu verbergen. Sein Geweih war prächtig aufgerichtet, bereit mich aufzuspießen. Unsicher sah er mich fragend an. Aber ich wollte diesen Augenblick noch ein wenig genießen.

Ich hielt meine Blütenblätter auseinander und ließ ihn meine pinkfarbene Mitte sehen. Der Blick des fremden Mannes wurde immer wilder und gieriger. Er wartete nur auf ein Zeichen von mir, aber ich ließ ihn zappeln. Langsam und bedächtig verwöhnte ich mich, während ich mit der anderen Hand nach wie vor meine Schamlippen spreizte. Mein Mittelfinger verschwand in mir und kam in kreisenden Bewegungen wieder an die Oberfläche. Ich stöhnte und vergrub ihn wieder tief in mir, um ihn dann immer schneller heraus zu holen und meine empfindsame Stelle umkreisen zu lassen. Ein Feuerwerk breitete sich in mir aus und nahm mir den Atem. Mein Körper bäumte sich lustvoll stöhnend auf.

Der Fremde saß immer noch wie gebannt auf seiner Bank. Endlich erlöste ich ihn und hielt ihm auffordernd meine Hand entgegen. Er reagierte sofort, wenn auch vorsichtig und mich aufmerksam beobachtend. Ich zog ihn zu mir und wir suchten eine möglichst bequeme Position, was auf der Holzbank nicht einfach war. Sanft führte er sein Gemächt in mich hinein. Wir fanden unseren Rhythmus und ich fühlte mich begehrt und schön, so wie er mich ansah. Seine magischen grünen Augen zogen mich in seinen Bann und seine Finger waren flink und wissend. Sein Körperbau war nicht perfekt, doch wir ergänzten uns auf eine andere Art und Weise und ich genoss sein Können. Unser Schweiß rann in Bächen von unseren Körpern und vermischte sich an den Körperstellen, wo wir uns berührten. Ich mochte seinen Schweißgeruch. Er roch herb und männlich. Seine kräftigen Hände packten mich an den Hüftknochen und sein pulsierender Stab stieß in mich hinein. Das tiefe Einatmen der heißen Luft tat weh und ich hatte kurz das Gefühl, zu kollabieren. Aber es war viel zu schön, zu intensiv. Ich wollte jede Sekunde genießen. Mein Kreislauf hatte keine andere Wahl, er musste da einfach durch.

Der Fremde war in seinem Element. Beeindruckend kräftig suchte er sich seinen Weg ganz tief in mich hinein. Doch dann übernahm ich wieder die Initiative. Ich zwang ihn sich hinzulegen, setzte mich auf ihn und ritt auf ihm, bis er den Gipfel der Lust erreichte. Müde und erschlafft legten wir uns auf unsere Handtücher. Es dauerte jedoch nicht lang, bis sich der unersättliche Fremde wieder aufrichtete und meine Füße zu streicheln begann. Eigentlich war ich müde, aber er kitzelte meine Zehen, zog sanft an ihnen und massierte meine Füße, dann meine Beine, bis mein Körper innerlich zu vibrieren begann. Ich setzte mich auf und musste nicht viel tun, um sein erschlafftes Glied wieder aufzurichten. Erstaunt nahm ich wahr, dass langsamer Sex sehr viel intensiver sein konnte. Ich schloss die Augen und ließ mich von der Lust treiben.

Die wohlige Wärme der Sauna und die Ermattung nach dem wiederholten Sex ließen mich kurz einnicken. Als ich wieder aufwachte, fand ich es sehr angenehm, dass er nicht mehr da war. Obwohl der Sex sehr leidenschaftlich war, fehlten doch die gemeinsamen Schwingungen nach dem Akt.

Ich duschte mich schnell und ging in mein Zimmer, um mich für das Abendessen herzurichten.

17

Als sich die Türen des Aufzugs öffneten, hörte ich verwundert das geschäftige Treiben im Speisesaal. ›Hatte die Wirtin nicht gesagt, es sei Nebensaison und nicht viel los? Da habe ich ja außerordentliches Glück gehabt, dass ich mit dem Fremden allein in der Sauna gewesen war‹, dachte ich mit einem kleinen Schreck und musste schlucken. Hoffentlich hatte uns niemand beobachtet.

Die Dame an der Rezeption lächelte mich freundlich an. »Guten Abend, Frau Paulus. Hatten sie einen schönen Nachmittag?«

Ich unterdrückte mein Schamgefühl, doch ich spürte die Röte in mein Gesicht ziehen. »Ja, vielen Dank!«, antwortete ich ebenso freundlich. »Jetzt ist hier ja richtig viel los«, versuchte ich schnell abzulenken und drehte mich zum Foyer.

»Wir haben momentan kaum Übernachtungsgäste, aber heute Abend haben wir eine Geburtstagsfeier mit Gästen aus dem Ort. Keine Sorge, sie essen in einem separaten Raum, dort sind sie ungestört.« Schnell kam sie um den Tresen herum und führte mich in eine gemütliche Gaststube. Es war nur ein weiterer Tisch belegt, an dem fünf Männer saßen. Ich durfte einen Platz auswählen und entschied mich für eine Nische am Fenster. So hatte ich den ganzen Raum im Blick und konnte gleichzeitig aus dem Fenster schauen. Den Männertisch und mich trennte ein sehr liebevoll gedecktes Büffet. Vermutlich kamen wir in diesen Genuss, weil der Koch uns die gleichen Speisen wie der Geburtstagsgesellschaft anbot. Ich bestellte ein Glas von dem köstlichen Weißwein und merkte plötzlich, wie hungrig ich war. Ich probierte mich durch die angebotenen Köstlichkeiten und holte mir mehrfach vom Buffet nach. Als das Gespräch der Männer wieder in voller Lautstärke im Gange war, riskierte ich einen prüfenden Blick hinüber, um zu sehen, ob meine Saunabekanntschaft auch darunter war. Wie er wohl angezogen aussah? Ich erkannte ihn sofort. Bevor ich meine Augen abwenden konnte, schaute er zu mir und ich starrte ihn elektrisiert an. Seine Freunde folgten seiner Blickrichtung und begannen sofort, ihn zu foppen. »Morgn radlst wieder mit, Bruni, sonscht kimmst auf dumme Gedanken. Des könna mir net zulassn, herst.« Die anderen lachten grölend und der intime Fremde lachte mit, aber seine grünen Augen suchten immer wieder den Blickkontakt zu mir. Ich tat so, als ob ich die Weinkarte studierte. Die Buchstaben verschwammen zu einer dunklen breiigen Masse, die Stimmen der Männer wurden immer undeutlicher und leiser, bis ich nur noch ein leises Rauschen hörte, während meine Sinne ins Land der Fantasie eintauchten.

18

Ein angenehmes Prickeln machte sich auf meiner Haut bemerkbar. Ich konnte ihn noch nicht sehen, aber ich wusste, er war da. Langsam ließ ich den Bademantel von meinen Schultern gleiten und stellte die Dusche auf warm ein. Ich stellte mich mit dem Gesicht zur Wand, direkt unter den harten warmen Wasserstrahl. Erwartungsvoll stand ich da und genoss es, wie das warme Wasser an meinem Körper herablief. Kurz durchzuckte es mich, als seine Hände von hinten meine Brüste umfassten und zu massieren begannen. Ich schob ihm meinen Hintern entgegen und rieb mich mit kreisenden Hüftbewegungen an ihm. Seine Hände glitten mit kräftigem Druck über meinen Körper. Sie waren einfach überall. Er küsste mich in den Nacken und ich reagierte voller Wollust und Gier auf seine Berührungen. Ich hielt es kaum noch aus, aber er ließ mich jetzt genauso zappeln, wie ich es in der Sauna mit ihm gemacht hatte.

Er seifte seine Hände ein und ließ sie über meine Rundungen gleiten, bis er zwischen meinen Schenkeln ankam. Ich stöhnte und spreizte willig meine Beine. Er massierte meinen Venushügel. Kräftig und gekonnt. Mit der anderen Hand knetete er meine Brüste und drückte mich fest an sich. Mein Atem stockte, als sein Finger vom Venushügel in mich hinein glitt. Er schob einen zweiten Finger hinterher. Sie rotierten in meiner Schlucht, immer wieder, immer tiefer. Er packte mich und schob mich seitlich an die Duschwand. Während seine beiden Finger noch in mir waren, massierte er mit der anderen Hand meinen Hintern. Die Seife machte meine Haut glitschig. Unverhofft ließ er seinen Mittelfinger zwischen meinen Pobacken hinab gleiten und dank der Seife mühelos in mich eindringen. Sein Mund suchte meine Lippen. Mit seiner Zunge erkundete er meinen Mund, während seine drei Finger in mir nicht stillstanden, bis mein Körper bebte und explodierte. Davon ließ er sich nicht beeindrucken und massierte mich weiter, bis ich schlapp an der Wand lehnte und ihn anflehte, mich zu erlösen. Zum Glück erhörte er mich endlich. Er drückte mit seinem Bein meine Schenkel auseinander, packte mich mit beiden Händen am Hintern und nahm mich.

»Frau Paulus? Frau Paulus? Kann ich Ihnen noch etwas zu trinken bringen?«

Die Frage der freundlichen Bedienung ließ meine Fantasie wie eine schillernde Seifenblase zerplatzen und brachte mich brutal wieder in die Wirklichkeit zurück.

»Äh, nein, vielen Dank. Es war alles sehr köstlich«, erwiderte ich und sah sie verlegen an. Ich spürte wie die Röte über meinen Hals zu meinem Gesicht stieg. ›Hatte sie etwas bemerkt? Oder hatte sie mich nur angesprochen, weil ich so intensiv in die Karte geschaut hatte?‹ Ich schaute zum Herrentisch und sah einige nachdenkliche Augen der Männer auf mich gerichtet. ›Was hatte ich verpasst? Was dachten sie über mich?‹ Schnell stand ich auf und verließ hocherhobenen Hauptes die Gaststube.

19

Am nächsten Morgen dachte ich gleich beim Aufwachen als Erstes an meine Saunafantasie. ›Würde er heute mit den anderen Männern auf eine Fahrradtour gehen? Wenn nicht, würde er zur gleichen Zeit in der Sauna erscheinen? Hoffentlich waren wir dann wieder ungestört.‹ Beim Gedanken an meine Fantasie, die ich unbedingt mit dem fremden Mann erleben wollte, prickelte es in meinem ganzen Körper. Jetzt würde ich gern nochmal mit Manuela darüber reden, was sie meint. Schade, dass ein Anruf mit dem Handy noch teurer war, aber ich hatte auch blöderweise die Zeitschrift zu Hause liegen lassen.

Unter der Dusche ließ ich mir Zeit. Beim Einseifen glitten meine Finger über meinen Körper. Ich hielt inne. Diesmal musste ich mich beherrschen, mich nicht selbst zum Höhepunkt zu streicheln. Ich wollte mir meine Lust für den Nachmittag in der Sauna aufheben.

Das Frühstücksbüffet war genauso schön hergerichtet und abwechslungsreich wie das Abendessen. Es gab frisches Obst, Jogurt, hausgemachte Marmeladen, frisches Vollkornbrot, das noch warm war, Kuchen und Birchermüsli. Eierspeisen konnte man nach Belieben bestellen. Ich hatte unglaubliches Glück mit meiner Unterkunft. Vor allem gehörte mir das Büffet ganz allein. ›Wo waren denn die Männer?‹

Um in Erwartung auf den Saunabesuch nicht den Verstand zu verlieren, beschloss ich nach dem Frühstück nach Passau zu fahren. Die Stadt wollte ich schon lange einmal anschauen und ich musste mich unbedingt bis zum Nachmittag ablenken. Als ich in mein Auto stieg, fuhr gerade die Herrentruppe mit ihren Fahrrädern über den Parkplatz. Sie hatten ihre Räder wohl im Schuppen abgestellt und starteten gerade ihre heutige Radtour.

Panisch suchte ich das Gesicht des intimen Fremden. ›Bitte, bitte, du darfst nicht dabei sein‹, bettelte ich im Stillen. Es war gar nicht so einfach, die Männer auseinanderzuhalten, weil sie alle Sonnenbrillen und Fahrradhelme aufhatten und in ihrem Outfit ganz anders als gestern aussahen. Aber es waren nur vier Männer! Also war er nicht dabei! Gut, dass ich gestern durchgezählt hatte.

Eine Hitzewelle der Erregung durchzog meinen Körper. Er wollte mich genauso sehr, wie ich ihn. Ich verhielt mich still in meinem Auto, bis sie weggefahren waren. ›Meinen Ausflug nach Passau kann ich morgen immer noch machen‹, dachte ich in der Hoffnung, ihn schon am Vormittag wieder zu sehen. Also stieg ich wieder aus und spazierte in der Nähe des Hotels ziellos umher. Immer wieder schaute ich in der Bar vorbei, aber der Fremde war nicht da. Was machte er denn den ganzen Tag auf seinem Zimmer, fragte ich mich. Der Zeiger meiner Armbanduhr kroch im Schneckentempo dahin. Mittags bestellte ich mir einen Snack und eine Flasche Rosé aufs Zimmer. Energisch rückte ich den Tisch in meinem Zimmer direkt vors Fenster, um weiter nach dem Fremden Ausschau zu halten. Nebenbei ließ ich es mir schmecken und vor lauter Aufregung trank ich den Wein schneller, als beabsichtigt. Leicht beschwipst kam ich bald in die richtige Stimmung für einen ausgiebigen Saunabesuch.

Langsam zog ich mich vor dem Spiegel aus. Meine Augen glänzten, meine Lippen sahen noch sinnlicher aus als sonst und meine Wangen hatten einen rötlichen Hauch. Sanft ließ ich meine Finger über meinen Körper gleiten. Alles in mir reagierte sofort und mein Körper war von Lust durchflutet. Ich war für ein weiteres Abenteuer bereit und konnte es kaum erwarten.

Schnell zog ich meinen Bademantel an und eilte zum Wellnessbereich. Ich stellte mich unter die Dusche und wünschte mir den Fremden herbei. Als ich ein Geräusch hörte, drehte ich mich um, in der Hoffnung, dass ein wenig von meiner Fantasie Realität werden würde. Tatsächlich trat der Fremde hinter mich. Ich zitterte vor innerer Erregung. Hatte er sich etwas überlegt, wie er mich zum Höhepunkt bringen könnte? Erwartungsvoll reichte ich ihm das Duschgel und er begann mich einzuschäumen. Würde er mich so streicheln, wie ich es mir in meiner Fantasie vorgestellt hatte? Ich schloss die Augen und wartete auf seine kundigen Hände. Mein Traum zerplatzte jäh, als er mich an meiner Hüfte packte und fantasielos in mich eindrang. Mein ganzer Körper verkrampfte sich. Unbeholfen umklammerte er meine Hüfte und konzentrierte sich allein auf seine Erfüllung, die auch nicht lange auf sich warten ließ. Nass und erschlafft stand er vor mir und schaute mich mit stolzem Lächeln an. Es war so schnell vorbei, dass ich aus meiner Erstarrung noch gar nicht richtig erwacht war.

»Das war alles?«, fragte ich eher erstaunt als erzürnt. Mit einem Blick, der in etwa heißen sollte: »*War es für Dich nicht so geil wie für mich?«*, schaute er mich verunsichert an.

›Super‹, dachte ich mir. Vermutlich wollte er jetzt hören, was für ein toller Hecht er war.

Enttäuscht schlüpfte ich in meinen Bademantel und ließ den verdutzt dreinblickenden Mann in der Dusche zurück, während ich es nicht erwarten konnte, allein auf meinem Zimmer zu sein. Das Gefühl der Einsamkeit holte mich ein. Wie immer nach einem sexuellen Abenteuer, das mir nicht gut tat. Wie ein Big Mac, den ich voller Lust verschlang, um anschließend unter Blähbauch und schlechtem Gewissen zu leiden.

20

Wie konnte ich nur so blöd sein zu glauben, dass Sex mit fremden Männern gut sein konnte. Ich ärgerte mich über mich selbst. Auf der anderen Seite war er gestern ja ganz ok gewesen. Aber wenn ich ehrlich war, dann war der Sex in der Sauna nur so gut, weil ich mich selbst befriedigt hatte. Beim Geschlechtsakt hatte ich bisher keinen Höhepunkt erreicht. Mit keiner meiner flüchtigen Bekanntschaften. Warum war das so? Lag es an mir? Stimmte bei mir etwas nicht? Vielleicht sollte ich das nächste Mal meine Frauenärztin fragen. Enttäuscht weinte ich mich in den Schlaf.

Am nächsten Morgen stand ich ganz früh auf, frühstückte um 7 Uhr, und war froh, weil ich ganz allein in der Gaststube war. Danach reiste ich gleich ab. Als vorgeschobenen Grund hatte ich die plötzliche Erkrankung meiner Tochter angegeben. Dafür hatte die Chefin Gott sei Dank Verständnis.

›Schade, dass ich nie wieder hier übernachten werde‹, dachte ich mir. Eigentlich war es eines der schönsten Hotels, in denen ich jemals gewesen war.

Endlich wieder Zuhause, mixte ich mir einen leckeren Aperol Spritz. ›Heute habe ich ihn mir verdient‹, redete ich mir ein. Den Tag ließ ich einfach an mir vorüberziehen. Ich zog mir bequeme Sachen an und legte mich vor den Fernseher, bis es Abend war. Der Fernsehsender Consilium war Ziel meines Interesses. Ich verfolgte eine Lebensberatung nach der anderen. Die Wahrsager wechselten. Vielleicht sollte ich dort mal wieder anrufen. Aber ich wollte nicht ins Fernsehen und auch nicht mit Manuela telefonieren. Vielleicht gab es ja noch andere gute Wahrsager, die günstiger waren. Ich holte mir die Zeitschrift und schaute mir die Gesichter an. Endlich sah ich eine Frau, die wie eine Zigeunerin aussah. In dem Begleittext stand auch, dass sie die Gabe des Hellsehens von ihren Vorfahren geerbt hatte. ›Die muss doch richtig gut sein‹, dachte ich. Ich rief an und war froh, dass sie gerade frei war. Erwartungsvoll legte ich mich auf meine Couch und versuchte zu entspannen. Lächelnd achtete ich darauf, dass meine Beine nicht überkreuzt waren und wartete, dass Acona den Anruf annahm.

»Hallo, hier ist Acona, mit wem spreche ich?«, meldete sich eine unangenehme Stimme mit einem ausländischen Akzent.

»Hallo, hier ist Simone.«

»Simone, schön dass du mich anrufst. Ich sehe schon, du fühlst Dich sehr allein.«

Wow, das saß! Ich schluckte.

»Ähm, ja, das stimmt.«

»Aber mach dir keine Sorgen, ich sehe einen großen dunkelhaarigen Mann auf Dich zukommen. Er wird dein Leben total verändern.«

Das hörte sich ja richtig gut an.

»Kannst du mir noch mehr über den Mann sagen?«, fragte ich erstaunt.

»Ja, er wird dich so sehr lieben, wie du es dir immer gewünscht hast.«

»Das würde ich sehr gern glauben, aber wer ist der Mann und wo werde ich ihm begegnen?« Eine kurze Zeit lang hörte ich nur den Atem von Acona. ›Auch hellsehende Menschen brauchen eine Weile, um sich auf den Anrufer einstellen zu können‹, dachte ich und wartete geduldig.

»Ich sehe sehr viele gutgekleidete Menschen. Er wird dir auf einer Feier begegnen. Er wird dich anschauen und du wirst ihn erkennen.«

»Habe ich ihn schon einmal gesehen?«

»Ja, aber noch nicht als deinen Mann wertgeschätzt. Diesmal wirst du ihn beachten. Du musst dich nur öffnen...«

Während Acona weiterredete schweiften meine Gedanken in die Vergangenheit. Harald. Das war der einzige große dunkelhaarige Mann in meinem Leben, der mich wirklich beeindruckt hatte. Auf dem Oktoberfest. Ich hatte ihn aus meinen Gedanken verbannt. Zumindest hatte ich mir große Mühe gegeben, ihn zu vergessen. Allerdings keimte jedes Jahr um dieselbe Zeit die Hoffnung in mir auf, ihn doch noch einmal wieder zu sehen. Dieser Wunsch wurde bisher nicht erfüllt und vermutlich war es auch gut so. Dieser Mann kam mir zu nahe, er könnte mich verletzen.

»...aber Du musst lernen, auf deine innere Stimme zu hören«, endete der Redeschwall Aconas.

»Kannst Du mir noch etwas zu dem Mann sagen?«

»Nein, er ist in der Dunkelheit verschwunden. Das heißt, mehr darf ich dir über ihn nicht verraten.«

»Schade. Was kannst du mir sonst noch sagen? Was kommt so auf mich zu in nächster Zeit?«

»Viel Arbeit, viele Sorgen und viel Streit. Aber du bist stark, du wirst es schon schaffen.«

›Seltsam‹, dachte ich, ›das hatte ich doch schon einmal gehört‹.

»Das hört sich ja beruhigend an«, entgegnete ich. Was blieb mir auch anderes übrig. Wir verabschiedeten uns und während ich still liegen blieb und das Gespräch sacken ließ, fiel mir auf, dass Acona keine Karten benutzt hatte und mich auch nicht gebeten hatte, mich zu entspannen oder meine Gliedmaßen nicht zu überkreuzen. Irgendwie fand ich dieses Gespräch unbefriedigend. Ich griff zu der Zeitschrift, suchte mir ein paar sympathische Wahrsagerinnen aus, kennzeichnete sie und rief die Nächste an.

Nach drei weiteren Lebensberatungen war ich erschöpft. Immer hörte ich, ich sollte mir Zeit nehmen, mich kennen lernen, zu mir zu finden, dann würde der richtige Mann schon kommen. Und immer wurde mir am Ende des Gesprächs Mut gemacht, dass ich es schon schaffen würde. Wieviel Geld ich heute für meine Anrufe bei Consilium verprasst hatte, wollte ich gar nicht wissen.

Unbefriedigt aß ich ein Müsli, weil es das einzig Essbare in meiner Küche war und ging schlafen.

Am nächsten Tag freute ich mich, als das Telefon läutete und ich Sophias fröhliche Stimme wahrnahm.

»Hallo Priscilla, ich wollte mal hören, wie dein Wochenende war.«

»Hallo Sophia. Es war recht turbulent. Ich habe eine wirklich anstrengende Männerbekanntschaft gemacht.«

»Oh nein, Priscilla! Nicht schon wieder!«

»Doch. Warum nicht. Es war kein toller Typ, aber ich habe ein bisschen Spaß gehabt.« Dass es eigentlich ein furchtbares Wochenende, mit einem noch schlimmeren Mann war, verschwieg ich ihr lieber.

»Priscilla, so findest du nie den Richtigen. Lass es doch einmal auf dich zukommen!«

»Das habe ich ja gemacht!« Ich musste lachen, aber Sophia fand das gar nicht lustig.

»So meine ich das aber nicht! Du solltest wählerischer sein, bevor du dich einem Mann hingibst.«

»Sophia, ich gebe mich den Männern nicht wirklich hin. Vielleicht meinen Körper, aber das war es dann. Eigentlich noch nicht einmal das, denn ich benutze ja die Männer für mich. Und du warst es doch, die mir dazu geraten hatte, wenn ich mich richtig entsinne«, fügte ich etwas giftig hinzu.

»Ja, damit du dich nicht mit deinen Kindern vergräbst. Du hast in jedem Mann das Böse gesehen. Jeder wollte dich nur verletzen, dich enttäuschen und ausnutzen. Ich wollte, dass du wieder anfängst ein normales Leben zu leben und dich langsam wieder Männern gegenüber öffnest.« Sophia hörte sich verzweifelt an und es tat mir leid, dass sie ein schlechtes Gewissen hatte. Aber ich wiederum wollte nicht, dass ausgerechnet sie, meine beste Freundin, mir Vorhaltungen machte.

»Ja, da bin ich doch jetzt. Ich will einfach nur Sex, aber keinen Mann, der mir weh tut. Im Zweifel verabschiede ich mich, aber das haben sie sich selbst zuzuschreiben. Ich will einfach nur Spaß und den hole ich mir.«

»Nein, meines Erachtens suchst du verzweifelt nach dem Mann, der dein Märchenprinz ist, aber so wirst du ihn nicht finden.« Das schmerzte, weil ich tief in mir wusste, dass sie Recht hatte. Aber das konnte ich auf keinen Fall zugeben.

»Den Märchenprinz habe ich schon längst abgeschrieben. Den gibt es nicht. Bei Bernhard hatte ich geglaubt, ihn gefunden zu haben. Aber er ist genauso wie alle anderen Männer. Märchenprinzen gibt es nur im Märchen, aber sicher nicht im realen Leben!« Ich spürte die Verbitterung in meiner Stimme und fühlte mich unwohl bei dem Gedanken, dass ich eine alte und vom Leben enttäuschte Frau werden könnte, die in allen Männern nur Schmarotzer sah.

»Versuche das richtige Maß zu finden. Ich gönne dir den Spaß von ganzem Herzen, glaube mir, aber ich habe auch Angst, dass du dich am Ende nicht mehr selbst finden kannst und dich mit jeder Affäre mehr zerstörst, statt aufzubauen.«

»Vielen Dank Sophia, aber ich kann sehr gut auf mich selbst aufpassen! Ich nehme momentan einfach alles an Spaß mit, was sich mir bietet. Das ist der Ausgleich zu meinem ansonsten geordneten Leben.«

»Dann kann ich dir auch nicht mehr helfen«, sagte Sophia traurig und ich konnte an ihrer Stimme hören, dass sie mit den Tränen kämpfte.

»Lass mich einfach mein Leben so leben. Ich will es jetzt so!«

»Okay, melde dich, wenn ich etwas für dich tun kann.«

»Danke, mach ich.« Ich legte auf und wusste, bei Sophia würde ich mich nicht mehr melden. Auf ihre Ratschläge konnte ich wirklich verzichten. Ratschläge sind eben doch auch Schläge.

21

Das Gespräch mit Sophia hatte mich viel Energie gekostet, aber ich wollte mich nicht länger mit einem schlechten Gewissen herumplagen. Ein Blick auf die Uhr sagte mir, dass meine Kinder bald wieder da sein würden. Ich schloss meine Augen um mich zu entspannen, aber in mir tobte ein Sturm. Meine Gedanken über das Telefonat mit Sophia wurden zum Glück unterbrochen, weil ich Bernhards BMW in der Einfahrt hörte.

Schleppenden Schrittes ging ich zur Tür. Ich fühlte mich müde, ausgelaugt und irgendwie aggressiv. ›Hoffentlich sind die Kinder nicht in Streitlaune‹, dachte ich mir.

Als Lisa und Lea mir entgegenliefen, öffnete sich mein Herz. Ich drückte sie fest an mich und freute mich wie immer über ihre vor Freude glänzenden Augen.

Bernhard stellte die Tasche der Kinder in den Windfang und schaute die Kinder erwartungsvoll an.

»Lisa, Lea, ich muss mich gleich verabschieden, weil ich noch einen Termin habe«, sagte er mit gerunzelter Stirn, um der Wichtigkeit seiner Aussage Ausdruck zu verleihen. Meine Mädels lösten sich aus meinem Arm und liefen zu ihm.

»Oh, bleib doch noch zum Abendessen, Papa«, sagte Lea mit einem bittenden Blick in meine Richtung. Ich zuckte mit den Schultern und sagte großzügig: »Von mir aus kannst Du noch schnell mitessen.« Wohlwissend, dass er dieses Angebot ausschlagen würde.

»Danke, aber ich muss jetzt wirklich gleich fahren, ich bin eh schon spät dran.«

›Vermutlich ein Date‹, dachte ich mir, sonst hätte er schon gesagt, wohin er will.

Die Kinder jammerten und hängten sich an ihren Vater.

Irgendwie machte es mich wahnsinnig. Ich hatte das Gefühl, dass sie schauspielerten und dieses Theater nur veranstalteten, um Aufmerksamkeit zu bekommen. Diesmal ertrug ich es kaum.

Ich ging in die Küche und ließ Bernhard diese Situation selbst lösen. Meine Kraft war erschöpft und ich hatte jetzt noch nicht einmal Lust, mich mit meinen Kindern auseinanderzusetzen.

»Tschüss, Papa!«, schrien Lisa und Lea und winkten Bernhard wild zu.

›Das hat er ja erstaunlich schnell hinbekommen‹, dachte ich.

Kaum war die Tür ins Schloss gefallen, bettelte Lisa: »Mama, dürfen wir Fernsehen?«

Ich versuchte mir meine Enttäuschung nicht anmerken zu lassen. Sie mussten wohl den Elternwechsel erst verarbeiten, bevor sie mir vom Ponyreiten berichten konnten.

»15 Minuten, Lisa. Wenn ich euch rufe, machst du den Fernseher sofort aus.«

»Ja, Mama. Versprochen!«, rief Lisa, rannte um die Ecke ins Wohnzimmer und der Wettkampf um den besten Platz auf der Couch begann.

»Da will ich sitzen!«, schrie Lea, die erst die Fernbedienung geholt hatte.

»Nein, da sitze ich jetzt! Du hast die Fernbedienung!«, schrie Lisa zurück.

»Du hattest sie das letzte Mal auch und bist auf dem Platz gesessen!«, schrie Lea noch lauter zurück und fing an zu weinen.

Normalerweise gab Lisa sofort nach, sobald bei Lea Tränen ins Spiel kamen, aber heute wollte sie es scheinbar nicht und das fand ich gut. Auch wenn mich das Geschrei nervte. Ich stand im Esszimmer und beobachtete die Szene unauffällig.

Lea passte das gar nicht und sie warf zornig die Fernbedienung auf den Parkettboden. Die Fernbedienung löste sich in viele kleine Einzelteile auf, die in alle Himmelsrichtungen flogen.

Vor lauter Schreck hörte Lea auf zu weinen, aber nur um dann in wirkliches Geheule auszubrechen.

Ich ging ins Wohnzimmer und sah meine beiden Mädels an. Eigentlich wusste ich nicht, wie ich in dieser Situation reagieren sollte.

»Jetzt können wir nicht mehr Fernsehen«, sagte Lisa traurig und begann, auf Knien die Einzelteile der Fernbedienung einzusammeln. Das ertrug ich nicht.

»Lisa, steh auf«, rief ich. »Wer die Fernbedienung hinwirft, sammelt sie auch wieder auf.« Wütend schaute ich in Leas Richtung.

Lisa hörte nicht auf und Lea rührte sich nicht vom Sofa, sondern vergrub ihr Gesicht im Kissen.

»Ich will, dass ihr sofort das macht, was ich euch sage! Lisa, du hörst sofort auf, die Teile der Fernbedienung zusammenzusuchen und du Lea hörst sofort auf zu weinen und sammelst alles ein«, rief ich zornig, aber nichts passierte. Ich war völlig überfordert. Erneut schrie ich meine Mädels an und fühlte mich noch furchtbarer, aber ich kam nicht mehr aus dieser Schiene heraus. Letzten Endes landeten beide heulend auf ihrem Zimmer und ich stand in der Küche und weinte vor Enttäuschung und Wut, während ich das Abendessen richtete.

Die Arbeit hätte ich mir an diesem Abend auch sparen können, da keiner von uns Appetit hatte. Lea und Lisa starrten lustlos auf ihre Teller und stocherten in den Nudeln herum, ohne auch nur eine Gabel zu ihrem Mund zu führen.

Es tat mir Leid, dass ich so herum geschrien hatte, aber ich konnte mich in dieser Situation nicht entschuldigen. Ich stand auf und räumte die Küche auf. Meine Kinder saßen mit schuldbewussten Mienen am Tisch und wussten nicht, was sie tun sollten. So hatten sie mich noch nie erlebt. Langsam stand Lisa auf und brachte mir ihren Teller in die Küche. Vorsichtig stellte sie ihn neben die Spüle.

»Ich wollte Lea helfen, Mama, damit sie nicht alles allein einsammeln muss.«

»Ich weiß, Lisa, aber ich will nicht, dass Lea herumwütet und du den Schaden behebst. Lea hat dir nicht einmal geholfen, sie saß auf dem Sofa und hat geweint, während du auf den Knien herum gerobbt bist. Das geht einfach nicht.«

»Aber wir haben uns vorher gestritten, also ist es auch meine Schuld, wenn sie wütend wird.« Lisa schaute mich mit ihren großen lieben Augen an und ich konnte ihre außerordentliche Willenskraft spüren.

»Na toll!«, schrie Lea plötzlich vom Tisch her. »Ich sitze hier allein und ihr redet über mich, als wäre ich gar nicht da! Wahrscheinlich ist es euch auch lieber, wenn ich verschwinde. Du kannst mich ja in eine Mülltonne werfen und anzünden. Dann bin ich endlich tot!«

Mir lief es eiskalt über den Rücken. »Lea, was soll dieser Blödsinn«, rief ich wütend und hilflos zugleich. »Wo hast du denn so etwas gehört?«

»Nirgendwo! Ich kann auch aus dem Fenster springen, Hauptsache ich bin tot!«

»Lea, ich hab dich lieb, auch wenn ich ab und zu mit dir schimpfe. Das sind zwei völlig unterschiedliche Dinge. Ich schimpfe dich nicht, weil ich dich nicht mehr lieb habe, sondern weil du etwas gemacht hast, was so nicht in Ordnung ist.«

»Nein, mich hat niemand lieb! Du hast nur Lisa lieb!«

»Lea, ich habe dich genauso in meinem Herzen wie Lisa. Aber du kannst nicht, einfach nur weil Du wütend bist, die Fernbedienung auf den Boden werfen und anschließend auch noch Lisa alles aufsammeln lassen.«

»Ich wollte die Fernbedienung nicht kaputt machen. Ich wollte auf meinem Lieblingsplatz sitzen. Du kommst ins Wohnzimmer und schimpfst nur mich. Immer bin ich schuld. Lisa nimmst du immer in Schutz, sie kann machen, was sie will. Du hast mich gar nicht lieb!«

Lea hatte sich so in Rage geredet, dass ihre Augen Feuerfunken sprühten. Ich wollte sie in den Arm nehmen, um ihr meine Nähe zu geben, aber sie wand sich heraus und lief in ihr Zimmer. Jede einzelne Holzstufe krachte unter ihrem kräftig aufstampfenden Tritt.

Verzweifelt und müde blieb ich sitzen und wusste nicht, was ich nun tun sollte. Lisa schlich leise an mir vorbei und senkte den Blick auf den Boden. Ihre Körperhaltung verriet, dass sie jetzt nicht mehr mit mir reden wollte. Ich ließ Lisa gehen und blieb mit dem Gefühl zurück, total versagt zu haben.

An diesem Abend wollte niemand kuscheln. Jeder ging alleine still ins Bett, alleine und traurig.

22

Am nächsten Morgen hoffte ich, dass Lea und Lisa sich beruhigt hatten und alles wieder wie immer war. Leider schmollten beide weiterhin, zogen sich allein an und spielten leise in ihrem Zimmer, bis ich das Frühstück gerichtet hatte. Wenigstens halten sie zusammen, dachte ich mir und versuchte kein schlechtes Gewissen zu haben.

An diesem Morgen bekam ich kein Verabschiedungsbussi, als sie sich auf den Schulweg machten. Weder von Lea noch von Lisa. Ich wollte es auch nicht erzwingen, aber es machte mich traurig.

Als ich mich durch den allmorgendlichen Stau gekämpft hatte und endlich an meinem Schreibtisch saß, konnte ich meine Gedanken nicht auf meine Arbeit richten. Die Akten stapelten sich im Schrank und ich machte nichts anderes, als in Gedanken aus meiner Situation, vor allem aus dem Büro zu fliehen und mir zu überlegen, wo ich wieder einmal einen Mann kennen lernen könnte.

Plötzlich riss mich die Stimme meines Vorgesetzten Kümmerlich aus meinen Gedanken: »Frau Paulus, was ist denn los mit ihnen? Ich habe in der Postmappe schon wieder ein Anwaltsschreiben, in dem uns mit einer Untätigkeitsklage gedroht wird. Das ist nun schon die Dritte in diesem Monat und alle aus ihrem Bereich!« Sein besorgter Blick war geschauspielert. Unverhohlene Neugierde kam mir aus jedem der Knopflöcher seines abgetragenen, karierten Hemdes entgegen gekrochen.

»Alles in Ordnung Herr Kümmerlich. Im Moment werde ich mit Akten zugeschüttet und weiß nicht mehr, an welchem Eck ich anfangen soll.«

»Das sehe ich, Frau Paulus, das sehe ich. Aber bis zur nächsten Statistik muss es besser aussehen!«

»Natürlich, Herr Kümmerlich. Ich werde mein Bestes geben.« Freundlich sah ich ihm in seine Augen, in denen sich Hinterhältigkeit und Falschheit wiederspiegelten.

Als er aus dem Büro ging, schaute ich auf sein ausladendes Hinterteil, über das er seine Buntfaltenhose ordentlich hochgezogen und mit Hilfe eines Gürtels in der nicht vorhandenen Taille festgezurrt hatte. Seine Füße steckten in weißen Sportsocken und um das Bild abzurunden, hatte er sich heute für die braunen luftdurchlässigen Ledersandalen entschieden.

Bevor er sich an der Tür noch einmal zu mir umdrehte, senkte ich den Blick auf die vor mir liegende, aufgeklappte Akte.

»Außerdem wartet Herr Richter auf die Akten Dellwang, Huber und Reiseder. Ich hoffe, sie haben wenigstens diese Akten erledigt!« Seinen Augen konnte ich entnehmen, dass er sich bereits eine eigene Meinung dazu gebildet hatte. Mein Magen verkrampfte sich. Hoffentlich konnte ich wenigstens Herrn Richter begreiflich machen, dass es an dem hohen Aktenaufkommen lag, dass ich noch nicht alle dringenden Fälle fertig bearbeitet hatte. ›Heute ist nicht mein Tag. Ich gehe besser erst morgen zu Herrn Richter, da habe ich vielleicht mehr Energie‹, dachte ich verzweifelt.

Ich versuchte mich mit aller Macht auf die Akten zu konzentrieren, aber ich schaffte noch nicht einmal das halbe Tagespensum und schon gar nicht die Fälle Huber und Reiseder. Mit einem Seufzer der Resignation, schob ich am Nachmittag die übrig gebliebenen Fälle in meinen Aktenschrank. Ich hatte keine Ahnung, wie ich dieses Chaos jemals bewältigen sollte.

Ich schlich mich aus dem Büro, als Sandra und Cornelius gerade nicht da waren und hoffte, auch keinem anderen Kollegen zu begegnen. Ich wollte mit niemandem reden und einfach nur nach Hause fahren. Vorsichtig schaute ich auf den Gang hinaus. Es war niemand in Sicht, daher ging ich raschen Schrittes zum Treppenhaus und lief Herrn Richter direkt in die Arme.

»Hoppala, Frau Paulus! Gehen sie schon?«, fragte er mit undurchdringlichem Blick.

»Ja, Herr Richter. Es tut mir leid, aber mir geht es heute nicht so gut«, entschuldigte ich mich unbeholfen.

»Ist etwas vorgefallen? Oder haben sie sich erkältet?« Sein Ton klang eher forschend als besorgt. Mein schlechtes Gewissen plagte mich und ich wusste nicht, wie ich mich aus dieser Situation herauswinden konnte.

»Nein, nein. Ich fühle mich heute einfach nicht gut.«

Herr Richter dachte nicht daran, mich gehen zu lassen.

»Frau Paulus, ganz ehrlich, ich hatte gehofft, heute von ihnen die Akten Huber und Reiseder zu bekommen. Dellwang hatten sie ja zum Glück noch vor dem verlängerten Wochenende geschafft.«

»Ja, ich weiß. Ich werde morgen Vormittag mit den Akten bei Ihnen vorbeischauen, ist das in Ordnung?«

Als Herr Richter nicht gleich antwortete, schaute ich auf und sah direkt in seine blauen Augen, die mich prüfend ansahen. Ich senkte den Blick. Das hielt ich nun wirklich nicht mehr aus. Nicht heute.

»Gehen sie jetzt heim, aber morgen möchte ich die Wahrheit hören«, sagte er ernst und ging an mir vorbei. Geschockt, weil er zum ersten Mal nicht nachsichtig sondern streng klang, sah ich ihm hinterher.

23

Trotz bewölktem Himmel und kühlem Wind fuhr ich mit geöffneten Fenstern und offenem Schiebedach nach Hause. Die kalte Luft wehte um mich herum und wirbelte meine Haare durcheinander. Aber mein Kopf blieb schwer. Düstere Gedanken beherrschten mich und bildeten einen Knoten in meinem Bauch und in meinem Gehirn, den ich nicht lösen konnte. Kurz vor dem Hort blieb ich auf einem Parkstreifen stehen, schloss meine Augen und atmete tief durch. Nur kurz entspannen, bevor ich meine Mädels abholte. Ich wollte nicht nachdenken. Meine Gefühle erdrückten mich, sobald ich sie zuließ. Ich musste da einfach durch. Irgendwann würden sich schon alle Probleme von alleine auflösen. Das Einzige, was ich brauchte, war Ablenkung. Feiern. Flirten. Sex. Alles, nur nicht nachdenken müssen.

Ich öffnete meine Augen. ›Natürlich!‹, schoss es mir durch den Kopf, ›Das Oktoberfest!‹ Wie hatte ich das nur vergessen können. ›Die beste Ablenkung und der größte Heiratsmarkt der Welt.‹ Meine Lippen verzogen sich zu einem missglückten Lächeln. Nein, nach Heiraten war mir wirklich nicht zumute, aber auf der Wiesn ging es ja auch nicht ums Heiraten. ›Ich könnte mir ja heute noch ein paar Tipps von den Wahrsagern holen‹, dachte ich. ›Vielleicht können sie erkennen, wer mir auf dem Oktoberfest begegnen wird. Oder ob ich Harald wieder sehen würde.‹

Plötzlich war ich mir sicher. Acona hatte doch etwas von einem Fest gesagt. Ich würde noch weitere Voraussagen von Consilium einholen. Wenn alle Wahrsager das Gleiche sagten, dann müsste es stimmen.

In sehr viel besserer Stimmung startete ich den Motor und fuhr die kurze restliche Strecke zum Hort. Ich stieg aus und ging hinein. Als Lisa mich sah, breitete ich die Arme aus, um sie wie immer aufzufangen. Aber Lisa drehte sich um und ging zu Alice, die sie in den Arm nahm. Mit hängenden Schultern kam Lea auf mich zu.

»Hallo Mama«, sagte sie leise. Sie schaute mich dabei nicht an, sondern wendete sich leicht von mir ab, während sie ihre Jacke anzog.

»Hallo mein Schatz«, sagte ich und bemühte mich um einen möglichst munteren Ton. »Wie war Dein Tag?«

»Ganz okay«, antwortete Lea mit gleichgültiger Stimme.

»Schön. Hast Du alle Hausaufgaben geschafft?«, fragte ich etwas unsicher und unbeholfen. Ich wusste, dass meine Frage pädagogisch nicht wirklich wertvoll war, aber mir fiel einfach gerade nichts Besseres ein.

Sie nickte, während sie umständlich in ihre Schuhe schlüpfte und auf den Boden schaute. So hartnäckig verschlossen war sie mir gegenüber noch nie gewesen.

»Lisa, ziehst Du Dich auch an?«, fragte ich Lisa freundlich. Sichtlich müde und traurig ließ sie Alice los, die mich ratlos ansah und die Schultern hochzog, was mich in diesem Moment nicht aufbaute.

Als langjährige Hortleiterin wusste sie, dass Scheidungskinder oft ohne ersichtlichen Grund traurig und schutzsuchend waren, aber dieses seltsame Verhalten von Lisa mir gegenüber machte sie unsicher. Ich wusste, dass sie sich gerade fragte, ob ich eine gute Mutter sein konnte. ›Ja!‹, hätte ich am liebsten geschrien, aber ich stand einfach nur da, unfähig ein weiteres liebes Wort zu sagen oder eine warmherzige Geste zu zeigen. Selbst mein Danke an Alice blieb mir im Hals stecken. Ich spürte Eifersucht. Ich wollte nicht, dass sich meine Mädels an andere Frauen schmiegten, wenn ich auftauchte. Ich wollte, dass sich meine Kinder auf mich stürzten, wenn ich die Bildfläche betrat. Mich umarmten, weil sie mich so vermisst hatten. Sich an mich drückten und mich nicht mehr loslassen wollten. Ich wollte vor Freude und Erleichterung lachende

Gesichter sehen. Liebe und Zuneigung in ihrem Blick wahrnehmen.

Alice riss mich aus meinen Gedanken.

»Dann freue ich mich schon auf morgen. Lea, Du bist morgen die erste Maus, die zu mir kommt. Ich überlege mir schon einmal, was wir zwei anstellen, bis Lisa da ist«, sagte Alice fröhlich und Leas Augen leuchteten kurz auf. Aber ihr Blick verdunkelte sich gleich wieder.

Mein Magen krampfte sich vor Angst zusammen. Angst, meine Kinder zu verlieren. Ihre Liebe. Die kleinen warmen Körper nicht mehr zu spüren, wenn sie sich vertrauensvoll an mich drückten. Die dünnen Arme, die sich liebevoll fest um meinen Hals schlingen, als würden sie mir sagen wollen: »Ich lass Dich nie mehr los. Ich brauche Dich. Ich hab Dich lieb. Du bist meine allerliebste Mami.«

Warum musste ich sie eigentlich in den Hort geben? Ich würde meine Kinder viel lieber mittags mit einem leckeren Essen begrüßen, wenn sie geschafft und doch glücklich gleich nach der Schule heim kamen und mir alles erzählten, was sie an diesem Vormittag in der Schule erlebt hatten. Welche Sorgen und Nöte sie belasteten. Wer lieb oder böse zu ihnen war. Welche Schwierigkeiten sie bewältigen mussten.

Meine Gedanken wurden von Lea und Lisa unterbrochen.

»Tschüss, Alice«, sagten sie brav im Chor und trabten davon.

Ich drückte mich unschlüssig mit den Schulranzen in der Hand noch ein wenig herum. Sollte ich Alice in unsere Situation einbinden? Die Frage erledigte sich selbst, denn Alice schaute mich nur freundlich an, verabschiedete sich kurz und ging zu den anderen Kindern zurück.

Im Auto hielt ich die traurige Stimmung meiner Mädels nicht mehr aus.

»Sollen wir uns ein leckeres Eis holen?«, fragte ich sie hoffnungsvoll. Lisa und Lea reagierten nicht, so als hätte ich nichts gesagt.

»Habt ihr Lust auf ein Eis?«, fragte ich erneut und spürte, wie ihre Traurigkeit mich ergriff und niederdrückte. Weder Lisa noch Lea antworteten und wir fuhren still nach Hause. Daheim verkrümelten sie sich gemeinsam in ihrem Zimmer. Ich war ratlos. So lange hatte ihr Schweigen noch nie gedauert. Wir hatten immer miteinander reden können. Vielleicht wird beim Abendessen wieder alles gut, dachte ich mir und begann mit den Vorbereitungen. Heute gab ich mir besonders viel Mühe und deckte den Tisch mit Kerzen ein wenig festlicher als sonst.

Aber Lea und Lisa wichen meinen Fragen aus und waren nach wenigen Bissen satt. Als Lisa ihren Teller von sich weg schob und bockig: »Ich kann nicht mehr«, sagte, platzte mir der Kragen.

»Was ist mit euch los?«, wollte ich wissen. »Ich kann nicht mehr mit ansehen, wie traurig ihr seid. Was habe ich denn falsch gemacht?«

»Nichts«, sagte Lisa und schaute trotzig auf ihren Teller.

Lea schaute mir zornig in die Augen.

»Lea, was ist los?«

»Du hast nie Zeit für uns und wenn Du Zeit hast, dann machen wir alles falsch. Immer schimpfst du mit uns. Außerdem will ich nicht mehr in den Hort gehen.«

»Das tut mir leid, dass ihr den Eindruck habt, dass ihr mir nichts recht machen könnt. Ich bin momentan ein wenig angespannt und habe nicht die Geduld, mir eure Streitereien anzuhören, aber ich habe euch trotzdem lieb. Wenn ihr mit mir nicht mehr redet, dann kann ich mich auch nicht bessern. Also sagt mir einfach, was euch an meinem Verhalten stört.«

»Du bist da, aber nicht für uns. Wir haben das Gefühl, dass wir Dich stören. Das wollen wir nicht und es macht uns traurig.« Die Tränen kullerten über Lisas Wangen und im Nu waren ihre Wangen nass.

»Es tut mir leid«, konnte ich nur hervorbringen und öffnete meine Arme. Diesmal kamen Lea und Lisa gern in meine Arme, jede setzte sich auf ein Bein und kuschelte sich an mich.

Ich wäre so gern eine bessere Mutter, aber ich spürte eine große Unruhe in mir. Nichts konnte mich momentan wirklich zufriedenstellen. Ich hielt meine Kinder fest im Arm und schwor in diesem Augenblick, dass ich nach dem Oktoberfest viel mehr Zeit für sie haben würde.

»Mama, liest du uns heute Abend eine Geschichte vor?«, fragte Lea und beide schauten mich mit ihren großen blauen Augen an. Ich schaute zur Küchenuhr und dachte nach. Ich war müde und hatte keine große Lust vorzulesen. Andererseits war ich dabei, meine Mädels zu verlieren. Ihren kindlichen Glauben an mich zu zerstören.

»Also gut, eine kurze Geschichte«, sagte ich müde.

Aber meine Antwort kam zu spät. Lisa hatte längst wahrgenommen, dass ich keine Lust zum Vorlesen hatte.

»Nein, ich will lieber gleich ins Bett«, sagte sie und stand auf. Ihren Kopf ließ sie traurig hängen und ging langsam die Treppe hoch.

Lea war verwirrt. Sie schaute mich fragend an, weil sie weder mich noch ihre Schwester verstand. Wieder reagierte ich nicht schnell genug. Sie stand zornig auf und ging ihrer Schwester hinterher. Dabei stampfte sie fest auf die Stufen, weil sie wusste, dass mich dieses Geräusch wahnsinnig mache. Ich riss mich zusammen. ›Jetzt kann ich nicht schimpfen‹, dachte ich mir. Diese Situation musste ich einfach nur überstehen.

Schweigend zogen Lisa und Lea sich um und putzten sich die Zähne. Lisa hing ihren Gedanken nach und war traurig. Lea war zwar ruhig, aber ihr Zorn und ihre Verärgerung kamen mir aus jeder Pore entgegen.

Das hatte ich noch nie erlebt.

Beide schlüpften anschließend ins Bett und kehrten mir den Rücken zu. Unbeholfen stand ich da und war einfach nur ratlos. »Soll ich euch nun noch eine Geschichte vorlesen?«, fragte ich unsicher.

Lisa schüttelte den Kopf und Lea drehte sich kurz zu mir um und schrie ein zorniges »Nein!«

»Soll ich euch etwas vorsingen und mit euch beten?« Die Frage kam selbst mir schon peinlich vor. Wie sollten wir in dieser Situation zusammenkommen, um ein Gute-Nacht-Gebet zu sprechen? Und singen wollten sie mich jetzt sicher nicht hören, abgesehen davon, war mir auch wirklich nicht nach singen zumute. Ihr Schweigen bestätigte meine Vermutung und so beugte mich zu jedem Kind herunter, um Gute Nacht zu sagen. Weder Lea noch Lisa gaben mir einen Kuss.

Leise und mit einem unangenehmen Gefühl in der Bauchgegend verließ ich das Kinderzimmer und setzte mich erschöpft auf die Couch.

Während ich so dasaß, musste ich wieder an Harald denken.

Ein tiefer Seufzer entfuhr meiner Brust. Es war lange her und ich wollte ihn nur noch ein Mal wieder sehen, dann kam ich vielleicht zur Ruhe.

24

Ich hatte Harald auf dem letzten Oktoberfest kennen gelernt. Er war groß, ein gestandenes Mannsbild und strotzte vor Lebensfreude.

Am besten beginne ich von vorn: Olivia, eine ehemalige Kollegin, hatte mich auf die Wiesn eingeladen, da sie keine Lust hatte, als einzige Frau mit den Geschäftspartnern ihres Mannes an dessen Tisch zu sitzen. Nun saßen wir da. Olivia wurde höflich in Gespräche eingebunden, während ich mich langweilte. Trotz toller Musik wollte an unserem Tisch keine Stimmung aufkommen. Die Herren waren Banker, waren bieder gekleidet, redeten nur über Geschäftliches und die Mundwinkel zeigten meistens nach unten. Die Lebensfreude auf dem Oktoberfest schafften sie irgendwie zu ignorieren. Ich bereute es zutiefst, die Einladung angenommen zu haben.

Ein junger Mann, vermutlich noch Auszubildender, der am Nachbartisch hinter mir saß, erkannte meine missliche Lage und zog mich hoch, um auf der Bank stehend zu schunkeln. Das ließ ich mir nicht zwei Mal sagen. Ich versuchte die verächtlichen Blicke meiner Tischnachbarn zu übersehen. Plötzlich geriet der Azubi ins Schwanken und kippte mit dem Rücken auf seinen Tisch, der voller Gläser stand. Ich war geschockt. In diesem Augenblick hatte ich den ersten Blickkontakt mit Harald, der am Nachbartisch saß. Als wäre nichts passiert und als gäbe es keine Menschen um uns herum, kam Harald auf mich zu, packte mich und tanzte mit mir, als wäre es das Selbstverständlichste auf der Welt, dass wir uns mitten im Festzelt engumschlungen bewegten. Wir hielten einander fest und drehten uns im Rhythmus der Musik, ohne ein Wort zu wechseln, bis die Band ihre Instrumente einpackte.

Es war so unwirklich und doch so spürbar, dass wir aufeinander gewartet hatten. Wir waren wie Seelenverwandte. Er schaute mich fragend an, aber ich war einfach nur verwirrt von diesem unbekannten Gefühl. Unfähig in diesem Moment irgendetwas halbwegs Sinnvolles zu sagen, verabschiedete ich mich schnell und fuhr nach Hause. Daheim hatte ich ja meinen Mann und meine zwei Kinder.

Dieses Jahr sah alles ganz anders aus. Ich war frei! Ich dürfte flirten und mich nach attraktiven Männern umsehen oder mehr, soviel und solange ich wollte.

Abend für Abend würde ich mir Gedanken machen, welches Dirndl ich anziehe und mit welcher Freundin ich wann in welches Zelt gehen würde. Am besten wäre es, mit mehreren Freundinnen gemeinsam auf die Wiesn zu gehen. Ich konnte ja eine Freundin nicht allein stehen lassen, nur um mit einem Mann mitzugehen. Ich würde vorher alles gut planen müssen, damit ich mich spontan und frei auf das Abenteuer meines Lebens einlassen könnte.

Tief in meinem Inneren hoffte ich, Harald wieder zu sehen. Diesmal würde ich mich nicht einfach so verabschieden. Ich lehnte mich zurück, schloss die Augen, sah ihn im Geiste vor mir und verfiel in eine Fantasie:

Harald war ein großer, dunkelhaariger, grau melierter Mann in einer feschen Hirschledernen, einem weißen Trachtenhemd und einem dunkelbraunen Halstuch mit kleinen weißen Enzianblüten. Er war ein feuriger Tänzer und konnte leidenschaftlich küssen. Heiß und temperamentvoll.

Als wir eine Pause vom Tanzen brauchten, ging er mit mir etwas frische Luft schnappen. Wir liefen über das Oktoberfest, er kaufte mir ein Herzerl und fuhr mit mir Geisterbahn, wo ich mich ängstlich ganz nah an ihn kuscheln konnte. Er nahm mich in den Arm und küsste mich, um mich abzulenken. Es fühlte sich so gut an, dass wir weitermachten. Erhitzt verließen wir den Wagen und schlichen uns hinter das Fahrgeschäft. Mitten im Oktoberfestgetümmel waren wir plötzlich allein.

Er nahm mich in den Arm und küsste mich. Ich sah es seinen Augen an, dass er mich wollte. Er streichelte meinen Busen, den das Dirndl hochdrückte und der dadurch noch üppiger erschien. Er drückte mich an seine breite, muskulöse Brust. Ich nahm sein männliches Parfüm wahr, sein Atem roch nach Bier und seine Lippen waren so weich und fest zugleich, dass es mich vor Begierde schaudern ließ. Beim Küssen wanderten seine Hände nach unten und er ertastete unter dem dünnen Dirndlstoff meine Reizwäsche. Er wollte sie sehen und schob, während er mich immer leidenschaftlicher küsste, langsam mein Dirndl hoch. Als er sah, dass ich Strumpfhalter, aber keinen Slip anhatte, wurde er gierig und haltlos. Er streichelte mich, ich öffnete ihm ungeduldig die Hirschledernen und nahm sein Geweih, das sich mir in voller Größe entgegenstreckte, in den Mund. Er stöhnte auf. Meine vollen Lippen pressten sich um seine Männlichkeit. Während meine Hand ihn immer wieder tief in meinen Mund hinein dirigierte und er von meiner Zunge wild massiert wurde, krallten sich seine Finger vor Lust in meinen Haaren fest.

Er zog mich zu sich hoch und schob mich zu einem parkenden Auto. Harald hob mich mühelos auf die Motorhaube. Er spreizte meine Beine und kniete sich vor mir hin. Seine Zunge verschwand fordernd zwischen meinen Schamlippen. Mein Unterleib zuckte und ich unterdrückte einen Schrei, als seine Zunge meinen Kitzler fand. Er war flink und kannte die Mischung aus festem und weichem Zungenspiel. Ich lag auf der Motorhaube, sah den Sternenhimmel, hörte wie durch Watte das geschäftige Treiben der Wiesn. Alles begann sich zu drehen, immer schneller, während Harald mich mit seiner Zunge ausdauernd und gefühlvoll verwöhnte, bis sich mein Körper unkontrolliert aufbäumte. Fest und stürmisch und doch warm und weich nahm er mich. Als wir gemeinsam zum Höhepunkt kamen wurde es ganz still um uns herum, Harald umarmte mich zärtlich und flüsterte mir liebe Worte ins Ohr.

Als sich durch den Nebelschleier die harte Wirklichkeit in mein Bewusstsein schob, wäre ich am liebsten gestorben. Die Motorhaube entpuppte sich als meine Couch und bei der Ruhe, abseits des Trubels, handelte es sich um die Einsamkeit in meinem Wohnzimmer.

25

Herr Richter sah von seiner Akte auf, die er gerade vor sich liegen hatte. Ich hatte an seine Bürotür geklopft und stand unsicher im Türrahmen. Die Ausreden, die ich mir überlegt hatte, verwarf ich bei seinem Anblick. Ich wusste, er würde mich durchschauen.

»Frau Paulus! Schön, dass sie zu mir kommen.« Seine Stimme hörte sich anders als sonst an. Eher genervt. Das trug nicht gerade zu meinem Wohlbefinden bei, trotzdem betrat ich mutig in sein Büro.

»Setzen sie sich, Frau Paulus.« Er rückte mir den Stuhl zurecht und setzte sich wieder hinter seinen großen Schreibtisch. Ich bedankte mich und blieb auf der vorderen Kante des Stuhls. Mir war warm und ich hätte am liebsten das Fenster weit aufgerissen. Herr Richter schaute mich mit seinem durchdringenden Blick an, ohne etwas zu sagen. Zuerst wurde ich immer unsicherer, aber dann dachte ich mir bockig: ›Er wollte, dass ich ihn aufsuche, also soll er auch das Gespräch eröffnen.‹ Außerdem hatte ich beide Fälle unter dem Arm. Und zwar fertig bearbeitet.

Als könnte er Gedanken lesen, begann er mit den Worten: »Frau Paulus, wie geht es Ihnen?« Seine Stimme war wieder weich und einschmeichelnd. Mit dieser Wendung hatte ich nun wirklich nicht gerechnet. Die Trockenheit in meinem Rachen verhinderte, dass ich antworten konnte. »Ich sehe, sie haben mir die Akten Huber und Reiseder mitgebracht. Wo lag denn das Problem, dass sie dafür so lange gebraucht haben?«

»Ich weiß nicht, im Moment bin ich etwas am Rotieren, was meine Akten anbelangt«, haspelte ich herum. Ich hasste diese Situationen, in denen ich Schwäche zugeben musste. Aber es half ja nichts. Bei Herrn Richter musste ich da durch.

»Wie kann ich Ihnen helfen?«

»Sie tun mir eh schon so viel Gutes, dass ich gar nicht weiß, wie ich mich dafür revanchieren soll.«

»Gehen sie heute Mittag mit mir zum Essen.«

Erschrocken schaute ich ihn an. Er sah mir geradewegs in die Augen, ohne zu lächeln. Er wirkte sehr ernst, gleichzeitig etwas unsicher. So wie er das zu verstehen schien, hatte ich es ganz bestimmt nicht gemeint. Da hatte ich mich ja in eine blöde Situation manövriert. Wie konnte ich ihm jetzt wenigstens noch begreifbar machen, dass meine Dankbarkeit Grenzen hatte? Aber alles, was ich hinbekam, war zu nicken, obwohl ich mich dabei sehr unwohl fühlte.

»Gut, dann besprechen wir doch alles Weitere beim Mittagessen, würde ich vorschlagen.«

›Das hört sich ja ganz entspannt an‹, dachte ich. ›Vielleicht mochte er mich ja einfach und wollte mir wirklich nur helfen? Und ich dumme Kuh hatte gleich daran gedacht, dass er eine Affäre mit mir beginnen wollte.‹

»Ja, vielen Dank.« Erleichtert stand ich auf und ging zur Tür.

»Die Akten können sie gleich bei mir lassen, falls sie sie mir bringen wollten«, sagte er mit einem kleinen Lächeln und kam mir entgegen. Unsere Hände berührten sich, als ich ihm die Fälle reichte. Es fühlte sich nicht unangenehm an. Es prickelte sogar ein wenig. Ich versuchte, in seinen Augen zu lesen, aber sein Blick war undurchdringlich.

»Also bis später«, sagte ich schnell und eilte aus dem Büro. Ich fragte mich die ganze Zeit, warum er mit mir zum Mittagessen gehen wollte. Das war unüblich und würde sicher Gerede nach sich ziehen. Meine Akten wurden einfach nicht weniger und heute hatte ich ein zusätzliches Problem: Ich dachte die ganze Zeit an Herrn Richter, wie ein frisch verliebter Teenie.

Um Punkt 12 Uhr mittags klopfte Herr Richter an unsere Bürotür. Mit einem kurzen »Mahlzeit« grüßte er Sandra und Cornelius, die ihn erstaunt ansahen. Er beachtete sie nicht weiter und nickte mir zu. Ohne zu meinen Kollegen zu schauen, verließ ich das Büro. ›Sollen sie doch denken, was sie wollten‹, dachte ich trotzig.

Schweigsam verließen Herr Richter und ich das Bürogebäude.

»Haben sie Lust auf Asiatisch?«

»Ja gern.« Ich fühlte mich unwohl. Vor allem, weil alle Kollegen, denen wir begegneten, uns erstaunt anstarrten. Erst als wir im Lokal saßen und unser Essen bestellt hatten, schaute Herr Richter mich wissend an und fragte lächelnd: »So schlimm?« Ich lachte laut los, weil er es immer auf den Punkt brachte.

»Jetzt nicht mehr«, erwiderte ich fröhlich.

»Ihr Lachen hat mir schon längere Zeit gefehlt. Sie wirken auf mich so angestrengt und unglücklich. Vermutlich liegt es daran, dass sie nun die Verantwortung für Ihre Kinder meistens allein zu tragen haben, oder?«

»Ich weiß nicht, woran es liegt. Eigentlich versuche ich meine privaten Probleme nicht ins Büro zu tragen. Aber die Aktenberge werden einfach nicht weniger und an manchen Tagen habe ich das Gefühl, dass sie mir über den Kopf wachsen.« Ich schämte mich und sah auf meine Serviette, an der ich unentwegt herumnestelte.

»Fehlt ihnen eine starke Schulter zum Ausweinen?«, fragte er leise und trieb mir mit seiner Frage die Tränen in die Augen. Ich schluckte. Nein, weinen wollte ich jetzt nicht und ganz sicher nicht an Herrn Richters Schulter.

»Danke, aber ich komme allein gut zurecht«, erwiderte ich abweisend, um nicht los zu heulen. Das Essen kam und ich wendete mich dankbar der Pekingente zu.

»Ich mag sie sehr gern, Frau Paulus und ich würde ihnen in ihrer Situation gerne helfen, weil ich das Gefühl habe, sie brauchen einen Freund.« Seine Hand legte sich bei seinen Worten auf die Meine. Furcht schnürte mir die Kehle zu und blockierte mich. Aber nur für kurze Zeit, denn wenn ich Angst hatte, legte sich bei mir ein Hebel um und ich preschte nach vorn. ›Warum eigentlich nicht?‹, schoss es mir durch den Kopf, während ich alle Bedenken und das Quäntchen Anstand, das mir noch geblieben war, über Bord warf.

»Das ist lieb von Ihnen. Wie genau sollte denn unsere Freundschaft aussehen?«, fragte ich ihn mit einem koketten Augenaufschlag.

Als hätte er sich die Hand verbrannt, zog er sie schnell wieder weg.

»Was ich damit sagen wollte, ist, dass sie jederzeit an meine Tür klopfen können. Nicht nur wegen beruflichen Dingen.«

Vor Scham überzog eine feine Röte mein Gesicht. Was war nur mit mir los? Warum wollte ich um jeden Preis ein Abenteuer erleben?

Irgendwie überstand ich dieses Mittagessen. Herr Richter war nicht einer der Männer, die ich mal eben für ein Abenteuer benutzen konnte. Er war ein richtiger Mann, der eine richtige Beziehung führte oder suchte. Dafür war ich nicht bereit und scheinbar wollte er sie auch nicht – zumindest nicht mit mir. Ich tröstete mich damit, dass er meine Reaktion provoziert hatte.

26

Das Oktoberfest nahte und ich freute mich wie jedes Jahr auf die ausgelassene Stimmung, das Bier, den Wein und das Tanzen, bis die Bänke wackelten.

Für Lisa und Lea hatte ich für die Zeit während der Wiesn schon vorgesorgt. Meine Schwester Ingrid würde uns besuchen kommen und sich um meine Mädels kümmern. Sie war der beste Mutterersatz und ging sehr lieb mit Lisa und Lea um. Daher hatte ich kein schlechtes Gewissen, ihr meine Süßen zu überlassen. Vor allem freuten sich Lea und Lisa schon jetzt darauf, in dieser Zeit nicht in den Hort gehen zu müssen.

Nachdem ich mit Sophia nicht mehr redete und auf die Gesellschaft von Jessi und Claudia keine Lust hatte, kramte ich alle alten Bekannten aus meinem Adressbuch und fand tatsächlich genügend alte Freunde, die mit mir auf das Oktoberfest gehen wollten.

Endlich war es soweit, am Samstag hieß es »O'zapft is« und zwei Wochen Gaudi am laufenden Band warteten auf mich. Voller Ungeduld ging ich jeden zweiten Abend hin. Aber Harald, oder ein adäquater Ersatz, war nicht in Sicht. Mit jedem Besuch wuchs meine Enttäuschung, die ich Abend für Abend durch stetig steigenden Alkoholkonsum zu verdrängen versuchte. Weil ich vor dem Wiesn-Besuch meist nichts gegessen hatte, brauchte ich nicht sonderlich viel, bis ich betrunken war. Morgens war ich zu betrunken, um aufzustehen und meine Mädels schulfertig zu machen und mittags war ich zu müde und schlecht gelaunt, um mich um ihre Belange zu kümmern. Ich ignorierte Lisa und Lea, die mich am Abend zunehmend unwilliger gehen ließen und immer trauriger wurden.

Ich war so darauf fixiert, meine wunderschöne Fantasie - wenn schon nicht mit Harald, dann mit einem beliebigen

Mann in Lederhosen - auszuleben, dass ich immer aggressiver zu flirten begann. Je intensiver ich flirtete, desto mehr spürte ich die Abneigung der attraktiveren Männer. Oder war es Angst? Haben Männer Angst vor einer willigen hübschen Frau? Der einzige Typ, der anbiss, war ein eher etwas ungepflegt wirkender Genosse, der jedoch voller Lebensfreude war und mich beim Tanzen herumwirbelte, als wäre es sein letzter Tanz. Wir tranken viel und dann immer mehr und irgendwann fand ich ihn tatsächlich nett. Nur küssen durfte er mich nicht. Weil er sich ständig mit der Zunge über die Lippen fuhr, waren seine wulstigen Lippen feucht und schwammig, was ich selbst bei meinem Alkoholpegel noch unappetitlich fand. Aber tanzen konnte er, immerhin.

»Lass uns vors Zelt gehen«, flüsterte er mir bei einem »Schieber« ins Ohr, während er mich fest an sich drückte. Ich lachte zustimmend. Endlich! Voller Ungeduld und Aufregung liefen wir wie Teenies aus dem Zelt und suchten uns auf einem der Parkplätze ein ruhiges Plätzchen.

Er drückte mich an einen Van und wollte mich küssen. Nur das nicht, dachte ich mir und drehte mich lachend um. Seine Hand wanderte unbeholfen und fast ein wenig grob unter mein Dirndl. Schnell drückte er mir seine Männlichkeit hinein. Wie hatte er das trotz Lederhose so schnell hinbekommen? Ich unterdrückte meine Enttäuschung. Meine Fantasie hatte sich viel schöner angefühlt. So hatte ich mir das wirklich nicht vorgestellt.

Bei seinem nächsten Versuch, mich zu küssen, näherte er sich mit seinem dicklichen Gesicht. Da schlug mir sein Atem entgegen, eine unangenehme Mischung aus vergorenem Bier und fauligem Essen und plötzlich roch er auch noch total ungewaschen. Im schwachen Schein einer Straßenlaterne sah ich seine wulstigen, mit Speichel benetzten Lippen. War das Schweiß? Oder lief ihm gerade Spucke aus dem linken Mundwinkel? Seine kleinen, vom

Alkohol blutunterlaufenen Augen blickten mich gierig an. Ekel stieg in mir hoch.

Plötzlich konnte ich wieder klar denken. Wie hatte ich mich nur auf so einen Mann einlassen können? Ich konnte mich gerade noch von ihm wegdrehen, als sich der Inhalt meines Magens auf den Parkplatz entleerte. Bevor ich ein Taschentuch aus meiner Rocktasche holen konnte, reichte er mir sein Stofftaschentuch. Dankbar nahm ich es und wischte mir über meinen Mund. Zu spät nahm ich den unangenehmen Geruch wahr, weil das Taschentuch wohl bereits längere Zeit in seiner Hosentasche verbracht hatte. Wieder musste ich mich übergeben. ›Ich muss hier weg‹, dachte ich mir. Ich ließ ihn einfach stehen und lief so schnell ich konnte in Richtung einer Böschung, hinter der ich eine Straße vermutete. Er lief mir noch einige Meter hinterher und rief: »Bleib stehen! Du kannst doch nicht einfach weglaufen!«

›Oh doch, ich kann‹, sagte ich mir und legte noch einen Zahn zu. Meine High Heels drückten sich in den Rasen und ich hatte Schwierigkeiten auf den Fußballen zu bleiben. Glücklicher Weise war hinter der Böschung tatsächlich eine Straße und ich ergatterte schnell ein Taxi.

Ich ließ mich auf den Rücksitz fallen. Mein Herz klopfte, in meinem Kopf drehte sich alles und ich fühlte mich schmutzig. ›Wie konnte ich nur?‹, dachte ich kopfschüttelnd. Ich wollte nicht mehr darüber nachdenken, aber die Gedanken kamen ungefragt und setzten sich in meinem Hirn fest, als würden sie mich bestrafen wollen. Ich ekelte mich vor mir selbst. Was war aus mir geworden? Warum konnte ich nach meinen letzten Erfahrungen mit Männern nicht einfach aufhören? Warum hatte ich mich auf so einen unsympathischen Typen eingelassen? Früher war ich stolz auf meine Unnahbarkeit und jetzt bettelte ich förmlich um Sex. Der Geruch, der mir anhaftete, ließ die Übelkeit in mir wieder aufsteigen. Hoffentlich war ich bald zu Hause. Ich brauchte dringend eine ausgiebige Dusche, um den Schmutz von mir abzuwaschen, zumindest äußerlich.

Endlich hielt das Taxi vor meinem Haus. Ich bezahlte und konnte gerade noch meine Haustür aufsperren und mich auf meine Gästetoilette retten, bevor sich die letzten Reste aus meinem Magen den Weg ans Licht bahnten. So leise wie möglich ging ich die Treppe hinauf, um meine Schwester Ingrid und die Kinder nicht zu wecken.

Im Badezimmer riss ich mir mein Dirndl vom Körper und stellte mich unter die Dusche. Endlich! Eine halbe Stunde stand ich regungslos da und ließ das Wasser auf meinen Kopf prasseln. Erst als es begann kühler zu werden, wachte ich aus meinem tranceartigen Zustand auf. Ich schrubbte meinen Körper so lange und so fest, dass meine Haut brannte. Obwohl ich dabei meinen Genitalbereich mindestens zehnmal gewaschen hatte, hatte ich immer noch das Gefühl schmutzig zu sein.

Das Wasser wurde kälter, aber mein Ekelgefühl verschwand einfach nicht. Wie mit tausenden von Nadelstichen malträtierte das mittlerweile eiskalte Wasser meinen Körper. Ich bestrafte mich damit aber nicht allzu lange, sondern machte die Dusche aus und rieb mich trocken. Schnell cremte ich mich noch mit einer duftenden Körperlotion ein und schlüpfte in mein Nachtkleid. Ich mochte mich im Spiegel gar nicht ansehen. Alles an mir fühlte sich immer noch schmutzig und ekelig an. Auch meine Zähne putzte ich mehrmals, aber den widerlichen Geschmack von Erbrochenem wurde ich nicht vollständig los.

Auf dem Weg in mein Schlafzimmer hörte ich Lisa im Traum reden. Ich ging ins Kinderzimmer und der Geruch meiner beiden Mädels beruhigte mich ein wenig. Vorsichtig deckte ich Lisa und Lea zu. Ein warmes Gefühl stieg in mir hoch, als ich ihre im Schlaf entspannten Gesichter beobachtete. Wie furchtbar ich in letzter Zeit zu ihnen gewesen war. Ob sie mir wohl verzeihen würden? Diese armen kleinen Geschöpfe, die den Halt einer normalen Familie nicht mehr hatten und denen ich mich als Mutter zusätzlich entfernt hatte, um vergnügungssüchtig und egoistisch mein und ihr Leben zu zerstören. Wie hatte ich nur so gleichgültig alle ihre Hilferufe übersehen können? Mir fielen Situationen ein, in denen ich auf ihr Leid nicht eingegangen war, weil es mich gehindert hätte, meinen - wie ich jetzt wusste - sinnlosen Weg weiter zu gehen. Ich stand im Kinderzimmer und weinte. Es tat mir so leid. Wie konnte ich mich derart in die falsche Richtung entwickelt haben? Ich hatte mir bei der Geburt meiner Kinder geschworen, alles zu tun, damit sie ein möglichst sonniges und schönes Leben haben. Aber in letzter Zeit hatte ich nichts gegen die Trauer und die Wut in ihren Augen unternommen. Ich hatte nur an mich und meine Männergeschichten gedacht. Was für eine furchtbare Mutter war ich geworden. Hoffentlich war es noch nicht zu spät, mich zu ändern. Ich widerstand dem inneren Drang, meine Kinder zu wecken, sie in den Arm zu nehmen und ihnen zu versprechen, sie nie wieder so allein zu lassen. Ich hatte sie so unendlich lieb.

Meine Tränen liefen in Sturzbächen über meine Wangen. Leise verließ ich das Kinderzimmer, legte mich in mein Bett und vergrub mich in meinem Kopfkissen. In dieser Nacht weinte ich solange, bis ich keine Träne mehr hatte.

Emotionale Wandlung

Wir würden unsere positiven Seiten nie erkennen, wenn wir keine negativen besäßen. Beides zusammen ist wie eine schöne Gebirgslandschaft. Ohne Berge keine Täler, ohne Täler keine Berge. Wer in seiner Verblendung die Täler verschwinden lassen möchte, muss auch die Berge einebnen.

- Ken Wilber -

27

Als am nächsten Morgen der Wecker klingelte, hätte ich ihn gern einfach nur ausgemacht und die Bettdecke über den Kopf gezogen. Aber ich hörte meine Mädchen schon leise reden und gab mir einen Ruck. Ich ließ meine Beine langsam aus dem Bett gleiten und richtete mich auf. Mein Schädel brummte, als hätte jemand mit dem Vorschlaghammer auf ihm Schlagzeug gespielt und mein Magen brannte, als hätte ich Chilischoten pur gegessen. Die Erinnerung an mein nächtliches Erlebnis ließ mich schaudern. ›Nur nicht daran denken‹. So schnell es meine körperliche Verfassung zuließ, ging ich schlurfend ins Bad, um mich mit meiner Morgenroutine abzulenken. Die dicken Augenränder und die fahle Gesichtshaut ignorierte ich recht erfolgreich. Was ich allerdings nicht ignorieren konnte waren das Brennen und Jucken im Genitalbereich. Panik stieg in mir hoch.

»Bitte, bitte, lass ihn mir nichts angehängt haben«, betete ich ängstlich. Nackte Angst stieg in mir hoch und meine Augen wurden vor Sorge ganz groß. »Nein!«, sagte ich zu mir selbst. »Nein, nein, nein. Es darf nichts passiert sein!«

In dem Moment klopfte es leise an die Tür. »Mama, darf ich ins Bad kommen?«, fragte Lea.

Schnell versuchte ich mich zu beruhigen. Die Kinder durften mir nichts anmerken. Als ich die Badezimmertür öffnete, warf Lea sich in meine Arme und drückte mich ganz fest.

»Mama, ich habe dich so lieb.« Lea ließ mich nicht los. Ich streichelte ihr über die morgendlich zerzausten Haare und flüsterte leise: »Ich habe dich auch sehr lieb, Lea. Und Lisa auch. Ihr seid für mich das Wichtigste auf der ganzen Welt«, sagte ich und beugte mich zu meiner älteren Tochter, die nun ebenfalls ins Bad geschlurft kam. Sie umarmte mich auch und ich spürte, wie sehr sie mich als liebende Mutter vermisst hatten. Konnten Kinder wirklich so schnell verzeihen und vergessen? Ich war ihnen für ihre selbstlose Liebe so dankbar. Sie kämpften um mich, obwohl ich diejenige war, die alles falsch gemacht hatte. Und obwohl sie noch nichts von meinem Plan wussten, mich ändern zu wollen.

»Gehst Du heute Abend auch wieder zum Oktoberfest?«, fragte Lisa mit traurigen Augen.

»Nein, ich gehe gar nicht mehr zum Oktoberfest. Jetzt habe ich genug gefeiert. Heute möchte ich mit euch kuscheln, ein Buch lesen und Spiele spielen. Habt ihr auch Lust auf einen Abend zu dritt?«

Ich sah ungläubiges Staunen in den Augen meiner Kinder, bevor sie in lautes Jubelgeschrei ausbrachen.

Natürlich freute ich mich über ihre Reaktion. Ich hoffte, sie gaben mir noch eine Chance und dieser Gedanke machte mich an diesem Morgen den Umständen entsprechend glücklich. Obwohl ich sie so oft enttäuscht hatte, glaubten sie mir nach wie vor. Als meine Schwester Ingrid verschlafen aus dem Gästezimmer kam, schickte ich sie gleich wieder ins Bett.

»Ich bin schon wach, leg Du Dich nur wieder hin.«
Dankbar verschwand sie wieder in ihrem Zimmer.

Am Frühstückstisch plauderten die Kinder zum ersten Mal seit längerer Zeit wieder fröhlich und ausgelassen. Lisa aß drei Brote und auch Lea hatte einen unglaublichen Appetit. Ich packte meinen Kindern die Brotzeit ein und setzte mich zu ihnen.

»Mama, bringst Du uns heute bitte in die Schule?« Lea stand von ihrem Stuhl auf und kuschelte sich auf meinen Schoß.

»Nein, mein Schatz. Aber wenn Du heute von der Schule heim kommst, dann bin ich da und mache euch die leckersten Pfannenkuchen.« Mit meinem Restalkohol im Blut wollte ich jetzt wirklich noch nicht Auto fahren.

»Jaaaa!«, rief Lisa. Pfannkuchen war ihr Lieblingsgericht, wie sie mir immer wieder beteuerte.

»Okay« Lea war nicht ganz so begeistert, aber auch sie mochte meine Pfannkuchen.

Wir verabschiedeten uns mit ganz vielen Küsschen und immer wieder drückten Lisa und Lea mich und beteuerten mir ihre Zuneigung und Liebe.

Es tat mir so gut und bestärkte mich in meinem Vorhaben, mich ab jetzt liebevoller und intensiver um meine Kinder zu kümmern.

28

Nachdem ich den Tisch abgeräumt und die Küche sauber gemacht hatte, legte ich mich müde und mit dröhnenden Kopfschmerzen wieder ins Bett. Noch immer fühlte ich mich schmutzig, aber ich widerstand dem inneren Drang, mich noch einmal zu duschen und schlief ein.

Das erste, was ich nach dem Aufwachen spürte, war ein Jucken und Brennen im Genitalbereich. Schlagartig war ich vor lauter Schreck hellwach und sofort begann in meinen Gedanken ein Film abzulaufen. ›Sind das die Vorboten einer Geschlechtskrankheit? Der Typ war auch wirklich ekelig gewesen. Warum bin ich denn nicht gleich weggelaufen, als ich das gemerkt hatte? Ja, ich hatte zu viel getrunken, aber ich fand ihn schon ungepflegt, als mein Hirn noch funktionierte. Seine wulstigen, speichelbenetzten Lippen, sein Mundgeruch, seine schmierigen Haare, die er mit viel Haargel aus der Stirn gekämmt hatte, der Dreck unter seinen brüchigen Fingernägeln, seine schmuddelige Lederhose und sein ungebügeltes Hemd, das er vermutlich schon mehrere Tage hintereinander getragen hatte. Und von so einem Typen hatte ich mich anfassen lassen und noch mehr.‹ Mir wurde schon wieder schlecht. Ich schaffte es gerade noch rechtzeitig ins Badezimmer. Wie gut, dass Lea vergessen hatte, den Klodeckel zuzumachen.

Meine Knie zitterten und fühlten sich an wie Wackelpudding. Mühsam schleppte ich mich zum Waschbecken, wusch mein Gesicht mit eiskaltem Wasser und putzte meine Zähne. Ein ängstlich verzerrtes Gesicht blickte mir entgegen. War das wirklich ich, dieses Monster im Spiegel? Ich fand mich hässlich und um Jahre gealtert. Konnte man sich bei einem Fehltritt eine Geschlechtskrankheit holen?

›Oh nein‹, dachte ich, ›es darf mir nichts passiert sein!‹

Sofort setzte ich mich an meinen PC und googelte nach Geschlechtskrankheiten.

Wenn man sich mit Hepatitis angesteckt hatte, waren die Symptome: Erschöpfungszustände. ›Ja, ich bin total erschöpft‹, dachte ich mir, ›aber das rührte vielleicht eher von zu wenig Schlaf und zu viel Alkohol!‹ Ich las weiter: Kopfschmerzen, Appetitlosigkeit, Übelkeit. ›Oh nein!, das traf bei mir alles zu!‹ Panisch las ich weiter: Schmerzen im Bereich des rechten Rippenbogens. Hektisch drückte ich auf meinem rechten Rippenbogen so intensiv herum, bis ich einen stechenden Schmerz wahrnahm.

Mein Herz blieb stehen, als ich Juckreiz las. ›Juckreiz! Oh Gott!‹, schoss es mir durch den Kopf und fügte meinem alkoholbedingten Kopfschmerz noch seelischen Kopfschmerz hinzu. Verzweifelt und den Tränen nahe las ich schnell weiter, aber in dem Text stand nicht, wo der Juckreiz auftrat. Ich lehnte mich geschockt zurück. Meine Arme fielen kraftlos vom Tisch. ›Mensch, Priscilla‹, sagte ich mir. ›Ist doch klar, wo der blöde Juckreiz auftritt. Sicher nicht an der Kopfhaut!‹

›Okay‹, dachte ich mir, holte tief Luft und las mutig weiter. ›Und was kann ich mir sonst noch alles geholt haben?‹

HI-Virus kann so früh nicht erkannt werden. Grippe-Symptome würden erst in ein paar Tagen eintreten.

Syphilis! Syphilis zeigte sich durch Geschwüre. Aber auch erst 10 bis 90 Tage nach Ansteckung. Na, wenigstens waren sie schmerzfrei. Gequält lachte ich auf. Des Weiteren gab es zahllose Viruserkrankungen!

Nervlich am Ende machte ich meinen PC aus. Immer wieder rutschte ich auf meinem Stuhl hin und her und achtete auf das Gefühl dort unten. Aber der Juckreiz und das Brennen verschwanden einfach nicht.

Auch wenn ich keine Lust auf einen Besuch bei meiner Frauenärztin hatte, aber den musste ich so schnell wie möglich hinter mich bringen. Mir war ganz flau im Magen, als ich die Nummer wählte und sich die Arzthelferin meldete.

»Ich brauche bitte schnellstmöglich einen Termin bei Frau Dr. Paleo«, sagte ich schon fast bettelnd. Aber die Arzthelferin blieb freundlich aber bestimmt bei ihrer Aussage, dass meine Ärztin auf einem Kongress in Südafrika sei und erst nächste Woche wieder in der Praxis sein würde. Die einzige Möglichkeit wäre ihre Praxisvertretung.

»Nein, danke«, antwortete ich matt. Wie sollte ich es denn bitte jemand Fremden erzählen, dass ich mit einem ekelerregendem Typen Sex hatte. Frau Dr. Paleo war so warmherzig und hilfsbereit, wie ich es noch nie bei einer Ärztin erlebt hatte. Also vereinbarte ich mit der Arzthelferin, dass ich am nächsten Montag um acht Uhr morgens in der Praxis sein würde.

›Montag! Heute ist erst Mittwoch! Wie soll ich das bis dahin durchstehen?‹, quälten mich meine Gedanken. Ich legte mich ins Bett und zog die Bettdecke über den Kopf. So geschockt wie ich war, konnte ich noch nicht einmal weinen. Vor meinem inneren Auge zogen Bilder mit Geschwüren, Warzen und Bläschen vorbei. Mich ekelte es vor mir selbst. Aus lauter Verzweiflung stand ich auf und duschte mich erneut. Das Jucken und Brennen im vaginalen Bereich hörte nicht auf!

Als meine Schwester um elf Uhr aufstand, warf ich mich in ihre Arme und weinte. Ingrid war erstaunt, weil das für mich ganz untypisch war, sagte aber nichts. Sie hielt mich einfach fest. Das tat mir gut. Ich klammerte mich noch fester an sie, als könnte sie mir helfen, alles rückgängig zu machen.

»Na, na«, sagte sie mütterlich. »Du wirst Dich doch nicht so heftig verliebt haben.« Sie drückte mich an den Schultern ein wenig von sich, um mir in die Augen schauen zu können.

»Was ist denn mit Dir los?«

»Ich bin so blöd, Ingrid. Wenn ich Dir erzähle, was ich für einen Scheiß fabriziert habe, kannst Du mich sicher nicht mehr gern haben.«

»So etwas Furchtbares kannst Du gar nicht gemacht haben. Jetzt setz Dich erst einmal hin und erzähl!« Ihre Stirn zeigte nun doch Sorgenfalten, aber ihr Blick blieb freundlich.

Stockend und beschämt erzählte ich ihr mein nächtliches Erlebnis.

»Das verstehe ich nicht, Priscilla. Wie kannst Du Dich mit so einem schmuddeligen Typen abgeben?« Ratlos und verärgert schüttelte sie den Kopf. »Aber nun ist es eh schon passiert und Du kannst nichts anderes tun, als Dich auf alle möglichen Geschlechtskrankheiten untersuchen zu lassen. Vielleicht hast Du Dir ja nur einen Pilz geholt.«

»Ich weiß, aber meine Ärztin ist erst nächste Woche wieder da.« Meine Verzweiflung stimmte sie ein wenig milder, aber ich konnte ihr ansehen, wie unverständlich mein Handeln für sie war.

Obwohl ich wusste, dass sie mich trotzdem gern hatte, wurde ich das Gefühl nicht los, dass sie etwas auf Distanz ging. Zugegeben, ich ekelte mich ja auch vor mir selbst, also warum sollte ich es ihr krumm nehmen. Sie hätte niemals so einen Blödsinn gemacht, und das obwohl sie meistens eher unglücklich war, da sie das Gefühl hatte, etwas im Leben verpasst zu haben.

»Fährst Du heute wieder zum Oktoberfest?«, fragte Ingrid mit strenger Miene.

»Nein, dieses Jahr gehe ich ganz sicher nicht mehr hin.«

»Soll ich noch ein paar Tage hier bleiben?«

»Nein Ingrid, vielen Dank, Deine Familie braucht Dich sicher auch. Fahr ruhig heim.«

Ich konnte Ingrid die Erleichterung ansehen. »Ja, ich fürchte, ich werde momentan zu Hause vermisst, da die Spätpubertät meiner Jungs auf das Unverständnis ihres Vaters trifft. Das macht mich wahnsinnig. Ich muss daheim die Wogen glätten. Wenn es für dich okay ist, würde ich gleich heute den Nachtzug nehmen.«

»Natürlich! Vielen Dank, dass Du mir geholfen hast.«

»Ich glaube, diesmal wäre es für Dich besser gewesen, wenn ich Dir nicht geholfen hätte.« Sie lächelte unsicher, aber ihre Augen blickten mich strafend an, so dass ich mich ihrem vorwurfsvollen Blick nicht entziehen konnte.

»Du hast recht, es war sehr dumm von mir. Das nächste Mal passe ich besser auf mich auf. Außerdem ist mir die Lust auf Sex gänzlich vergangen.«

»Ach Priscilla, wie ich Dich kenne, hält Deine Unlust nicht lange.« Ingrid sah mich so abweisend und vorwurfsvoll an, dass ich das Gefühl hatte, mich verteidigen zu müssen. Im letzten Moment konnte ich mich noch zurückhalten und nickte einfach nur zustimmend. ›Ob und wann ich wieder Sex haben würde, geht sowieso nur mich etwas an‹, dachte ich stur. ›Ich muss es ja auch alleine ausbaden.‹

Während meine Schwester im Badezimmer verschwand, legte ich mich ins Bett und bemitleidete mich, bis mir vor Müdigkeit die Augen zufielen.

Der köstliche Geruch von angebratenen Zwiebeln weckte mich. Meine Schwester kochte so gut, dass ich jedes Mal, wenn sie bei mir gewesen war, mindestens zwei Kilogramm zugenommen hatte. Scheinbar hatte sich mein Magen wieder erholt, denn er machte mit einem lauten Knurren auf sich aufmerksam. Der Blick auf meinen Funkwecker sagte mir, dass Lea gleich Schulschluss hatte.

Müde setzte ich mich auf und sofort war dieses unangenehme Gefühl im Schritt wieder da, das mich langsam wahnsinnig machte. Wie sollte ich es denn bitte bis Montag aushalten?

Was wäre, wenn ich mich nun tatsächlich mit HIV infiziert hätte? Wie sollte ich da weiterhin ins Büro fahren können? Wie sollte ich meinen Kindern dann einen normalen Alltag bieten können? Sie würden merken, wenn mein Leben aus den Fugen gerät. Und das würde es mit Sicherheit. Warum konnte mein Leben denn nicht einfach still und ruhig in geordneten Bahnen verlaufen, wie bei allen anderen auch. ›Weil du dich damit nicht zufrieden geben würdest‹, hörte ich im Geiste die Stimme meiner besten Freundin Sophia.

Sophia! Wie konnte es nur passieren, dass wir nicht mehr miteinander redeten? Ich fürchtete, sie sehr verletzt zu haben. Ich würde den ersten Schritt machen müssen. Seit der Scheidung war sie die Einzige, auf die ich mich verlassen konnte und die immer wieder nach mir sah und mich gegebenenfalls aufbaute. Mein schlechtes Gewissen ließ mir keine Ruhe, aber ich musste zuerst wissen, dass ich mir nichts geholt hatte. Sophia würde es mir sofort ansehen, wenn ich ihr etwas verheimlichen wollte. ›Wenn es nur endlich Montag wäre‹, quälte ich mich in Gedanken.

Beim Mittagessen erzählten Lea und Lisa munter, was ihnen in der Schule passiert war. Sie nahmen es mir nicht übel, dass es erst am Abend Pfannkuchen geben würde. Ganz im Gegenteil, sie strahlten, als Ingrid mit Putenrollbraten und Bratkartoffeln ins Esszimmer kam.

»Mama, stell Dir vor, die Barbara hat wieder Läuse!«, sagte Lisa aufgeregt. Ich rang nach Atem. Nicht auch noch diese fiesen Viecher. Jetzt verkraftete ich sicher keine Läuse.

»Keine Angst Mama, ich passe schon auf«, sagte Lisa mit einem verschmitzten Lächeln. »Stirnband gehört in den

Schulranzen, die Jacke nicht an eine andere Jacke hängen, meine Locken werde ich morgen mit einem Haargummi ordentlich zusammenbinden und wir sprühen den übelriechenden Tee auf meine Haare.«

»Hervorragend, wie du dir alles merken kannst. Aber Läuse sind ja auch wirklich furchtbar«, sagte Ingrid und schüttelte sich.

»Ja, wenn sie dann auf der Kopfhaut so kitzeln, dass ich nicht mehr schlafen kann«, erwiderte Lisa lachend.

Ich fand den Gedanken an Läuse alles andere als witzig. Das Essen, das meine Schwester mit so viel Liebe zubereitet hatte und das so köstlich duftete, schmeckte mir nicht mehr. Ich hatte das Gefühl, mich gleich wieder übergeben zu müssen. Diese Biester hatten mir noch gefehlt. Die Locken meiner Kinder mit einem Läusekamm durchkämmen zu müssen, ist alles andere als eine Freude. Beim letzten Mal konnte Lisa tatsächlich nicht mehr schlafen, weil ihre Kopfhaut so gejuckt hatte. Ein Blick auf das Kopfkissen hatte mich bereits fast den Verstand gekostet. Wie es darauf von diesen Parasiten wurlte. Fast wie bei einem Ameisenhaufen, auf dem man vor lauter Ameisen keine Erde mehr sah. Aber noch schlimmer war das Durchsuchen von Lisas Lockenkopf, das brachte mich fast ins Irrenhaus. Nächtelang träumte ich danach noch von Läusen und wachte mit dem unangenehmen Gefühl auf, mein Kopfkissen und meine Haare wären voll damit.

»Gut, dass wir nun den Walnussblättertee haben und keine Läuse fürchten müssen. Aber zur Sicherheit schauen wir heute Abend bei euch beiden nach.«

»Jetzt sollten wir lieber essen, sonst wird alles kalt«, unterbrach Ingrid gutmütig.

Brav beugten Lea und Lisa sich über ihre Teller und aßen mit großem Appetit. Ich beobachtete meine beiden Mädels und war unglaublich glücklich, sie um mich zu haben.

Den Rest des Tages versuchte ich mich von meinen Kindern und meiner Schwester ablenken zu lassen. Aber immer wieder machte ich mir große Sorgen, insbesondere wenn ich das Jucken spürte.

Am Abend gab es die versprochenen Pfannkuchen und anschließend fuhren wir Ingrid zum Bahnhof.

»Vielen Dank, dass du da warst, Ingrid. Grüß Deine Männer und schimpf sie nicht zu arg.« Ingrid schaute mich traurig und enttäuscht an, sagte aber nichts. Sie nahm mich einfach in den Arm und drückte mich ganz fest. Als sie sich aus meiner Umarmung löste, sah ich Tränen in ihren Augen. Schnell beugte sie sich zu Lea und Lisa hinunter und umarmte sie, damit niemand ihre Tränen sehen konnte. Verstohlen wischte sie sie während der Umarmung weg. Wahrscheinlich fühlte sie sich für meinen Fehltritt auch noch verantwortlich, weil sie als ältere Schwester und Mutterersatz versagt hatte.

Schweigend schauten wir uns an, als der Zug losfuhr. Ich versuchte zu lächeln, aber dieses Lächeln war eher eine Grimasse. Meine Kinder winkten, bis der Zug außer Sichtweite war.

»So, und jetzt fahren wir schnell nach Hause zum Kuscheln und Spielen«, sagte Lea mit fester Stimme, als hätte sie Angst, dass ich mein Versprechen nicht halten würde.

»Und wir lesen in meinem Buch weiter«, ergänzte Lisa.

»Natürlich. Ich habe es euch ja versprochen«, sagte ich leise. Vermutlich hatte ich in letzter Zeit meine Versprechen oft genug nicht gehalten.

Meine Mädels sprangen glücklich neben mir her. Es könnte alles so schön sein, wenn ich diesen Blödsinn nicht gemacht hätte. Als würden Lea und Lisa meine Traurigkeit spüren, versuchten sie mich mit ihrer Fröhlichkeit aufzumuntern, bis ich lachte. Daheim angekommen, zogen sie mich in mein breites Bett und kuschelten sich an mich;

diesmal sogar ohne zu streiten, wer auf welcher Seite liegen durfte. Sie drückten mich ganz fest. Ich atmete ihren Duft ein und verdrängte alle düsteren Gedanken, die mir keine Ruhe ließen. Wir kitzelten uns gegenseitig, kämpften spielerisch und beendeten den Kuschelpart mit einer Kissenschlacht.

»Jetzt mag ich Uno spielen«, rief Lea und lief die Treppe hinunter, um die Karten zu holen. »Ist es für dich in Ordnung, wenn wir nach dem Spielen lesen?«, fragte ich Lisa, die sich auf meinen Schoß setzte und mich fest umarmte.

»Ja klar.« Lisa gab meistens nach und stellte ihre eigenen Wünsche hinten an.

»Und wenn wir dann noch Zeit haben, massiere ich euch zum Einschlafen die Füße.«

»Okay«, antwortete Lisa strahlend.

An diesem Abend hatte ich meine Kinder endlich einmal wieder glücklich gemacht. Aber als Lisa und Lea friedlich schliefen und ich allein war, kehrten meine Ängste mit einem Schlag zurück. Ich legte mich ins Bett und zog die Bettdecke über meinen Kopf. Ich wollte nicht mehr nachdenken und ich wollte dieses Jucken und Brennen im Genitalbereich nicht mehr spüren und den unangenehmen Geruch nach verdorbenem Fisch nicht mehr riechen. Aber die Sorgen ließen mich nicht los. Sie erdrückten meinen Brustkorb und ließen mich nicht atmen. Vor mir klaffte ein riesengroßes schwarzes Loch, das mich zu verschlucken drohte. Ich war kurz davor mich in diese Schwärze freiwillig fallen zu lassen. Ich konnte nicht mehr. Verzweifelt umklammerte ich mein Kissen, wie ein Ertrinkender den Rettungsring. ›Warum habe ich mir diesen Mist angetan? Wie konnte ich aus dieser Geschichte wieder herauskommen?‹ Weinend schlief ich in den frühen Morgenstunden endlich ein.

29

»Mama?« Zart rüttelte Lisa meinen Arm.

»Es ist schon kurz vor sieben Uhr. Sollen wir uns anziehen?«

Benommen sah ich sie an. »Oh nein. Ich habe vergessen, den Wecker anzumachen.« Erschrocken und müde taumelte ich aus dem Bett.

»Bitte zieht euch in Windeseile an und kommt herunter.«

»Ja, Mama. Lea ist auch schon wach.«

Rasch zog ich mir den Bademantel an und beeilte mich, für die Kinder das Frühstück herzurichten.

Gemeinsam schafften wir es zum Glück, gerade noch pünktlich fertig zu werden. Fest umarmte ich Lisa und Lea zum Abschied und bekam von beiden einen dicken Kuss.

»Passt auf euch auf und viel Spaß in der Schule, bis später«, rief ich ihnen nach und winkte, bis sie hinter der Hecke an der nächsten Straßenkreuzung verschwunden waren.

Erst jetzt hatte ich wieder Zeit, an mich zu denken. An meinem körperlichen Zustand hatte sich leider nichts verändert. Eigentlich hatte ich mir geschworen, ab jetzt meinen Pflichten verantwortungsbewusst nachzukommen. Aber so ganz schaffte ich es noch nicht. Die letzten zwei Tage Urlaub, die ich eigentlich für das Oktoberfest genommen hatte, würde ich nutzen, um wieder auf die Beine zu kommen. Am liebsten hätte ich mich vergraben.

Ich legte mich wieder ins Bett und stellte vorsichtshalber den Wecker. Meinen Haushalt mochte ich noch nicht in Angriff nehmen. Dazu fehlte mir die Kraft.

Sobald ich die Augen geschlossen hatte, schlief ich traumlos, bis der Wecker klingelte. Ich quälte mich aus dem Bett, da ich den Kindern etwas zu Mittag kochen musste.

Wie ferngesteuert holte ich die eingefrorenen Teigtaschen, die meine Mutter mir mitgegeben hatte, aus dem Tiefkühlfach und bereitete sie zu. Ich schaute aus dem Fenster und beobachtete, wie sich die Büsche und Bäume im Wind sanft hin und her bewegten. Alles sah für mich trostlos, eher eine Spur bedrohlich aus.

Der Geruch von angebrannten Teigtaschen riss mich aus meiner Lethargie.

Fahrig und unkonzentriert brachte ich es doch noch hin, das Essen genießbar fertig zu stellen.

Erst als Lisa an der Haustür klingelte, fing ich mich wieder. Ihre fröhlich glänzenden Augen und ihr vom schnellen Laufen gerötetes Gesicht ließen mich wieder lebendig werden.

»Hallo Mama«, rief sie glücklich und fiel mir um den Hals.

»Hallo, mein Spatz.« Fest drückte ich ihren kleinen, aber muskulösen Körper an mich. »Hast du Lea gesehen?«

»Ja, ich habe sie überholt. Sie und ihre Freundinnen bleiben ständig stehen, um zu ratschen. Ich wollte ganz schnell heim, damit ich schon mit meinen Hausaufgaben anfangen kann.«

»Das ist ja schön. So kenne ich meine große Maus ja gar nicht«, sagte ich erstaunt.

»Ich bin heute Nachmittag mit Verena verabredet. Aber ausgerechnet heute haben wir unglaublich viel auf«, erwiderte Lisa und warf bereits ihre Hefte auf den Tisch.

»Du bist sicher bald fertig, wenn du mit so viel Elan an die Sache gehst«, sagte ich aufmunternd.

Während ich den Tisch am anderen Ende deckte, lösten wir die eine oder andere Rechenaufgabe gemeinsam. Es machte richtig Spaß, mit Lisa Hausaufgaben zu machen, weil sie alles sehr schnell begriff und pfiffig weiterdachte. Als Lea klingelte, hatte Lisa bereits einen Großteil ihrer Mathematikhausaufgaben erledigt.

»Hallo Mami«, sagte Lea mit ihrer Babystimme und schaute mich traurig an. Immer wenn sie getröstet werden wollte, bekam sie eine piepsige Tonart.

»Hallo mein Spatz. Was ist denn los?«

Lea warf sich in meinen Arm und fing bitterlich an zu weinen.

»Karin und Simone waren echt gemein zu mir.«

»Warum? Was haben sie denn gemacht?«

»Sie haben mich die ganze Zeit ausgeschlossen.«

»Oh je! Wie haben sie es dich spüren lassen?«

Zornig schaute Lea mich an, weil ich das Verhalten der Freundinnen nicht gleich verurteilte, sondern erst nachhakte.

»Ständig haben sie miteinander geflüstert und gelacht. Wenn ich gefragt habe, warum sie lachen, haben sie sich angeschaut und haben noch lauter gelacht. Aber mit mir hat keiner geflüstert oder gelacht.«

»Das ist tatsächlich sehr gemein. Soll ich nachher mal mit den Mamas von Karin und Simone reden?«

»Nein!«, schrie Lea mich entrüstet an. »Wenn du das machst, erzähle ich dir nie wieder etwas.«

Beschwichtigend nahm ich Lea in den Arm. Sie legte ihre kleinen dünnen Ärmchen um meinen Hals und schmiegte ihre kühle Wange an die Meine.

»Alles gut, mein Schatz. Du brauchst dich nicht aufzuregen. Wenn du es nicht möchtest, dann rede ich mit niemandem darüber.«

Ich spürte, wie Lea sich langsam beruhigte.

»Ich habe heute euer Zweitlieblingsessen gemacht: Omas Teigtaschen.«

»Lecker! Ich habe auch schon großen Hunger«, rief Lea wieder fröhlich.

Mir wurde bewusst, wie gut es den Kindern tat, ihre Sorgen bereits an der Haustür loswerden zu können.

Schade, dass ich normalerweise keine Möglichkeit hatte, so früh am Tag für meine Kinder da zu sein.

Heute waren sie wohl eher für mich da. Mit Lea und Lisa kam ich gar nicht dazu, an meine Probleme zu denken, weil sie mich von der ersten Sekunde an beschäftigten.

Ich hatte sogar ein Lächeln auf den Lippen, als ich die hungrigen Gesichter sah. Sie stürzten sich auf die Teigtaschen, sobald der Teller vor ihnen stand.

»Langsam essen und gut kauen, dann sind sie besser verdaulich«, ermahnte ich meine Kinder freundlich.

Obwohl ich mir kurz vorher noch sicher war, dass ich keinen Bissen herunter bekommen würde, aß ich nun auch mit Appetit mit.

Nachdem Lisa und Lea ihre Teller brav leer gegessen hatten, durften sie sich jeweils drei kleine Süßigkeiten als Belohnung aus der Schublade holen.

Lisa ging nach den Hausaufgaben zu ihrer Freundin Verena und Lea übte mit mir noch ein wenig Lesen.

Als es klingelte, stürmte sie aufgeregt an die Tür.

Karin stand vor der Tür und fragte kleinlaut »Willst Du mit mir spielen?«

»Ja klar, was sollen wir spielen?«, fragte Lea fröhlich. Alle Gemeinheiten vom Nachhauseweg waren anscheinend vergessen. Sie einigten sich aufs Trampolinspringen.

»Ich stelle euch gleich eine Flasche Wasser auf den Gartentisch, damit ihr nicht verdurstet«, sagte ich und war froh, dass sich der Streit zwischen den beiden wieder einmal von allein erledigt hatte. Vermutlich reichte es aus, sich jemandem mitteilen zu können.

Bis Lea und Lisa im Bett waren, ging es mir gut und ich war froh, dass ich meine Kinder hatte. Sie waren so unglaublich lieb, auch wenn es zwischendurch immer mal wieder Streit und Geschrei gab. Aber insgesamt konnte ich mich wirklich nicht beschweren. Sie hatten heute so viel an der frischen Luft gespielt, dass sie schnell einschliefen.

Nachdem ich mich ausgiebig geduscht hatte, legte ich mich vor den Fernseher, um mich abzulenken. Apathisch lag ich da, in meine eigene sorgenvolle Welt gehüllt. Von dem Krimi bekam ich nichts mit. Ich wollte jetzt nur nicht allein sein. Irgendwann setzte ich mich auf.

Natürlich! Warum hatte ich denn nicht schon vorher daran gedacht! Ich konnte ein paar Wahrsager anrufen! Wenn niemand eine gesundheitliche Gefahr für mich sah, dann könnte ich mir verbieten, mir Sorgen zu machen. Schnell kramte ich das Heft von Consilium hervor. Manuela war mir zu teuer und Acona hatte eine zu unangenehme Stimme. Ich suchte in der Kategorie Wahrsager nach einem sympathischen Gesicht und blieb bei Heroa hängen. Heroa saß auf ihrem Profilbild hinter einem Schreibtisch und wirkte konservativ, glaubwürdig und bodenständig. Mit Herzklopfen rief ich bei ihr an. Heroas Stimme klang freundlich, als sie mich bat, mich zu entspannen und an mein Thema zu denken.

›Super!‹, dachte ich mir. ›Wie sollte ich mich in meiner Situation entspannen?‹ Trotzdem gab ich mir Mühe, denn ich wollte ja eine ehrliche Antwort haben.

»Mmh«, sagte Heroa, nachdem ich das leise Auslegen der Karten auf den Tisch gehört hatte.

»Ja?«, fragte ich mit bangem Herzen.

»Ich sehe viel Chaos und Leid. Was ist denn los?«

Als hätte ich nur auf diese Frage gewartet, brach es aus mir heraus. Ich erzählte ihr alles. Von dem Scheitern meiner Ehe, meinen Schuldgefühlen, meiner Sehnsucht nach dem richtigen Mann, meinen Ängsten, meinen Sexgeschichten und meiner Angst, mich mit einer Geschlechtskrankheit infiziert zu haben.

»So, jetzt wissen sie alles über mich.«

Die Stille am anderen Ende der Telefonleitung irritierte mich.

»Hallo? Heroa?«

»Ja, Simone, ich bin noch da. Da haben sie einiges erlebt.«

Ihre Stimme klang fröhlich. Ich fühlte mich plötzlich unwohl. Machte sie sich über mich lustig? Mit bangem Herzen wartete ich auf ihre Ratschläge.

»Vielen Dank, dass sie sich so geöffnet haben. Jetzt kann ich die Karten natürlich noch besser verstehen.« Ich hörte sie laut atmen und mit einem Seufzer, der in meinen Ohren nicht positiv klang, legte sie los.

»Die Karten sagen mir ganz klar, dass sie mit den Männergeschichten aufhören sollten. So kommen sie nicht an ihr Ziel. Sie sollten zur Ruhe kommen und sich selbst finden. Vielleicht sollten sie mit Yoga oder Reiki beginnen. Außerdem sehe ich einen hohen Berg, auf den sie zusteuern. Das kann heißen, dass sie sich tatsächlich mit einer Geschlechtskrankheit infiziert haben und dass der Weg, den sie nun einschlagen werden, sehr, sehr schwierig für sie wird. Haben sie eine Freundin, die Ihnen beisteht?«

›Oh je, gleich so schlimm?‹, dachte ich, während mein Puls raste und mein Magen sich schmerzhaft zusammenzog. Mir wurde übel. Am liebsten hätte ich aufgelegt, aber ich traute mich nicht.

»Sie denken wirklich, dass ich mich mit einer Geschlechtskrankheit infiziert habe?«, fragte ich sicherheitshalber noch einmal nach.

»Es kommt auf jeden Fall eine schwere Zeit auf sie zu. Aber sie brauchen wirklich keine Angst zu haben. Am Ende wird alles wieder gut. Sie werden zu anderen Ufern aufbrechen. Das steht für einen Neubeginn. Sie werden dem alten Leben den Rücken zukehren.«

Das hörte sich für mich nicht beruhigend an. Ganz im Gegenteil. Ich hatte eher das Gefühl, dass Heroa mich anlog, um mir etwas Hoffnung zu machen. Außerdem hatte ich ihr vorhin mein Herz ausgeschüttet. Wenn sie eins und eins zusammenzählen konnte, dann war es kein Hellsehen.

»Sehen sie, ob ich dem richtigen Mann begegne?«

»Ich sehe viele Männer um sie herum, aber es sind alles unehrliche Männer. Diese Typen mögen sie nicht wirklich. Die haben es faustdick hinter den Ohren, wenn sie verstehen, was ich meine.«

»Ja, ich verstehe, was sie meinen.«

»Sie haben vermutlich große Schwierigkeiten mit Ihrem Vater gehabt.«

»Wie kommen sie nun auf meinen Vater?«

»Sie haben keine Anerkennung von ihm bekommen und daher sind sie nicht selbstbewusst genug.«

Ich schluckte. Es stimmte, was Heroa sagte, aber sollte ich jetzt meinem Vater die Schuld an meinem Lebenswandel geben? Ich versuchte in mich hinein zu fühlen. Eigentlich war ich schon selbstbewusst. Aber ich wollte einfach nicht mehr allein sein. Irgendetwas stimmte hier nicht. Ich fühlte mich zunehmend unwohl mit Heroa.

»Warum reden sie über meinen Vater? Ich bin über 30 Jahre alt. Er hat schon lange keinen Einfluss mehr auf mein Leben.«

»Doch, unsere Eltern haben in unserer Kindheit etwas falsch gemacht, wenn wir nicht zur Ruhe kommen können.«

»Kommen sie auch nicht zur Ruhe?«, fragte ich vorsichtig.

»Nein, wie sollte ich auch. Mein Vater war alles andere als ein guter Vater! Er hat weder mich noch meine Mutter gut behandelt! Meine Mutter ist an gebrochenem Herzen gestorben und er ist schuld!« Heroas anfänglich ruhige Stimme wurde schrill.

»Das tut mir leid, Heroa.« Sie hatte scheinbar Schlimmeres als ich erlebt.

»Alle Männer sind gleich, Simone. Ich würde mich auf niemanden mehr einlassen. Glauben sie mir, ich kann es sehen. Sie werden von lauter bösen Typen umringt.« Heroas Stimme klang nun verbittert und verächtlich.

In diesem Moment fiel mir Herr Richter ein. Nein, er war kein böser Mann. Da war ich mir sicher. Auch wenn er nicht der Richtige für mich war, aber unehrlich war er nicht.

»Okay, vielen Dank Heroa.« Mein Blick fiel auf die Uhr. »Sie haben sich viel Zeit für mich genommen.«

»Sehr gerne, Simone. Ich wünsche Ihnen alles Gute. Vergessen sie nicht, was ich Ihnen gesagt habe!«

»Vielen Dank.« Ich legte auf. Nein, ich würde sicher nicht vergessen, was sie mir gesagt hatte.

Nach Mitternacht machte ich den Fernseher endlich aus und legte mich ins Bett. Bevor ich es wieder vergaß, stellte ich den Wecker, damit ich morgen nicht schon wieder verschlief.

›Morgen ist erst Freitag‹, dachte ich mir. ›Wie langsam die Zeit vergeht, wenn man auf etwas sehnsüchtig wartet.‹ Wiederholt sah ich auf meine Uhr, aber die Stunden rückten so zäh voran, wie dickflüssiger Honig vom Löffel tropft.

Ich wollte einschlafen, damit die Zeit schneller verging. Ich wälzte mich hin und her, aber einschlafen konnte ich nicht. Immer wieder tauchten die Bilder vom Oktoberfest auf. Ich wollte sie verdrängen, wollte mir verbieten, daran zu denken, aber je mehr ich mich bemühte, sie zu verdrängen, desto klarer tauchten sie auf. In Gedanken versuchte ich einen anderen Ausgang dieser leidlichen Geschichte zu konstruieren. Ich ignorierte diesen ekligen Typen. Ich wollte noch nicht einmal mit ihm tanzen. Der Wein und das Bier schmeckten mir nicht mehr. Ich wollte gar nicht dort sein.

Als ich in Gedanken das Zelt verließ, drehte sich das Oktoberfest wie ein Karussell vor meinem inneren Auge. Immer und immer wieder schrie ich »Nein!« zu diesem

Typen, aber er lachte nur ein schmieriges Lachen, während ihm der Speichel über die Unterlippe lief. Ich wollte ihn wegschubsen, aber er blieb wie ein Stein stehen und lachte sein unangenehmes Lachen. Ich wollte ihm wehtun, damit er endlich aufhört zu lachen und trat ihn mit meinen spitzen Schuhen ans Schienbein. Endlich hörte er auf zu lachen. Seine schmerzverzerrte Miene kam näher und er packte mich schmerzhaft am Oberarm. Seine kleinen Augen funkelten böse. Mir liefen eiskalte Schauer über den Rücken. Ich wollte schreien, mein Mund öffnete sich, aber ich blieb stumm. Ich wollte weglaufen, aber ich konnte meine Füße nicht mehr bewegen. Als würde Blei an ihnen hängen. Mein Arm war so fest in seiner Hand, dass ich ihn nicht wegziehen konnte. Ich war verzweifelt und wütend zugleich. Als er sich mir näherte, um mich zu küssen, schaffte ich es endlich zu schreien.

30

»Mama? Mama?«

Ganz langsam kehrte ich in die Wirklichkeit zurück. Ich musste eingeschlafen sein. Lisa kauerte ängstlich vor meinem Bett. Mit Tränen in den Augen fragte sie mich leise: »Geht es dir nicht gut, Mama?«

»Doch Lisa, alles in Ordnung. Ich glaube, ich hatte einen Alptraum.«

»Darf ich bei dir schlafen? Ich habe ein bisschen Angst.«

»Natürlich. Es tut mir leid, dass ich dich geweckt habe.«

Schnell holten wir ihre Decke und ihr Kissen und kuschelten uns zusammen in mein Bett. Kurze Zeit später stand auch Lea mit der gleichen Bitte vor mir. Ich war froh, dass sie keinen Eifersuchtsanfall bekam, weil Lisa bereits neben mir lag. Ich holte auch ihre Bettsachen und gemeinsam kuschelten wir drei uns zusammen.

Eingebettet zwischen meinen Töchtern, schlief ich bald wieder ein. Diesmal traumlos, bis uns der Wecker aus dem Schlaf riss.

Am Freitag, meinem letzten Urlaubstag, konnte und wollte ich nicht den ganzen Vormittag im Bett liegen bleiben. Ganze Wäscheberge hatten sich aufgetürmt und warteten darauf, um gewaschen und gebügelt zu werden. Zumindest die Kleidung der Kinder musste ich hinbekommen, da Lea und Lisa von Freitagabend bis Sonntagabend bei ihrem Vater sein würden. Also zwang ich mich, meinen vernachlässigten Haushalt Stück für Stück in Ordnung zu bringen.

Erst als die Kinder am Abend frisch geduscht und gekämmt und mit fertig gepackten Sachen mit mir am Tisch saßen, legte sich langsam meine Anspannung.

Wir spielten »Mensch-ärgere-dich-nicht«, bis Bernhard klingelte.

Glücklich fielen Lisa und Lea ihm in die Arme und jubelten. Bernhard lachte. Dies waren die einzigen Augenblicke, in denen er lachte. ›Ich glaube, er liebt die Kinder wirklich‹, dachte ich mir in diesem Augenblick.

Nachdem Bernhard mit Lisa und Lea vom Hof gefahren war, atmete ich tief durch. Einerseits war ich traurig, weil mir meine Kinder jetzt schon fehlten, andererseits war ich froh, dass ich mich bis Sonntagabend einfach fallen lassen konnte.

Ich machte alle Lichter im Erdgeschoss aus und ging nach oben, um mir ein Bad einzulassen. Genüsslich ließ ich mich in das duftende Badewasser gleiten. Während des Badens spürte ich weder Juckreiz noch Brennen, darum blieb ich liegen, bis meine Haut so verschrumpelt war, dass ich befürchten musste, sie könnte sich nicht mehr zurückbilden. Danach zog ich mir meinen dicken rosafarbenen Flanellpyjama an, holte mein Bettzeug und legte mich vor den Fernseher. Ich hatte in meinem ganzen Leben noch nicht so viel ferngeschaut, wie in den letzten Tagen. Aber das war mir im Moment egal. Ich wollte allein sein, aber auch nicht einsam und grübelnd im Bett liegen. Die Wahrsagerinnen auf dem Fernsehsender Consilium waren unterhaltsam, aber ich hatte keine Lust, eine davon anzurufen. Mein Konto war weit überzogen und meine ständigen Anrufe bei Consilium waren viel teurer, als ich es mir vorgestellt hatte.

Irgendwann schlief ich vor dem Fernseher ein.

An diesem Wochenende bewegte ich mich von meinem Bett aus nur in die Küche, um mir ein paar Scheiben Brot zu schmieren und ins Bad, um mich so oft wie möglich zu duschen oder zu baden. Ansonsten lag ich einfach nur vor dem Fernseher und schaute mir jeden Schrott an, der mich von meinen Sorgen ablenkte und mir half, das Wochenende einfach nur hinter mich zu bringen.

Montag 8:00 Uhr, das war das einzige Ziel. Die Zeit bis dahin war nur ein lästiges Ärgernis, das ich irgendwie totschlagen musste.

Ganz kurz überlegte ich meine Mutter anzurufen, verwarf aber den Gedanken gleich wieder. Sie würde sofort spüren, dass mit mir etwas nicht in Ordnung war.

31

Endlich war es Sonntagabend. Lisa und Lea würden gleich wieder kommen. Erst jetzt hatte ich meinen Pyjama gegen einen schwarzen Pullover und eine Jeans ausgetauscht. Schnell räumte ich noch das Geschirr in die Spülmaschine. Meine Mädels sollten keine Hinweise sehen, dass ich das ganze Wochenende nur einsam zu Hause gewesen war. Sie könnten sich sonst unnötig Sorgen machen, mich allein gelassen zu haben.

Bernhard verabschiedete sich sehr schnell. Lisa und Lea waren fröhlich und stritten sich an diesem Abend ausnahmsweise nicht. Wir schauten nach dem Abendessen gemeinsam »Petterson und Findus«, an und kuschelten uns anschließend in mein Bett.

»Mama, ich habe das Gefühl, dass Du traurig bist.« Lisa musterte mich mit ihren großen blauen Augen.

Diese Bemerkung traf mich unvorbereitet. Warum konnte sie immer sehen, wie ich mich fühlte. Dabei hatte ich mir so große Mühe gegeben, meine Sorgen vor den Kindern zu verbergen.

»Du hast Recht Lisa, mir geht es im Moment nicht so gut. Aber morgen gehe ich zu meiner Ärztin und lasse mich untersuchen. Sie gibt mir sicher das richtige Medikament und dann geht es mir ganz schnell wieder besser. Du brauchst Dir keine Sorgen zu machen.«

Natürlich machte sich Lisa jetzt erst recht Sorgen.

»Was hast Du denn?«, fragte sie ängstlich. »Was tut Dir denn weh?«

Ich ärgerte mich über meine eigene Dummheit. Warum hatte ich überhaupt die Ärztin erwähnt? Jetzt hatte ich mich in eine Ecke manövriert, aus der ich nur noch mit einer Lüge herauskam. So ein Mist. Gerade jetzt, wo ich mich ändern und wieder eine bessere Mutter sein wollte. Aber mir fiel so schnell keine bessere Lösung ein.

»Ach nichts Schlimmes, mein Bauch tut mir in letzter Zeit ab und zu etwas weh. Das kennt ihr doch auch. Vermutlich habe ich mir eine Grippe geholt.«

Sanft streichelten Lisa und Lea meinen Bauch.

»Ach so. Das habe ich auch manchmal. Aber die Schmerzen vergehen wieder, oder?« Erleichtert sah ich, wie sie sich wieder entspannte.

»Ja, ja, mein Spatz. Mir geht es bald wieder gut.«

›Hoffentlich!‹ dachte ich mir und fühlte die Schwere, die sich auf meine Schultern legte.

Als die Kinder endlich schliefen, bereitete ich mich auf meine hoffentlich letzte Nacht der Ungewissheit vor. Ich putzte mir die Zähne und stellte mich unter die heiße Dusche. Seltsam und beängstigend fand ich, dass mein Ausfluss äußerst unangenehm roch, obwohl ich ständig duschte. Hoffentlich war es keine Geschlechtskrankheit. ›Es ist bestimmt keine Geschlechtskrankheit‹, verbesserte ich mich in Gedanken. Leise fing ich an zu beten: »Lieber Gott, wenn ich keine Geschlechtskrankheit habe, werde ich mein Leben grundlegend ändern. Ich verspreche es Dir! Nie wieder werde ich so leichtsinnig mit meinem Körper umgehen.« Das heiße Wasser, das auf meinen Kopf niederprasselte, vermischte sich mit meinen Tränen. ›Ich werde mein Versprechen halten. Ganz sicher‹, fügte ich in Gedanken hinzu.

Ich würde mein Verhalten Männern gegenüber ändern. Ich wusste noch nicht wie, aber ganz sicher würde ich nicht mehr so viel Alkohol trinken, um mir jemanden »schön zu saufen«. Ich würde Verantwortung für mich und meine Kinder übernehmen. So wie es sich für eine gute Mutter gehörte.

Das Gebet half mir, innerlich ruhiger zu werden. In dieser Nacht schlief ich durch, bis der Wecker klingelte. Ich rief im Büro an und meldete mich für heute krank, weil ich zum Arzt musste. Das war nach meinem Urlaub zur Oktoberfestzeit recht unglaubwürdig, aber es war mir egal. Es gab momentan nichts Wichtigeres als diesen Arzttermin. Ich musste Sicherheit haben.

Auf der Fahrt nach München stand ich etwas unter Strom. Viel zu schnell blinkte ich jeden Autofahrer an, der es wagte, auf meiner Spur langsam zu fahren, obwohl alles frei war. Unglaublich, wie viel Zeit die Linksfahrer brauchten, um in den Rückspiegel zu schauen, dann festzustellen, dass jemand vorbei wollte, um schließlich gemütlich auf die rechte Fahrspur zu wechseln. Meine Knie zitterten, als ich mein Auto vor der Praxis meiner Frauenärztin parkte. Zum Glück hatte ich den ersten Termin und musste nicht lang warten.

»Was ist denn los, Frau Paulus?« Ihr gütiger Blick und ihre beruhigende Stimme trieben mir die Tränen in die Augen. Meine Kehle war wie zugeschnürt, ich brachte kein einziges Wort heraus.

»Na, na. So schlimm kann es doch gar nicht sein. Also, was ist los?«

Nach mehrmaligem Schlucken fing ich stockend an von meinem Oktoberfesterlebnis zu erzählen und welche Auswirkungen es hatte. Obwohl ich nicht weinen wollte, flossen mir die Tränen wie ein Sturzbach aus den Augen. Meine Ärztin sah mich zornig an, sparte sich allerdings die Strafpredigt, da ich sichtlich bereute und am Ende meiner Kräfte war.

»Da dürfen sie nicht gleich mit dem Schlimmsten rechnen. Jetzt schauen wir uns das erst einmal an und ich entnehme Proben fürs Labor. Den Aids- und Hepatitistest machen wir zur Sicherheit auch gleich mit. Dann können sie wieder beruhigt sein.«

Während ich mich nach der Untersuchung wieder anzog, entdeckte meine Frauenärztin sogleich Parasiten unter dem Mikroskop, die dort nicht hingehörten.

»Auf jeden Fall kann ich Ihnen gleich sagen, dass sie sich eine unangenehme Trichomoniasis geholt haben, aber die haben wir mit Tabletten und Salbe innerhalb von ein paar Tagen im Griff. Alles andere sehen wir nach den Labortests.« Freundlich nickte sie mir zu und verließ den Untersuchungsbereich, um an ihrem Schreibtisch auf mich zu warten.

Als ich dann wieder vor ihr saß, schaute sie mich lieb, aber auch ein wenig streng an.

»Meine Vermutung ist, dass sie sich lediglich Trichomonaden und einen Pilz eingefangen haben. Sie müssen mir aber versprechen, dass sie ab jetzt besser auf sich aufpassen. Solche Geschichten können auch anders ausgehen. Keinen Geschlechtsverkehr ohne Kondom, wenn sie den Mann noch nicht gut kennen!«, sagte sie eindringlich.

»So viel Blödsinn habe ich in meinem ganzen Leben noch nicht gemacht, aber seit der Trennung von meinem Mann, habe ich mich in einer Spirale nach unten befunden, aus der ich nicht herauskam.«

Frau Dr. Paleo sah mich verständnisvoll an. »Ich habe auch meine Erfahrungen mit Männern machen müssen. Ich habe große Hilfestellungen von einer Wahrsagerin bekommen, die mir die Augen geöffnet und mich davor bewahrt hat, dem falschen Mann zu vertrauen. Ich gebe Ihnen ihre Telefonnummer. Sie können sich auf mich berufen."

»Ich habe in letzter Zeit Wahrsager bei Consilium angerufen. Das hat aber nicht viel gebracht«, wandte ich ein.

Frau Dr. Paleo wischte über den Tisch und sagte dabei: »Die können sie vergessen. Sie brauchen eine richtig gute

Wahrsagerin. Ich gebe ihnen die Telefonnummer von meiner Wahrsagerin. Schreiben Sie Frau Müller eine SMS und berufen sie sich auf mich. Frau Müller ist die Beste, glauben Sie mir.«

Ich glaubte Frau Dr. Paleo. »Und wie teuer ist so eine Beratung bei Frau Müller?«, fragte ich zögerlich.

»50 Euro. Das ist geschenkt. Sie werden mir Recht geben, wenn sie dort waren.« Frau Dr. Paleo schrieb mir Frau Müllers Handynummer auf und kam mit einem aufmunternden Lächeln um ihren Schreibtisch herum auf mich zu.

»Jetzt nehmen wir noch Blut ab für die Laboruntersuchung. Ich rufe sie an, sobald das Ergebnis da ist. Es wird mindestens eine Woche dauern. Dann sollten wir auch nachschauen, ob wir die Parasiten erfolgreich bekämpft haben.«

»Danke, Frau Doktor. So einen Blödsinn mache ich sicher nie wieder.«

»Das will ich hoffen.« Freundlich rieb sie meinen Oberarm beim Abschied. »Aber ich bin mir ziemlich sicher, dass es diesmal gutgegangen ist. Also nicht zu viele Sorgen machen«, versuchte sie mich zu beruhigen. Ich vergaß nicht, eine Bestätigung des Arztbesuches für meinen Arbeitgeber mitzunehmen.

Erleichtert holte ich mir in der nächstliegenden Apotheke die Medikamente und fuhr heim.

Sobald die Kinder am Abend schliefen, nahm ich die erste Tablette, ging ins Bad, führte eine Vaginaltablette ein und cremte mich großzügig mit der Salbe ein. Ich ekelte mich vor mir selbst, aber da musste ich nun durch.

Schnell legte ich mich ins Bett, damit die Vaginaltablette im Liegen dort blieb, wo sie wirken sollte. Ich lag stundenlang wach und versuchte in mich hinein zu spüren, ob das Jucken und Brennen schon weniger wurde. Die

Creme hinterließ ein unangenehm feuchtes Gefühl zwischen meinen Beinen. Ich widerstand jedoch dem Drang mich abzuduschen.

Hoffentlich beizte sie alle Parasiten und den Pilz weg. Aber da weder die Creme noch die Tablette einen Schmerz verursachten, befürchtete ich eine ungenügende Wirkung.

›Was hilft, muss doch weh tun, oder?‹, fragte ich mich beunruhigt.

32

Am nächsten Morgen wachte ich wie gerädert auf. Unzählige Male war ich von diesem unangenehm feuchtschmierigen Gefühl zwischen meinen Schenkeln aufgewacht und hatte immer wieder gebetet, dass die Medikamente doch schnell helfen mögen.

Bevor meine Mädels wach wurden, sprang ich schnell unter die Dusche. Ich konnte es kaum glauben, aber danach ging es mir schon viel besser. Der Juckreiz und das Brennen, sowie der unangenehme Geruch im Genitalbereich waren schon viel weniger intensiv als gestern.

Erleichtert cremte ich mich vorschriftsmäßig wieder ein. Diesmal verwendete ich allerdings nur einen Hauch dieser Salbe, um nicht den ganzen Tag das Gefühl zu haben, dass ich mir in die Hose gemacht hatte.

Heute wagte ich mich wieder ins Büro. Ich würde mich nun mächtig anstrengen müssen, die Aktenberge aufzuarbeiten.

Mit einem flauen Gefühl im Magen betrat ich meinen Arbeitsplatz. Ich hörte nur ein sparsames »Morgen« aus der Ecke, wo meine Kollegin Sandra saß.

»Guten Morgen Sandra«, erwiderte ich freundlich. Sie schaute noch nicht einmal von ihrer Akte hoch. Es trug nicht zu meinem Wohlbefinden bei, so begrüßt zu werden, aber als gleich darauf Herr Kümmerlich ins Büro stürmte, wäre ich am liebsten wieder gegangen.

»Schön, dass sie wieder da sind Frau Paulus. Es gibt viel zu tun. Ich habe gestern ihren Schrank durchgesehen. Sie haben Anträge mit Poststempel von vor zwei Monaten in Ihrem Schrank. So kann das nicht weiter gehen. Sie haben die mit Abstand größten Rückstände in meiner Abteilung. Wie erklären sie sich das, Frau Paulus? Vor allem, wie wollen sie das der Geschäftsführung erklären?« Sein

Gesicht bekam hektische rote Flecken und seine Augen blickten mich böse an.

Ich schaute ihn schuldbewusst an.

»Es tut mir leid, Herr Kümmerlich. Ich werde mich bessern. In letzter Zeit ging es mir nicht so gut, daher habe ich mein Pensum an Akten nicht geschafft. Aber ich verspreche ihnen, dass ich mich anstrengen werde, es wieder gerade zu biegen.«

Sein rotes Gesicht sah so aus, als ob es gleich platzen würde, aber sein Blick wurde etwas milder.

Ich glaube, ich hatte mich noch nie bei ihm entschuldigt. Immer hatte ich Ausreden und Ausflüchte parat, aber ich hatte noch nie zugegeben, dass ich etwas nicht hinbekommen hatte.

»Also gut«, lenkte er widerstrebend ein. »Ich habe ihnen die Akten nach Alter und Dringlichkeit sortiert.«

»Vielen Dank. Das ist sehr lieb von Ihnen, Herr Kümmerlich.« Meine innere Stimme riet mir dringend, weiterhin in der Demutshaltung zu bleiben. Ich hatte das Gefühl, dass das die einzige Möglichkeit war, um aus dem von mir selbst eingebrockten Schlamassel wieder herauszukommen.

»Ich werde mich von ihnen nicht mehr um den Finger wickeln lassen, Frau Paulus. Ich werde nun jeden Tag nachsehen, wie viel sie geschafft haben«, antwortete er streng. Heute war er mir fast sympathisch, wie er versuchte, gutmütig und streng zugleich zu sein.

Ich lächelte ihn erleichtert an. »Das kann ich gut nachvollziehen, Herr Kümmerlich.«

»Beweisen sie mir nun, dass ich mich auf sie verlassen kann.« Schwungvoll setzte er seinen Körper in Bewegung und verließ das Büro.

Seufzend ließ ich mich auf meinen Drehstuhl sinken. Das war einfacher gewesen, als ich gedacht hatte. Ohne viel

Zeit zu verlieren, machte ich mich an die Arbeit, meine liegengebliebenen Akten wegzuarbeiten.

Auch in den nächsten Tagen war ich fleißig, bis mein Kopf rauchte. Ich arbeitete die Mittagspause durch und verzichtete auf jeden Plausch. Sandra war momentan sowieso nicht besonders gesprächig und ich wollte auch gar nicht wissen, was sie so trübsinnig machte. Ich hatte genug mit meinen eigenen Problemen zu tun. Außerdem wollte ich auf keinen Fall an mein Oktoberfesterlebnis und an dessen Folgen erinnert werden.

Die Wartezeit auf das Laborergebnis verkürzte ich, indem ich so fleißig wie noch nie war. Meine Aktenberge schrumpften, mein Haushalt glänzte, meine Kinder blühten sichtlich wieder auf und ich hatte nicht mehr das notorisch schlechte Gewissen, zu wenig für meine Mädels gemacht zu haben. Es gab nach wie vor ein paar Dinge, die ich noch ins Reine bringen musste, aber ich wollte auch nichts überstürzen.

Als ich in der darauffolgenden Woche im Büro ankam, stand Herr Kümmerlich gerade vor meinem Aktenschrank. Ich hatte mich schon gewundert, weil er die angesagte tägliche Kontrolle nicht durchzuführen schien.

»Ach, Frau Paulus, guten Morgen. Ich habe soeben erfreut zur Kenntnis genommen, dass sie meinen Rat angenommen und sehr viele der zu lange liegen gebliebenen Akten bearbeitet haben.« Vorsichtig schloss er die Türen meines Schrankes, als könnten die bearbeiteten Unfälle durch eine Erschütterung wieder auftauchen.

»Guten Morgen, Herr Kümmerlich«, erwiderte ich freundlich. »Das freut mich, dass sie mit meiner Leistung wieder einigermaßen zufrieden sind. Ich habe auch wirklich hart daran gearbeitet, meine Rückstände so schnell wie möglich abzubauen.« Mit einem knappen »Weiter so« verließ Herr Kümmerlich mein Büro.

»Also ich muss schon sagen, das finde ich auch sehr gut, wie du jetzt arbeitest«, ließ Sandra von sich hören. »Jetzt haben wir alle wieder das Gefühl, dass es bei dir aufwärts geht. Wir hatten schon befürchtet, dass wir deine Akten mit aufarbeiten müssten und das fände ich wirklich ungerecht.« Sandra verzog ihren Mund zu einem Schmollmund.

»Ich weiß, dass ich es schleifen lassen habe, aber ich werde es auch allein ausbaden.«

»Das glaube ich dir ja, aber wenn Herr Kümmerlich das anders sieht, dann verteilt er deine Arbeit einfach auf uns, während du nicht da bist.«

»Ich tue was ich kann, dass das nicht passiert. Versprochen!« Demonstrativ holte ich mir einen Stapel aus meinem Schrank und vertiefte mich in den ersten Fall, um zu signalisieren, dass ich keine Zeit für weitere Gespräche hatte.

Sandra verstand meinen Wink mit dem Zaunpfahl und beugte sich wieder über ihre eigene Akte.

33

Der Montag ging schnell herum und ich kam erst auf der Heimfahrt zum Nachdenken über meine Situation. Hoffentlich war der Alptraum bald zu Ende. Wie sehr würde ich mich freuen, wenn meine Frauenärztin heute anrufen und bestätigen würde, dass alle Tests negativ ausgefallen waren. Heute war die Woche Wartezeit herum, aber sie hatte ja mindestens eine Woche angekündigt.

Scheinbar musste ich mich noch ein wenig gedulden.

Ich holte Lisa und Lea vom Hort ab und wir kauften uns ein Eis am Kiosk.

»Ich will ein Nucki-Nuss, Mama«, rief Lea und sprang die Stufe hoch, um gleich wieder runterzuspringen. Sie zappelte derart herum, dass ich sie am liebsten gebeten hätte, damit aufzuhören. Gerade rechtzeitig konnte ich mir die auf meiner Zunge liegende Ermahnung verdrücken. ›Kinder brauchen schließlich Bewegung‹, dachte ich mir. Anstatt zu schimpfen fragte ich Lisa, welches Eis sie haben wollte.

»Ich weiß nicht. Entweder das Smartieseis oder Nucki-Erdbeere. Ich kann mich nicht entscheiden.« Lisa war von dem Tag im Hort müde. Ich nahm sie in den Arm. »Ich nehme ein Bottermelk-Fresh. Willst Du das Nucki-Erdbeere? Dann haben wir alle ein Waffeleis.«

»Okay«, antwortete Lisa lustlos und wartete mit hängenden Schultern auf ihr Eis.

Dass sie Sorgen hatte, brauchte sie mir nicht zu sagen, das sah ich an ihrem Verhalten.

Wir fuhren nach Hause und obwohl es draußen bereits kühl war, aßen wir unser Eis auf der Terrasse.

Lea lief zum Gartenzaun, um mit ihrer Freundin zu reden, die zufällig vorbeikam. Lisa kuschelte sich währenddessen an mich und ich legte meinen Arm um sie.

»Möchtest Du mir erzählen, was Dich bedrückt?«, fragte ich sie vorsichtig.

»Ich habe eine drei im Diktat«, antwortete sie leise.

»Eine drei ist doch völlig in Ordnung, Lisa. Da brauchst Du doch nicht so traurig zu sein.«

»Doch, weil ich eigentlich alles konnte. Aber ich musste bei einem Wort etwas länger nachdenken und dann hatte ich den Anschluss für den restlichen Text verpasst. Das passiert mir immer wieder«, rief sie verzweifelt.

»Was hältst Du davon, wenn wir das gleiche Diktat noch einmal üben?«

Lisa nickte.

»Gut, und dann können wir am Wochenende immer wieder mal ein anderes Diktat üben. Wenn Du merkst, dass Du bei einem Wort nicht weißt, wie Du es schreiben sollst, dann lässt Du einfach eine Lücke und schreibst weiter. Am Ende liest Frau Meyer das ganze Diktat ja noch einmal vor. Dann kannst du das fehlende Wort ergänzen.

»Ja, aber was mache ich, wenn es mehrere Wörter gibt, die ich nicht schreiben kann?«

»Ach Lisa! Das ist Dir beim Üben noch nie passiert. Warum sollte es Dir ausgerechnet in der Schule passieren. Du bist so gut in Rechtschreibung, Du schaffst das schon!«

»Na gut.« Lisa drückte mich dankbar. Jetzt konnte sie ihr Eis viel mehr genießen. Ihre Haltung war wieder aufrecht. Gut, dass sie es mir erzählt hatte.

»Mama, darf ich noch schnell bei Verena klingeln?«, fragte sie mich bald ganz fröhlich.

»Ja, natürlich. Hast Du im Hort alle Hausaufgaben gemacht?«

»Ja«, rief sie und war schon ums Eck gelaufen. Gut, dass ihre Freundinnen in der Nähe wohnten und keine befahrene Straße überquert werden musste, um sich mit ihnen zu treffen.

Es war für mich nicht nachvollziehbar, warum Lisa in der Schule so viele Flüchtigkeitsfehler passierten. Zuhause konnte sie den Lernstoff, aber während der Probe konnte sie sich manchmal an fast nichts mehr erinnern.

Das Telefonklingeln riss mich aus meinen Gedanken. Hektisch kramte ich in meiner Handtasche nach meinem Handy.

»Paulus«, meldete ich mich.

»Hallo, Frau Paulus. Ihre Laborergebnisse sind da.« Mein Herz fing an zu klopfen und in meinem Hals bildete sich in Sekundenschnelle ein dicker Kloß.

»Frau Paulus?«, die energisch freundliche Stimme meiner Frauenärztin klang unsicher.

»Ja, ich bin am Telefon«, krächzte ich aufgeregt ins Telefon.

»Sie brauchen sich nicht zu fürchten, Frau Paulus. Gute Nachrichten. Normalerweise gebe ich keine Ergebnisse am Telefon weiter, aber ich weiß ja, wie es ihnen geht. Ihre HIV- und Hepatitis-Tests sind negativ ausgefallen. Wir haben ungute Bakterien gefunden, aber die bekommen wir in den Griff. Ich schicke ihnen ein Rezept. Wenn Sie die Tabletten eine Woche lang genommen haben, müsste alles wieder gut sein.«

»Sind sie sich sicher, Frau Doktor?« Ich konnte es nicht glauben. Der Alptraum war vorbei.

»Aber ja, Frau Paulus. Ich schaue mir die Ergebnisse schon sehr genau an, bevor ich meine Patientinnen anrufe. Kommen sie bitte in zwei Wochen zur Kontrolle vorbei. Bis dahin sollten sie wieder gesund sein.«

»Danke, vielen Dank Frau Doktor!«

Wie betäubt ging ich ins Haus. Als die Nachricht endlich in mein Bewusstsein vordrang, brach ich vor Erleichterung weinend zusammen. Mein Eis fiel auf den Parkettboden. Ich rutschte von meinem Stuhl auf den Boden, mein Körper fiel schlapp nach vorn. Mein Gesicht in meinen Händen vergraben schluchzte ich wie ein kleines Kind. Nachdem ich mich beruhigt hatte, setzte ich mich wieder auf. Eine tiefe Leere machte sich in meinem Inneren breit. Ich konnte mich gar nicht freuen. Irgendwie konnte ich nicht glauben, dass ich tatsächlich keine Angst mehr vor einer Geschlechtskrankheit haben musste.

Als ich im Garten Kinderstimmen hörte, rappelte ich mich schnell auf, wischte das Eis vom Parkettboden und ging hoch ins Bad. Mein Makeup war verlaufen und mein Gesicht war übersät mit roten Flecken. Schnell reinigte ich mein Gesicht und wusch mich mit eiskaltem Wasser. Anschließend schminkte ich mich sorgfältig, um die Spuren bestmöglich zu überdecken.

Als ich fertig war, hörte ich Lea rufen. Meinen Mädchen konnte ich sicher nichts vormachen. Sie würden es wahrscheinlich sofort bemerken, dass ich geweint hatte. Anstatt in den Garten zu gehen, öffnete ich ein Fenster und fragte nach, was denn passiert wäre.

»Mama, komm schnell her. Wir haben eine riesige Spinne gefangen. Die musst du dir ansehen!« Lea war ganz aufgeregt.

»Spatz, ich komme gleich.« Ausgerechnet jetzt! Diese ekeligen, langbeinigen Viecher konnte ich nicht ausstehen. Aber die Kinder waren ganz fasziniert von Insekten aller Art und ich musste da jetzt einfach durch. Nach einem letzten Blick in den Spiegel, wagte ich mich in den Garten.

Mittlerweile hatten sich alle Kinder der Nachbarschaft in unserem Garten eingefunden, um die Spinne zu bewundern. Auch Lisa war mit Verena im Schlepptau schon wieder da. Lea und Lisa waren überglücklich, weil sie diese wunderschöne Spinne ausgerechnet in unserem Garten gefunden hatten.

Sie hatten sie in ihrem Einmachglas gefangen, das für solche Funde immer griffbereit sein musste.

»Mama, Mama, schau doch nur. Die habe ich ganz allein gefangen«, rief Lea stolz, als sie mich sah.

»Aber ich habe Dir geholfen«, protestierte Karin beleidigt.

Ich schaute vorsichtig über die Kinderköpfe ins Glas. Drinnen hockte eine erschreckend große Spinne, mit einem dicken Körper und langen schwarz behaarten Beinen. Mich schauderte es. Spinnen waren für mich so ekelig.

»Unglaublich, wie mutig Du bist, Lea. Ich hätte einen riesengroßen Bogen um diese Spinne gemacht.« Ich verzog mein Gesicht und alle Kinder lachten.

»Die tun doch nichts, Mama«, empörte sich Lea lachend. Sie war unglaublich stolz auf ihren Fang und weil es etwas gab, vor dem sie keine Angst hatte, aber ich.

»Na ja, ich weiß nicht«, erwiderte ich vorsichtig und brachte alle erneut zum Lachen.

»Wovor Erwachsene sich manchmal fürchten. Das können wir nicht verstehen«, sagte Verena, die sich wie eine Erwachsene anhörte und ihren gleichaltrigen Freundinnen immer ein wenig voraus war.

»Lea, vergiss bitte nicht, die Spinne wieder frei zu lassen, bevor Du nach Hause kommst. Aber möglichst weit weg vom Haus. Du kannst sie gern auf der Kuhwiese laufen lassen.«

Vom Kinderlachen begleitet verschwand ich im Wohnzimmer.

Wie schnell Eltern umschalten konnten, um vor den Kindern die wahren Gefühle zu verbergen.

Erst als meine Mädchen im Bett waren und ich Ruhe hatte, noch einmal über die letzten Wochen nachzudenken, konnte ich meiner Erleichterung Raum geben. Ganz schnell wurde mir klar: Ich würde nie wieder unverbindlichen Sex mit irgendwelchen Männern haben und meine Lust auf sexuelle Fantasien begrub ich gleich mit.

Dankbar für diese zweite Chance, wollte ich mich jetzt vor allem auf meine Kinder und meine Akten konzentrieren. Alles andere würde sich von allein ergeben.

Ach und meine Mama sollte ich mal wieder anrufen, dachte ich mir. Jetzt war ich wirklich bereit, noch einmal zu versuchen, eine geeignete Kirche für meine Mädels und mich zu finden.

Außerdem würde ich Consilium ad acta legen. Mein Konto war durch die ganzen Anrufe maßlos überzogen und zwang mich nun sehr viel sparsamer zu leben. Letzten Endes haben diese ganzen tollen Wahrsagereien und Tipps weder gestimmt noch positive Auswirkungen auf mein Leben gehabt. Wenn überhaupt, dann würde ich Frau Müller eine SMS schicken, wie Frau Dr. Paleo empfohlen hatte.

›Vielleicht ist Frau Müller ja besser als die anderen Wahrsagerinnen‹, dachte ich mit einem Anflug von Hoffnung.

34

In den nächsten Wochen versuchte ich, mein Leben wieder in den Griff zu bekommen. Vor allem war ich mehr für meine Kinder da. Wenn Lisa und Lea im Bett waren, bügelte ich die liegengebliebene Wäsche, die sich seit Monaten stapelte. Im Büro legte ich meine ganze Energie in das Abarbeiten meiner Aktenstapel.

Sobald ich eine Stunde am Nachmittag für mich abzweigen konnte, ging ich joggen. An meinen kinderfreien Wochenenden lief ich bis zur völligen Erschöpfung. Ich wurde immer dünner und durchtrainierter, ohne zu hungern. Allerdings hatte ich dunkle Ränder unter den Augen und meine Gesichtshaut sah schlaff und grau aus.

›Ich brauche mehr Schlaf‹, dachte ich mir, ›dann wird es mir sicher bald besser gehen.‹ Also begann ich am Abend, wenn meine Mädels ins Bett gingen, mich ebenfalls hinzulegen. Meistens schlummerte ich sofort ein und wachte nach einer traumlosen Nacht trotzdem gerädert am nächsten Morgen wieder auf.

Trotz des vielen Schlafs fühlte ich mich leer und müde und brauchte meine ganze Kraft, um meinen Kindern eine gute Mutter zu sein.

Gerne hätte ich Sophia angerufen, um unseren Streit beizulegen, aber dazu fehlte mir die Energie. Ich vermisste sie, wusste aber auch nicht, wie ich ihr erklären sollte, warum ich diese Sex-und-Männer-Phase so intensiv durchgezogen hatte. Ich wusste ja selbst nicht, warum. Sophia hatte ja im Nachhinein betrachtet Recht gehabt. Sie wusste, dass am Ende ich diejenige sein würde, die unglücklich war.

Die Stimmung im November, so düster und depressiv, passte zu meinem inneren Befinden. Gern wäre ich wieder so gewesen wie vor diesem Blödsinn. Früher hatte ich immer Kraft, wusste immer, wohin ich wollte und habe einfach gehandelt.

Seufzend lehnte ich mich auf der Couch zurück und versuchte mich auf Lisas Geschichte zu konzentrieren, die sie gerade vorlas. Ich schloss meine Augen und hörte ihrer lieben Stimme zu.

»Mama, bist du eigentlich glücklich?«

Ihre Frage riss mich aus meiner Lethargie. Ich setzte mich auf und schaute sie verdutzt an. Sofort schoss mir die richtige Antwort aus dem Mund: »Natürlich mein Spatz, ich habe ja euch.«

»Nein, ich meine, ob du glücklich mit deinem Leben bist«, erwartungsvoll schaute Lisa mich an. In ihren Augen konnte ich sehen, dass sie jetzt keine perfekte, sondern eine ehrliche Antwort wollte.

Ich sackte ins Sofa zurück. War ich glücklich?

»Ehrlich gesagt, ich weiß es nicht.«

»Hmm«, war alles, was meine Große darauf sagte. Leise las sie in ihrer Geschichte weiter.

Am Abend brachte ich erst Lea ins Bett und anschließend Lisa. Sie wollte mir ganz nahe sein. Fast hatte ich das Gefühl, dass sie mich trösten und mir Nähe geben wollte. ›Hat sie vielleicht das Gefühl, dass sie für mich verantwortlich ist?‹, fragte ich mich.

Ich nahm sie fest in den Arm und streichelte ihren Kopf, bis sie eingeschlafen war.

Lisas Frage ließ mich nicht los. Sie hatte mich tief berührt: War ich wirklich glücklich? Warum hatte ich diese Leere in mir, obwohl es mir doch gut ging? Ich hatte die süßesten Mädchen, wir waren gesund, ich hatte einen Job, der sicher war, anständig bezahlt und mir ein wenig Spielraum für kleine Wünsche bot. Bernhard sorgte dafür, dass wir hier in diesem schönen Haus wohnen bleiben durften. Was wollte ich mehr? Sex war es jedenfalls ganz sicher nicht! Und Männer auch nicht!

Warum konnte ich dann meiner Tochter nicht sagen, dass ich glücklich war?

Tief in mir spürte ich eine unerfüllte Sehnsucht. Aber was fehlte mir? Was versuchte ich vor mir selbst verborgen zu halten? Ich hatte das Gefühl, dass es mich traurig machen würde, wenn ich es aufdecken würde. Also hörte ich auf nachzudenken und wälzte mich in meinem Bett hin und her, bis ich doch noch für ein paar Stunden Schlaf fand.

35

In den nächsten Tagen sah Lisa mich immer wieder nachdenklich an.

›Was geht in ihrem Kopf vor? Was denkt sie über mich? Bin ich für sie tatsächlich eine gute Mutter? Oder hat sie Sorgen? Macht sie sich mehr Sorgen über ihre eigene Zukunft oder mehr um mich?‹, fragte ich mich.

Warum konnte ich ihr nicht einfach sagen: »Ja, Lisa, ich bin glücklich!«

›Ganz einfach, weil es nicht stimmt, weil ich nicht glücklich bin‹, dachte ich leicht deprimiert. Sie würde mich durchschauen. Sie würde sich angeflunkert fühlen. Schlimmstenfalls würde sie mir sagen: »Mama, das glaube ich dir nicht. Du schaust für mich nicht glücklich aus.«

Ich würde mich in Grund und Boden schämen. Ich predigte meinen Kindern immer aufrichtig zu sein, aber selbst suchte ich nach Ausflüchten und log sie an. Nein, das würde ich nicht tun.

Es gab noch ein weiteres Thema, mit dem ich mich auseinandersetzen musste: Sophia. Ich wusste, ich musste mich bei ihr entschuldigen. Und jetzt war der richtige Zeitpunkt dafür da. Vielleicht würde es mir danach besser gehen.

Gleich am nächsten Tag schrieb ich ihr eine Email:

Liebe Sophia,
es tut mir leid, dass ich so ungerecht zu Dir war. Du hast absolut Recht gehabt. Ich mag gar nicht mehr an meine Männergeschichten denken. Es war so falsch, aber ich hatte mich in diesen Gedanken so verrannt, dass ich aus dem Teufelskreis nicht mehr heraus gekommen bin. Nun ja, zur Strafe musste ich dann eine Phase durchleben, die mich auf den Boden der Tatsachen zurück gebracht hat. Hätte ich vorher auf Dich gehört, wäre mir ein unglaublich ekeliges Erlebnis

erspart geblieben und ich hätte die Würde vor mir selbst bewahren können.
Es tut mir sehr leid, dass ich die Beziehung zu Dir abgebrochen habe, nur weil ich Dir damals nicht zuhören wollte. Bitte gib mir eine Chance, es wieder gut zu machen. Glaub mir, ich habe sehr oft an Deine Worte gedacht und mich selbst nicht verstanden, wie ich so tief fallen konnte.
Ich hoffe, dass unsere Freundschaft diese schwierige Phase übersteht. Ich vermisse Dich sehr, weil Du für mich die einzig wahre Freundin bist.
Ganz liebe Grüße
Deine Priscilla

Ich hoffte, Sophia würde bald antworten. Meine Gefühle schwankten zwischen schlechtem Gewissen, Hoffnung, Niedergeschlagenheit und Reue. Sophia war die einzige Freundin, die es mir nicht neidete, wenn es mir gut ging. Sie hielt immer zu mir und stärkte mir den Rücken. Wenn ihr etwas nicht passte, sagte sie es mir, und zwar sehr ehrlich und deutlich. Aber das passierte eher selten. Wie hatte ich diese Freundschaft aufs Spiel setzen können? Warum habe ich nicht auf sie gehört? Ich hätte mir einiges Leid ersparen können.

36

Endlich war es Freitag. Ich legte einen Endspurt hin, um vor dem Wochenende so viele Akten wie möglich zu bearbeiten. Ich ließ mich nicht mehr ablenken, obwohl ich immer wieder zu irgendwelchen Kaffeepausen eingeladen wurde.

»Priscilla, sei doch nicht so langweilig!«, rief einer meiner jüngeren Kollegen genervt ins Telefon. »Mit Dir ist ja gar nichts mehr anzufangen. Du wirst jetzt genauso spießig wie die anderen Beamten.«

Normalerweise halfen diese provokanten Sprüche, um mich davon zu überzeugen, eine kurze Kaffeepause einzulegen.

»Sobald ich meine Rückstände aufgearbeitet habe, komme ich gern wieder vorbei. Bis dahin bin ich halt spießig«, erwiderte ich lachend und legte auf.

Sandras nachdenklicher Blick streifte mich kurz. Aber sie schaute gleich wieder in ihre Akte.

›Gut so‹, dachte ich, ›ich habe sowieso keine Zeit und auch keine Lust, mich mit dir zu unterhalten.‹

Fleißig arbeitete ich Stapel für Stapel aus meinem Schrank ab und freute mich, dass die Akten weniger wurden. Selten nahm ich mir die Zeit, tiefer in einen Fall einzusteigen, weil das nur unnötig viel Arbeit machen würde. Außerdem machte es mich traurig, wenn ich mich auf einen Fall näher einließ. Am schlimmsten war es für mich, wenn eine junge Mutter einen schweren Schaden erlitten hatte, oder ein Familienvater nie wieder an seinen Arbeitsplatz zurückkehren konnte.

Depressionen und sonstige psychische Erkrankungen waren da vorprogrammiert, ganz zu schweigen von den familiären und finanziellen Schwierigkeiten, die in diesen Fällen auf die Familie zukamen.

Ich konzentrierte mich darauf, den Menschen eine gute ärztliche Begleitung zu ermöglichen und die finanziellen Mittel festzustellen, damit sie wenigstens keine allzu großen materiellen Sorgen haben mussten.

Die Begegnungen mit Herrn Richter lösten nach wie vor Panik und ein leichtes Schamgefühl in mir aus. So auch an diesem Nachmittag, an dem Sandra und Cornelius früher als sonst das Büro verlassen hatten. Als Herr Richter mein Büro betrat, sich mit einem schnellen Blick zu den Schreibtischen meiner Kollegen versicherte, dass ich allein war, dachte ich: ›Oh je, jetzt wird es unangenehm.‹

»Frau Paulus, unser Gespräch beim Mittagessen geht mir nicht mehr aus dem Kopf. Es ist aus unerfindlichen Gründen in eine falsche Bahn geraten und ich wollte noch einmal betonen, dass ich sehr wohl auf eine Freundschaft mit ihnen großen Wert legen würde. Wo auch immer diese Freundschaft hinführt. Ich bin für alles offen.«

Geschockt starrte ich ihn an. Das hatte ich jetzt am allerwenigsten von ihm erwartet. Herr Richter kam zu mir und legte seine Hand auf meine Schulter.

»Sie müssen mir nicht sofort antworten. Lassen sie sich ruhig Zeit, die habe ich ja auch gebraucht, um zu dieser Erkenntnis zu kommen.«

Seine Augen strahlten Zuneigung und Wärme aus und sein Gesicht war leicht gerötet.

Ich konnte ihn nur anschauen und nicken.

»Das musste ich schnell loswerden, aber jetzt will ich sie nicht länger von ihren Akten abhalten. Ich habe schon gehört, dass sie in einen Arbeitswahn verfallen sind«, sagte er augenzwinkernd und verließ mein Büro.

Verwirrt starrte ich auf die Bürotür, die er leise hinter sich geschlossen hatte: ›Was war denn das für ein Blödsinn? Wie kam er denn ausgerechnet jetzt darauf, mit mir eine Beziehung eingehen zu wollen?‹

Nach freundschaftlich kollegialer Beziehung hörte sich das jedenfalls nicht an. Ich schüttelte meinen Kopf. ›Unglaublich‹, dachte ich, ›hoffentlich tut es ihm nächste Woche leid, dass er sich so weit vorgewagt hat und macht das von selbst wieder rückgängig.‹

Nach diesem Gespräch war mein Arbeitseifer in ernsthafter Gefahr sich zu verabschieden, aber ich hielt eisern an meinem Vorsatz fest. Ich wollte den aufgetürmten Stapel noch vor dem Wochenende erledigt haben. Also konzentrierte ich mich wieder auf meine Akten und arbeitete fleißig, bis es an der Zeit war, meine Kinder vom Hort abzuholen.

Zufrieden schloss ich meinen Aktenschrank und machte mich auf den Weg. Der graue Novemberhimmel konnte mir heute gar nichts anhaben, weil ich tief in meinem Inneren fühlte, dass ich an diesem Wochenende mit Sophia wieder ins Reine kommen würde. Ich raste in meinem flotten Alfa Romeo durch München, um rechtzeitig zum Hort meiner Kinder zu kommen.

»Mama, Mama!«, rief Lea und kam mir winkend und lachend entgegen. Durch ihr Geschrei wurde auch Lisa auf mich aufmerksam und kam jubelnd auf mich zugelaufen.

Ich war glücklich. Es war so schön, wenn meine Kinder sich auf mich freuten und mir zur Begrüßung in die Arme liefen. Lachend wirbelte ich Lea im Kreis herum.

»Ich auch!«, rief Lisa und wartete, bis ich Lea abgesetzt hatte.

»Du wirst mir bald zu schwer«, rief ich außer Atem, nachdem ich auch Lisa durch die Lüfte geschwungen hatte.

»Ach was!«, antwortete Lisa und klopfte mir auf den Rücken. »Du bist doch stark!«

Ich nahm Sie in den Arm und drückte sie liebevoll an mich. Wie schön, dass meine Kinder den Glauben an mich noch nicht verloren hatten.

»Habt ihr eure Hausaufgaben fertig?«, fragte ich Lisa und Lea, als wir im Auto saßen.

»Jaaa«, riefen Beide laut.

»Okay, was haltet ihr dann vom Schwimmbad?«

»Yipie!«, rief Lea glücklich.

»Sind wir denn wieder da, wenn Papa uns abholt?«, fragte Lisa und schaute mich sorgenvoll an.

»Natürlich sind wir dann wieder da, mein Spatz!«

»Au ja, dann will ich auch mit!« Nun strahlte auch sie.

In Windeseile packten wir unsere Badeanzüge und Handtücher ein und fuhren ins nahegelegene Schwimmbad. Ich ging äußerst ungern in öffentliche Schwimmbäder, aber mir war klar geworden, dass ich es hin und wieder für meine Mädels tun sollte.

Lea und Lisa tobten ausgelassen im Wasser herum. Tauchten nach ihren Ringen, sprangen vom Beckenrand und schwammen mit mir um die Wette. Natürlich verlor ich das Rennen, wenn ich sah, dass sie sich anstrengten.

Müde aber glücklich machten wir uns rechtzeitig auf den Heimweg.

»Mama, was machst du heute Abend, wenn wir beim Papa sind?«, fragte Lisa mich nachdenklich.

»Ich werde mir ein schönes Buch schnappen und es mir mit einem leckeren Glas Prosecco im Bett gemütlich machen«, antwortete ich lachend.

Lisa beobachtete mich im Rückspiegel, sagte aber nichts mehr dazu.

»Warum fragst du, Lisa?«

Aber Lisa zuckte nur mit den Schultern. »Nur so.« Damit schien für sie das Thema beendet.

»Vielleicht treffe ich mich am Wochenende mit Sophia, falls sie Zeit hat und ansonsten werde ich versuchen, den Haushalt in Ordnung zu bringen. Dann ist alles wieder schön sauber, wenn ihr am Sonntag nach Hause kommt.«

»Schön!«, rief Lea und klatschte in die Hände. »Räumst Du dann auch unser Zimmer auf?«

»Das solltet ihr selbst hinbekommen, meinst du nicht auch?«

»Nein«, erwiderte Lea mit einem spitzbübischen Lächeln. »Es ist viel schöner, wenn du es machst. Dann ist es viel ordentlicher.«

»Das glaube ich dir gern, aber so war es eigentlich nicht vereinbart.«

»Wir müssen ja jetzt noch unsere Kuscheltiere und Spielsachen packen«, gab sich Lea entrüstet.

»Also gut. Ich helfe euch beim Packen und beim Zimmer aufräumen«, erwiderte ich lachend.

Sobald wir Zuhause waren, hatten wir gemeinsam alles schnell erledigt und noch ein wenig Zeit, uns in mein Bett zu kuscheln.

»Ich habe dich so lieb, Mama«, sagte Lisa leise und drückte mich fest an sich. »Ich habe dich auch lieb, Mama«, rief Lea eifrig. »Nein nicht lieb, sondern sehr, sehr, sehr lieb!« Ich schaute in das lachende Gesicht von Lea und das nachdenkliche Gesicht von Lisa und nahm sie beide fest in meinen Arm. »Es ist so schön, dass ich euch habe. Ich habe euch auch so sehr lieb.« Wir blieben zufrieden aneinander gekuschelt liegen und ruhten uns aus, bis Bernhard klingelte.

»Papa!« riefen sie laut und rannten johlend die Treppe herunter, um die Tür zu öffnen und sich ihrem Vater in den Arm zu werfen.

Als ich mit der gepackten Tasche unten ankam, sah ich das glücklich strahlende Gesicht von Bernhard und wie er versuchte, Lisa und Lea zuzuhören, die ihm beide gleichzeitig in schwindelerregender Geschwindigkeit alle interessanten Neuigkeiten der ganzen Woche erzählten.

Es war ein schönes und warmes Bild. Ich freute mich für uns alle, dass wir es trotz Trennungsschmerz hinbekamen, auch glückliche Momente zu erleben. Dankbarkeit überfiel mich. Wie gut, dass Bernhard Lisa und Lea so gern hatte.

Ich blieb in der Tür stehen und winkte meinen Töchtern zum Abschied.

37

Kaum hatte ich die Tür geschlossen, klingelte auch schon mein Telefon.

»Ja, hallo«, meldete ich mich und wusste in diesem Augenblick, dass es nur Sophia sein konnte. Sie hatte schon immer einen Riecher für den "richtigen" Zeitpunkt, um mich anzurufen. Als hätte sie hinter der Hecke gestanden und nur darauf gewartet, bis Bernhard die Kinder abgeholt hat. Ich hatte ihr nie erzählt, wie schwierig dieser Augenblick des Abschieds von meinen Mädels für mich war. Scheinbar hatte sie übersinnliche Fähigkeiten.

»Hallo Priscilla.« Es war tatsächlich Sophia. Mir stockte der Atem.

»Hast du heute Abend Zeit?«, fragte Sophia mit leiser, unsicher klingender Stimme und ich konnte sie förmlich vor mir sehen, wie sie an ihren Fingernägeln knabberte.

»Ja, klar. Ich habe gerade Lisa und Lea verabschiedet. Magst du vorbei kommen?«

»Okay, ich könnte in einer Stunde bei dir sein.«

»Sehr schön. Ich freue mich auf dich.«

»Bis gleich.«

»Sophia?«

»Ja?«

»Danke!«

»Ist schon okay. Ich freue mich auch auf dich.«

Jetzt war Sophias Stimme wieder Sophias Stimme. Sie hörte sich klar und melodisch an.

Als sie vor mir stand, fielen wir uns ohne Worte in die Arme. Wir hatten beide Tränen in den Augen, aber es waren Tränen der Erleichterung.

»Jetzt musst Du mir unbedingt erzählen, was dich wieder auf den Boden der Tatsachen geholt hat.« Lachend, weil Sophia sofort auf den Punkt kam, gingen wir ins

Esszimmer. Erwartungsvoll lehnte Sophia sich an meinen Esszimmertisch und verschränkte die Arme vor ihrer Brust. Ihrem Gesicht konnte ich ansehen, dass ihre Worte und ihre Haltung nicht böse gemeint waren. Sie wirkte eher neugierig und vielleicht auch noch ein bisschen verletzt, aber das konnte ich ihr wirklich nicht verdenken.

»Das ist eine lange Geschichte, lass es uns auf der Couch gemütlich machen. Ich hole nur schnell etwas zu trinken.«

Im Wohnzimmer hatte ich schon Kerzen angemacht und ein paar Leckereien hingestellt, von denen ich wusste, dass Sophia nicht nein sagen konnte.

»Du bist gemein!«, rief sie lachend und griff in ein Schälchen mit Raffaelos.

»Ich dachte mir, ich habe einiges wieder gut zu machen, oder?«, erwiderte ich ebenfalls lachend und reichte ihr ein Glas von unserem Lieblings-Prosecco.

»Stimmt!«, sagte Sophia und prostete mir zu. »Aber die größte Hürde haben wir bereits genommen, oder?« Sophia strahlte mich freundlich an und ich war ihr dankbar, dass sie nicht nachtragend war.

Ich erzählte ihr alles, was ich auf dem Oktoberfest erlebt hatte und wie es mir danach ergangen war. Hin und wieder schüttelte sie ungläubig den Kopf, aber ich konnte auch ihr Mitleid und anschließend ihre Erleichterung spüren, dass alles noch einmal gut ausgegangen war.

Sophia nahm mich in den Arm, als ich erleichtert sagte: »Ich weiß nicht warum ich das getan habe, aber scheinbar musste ich da durch, um wieder vernünftig zu werden. Es war wie ein Sog, aus dem ich mich nicht mehr befreien konnte.«

»Zum Glück bist du da ohne Folgen herausgekommen. Es hätte auch ganz anders ausgehen können!«

»Ja, ich weiß. Ich bin auch wirklich dankbar, dass ich mir nichts Ernstes geholt habe.«

»Und wie geht es dir jetzt?« Sophias Mitgefühl war aufrichtig und ihr Blick sehr nachdenklich.

»Irgendwie schwebe ich immer noch im Nirgendwo. Ich kann mich noch nicht so richtig spüren. Ich weiß nur, dass ich nie wieder Sex mit irgendwelchen Männern haben werde. Eigentlich will ich gar keinen Sex mehr. Ich will noch nicht einmal mehr daran denken. Die Episode auf dem Oktoberfest begleitet mich noch in meinen Albträumen. Ich ekele mich vor mir selbst und vor den Männern. Mich darf so schnell niemand mehr anfassen.«

»Du bist so extrem, Priscilla! Kannst du dir vorstellen, dass es auch eine goldene Mitte gibt?« Sophia schaute mich ratlos an.

»So bin ich nun mal. Schwarz oder weiß, und jetzt ist weiß dran«, erwiderte ich lachend.

»Und was bitte ist in deinem Fall schwarz oder weiß?«

»Schwarz ist das Böse, Destruktive und Abhängige, das ich mit meinen Männergeschichten ausgelebt habe. Die Zeit habe ich, Gott sei Dank, hinter mir gelassen und abgeschlossen. Jetzt beginnt die weiße Zeit. Was genau das für mein Leben bedeutet, weiß ich noch nicht, aber es soll schön und rein sein. Es soll konstruktiv und ehrlich sein. Es soll allen Beteiligten gut tun.«

»Das hört sich hervorragend an, aber vielleicht solltest du einfach ganz normal leben.« Sophia zuckte hilflos mit den Schultern.

»Das werde ich versuchen. Erzähl mir lieber, was du in der Zwischenzeit erlebt hast.«

Sophia hatte nicht viel zu erzählen. Ihr Leben verlief sehr gleichmäßig in grauen Bahnen ab. Oder sollte ich lieber in goldenen Mittelbahnen sagen? Oder noch zutreffender vergoldete graue Bahnen? Ehrlich gesagt, konnte ich mir ein Leben ohne Täler und vor allem ohne Höhen nicht vorstellen. Wirkliche Lebensfreude gab es doch nur nach einem durchlebten Tal, wenn es wieder aufwärts ging, wenn ich eine positive Veränderung spüren konnte, oder Pläne realisiert wurden, für die ich lange gekämpft und deren Erfolg ich mir bisher nur im Traum vorgestellt hatte. Die immer vorhandene Hoffnung, dass die Wolken plötzlich aufrissen und ich die warmen Strahlen der Sonne spüren konnte und alles um mich herum hell wurde, obwohl es kurz vorher düster und trostlos aussah. Das war für mich Lebensfreude.

Auch wenn Sophia und ich so unterschiedlich waren, harmonierten wir unglaublich gut miteinander. Sie gab mir ein wenig Stabilität und ich ihr die Abwechslung.

Wir saßen bis zum frühen Morgen auf der Couch und erzählten, lachten und schwiegen miteinander. Das hatte ich bisher auch noch nicht gekannt, dass man miteinander schweigen konnte und sich trotzdem wohl fühlte, weil eine angenehme wohlige Stimmung im Raum war.

Aus der Zeit meiner Ehe kannte ich nur eisiges Schweigen. Das war immer meine Strafe für irgendetwas, was ich wieder einmal falsch gemacht hatte. Eiskalter Liebesentzug. Man lässt den anderen einfach im Dunkeln strampeln und ergötzt sich daran, dass der zu Bestrafende aus dem Rotieren nicht mehr heraus kommt, weil er hofft, irgendeine Regung zu sehen oder bestenfalls eine Antwort zu erhalten.

Aber Sophia und ich fühlten uns wohl beim Schweigen. Jeder hing seinen Gedanken nach und plötzlich war wieder eine angeregte Unterhaltung im Gange.

»Willst du bei mir übernachten? Nach zwei Flaschen Prosecco kannst du nicht mehr heim fahren.«

»Nein, ich bin mit dem Fahrrad da. Die paar Meter werde ich schon schaffen.«

»Bist du dir sicher?«

»Natürlich. Ich habe Carlotta versprochen, morgen mit ihr shoppen zu gehen. Sie wäre schon sehr enttäuscht, wenn ich morgen früh nicht da bin, wenn sie aufwacht.«

»Du meinst heute früh«, verbesserte ich sie mit einem Blick auf meine Armbanduhr.

»Oh nein. Es ist ja schon halb vier!«

»Ja, der Tag wird hart für dich.«

»Stimmt, aber es war sehr schön bei dir. Ich bin so froh, dass du die Kurve gekriegt hast und dich bei mir gemeldet hast.« Sie nahm mich in den Arm und zog mich dabei etwas zu sich herunter, weil sie viel kleiner war als ich.

»Danke, Sophia. Schön, dass du mich nicht lange hast warten lassen.«

»Ist doch klar. Was sollen wir da lange rumtun.«

Das war so typisch für Sophia. Wenn sie sich für etwas entschieden hatte, dann zog sie es auch durch.

Ich begleitete sie noch zu ihrem Fahrrad und schaute ihr hinterher, bis ich sie nicht mehr sehen konnte. Es war kalt, aber der Himmel war klar und ich konnte die vielen Sterne sehen. Ob es wohl vor Weihnachten noch schneien würde? Mich fröstelte es und ich ging schnell ins warme Haus. Aber anstatt mich gleich ins Bett zu legen, setzte ich mich noch einmal auf die Couch und dachte über den schönen Abend mit Sophia nach. Ich war sehr dankbar für ihre Freundschaft und ihre Unkompliziertheit. Es war so unglaublich wertvoll und schön, eine wirklich gute Freundin zu haben.

Sehnsucht Liebe

> *»Wenn die Sehnsucht nach Liebe, Geborgenheit und Harmonie in dir verblasst, bist du auf dem besten Wege, im Inneren langsam zu sterben.«*
>
> *- R.-P. Sporys -*

38

Am nächsten Morgen, eigentlich war es bereits Mittag, wachte ich zum ersten Mal ausgeruht auf. Mein Kopf tat verhältnismäßig wenig weh und ich fühlte mich nicht mehr ganz so leer, wie in der letzten Zeit.

Es sah nach Regen aus. Darum entschied ich mich, gleich vor dem Frühstück eine Runde zu laufen. Vielleicht blieb es ja noch eine Weile trocken.

In den ersten fünfzehn Minuten fühlten sich meine Beine schwer an und ich musste gegen meinen inneren Schweinehund ankämpfen, um nicht gleich wieder umzudrehen. Tapfer hielt ich durch und war bald so in Gedanken vertieft, dass ich erst wieder auf die Uhr schaute, als ich schon fast neunzig Minuten gelaufen war.

›Okay, eine Runde noch‹, dachte ich mir und versuchte schneller zu laufen. Als ich in Höchstgeschwindigkeit über die Felder lief, kam mir plötzlich ein Gedanke und ich blieb abrupt stehen: ›Mein Lebenselixier ist nicht Sex - wie ich es mir viel zu lange eingeredet habe - sondern Liebe. Ich will wieder lieben!‹

Ich setzte mich auf eine Bank vor einer Scheune und genoss meine neue Erkenntnis: ›Wow, was für ein Gefühl! Liebe!‹ Wie lange war das schon her, dass ich wirkliche Liebe empfunden hatte.

Ein Gefühl, das von innen wärmt, Geborgenheit und Lebensfreude transportiert. Schmetterlinge im Bauch. In den Armen liegen und den Herzschlag des anderen spüren. Mit den Augen reden. Jemanden bekochen und mit Leckereien verwöhnen.

Die Sehnsucht nach Liebe erfüllte mich, ließ mich nicht mehr los. Ich fühlte ein Ziehen in der Brust. Angst kam mit ins Spiel. Würde ich das erleben dürfen? Würde ich es schaffen, einen Mann zu finden, der zu mir passte? Zu meinen Kindern passte? Beherzt schob ich diese ängstlichen Gedanken von mir. Das konnte doch nicht so schwer sein. Ich wollte so gerne wieder lieben können, dann würde sich auch der Richtige finden lassen.

Langsam trabte ich wieder heim. Der Tag war gerettet. Ich hatte wieder ein Ziel vor Augen. Aber diesmal würde ich sehr behutsam vorgehen. Auf keinen Fall würde ich mich verschenken. Auf keinen Fall gleich Sex haben. Auf kleinen Fall mich wieder einfach Hals über Kopf in etwas hineinstürzen.

Der Mann, dem ich mein Herz schenken würde, musste schon außergewöhnlich sein. Er musste lebensbejahend, treu, ehrlich, kinderlieb, fantasievoll und fleißig sein. Außerdem sollte er groß sein und breite Schultern haben. Ich wollte neben ihm nicht wie ein Walross wirken. Er sollte männlich, aber auch sehr lieb sein. Er musste nicht viel Geld verdienen, aber stark und unabhängig sollte er sein. Gebend wäre auch nicht schlecht. Es gab nichts Schlimmeres, als geizige Menschen. Und er sollte Kinder haben, um meine Verantwortung als Mutter für meine Mädels nachvollziehen zu können. Außerdem wusste ich, dass ich keine Kinder mehr bekommen wollte. Es wäre gut, wenn seine Kinder im ungefähr gleichen Alter wie Lea und Lisa wären, dann könnten sie Freunde werden. So schnell war mein Traummann beschrieben, jetzt musste ich ihn nur noch finden. ›Das werde ich schon schaffen‹, dachte ich in meinem Übermut.

Ich konnte mir in Windeseile vorstellen, wie alle um mich herum glücklich waren und ich allen eine Freude machen konnte. Dann wäre ich auch glücklich.

Eine schon lang entbehrte innere Erregung nahm von mir Besitz. Ich wollte zu jemandem gehören, ihn lieben, ihn umarmen, ihn verwöhnen und irgendwann auch neben ihm aufwachen. Das wäre so schön.

Den ganzen Tag konnte ich an nichts anderes mehr denken und wünschte, ich hätte gleich mit Sophia darüber reden können.

Ich hatte schon ein paar Mal bei ihr angerufen, sie aber auch am Handy nicht erreicht. ›Hoffentlich hört sie ihren Anrufbeantworter bald ab und ruft mich zurück. Sie wird überrascht sein. Hoffentlich positiv‹, dachte ich mir und musste in mich hinein grinsen. ›Sie wird mich bestimmt für völlig durchgeknallt halten.‹ Das war wohl die realistischere Einschätzung.

Ich musste irgendwohin mit meiner Energie, aber mir fiel nichts Besseres ein als zu bügeln. Meine Wäscheberge würden es mir danken.

Im Nu waren die Kindersachen fertig und ich nahm mir meine Blusen vor, um die ich gern einen riesigen Bogen machte. Blusen bügeln gehörte für mich zu den undankbarsten Aufgaben, die es im Haushalt gab. Deshalb blieben sie immer so lange liegen, bis ich keine mehr zum Anziehen hatte.

Es fühlte sich so gut an, jetzt auch die unangenehmen Dinge anzupacken. Nach dem Bügeln putzte ich die Fenster, eine Hausarbeit, die ich meistens auch lieber vor mir her schob, als sie zu erledigen. Vor allem die großen Flügeltüren im Wohnzimmer hatten es dringend nötig.

So viel positive Energie hatte ich schon lange nicht mehr gespürt und ich genoss es, sie so richtig auszuleben.

Natürlich konnte ich nicht einfach die Fenster putzen und dann die Heizungen schmutzig lassen. So kam eins zum anderen und bald war ich mitten in einem Großputz, der mir irgendwie sogar ein bisschen Spaß machte. Um 23 Uhr sank ich müde, aber glücklich auf meine Couch. Ich wollte nicht weiter über meine Pläne nachdenken, ohne mit jemandem darüber reden zu können. Um mich abzulenken, machte ich den Fernseher an und zappte durch die Programme.

Ich versuchte mich auf einen Krimi zu konzentrieren, aber er interessierte mich nicht und ich suchte weiter. Auch auf den anderen Programmen lief nichts Interessantes. Also schaltete ich den Fernseher wieder aus und machte mich bettfertig. Wie trostlos so ein Leben sein konnte. Hätte ich doch bloß den Mann schon neben mir, den ich lieben konnte. Warum hatte ich mich auf Sex und nicht auf Liebe konzentriert? Meine Angst vor Verletzungen hatte mich so blockiert, dass ich in die vollkommen falsche Richtung gelaufen war und mir genau das geholt hatte, was ich vermeiden wollte: Verletzungen.

Müde legte ich mich ins Bett und schloss meine Augen zum Nachtgebet. Ich dankte Gott für meine beiden gesunden und starken Kinder, die die Trennung ihrer Eltern verkraftet hatten und sich in der Schule und in ihrem Freundeskreis sehr gut hielten. Außerdem war ich sehr dankbar, dass ich während meiner »schwarzen« Zeit nicht ernsthaft erkrankt war, es geschafft hatte, aus meinem Strudel herauszukommen und keine Ambitionen auf neue Abenteuer spürte, sei es in der Fantasie oder in der Realität. Dankbar war ich auch für die Erkenntnis, wieder lieben zu wollen, die Liebe in mein Leben einzuladen und mich dafür zu öffnen. Mein Leben sollte einfach wieder schön und lebenswert werden.

Jetzt wurde es Zeit, wieder einmal meine Mama anzurufen. Sie machte sich sicher Sorgen um mich. Früher hatte es mich genervt, wenn sie mir erzählte, dass sie für mich und die Kinder betet. Jetzt wusste ich, es war ein riesiges Geschenk, mit dem sie mich vor Schlimmerem bewahrt hatte. Denn eins war klar: Wenn Gott auf irgendjemanden hörte, dann auf meine Mama. Sie war seine treueste Anhängerin. Trotz Krankheit. Ja, ich glaubte ganz fest daran, dass ihr Gebet mich gerettet hatte. Mit einem Lächeln auf den Lippen schlief ich ein und wachte ausgeruht und munter am nächsten Morgen auf. Ich steckte immer noch voller Tatendrang und erledigte alles Liegengebliebene im Haus.

39

Am Nachmittag klingelte das Telefon und ich hatte eine müde und gestresst klingende Sophia in der Leitung.

»Priscilla, ich bin am Ende. Zuerst schlage ich mir eine Nacht bei Dir um die Ohren, dann eine Party mit Ferdis Arbeitskollegen, wo ich bis zum Schluss höflich und nett sein musste und kaum Wein trinken durfte und dann kann ich noch nicht einmal ausschlafen, weil meine Kinder um 7 Uhr morgens schon munter sind und es nicht schaffen, sich leise zu beschäftigen. Ich glaube, ich muss sterben!«

»Oh je, du Arme! Die letzten Tage müssen ja wirklich schlimm für dich gewesen sein. So habe ich dich noch nie jammern gehört.«

»Ach Priscilla, ich musste es einfach nur mal los werden. Aber erzähl, wie hast du den Abend gestern verbracht?«

»Ich habe geputzt und gebügelt«, erwiderte ich stolz.

»Oh je, so schlecht ging es dir gestern? Das tut mir leid!«

»Es braucht dir überhaupt nicht leid zu tun, es war dringend notwendig, dass ich mich um meinen Haushalt kümmere.«

»Das machst du doch sonst nur wenn es dir richtig schlecht geht, oder dir etwas auf der Seele brennt, von dem du dich ablenken willst.«

»Ich bin immer wieder erstaunt, wie gut du mich kennst.« Ich kam tatsächlich nicht aus dem Staunen heraus. Sophia kannte mich besser, als ich geahnt hatte.

»Ich kenne dich ja auch schon ein paar Jahre und vor allem, wir sind schon eine ganze Zeit lang befreundet. Also, Priscilla, schieß los. Was hattest Du gestern auf dem Herzen? Tut mir leid, dass ich erst jetzt zurückrufe«, fügte sie noch schnell hinzu.

»Danke der Nachfrage. Und ja, ich habe etwas auf dem Herzen, aber das möchte ich Dir persönlich erzählen. Es eilt nicht. Heute Abend kommen meine Kinder wieder nach Hause. Am liebsten wäre es mir, wenn wir uns nächsten Freitag bei mir treffen, da sind meine Mädels wieder bei Bernhard und wir haben wirklich Ruhe zum Reden.«

»Dann lass es uns gleich fest machen. Ich bin schon sehr gespannt auf Deine Neuigkeiten.«

»Also gut, bis Freitag, Sophia. Wir telefonieren vorher nochmal. Bis dann.«

»Ja, machs gut, bis Freitag.«

Lisa und Lea waren ganz begeistert, weil ich ihr Zimmer tatsächlich aufgeräumt hatte.

»Mama, das kannst du ab jetzt immer machen!«, rief Lea und klatschte begeistert in die Hände. Lisa strahlte mich an und nickte heftig mit ihrem Lockenkopf.

»Das hättet ihr wohl gern. Ab jetzt räumt ihr euer Zimmer jeden Abend vor dem zu Bett gehen auf, dann wird es nie so viel auf einmal sein.«

Mit einem brummigen »Okay«, gaben mir beide recht.

40

Die folgende Woche war wieder einmal sehr turbulent und ich hetzte täglich von der Arbeit zum Hort, um Lisa und Lea möglichst früh abholen zu können. Je mehr Zeit sie Zuhause verbrachten, desto ausgeglichener und fröhlicher waren sie. Und ich wünschte mir so sehr, dass sie glücklich waren.

Ich beobachtete Herrn Richter und fragte mich bei jedem Zusammentreffen mit ihm, ob ich es wirklich riskieren wollte, am Arbeitsplatz eine Beziehung zu beginnen. Meine Gefühle fuhren Achterbahn, aber am Ende siegte meine Vernunft: Ich erklärte das Büro zur Tabuzone. Ein bisschen flirten war genehmigt, aber ansonsten sollte ich hier besser keine verbrannte Erde hinterlassen. Die Gelegenheit, meine Erkenntnis Herrn Richter mitzuteilen, ergab sich auf der Geburtstagsfeier eines Kollegen. Als ich in die Küche ging, um Nachschub für das Buffet zu holen, folgte er mir und legte mir vertraulich seine Hand auf die Schulter.

»Frau Paulus, haben Sie über unsere Freundschaft nachgedacht?«, fragte er dabei scherzhaft. In meinem Hals bildete sich augenblicklich ein Kloß.

»Ich habe das Gefühl, dass Sie mehr als ein Freund für mich sein wollen. Das macht mir Angst. Außerdem sind Sie verheiratet.« Ich schaute ihm geradewegs in die Augen. Diesmal senkte er den Blick und zog seine Hand wieder zurück.

»Ich werde mich demnächst von meiner Frau trennen«, sagte er leise.

»Das ist nicht ihr Ernst, Herr Richter!« entfuhr es mir. »Ich hoffe nur, dass es nichts mit mir zu tun hat«, entgegnete ich, zorniger als beabsichtigt.

Herr Richter nickte mit gesenktem Kopf.

Ich hatte den Eindruck, das noch klarer sagen zu müssen, um sicher zu gehen, dass er mich wirklich verstanden hat: »Herr Richter, mit uns wird das niemals etwas werden, ob sie nun verheiratet sind oder nicht. Und wenn Sie sich trotzdem von ihrer Frau trennen wollen, dann sollten sie vielleicht besser erstmal eine Weile allein bleiben. Als Abnabelungsprozess sozusagen. Sich die Zeit nach der Trennung mit einer neuen Liebe zu versüßen mag ja reizvoll erscheinen, aber am Ende kommt nur Verdrängung dabei heraus und nicht Verarbeiten.«

Herr Richter schaute auf und nickte. Seine Augen drückten Bedauern aus.

»Sie haben recht, Frau Paulus. Wieder einmal haben sie bestätigt, was für eine unglaubliche Frau sie sind.«

»Danke, Herr Richter. Ich schätze sie auch sehr, daher sollten wir uns diese Basis nicht zerstören. Mein Verhalten bei unserem Mittagessen war verkehrt, es tut mir jetzt im Nachhinein wirklich leid. Ich hatte mein Leben in dieser Zeit nicht unter Kontrolle.« Er nickte und wir gingen wortlos auseinander.

Es fühlte sich einerseits schwer an, ich war aber trotzdem glücklich. Ich hatte den richtigen Entschluss gefasst und ihn auch konsequent umgesetzt. Ein Neubeginn für mich, nach einer langen Reihe falscher Entscheidungen.

In den darauffolgenden Tagen versuchte Herr Richter jeden Kontakt zu mir zu vermeiden. Ich war ganz froh darüber und wir sahen uns nur auf den gruppenübergreifenden Besprechungen, in denen wir uns freundlich aber distanziert grüßten.

Ich war erleichtert, als endlich Freitag war. In dieser Woche hatte ich es nicht nur geschafft, allen Verpflichtungen in Büro und Haushalt nachzukommen, sondern auch viel Zeit mit meinen Mädels zu verbringen. Dennoch freute ich mich auf eine kleine Verschnaufpause, wenn Bernhard sie am Abend abholen würde. Bis Samstagabend hatte ich etwas Zeit für mich und konnte endlich mit Sophia über meine neuen Gedanken sprechen.

Hoffentlich würde sie mich nicht auslachen. Wie dem auch sei, ich brannte darauf, sie zu sehen.

41

»Überraschung!« Sophia stand ohne vorherigen Anruf vor meiner Tür und hielt freudestrahlend eine Flasche Rosé hoch.

»Sophia, wie schön, dass du schon da bist. Aber eigentlich wollte ich mich erst ein bisschen schön für dich machen. Meine Kinder wurden gerade erst abgeholt.«

Lachend drückte sie sich an mir vorbei und stürmte in meine Küche.

»Ich habe noch mehr Überraschungen für dich, meine Liebe.«

»Ach?«, erstaunt und amüsiert schaute ich Sophia zu, wie sie zwei Gläser aus meinem Schrank holte und die Flasche entkorkte.

»Ja. Du wirst es nie erraten. Jessi hat mich vorhin angerufen und mich gefragt, ob ich wieder einmal etwas von dir gehört habe. Sie vermisst dich und würde Dich sooo gerne wiedersehen.« Es war gar nicht Sophias Art, Jessis affektiertes Gehabe nachzuahmen.

»Sophia, was ist los mit dir?«

»Nichts. Ich bin gut drauf und ich platze vor Neugier, was du mir Neues über deine »weiße Phase« zu berichten hast.« Ihr Lachen war freundlich und ich fühlte mich nicht ausgelacht.

»Jetzt bist du erst mal dran mir zu erzählen, welche Überraschungen du für mich noch in petto hast.« Ich war neugierig. Vor allem, weil Sophia sich so anders als sonst verhielt.

»Ich bin einfach schon früher zu dir gekommen, weil wir uns um 20 Uhr mit Jessi und Claudia treffen.«

»Aha.«

»Ich weiß, du bist von dieser Idee wahrscheinlich nicht besonders erbaut, aber Jessi hat mich nicht in Ruhe gelassen. Vor allem, als sie gehört hat, dass wir uns heute sehen, hat sie darauf bestanden, dass sie dazukommen darf.«

»Du hättest es ihr ja auch nicht unbedingt erzählen müssen.«

»Ich weiß, ich weiß, aber es ist mir so herausgerutscht.«

»Macht ja nichts, Schwamm drüber. Schön, dass du da bist. Lass uns auf unsere Freundschaft anstoßen.«

Als wir es uns auf der Couch gemütlich gemacht hatten, sah Sophia mich erwartungsvoll an. »Jetzt spann mich nicht länger auf die Folter, Priscilla. Erzähl!«

»Also gut, letzten Samstag ist mir beim Joggen eine Erkenntnis gekommen: Ich will wieder richtig lieben.«

Sophias Kinnlade bewegte sich nach unten und ich musste über ihren Gesichtsausdruck lachen.

»Wie? Lieben?«

»Ja, wieder richtig lieben. Für jemanden da sein. Mein Herz für jemanden öffnen.«

»Das ging jetzt aber schnell. Hast Du da schon jemanden im Auge?«, fragte Sophia misstrauisch.

»Nein, ich werde mich jetzt auf die Suche machen. Irgendwo muss doch dieser Deckel zu meinem Topf herumliegen.«

»Ich dachte, Du willst keinen Sex mehr, keine ekeligen Männer, nur noch »weiß« sein.« Sophia konnte sich ein Grinsen nicht verkneifen.

»Nun ja, zuerst muss mich dieser Auserwählte ja auch davon überzeugen, dass er es wert ist, dass ich mit ihm Sex haben will. Ich habe mit meiner »weißen Phase« gemeint, dass ich nicht mehr wahllos mit fremden Männern auf Sexabenteuer einlasse. Aber wenn ich mich in jemanden verlieben und mein Herz öffnen kann, dann wird er es auch wert sein, dass ich mich ihm schenke, oder?«

»Ja natürlich. Ich verstehe nur nicht, wie du so schnell Deine Meinung ändern kannst.« Sophia sah mich nachdenklich und prüfend an. »Auf der anderen Seite, warum eigentlich nicht. Für mich klingt es auf jeden Fall vernünftiger, als nie wieder mit einem Mann zusammen sein zu wollen.« Sophia verdrehte theatralisch ihre Augen und wir mussten beide lachen.

»Ja, so bin ich halt. Also, was meinst du, wo ich einen wertvollen Mann finden kann, der mich will und den ich will?«

»Hm, ehrlich gesagt, habe ich mir darüber noch keine Gedanken gemacht. Aber da wird uns schon etwas einfallen.«

Nachdenklich tranken wir unser Glas Rosé aus.

»Ich weiß ja nicht, ob Du Jessi und Claudia in deine neuen Pläne einweihen möchtest, aber vielleicht fällt ihnen jemand ein, den sie in ihrem Freundeskreis haben. Am Sichersten wäre es, wenn jemand diesen Mann bereits kennt und dir sagen kann, ob er zuverlässig ist, wie seine Verhältnisse so sind und ob er Kinder hat, oder überhaupt kinderlieb ist.«

»Also gut, dann fragen wir doch einmal Jessi, was ihr zu diesem Thema so einfällt.«

»Sei nicht so sarkastisch. Sie wird sich heute sicherlich Mühe geben, dir alles Recht zu machen.«

»Da bin ich aber gespannt. Jetzt lass mich schnell im Bad verschwinden, um mich ein wenig hübsch zu machen. Wo treffen wir die beiden?«

»In der Trattoria Siziliana. Da wollte Jessi unbedingt hin, weil die Kellner dort so schnuckelig sind.«

»Ich dachte Italiener stehen mehr auf blonde Frauen?«

»Ich fürchte, Italienern ist die Haarfarbe im Zweifel egal. Jessis Dackelblick kann doch niemand widerstehen.« Setzte Sophia mit einem Schmunzeln hinzu.

»Sophia, irgendwie bist du heute anders als sonst.«

»Du meinst nicht so langweilig, oder zu unverschämt?«

»Nein, so gefällst du mir sehr gut. Nur habe ich diesen Humor bei dir bislang nicht wahrgenommen.«

»Tja, den habe ich immer nur gedacht und nicht ausgesprochen.«

»Das wahre Gesicht schlummert meistens hinter einer aufgebauten Fassade, oder? Ich fürchte, auch die meisten Ehepartner lernen sich nie so kennen, wie sie wirklich sind.«

»Kann schon sein, aber dann wird es auch nie langweilig, weil man sich auch nach 10 Jahren noch überraschen kann.«

»Auf manche Überraschungen kann Frau aber auch gern verzichten.«

»Diese Art von Überraschung habe ich ja auch nicht gemeint«, lenkte Sophia zerknirscht ein.

»Ich weiß, was du mir sagen wolltest. Ich konnte es mir nur grad nicht verkneifen.«

»Jetzt schau, dass du dich schön machst. Vielleicht triffst du ja heute schon Mr. Right. Wer weiß? Hast du eine Zeitschrift für mich?«

»In der Küche«, antwortete ich ihr und lief die Stufen der Treppe hoch, um mich schnellstmöglich zu stylen.

42

»Ich bin sehr gespannt darauf, wie sich der Abend mit Jessi entwickelt«, sagte ich nachdenklich.

»Lass Dich halt nicht provozieren. Wenn sie dich angiftet, dann nur, weil sie dir deine Freiheit neidet. Wie gern würde sie die schnuckeligen Italiener einmal durchtesten.« Sophia lachte etwas schadenfroh. Wir sahen uns an und ich konnte nicht anders, als in ihr ansteckendes Lachen mit einzusteigen.

Eingehakt und gut gelaunt erreichten wir die Trattoria Siziliana. Jessi und Claudia saßen bereits am Tisch und ließen sich von einem gutaussehenden Kellner beraten. Jessi schmachtete ihn geradezu an. Sie hatte ihren unschuldig naiven Blick aufgesetzt, ihr kleiner süßer Schmollmund lächelt verschmitzt und ihre Körperhaltung war ihm zugewandt.

Ich fragte mich, wie oft sie wohl diese Pose vor dem Spiegel geübt hatte. Auf jeden Fall beherrschte sie sie gut.

Während Jessi sich durch unser Eintreffen nicht stören ließ, begrüßte Claudia uns freundlich, aber zurückhaltend. Oder war sie einfach nur unsicher, wie sie sich mir gegenüber verhalten sollte? Das war es wahrscheinlich, denn sie vermied so gut es ging jeglichen Augenkontakt mit mir. Es fühlte sich schon jetzt nicht gut an und ich begann zu bedauern, mit Sophia hier nicht allein sitzen und reden zu können.

Okay, jetzt war ich nun einmal hier und ich nahm mir vor, mich nicht zurückzuziehen, sondern mich positiv auf den Abend einzulassen.

»Wie lange seid ihr schon da?«, fragte Sophia Claudia mit einem Blick auf das halb leere Weinglas.

»Ach noch nicht so lange. Vielleicht zwanzig Minuten«, antwortete Claudia mit einem unsicheren Blick zu Jessi.

»Buon giorno Senorinas, setzen'e sie sich doch.« Endlich fielen auch wir dem Kellner auf. »So viele schöne Frauen'e auf einmal'e. Bellissima! Was wolle' Sie trinken'e? Ich werde Ihnen sofort bringen'e. Subito.«

Vermutlich war ich eine der wenigen Frauen, denen genau dieser italienische Charme auf die Nerven ging. Ich liebe Italien. Das Land und die Menschen. Aber diese "Möchtegern-Gigolos", die nichts Besseres zu tun haben, als ihre angetrauten Frauen klein zu halten, ihren Gespielinnen Wohnungen zu mieten, nebenher auch noch allen anderen Frauen schöne Augen zu machen und die immer ein Bündel Geldscheine in der Tasche hatten, um im Zweifel damit bestechen zu können - die waren einfach nur furchtbar. Ich hatte bestes Insiderwissen von Lolita mit auf den Weg bekommen.

Lolita war eine Frau, deren italienischer Mann Giovanni Bedienung in einem italienischen Lokal in München war. Lolita war eine wirklich schöne und starke Frau, die ihr Leben im Griff hatte und ich verstand immer noch nicht, warum sie mit ihren Kindern nicht schon längst zurück nach Italien gezogen war. Allerdings ohne ihren »Don Giovanni«. Er hatte genau diese Spielchen mit ihr gespielt. Lolita hatte sich damals oft bei mir ausgeweint und mir die ganzen Geschichten erzählt, die sich Giovanni einfallen lassen hat, um sie zu betrügen. Er hatte nur nicht damit gerechnet, dass sein bester Freund sich irgendwann einmal gegen ihn stellen würde und Lolita die Wahrheit über ihren lieben Ehemann steckt. Seitdem sind mir alle italienischen Kellner, die eine Spur zu aufgesetzt freundlich sind, suspekt.

Nachdem auch Sophia und ich uns einen Wein bestellt hatten, wurde uns dieser von Alessandro, so hieß unser Kellner, mit einer untertänigen Geste und vielen blumigen Worten serviert. Natürlich vergaß er nicht, mich mit einem vielversprechenden Augenzwinkern zu beschenken. Auf

Jessis neidischen Blick hin, zuckte ich nur mit der Schulter. ›Wenn sie wegen dieses Kellners anfängt hier herum zu zicken, dann stehe ich auf und gehe‹, dachte ich mir. Jessi schien das zu spüren und riss sich zusammen.

»Ich muss hier immer die Spaghetti Gamba essen«, seufzte Sophia. »Aber ich esse auch einen großen Salat dazu.« Sie lachte und wie immer empfand ich es einfach sympathisch und mitreißend, weil ihre Augen mitlachten und ihre Mundwinkel fast bis zu ihren Ohren reichten.

»Ich sollte besser auf die leckeren Nudeln verzichten«, erwiderte Claudia und strich sich unsicher über ihre Bauchpölsterchen. »Aber wie immer, kann ich nicht widerstehen und bestelle mir die Rigatoni al forno.«

»Ich nehme die von Alessandro empfohlenen Ravioli gefüllt mit Ricotta und Rucola«, sagte Jessi mit ihrer gespielt lieblichen Babystimme.

Dummerweise hatte auch ich Lust auf die hausgemachten Ravioli, aber weil Alessandro sie so sehr angepriesen hatte, entschied mich spontan um: »Super, dann nehme ich Spaghetti Carbonara, die habe ich schon ewig nicht gegessen.«

»Alessandro, wir wollen bestellen«, flötete Jessi fröhlich und ungeduldig wie ein Kind durch das ganze Lokal.

»A subito, mia Bella«, antwortete Alessandro und eilte zu unserem Tisch.

Jessi bestellte gleich für uns alle mit und lächelte Alessandro unentwegt an. Mir wurde ganz übel, aber als ich Sophia ansah, lächelte sie mir beschwichtigend zu.

»Findest du Alessandro sexy?«, fragte Sophia Jessi, nachdem er sich von unserem Tisch entfernt hatte.

»Ach, süß ist er schon, aber ich bin ja zum Glück in festen Händen«, stellte sie seufzend fest. »Ich brauche mir keine Gedanken mehr zu machen, welchen Partner ich gern hätte.« Theatralisch wendete sie sich mir zu, legte ihr zartes Händchen auf meine Hand und fragte mich interessiert:

»Wie bist du denn mit deiner Suche nach einem Mann voran gekommen?«

Ihre Augenlider klimperten und ihr geübt unschuldiger Blick ließ mich innerlich erstarren. Vorsichtig entzog ich ihr meine Hand und versuchte möglichst freundlich zu wirken.

»Ich bin ab sofort tatsächlich auf der Suche nach einem Mann.« Es fiel mir leichter zu reden, wenn ich Sophia und nicht Jessi anschaute, also tat ich das auch. Jessi zog ihre Hand weg und ich spürte, dass sie beleidigt war, ohne dass ich zu ihr hin schauen musste.

»Nein, erzähl!« Jessis Stimme klang nichtsdestotrotz ehrlich interessiert.

»Keine Abenteuer mehr. Ich will wieder lieben.«

»Das hört sich ja richtig romantisch an«, erwiderte Jessi sarkastisch.

Ich ging gar nicht auf sie ein. »Ich möchte wieder einen Mann um mich haben, den ich lieben, verwöhnen und bekochen kann. Meinen Mädels sollte er ein guter Freund sein und ich will mit ihm lachen können.«

»Wie sollte er denn aussehen?«, fragte Jessi neugierig.

»Aussehen ist nicht so wichtig. Er muss es einfach wert sein, von mir geliebt zu werden. Einzige Bedingung ist, dass er groß ist. Ich will High Heels anziehen können, ohne dass ich mich nach ihm bücken muss.«

Alle lachten, selbst Claudia schaute mittlerweile gelöster aus.

»Das klingt schwierig, aber nicht unmöglich. Aber vergiss nicht darauf zu achten, dass er dir auch finanziell etwas bieten kann«, antwortete Jessi nachdenklich.

»Es wäre natürlich schön, wenn er eine tolle Villa hätte und mir regelmäßig teuren Schmuck und Shoppen wie in "Pretty Woman" schenken würde. Aber eigentlich reicht es auch, wenn er für sich selbst sorgen kann und ich nicht auch noch seine Rechnungen übernehmen muss.«

»Das wäre ja noch schöner«, entrüstete sich Claudia. Sie hatte ihr Weinglas leer getrunken und taute nun allmählich auf.

»Hm, und wo finden wir deinen Traummann?«, fragte Jessi nachdenklich. »Laut einer Umfrage lernen sich die meisten Paare im beruflichen Umfeld kennen. Wüsstest Du da jemanden, Priscilla?«

»Lass mich nachdenken: Vielleicht Herr Kümmerlich? Er hat immer so schöne weiße Socken zu seinen schwarzen Ledersandalen an.«

»Iiiii!«, rief Claudia laut und wir lachten über ihren angewiderten Gesichtsausdruck.

»Oder Herr Brandt, der alles ganz genau nimmt. Seine Stifte haben alle ihren Platz und liegen im gleichen Abstand zueinander auf seinem Schreibtisch aufgereiht. Seine Ordner werden mit Lineal gerade gerückt und die Stühle müssen im exakten Winkel zum Tisch stehen, sonst gerät seine kleine Welt in Unordnung. Selbst in seinen Schreibtischschubladen herrscht penibelste Ordnung. Seinen Stift lässt er um punkt 16:30 Uhr fallen, wie es sich für einen ordentlichen Beamten gehört. Wollt ihr noch mehr hören?«

»Und sein Unterhemd hat er brav, wie seine Mama es ihm beigebracht hat, in die Unterhose gesteckt und damit es keine Falten zieht, wird es unten noch ein wenig herausgezogen«, ergänzte Jessi lachend.

»Der würde bei dir wahnsinnig werden«, kam Sophias Einwand.

»Ach komm, so unordentlich ist Priscilla doch gar nicht!«, nahm Claudia mich überraschenderweise in Schutz.

»Das nicht, aber in den Schubladen schon«, erwiderte Sophia lachend. Ganz kurz dachte ich an Herrn Richter. Er hatte sich entgegen seiner damaligen Behauptung nie von seiner Frau getrennt. Aber ich wollte mich hier auch nicht über ihn lustig machen. Das hatte er nicht verdient.

Wir bestellten noch eine Runde von dem fruchtigen weißen Hauswein. Die Gläser klirrten beim Anstoßen und unsere Stimmung wurde immer ausgelassener und fröhlicher.

»Jetzt lasst mich noch mal überlegen, wer von meinen Kollegen sonst noch in Frage kommen könnte«, griff ich das Thema wieder auf.

»Ich fürchte zu dir passt kein Beamter«, sagte Claudia, die durch den Wein mutiger geworden war. »Also lasst uns doch unsere Bekannten und Arbeitskollegen für Priscilla mal durchforsten. Da wird sich doch irgendein sympathischer Mann finden lassen.«

Ich war ganz gerührt, als Sophia, Jessi und Claudia nachdenklich vor sich hinstarrten und im Geiste alle Freunde und Bekannte durchgingen, um einen Kandidaten für mich zu finden.

Während ich so dasaß und sie beobachtete, dachte ich mir, dass ich mit Jessi und Claudia nicht so hart sein sollte. Vielleicht verunsicherte ich sie mit meinem Verhalten oder mit meinen zum Teil radikalen Ansichten. Sie lebten ein ganz anderes Leben als ich. Wenn sie es Zuhause nicht mehr aushielten, brachen sie lieber heimlich aus und kehrten reumütig und lieb wieder heim, anstatt auf den Tisch zu hauen und ihre eigene Meinung zu vertreten. So furchtbar, wie ich Jessi und Claudia in letzter Zeit empfunden hatte, waren sie eigentlich gar nicht.

»Ich hab ihn!«, rief Jessi plötzlich in die Stille und wir alle zuckten erschreckt zusammen.

»Anton, von Beruf Banker, 40 Jahre alt, lebt in einem schicken Penthouse direkt am Viktualienmarkt, war noch nie verheiratet und hat keine Kinder. Arbeitet viel, feiert aber auch gerne.«

Jessi war mächtig stolz, weil sie es war, die mich an den Mann gebracht hatte. Diesmal an den richtigen Mann, wie sie meinte.

43

Als Anton mich anrief und ich seine freundliche Stimme hörte, war mein erster Eindruck sehr positiv und ich konnte mir durchaus vorstellen, dass Jessi Recht hatte. Zumindest wünschte ich mir, dass es so wäre.

Den zweiten Eindruck bekam ich, als er mich eine Woche später zu einem Abendessen abholte. Vor mir stand ein mittelgroßer Mann mit ordentlich gekämmten Haaren, er hatte eine dunkelgrüne Strickweste über seinem weißen Hemd mit rotgrün karierter Krawatte angezogen und seine Füße steckten in braunen Schuhen mit bequemer Laufsohle.

»Hallo«, versuchte ich ihn möglichst fröhlich zu begrüßen. Ich hörte nur ein unbestimmtes Gemurmel und sah nur ein Kopfnicken. Also nahm ich an, dass er zurückgegrüßt hatte. Während ich mir sicher war, dass ich ihn sehr unauffällig gemustert hatte, ließ er seinen Blick auffällig über mein schwarzes Kleid gleiten und blieb bei meinen schwarzen High Heels kleben.

»Das ist meine neueste Errungenschaft«, sagte ich fröhlich, um der Situation die Peinlichkeit zu nehmen und drehte meinen Fuß in alle Richtungen.

Anton lächelte unsicher. »Ich kann mir nicht vorstellen, dass so was bequem ist.« Ich lachte laut auf. ›Wenigstens hatte er Humor‹, dachte ich mir. ›Oder hatte sein Blick gerade Missfallen ausgedrückt?‹

»Kann ich dir einen Aperitif anbieten?« Seine buschigen Augenbrauen zogen sich nachdenklich zusammen, während er den Autoschlüssel unruhig von einer Hand in die Andere wandern ließ.

»Nein danke, ich muss ja noch fahren.«

»Okay, dann hole ich nur schnell meinen Mantel.« ›Ich hätte ihn besser nicht hereinbitten sollen‹, dachte ich mir. ›Er wirkt etwas ängstlich.‹

Anton wartete brav vor meinem Haus, bis ich mit meinem Mantel wieder da war und die Haustür hinter mir abgesperrt hatte. Sein Auto sah frisch geputzt aus und auf den Fußmatten waren noch die Spuren des Staubsaugers erkennbar.

Die Autotür hielt er mir nicht auf und bekam dafür in meinen Gedanken einen weiteren Minuspunkt. Den anderen Punkt hatte ich ihm für seine spießige Kleidung abgezogen.

Anton sagte nichts und ich wusste nicht, ob er sich aufs Autofahren konzentrieren wollte, oder nur unsicher war, worüber er sich mit mir unterhalten sollte.

Also stellte ich ihm alle möglichen Fragen über sein Auto, obwohl mich Autos überhaupt nicht interessierten, kritisierte die notorischen Linksfahrer, und fragte ihn, wie sein Tag heute verlaufen war.

Er ließ sich bei jeder meiner Fragen sehr viel Zeit, bevor er mir schließlich eine kurze, meist nichtssagende Antwort gab. Überrascht war ich über seine Restaurantwahl. Er ließ sich nicht lumpen und führte mich in ein wirklich schickes und vor allem teures Lokal in München aus: Dallmayr! Da war ich erst einmal platt. Dass er für mich so viel Geld ausgeben wollte, obwohl er mich noch gar nicht kannte. Eigentlich hatte ich ihn schon fast abgehakt, aber ich nahm mir vor, ihm noch eine Chance zu geben. Es könnte ja sein, dass er ein liebenswerter Mann ist und am Anfang eines Dates einfach nur zu aufgeregt ist.

Die Autotür öffnete er mir wieder nicht und er half mir auch nicht, die mit Kopfstein gepflasterte Straße mit meinen High Heels zu bewältigen. In regelmäßigen Abständen blieb er stehen, um auf mich zu warten. Ich fühlte mich nicht besonders wohl, weil sein

Gesichtsausdruck weder amüsiert noch freundlich war. Sein Gesichtsausdruck war gleichbleibend undurchsichtig und ich vermutete, ich nervte ihn, weil ich mit meinen High Heels nicht so schnell voran kam. Die Tür zum Restaurant öffnete er und hielt sie netterweise für mich auf. Aber er wendete sich mir dabei nicht zu, sondern ging gleich weiter, sobald ich die Tür angefasst hatte. Er ging die Stufen zum Restaurant hoch, ohne auf mich zu warten und schon gar nicht, um mich vorzulassen.

An der Garderobe nahm mir ein freundlicher Ober meinen Mantel ab, während Anton am Empfangspult seinen Namen nannte und wir an einen Tisch geführt wurden.

Er bestellte als Aperitif ein Glas Champagner für uns beide. Ich war beeindruckt.

Ich schaute ihn freundlich an, sagte aber nichts. Nachdem ich die bisherige Konversation ganz allein bestritten hatte, ließ ich ihm jetzt den Vortritt. Ich war gespannt, mit welchem Gesprächsthema er nun beginnen würde. Meine Themen waren bisher offensichtlich nicht die richtigen gewesen. Aber Anton hatte Zeit. Er überlegte in Ruhe, worüber er mit mir reden wollte. Zuerst war mir zum Lachen zumute. Er schaute sich nach dem Kellner um, der uns den bestellten Champagner bringen sollte. Ich wurde das Gefühl nicht los, dass es ihm unangenehm war, mit mir hier zu sitzen. Dann hatte ich Mitleid mit Anton. Ich fürchtete, er war mit mir als Gegenüber überfordert. War mein Ausschnitt zu tief? Unauffällig schaute ich an mir hinunter, aber ich konnte beruhigt sein, es war alles gut verpackt. Vielleicht fiel ihm einfach kein Thema ein. Sollte ich ihm doch lieber entgegenkommen?

Endlich rettete uns der Ober und brachte den Champagner. Nun lächelte Anton sogar. Er prostete mir kurz zu und trank genüsslich einen Schluck von dem sanft prickelnden Getränk. Umständlich langsam stellte er sein

Glas weg und schaute sich im Restaurant um. Sein sichtbares Desinteresse machte mich nun doch eher wütend.

»Isst du öfter hier im Dallmayr?«, fragte ich ihn und brachte ihn so dazu, sich mir wieder zuzuwenden.

»Ja, aber nur beruflich. Die Rechnung zahlt dann die Bank oder der Kunde.« Er lächelte und ich konnte seinen Augen ansehen, dass er es genoss, normalerweise für diesen Genuss nicht zahlen zu müssen.

»Warum hast du mich hierhin eingeladen, obwohl du mich noch gar nicht kennst?« Ich wusste, wie provokant meine Frage war, aber da musste er jetzt durch.

Er schaute mich an und antwortete dann unsicher: »Weil Jessi mir gesagt hat, dass du es wert bist, ordentlich ausgeführt zu werden.«

Der guten Jessi hatte ich dieses Festmahl also zu verdanken.

Bevor ich weitere Fragen stellte, nahm Anton doch lieber die Gesprächsführung in die Hand und erzählte mir von einem Unternehmen, dem die Insolvenz drohte und mit dem er nun alle Hände voll zu tun hatte, um die Darlehen der Bank zu retten. Er unterbrach nur kurz, um den Sommelier nach seiner Weinempfehlung zu fragen und zu bestellen.

Ich hörte ihm interessiert zu und war ganz erstaunt, wieviel er zu erzählen hatte. Zwischendurch wurde der Gruß aus der Küche serviert. Es war eine unglaublich feine Konstellation aus Tomaten, Avocado, Garnele und kunstvoll ausgebackenem Brotstäbchen. Ich genoss jeden Bissen und hörte nur noch mit halbem Ohr zu, weil Anton in einen Monolog über irgendwelche Bankgeschichten verfallen war, dem ich nicht folgen konnte und wollte. Höflich wie ich war, nickte ich immer wieder und schaute ihn an, damit er zumindest das Gefühl hatte, dass ich aufmerksam war.

Als erste Vorspeise bekamen wir Flusskrebse mit Quinoasalat, Pomelo und Erbsen. Die Zutaten waren ein Augenschmaus und dazu noch so kreativ auf dem Teller drapiert, dass ich fast Angst hatte, dieses Bild mit meiner Gabel zu zerstören. Es schmeckte einfach himmlisch. Ich ließ die Köstlichkeiten auf meiner Zunge zerschmelzen und schloss kurz die Augen. Als ich sie wieder öffnete, schaute ich in das lächelnde Gesicht des Sommeliers, der gerade nachschenkte.

Als die Teller abgeräumt wurden, wendete ich mich nochmals Anton zu und versuchte ihm zuzuhören. Er schimpfte gerade über Geschäftsführer, die nicht in der Lage waren, ihn rechtzeitig zu warnen, bevor das Unternehmen den Bach herunterging. Er tat mir leid. Ich war ihm gar nicht mehr böse, denn ich fürchtete, er war in seiner Arbeit gefangen und hatte sonst nichts in seinem Leben. Weder ich noch irgendjemand anders interessierte ihn.

Zum Glück wurde bald die zweite Vorspeise serviert, eine Cassolette von Taube und Entenleber in Sommertrüffelbouillon. Unglaublich, wie konnte ein Koch so viele Kreationen zaubern, die nicht nur kunstvoll aussahen, sondern auch exzellent schmeckten. Ich führte einen Löffel der Bouillon zu meinen Lippen und trank einen Schluck von dem dazu passend servierten Weißwein. In meinem Mund fand eine geschmackliche Explosion statt. Es war sensationell, wie gut die Speisen mit dem Wein harmonierten.

Während ich gespannt auf den nächsten Gang wartete, sah ich mich vorsichtig um. Die anderen Gäste waren äußerst schick gekleidet. Die Herren in ihren dunklen Anzügen mit weißen gestärkten Hemden, die einen sanften edlen Glanz zeigten und die Damen in ihren zum Teil sehr tief dekolletierten schönen und teuren Kleidern. Mein Blick fiel auf Antons dunkelgrüne Strickweste und ich fragte mich, ob es ihm eigentlich auffiel, dass die anderen Herren ganz anders gekleidet waren.

Anton schaute mich erstaunt, ja fast geschockt an und erst jetzt wurde mir bewusst, dass ich die Frage laut gestellt hatte. Eine äußerst peinliche Situation, aus der ich wieder raus musste.

»Ich ziehe privat nur Kleidung an, die bequem und schick zugleich ist. So wie die anderen Herren hier im Restaurant gekleidet sind, laufe ich tagtäglich in der Bank herum.« Er blickte mich fragend an und ich überlegte krampfhaft, was ich sagen könnte, das ehrlich, aber gleichzeitig gesichtswahrend für Anton war.

»Ich glaube du hast recht, du solltest dich nicht verkleidet fühlen. Aber wenn du einfach die Strickweste weggelassen hättest, meinst du nicht auch, dass es genauso bequem für dich gewesen wäre?«, fragte ich und merkte, wie mein Gesicht anfing zu brennen. Ich wusste, dass ich jetzt rot wurde, was meine Situation nicht gerade verbesserte.

»Ich liebe meine Strickwesten. Sie waren alle sehr teuer und ich glaube nicht, dass ich mich ohne sie wohlfühlen würde.« Zack, da hatte ich die Antwort. Zumindest war er ehrlich.

»Entschuldige bitte. Es steht mir ja nicht zu, deine Kleidung zu beurteilen. Du solltest tatsächlich bei den Strickwesten bleiben, wenn sie für dich so wichtig sind.«

Der Zwischengang wurde serviert und ich war froh, nichts mehr sagen zu müssen. Es gab Glattbutt auf Kokosrisotto, Curryöl und Jakobsmuschel-Tempura. Schweigend genossen wir unser Essen. Ich wünschte, ich hätte nichts zu seinem Kleidungsstil gesagt und fürchtete, dass ich Anton unnötig gekränkt hatte.

»Das Essen ist ein Gedicht. Vielen Dank, Anton.« Mein Versuch, meinen Fauxpas wieder gutzumachen war kläglich, aber Anton lächelte milde.

»Ja, ich genieße das Essen im Dallmayr auch jedes Mal.« Unsere Unterhaltung plätscherte so dahin, während wir die vierte Komposition des Chefkochs erhielten: Kalbsfilet »sous vide«, lackierte Kalbsbrust mit Pfifferlingen und Kakaojus.

Ich brauche niemandem zu erzählen wie himmlisch gut das Essen war und dass ich auch beim Hauptgang auf Wolken schwebte: St. Maure mit confirter Tomate, Rösti und schwarzem Knoblauch.

Anton ließ erneut Weißwein nachschenken und ich war mir nicht mehr sicher, wie viel Gläser Wein ich schon getrunken hatte. Sicher war, dass wir dabei waren, uns zu betrinken. Der Sommelier dachte sich bestimmt auch seinen Teil. Vermutlich schenkte er uns so aufmerksam Wein nach, damit wir endlich anfingen miteinander zu reden.

Unser Gespräch zog sich wie ein Kaugummi in die Länge und wir achteten beide darauf, nicht tiefer einzusteigen. Mir war schon etwas schwindelig von dem vielen Wein und ich war auch nicht mehr hungrig. Aber wie ein Kind, habe auch ich einen Nachspeisemagen. Es gab Holunderblütenschaum mit Kirschsorbet und zum Abschluss Stracciatella Biskuit mit weißem Pfirsich und Pistazieneis.

Ich widerstand dem Drang, den Teller so richtig sauber zu löffeln und lehnte mich zufrieden und satt zurück.

Anton sprach dem Wein noch ordentlich zu, aber ich musste nun doch ein paar Runden aussetzen, weil ich nicht aus dem Restaurant torkeln wollte.

Ich war etwas verwirrt, als Anton plötzlich meine Hand nahm und mich so intensiv anschaute, wie er es den ganzen Abend nicht geschafft hatte. Unbehagen machte sich in meinem Inneren breit und ich befürchtete, er würde mir nun etwas sagen, was besser ungesagt bliebe.

»Priscilla, ich weiß, dass ich nicht die Stimmungskanone bin, aber ich bin ein solider und ehrlicher Mann, bei dem eine Frau es nicht schlecht haben wird.«

›Oh je, jetzt ist er betrunken‹, dachte ich.

»Du bist eine tolle Frau und ich habe gesehen, wie sehr du dieses Essen genossen hast. Ich würde dich gern wieder einladen. Ich zeige dir die besten Restaurants Münchens. An meiner Seite wird es dir immer gut gehen.«

Jetzt wurde es unangenehm, auch wenn es mir von Anfang an klar war, dass das Ende dieses Abends nicht einfach werden würde. Der viele Wein verhinderte, dass ich seinen Antrag diplomatischer abwies.

»Anton, ich bin dir für diesen wundervollen Ausflug in die Welt der Gourmets sehr dankbar, aber ich glaube ich bin nicht die richtige Frau für dich und du auch nicht der richtige Mann für mich.« Entschuldigend schaute ich ihn an, als ich leise hinzufügte: »Lass es einen schönen Abend gewesen sein und wir denken noch einmal darüber nach, ob wir es ein zweites Mal wagen wollen.«

Er schaute mich enttäuscht an, machte aber keine Anstalten, darauf zu antworten.

»Ich würde jetzt gern gehen. Wir können uns die Rechnung gern teilen.« Zum ersten Mal an diesem Abend war er ein Gentleman und winkte ab, als ich meine Geldbörse aus meiner Handtasche holte. Ich ließ ihn die Rechnung bezahlen und stand auf, um zu gehen. Anton wollte ebenfalls aufstehen, fiel aber schwerfällig in den Stuhl zurück. Der Ober war sofort zur Stelle und half Anton so geschickt, dass er mühelos aufstehen konnte.

Peinlich berührt ging ich zur Garderobe, wo bereits ein Kellner mit meinem Mantel stand. Plötzlich legte Anton einen Spurt ein und nahm ihn dem Kellner ab. »Das mache ich schon, die Dame gehört zu mir.« Seine Stimme war undeutlich, um nicht zu sagen lallend. Ich lächelte den

Kellner entschuldigend an und ließ mir wortlos hinein helfen.

Auf der Treppe wartete diesmal ich auf ihn, weil er sich vorsichtig Stufe für Stufe hinunter hangelte.

Als wir auf den Bürgersteig traten, fuhr ein Taxi vorbei und ich winkte ihm schnell. »Anton, nimm bitte dieses Taxi. Ich suche mir ein anderes.«

»Nein, kommt gar nicht in Frage, ich fahre Dich selbstverständlich wieder Heim. Ich weiß ja schließlich, was sich gehört.«

»Anton, das weiß ich sehr zu schätzen, glaube mir. Aber heute würdest du mir einen riesengroßen Gefallen tun, wenn du dich von diesem Taxi nach Hause fahren lässt. Bitte steig ein. Du kannst dein Auto sicher bis morgen dort stehen lassen.«

»Ich lasse dich jetzt in der Dunkelheit ganz sicher nicht allein«, lallte er. Sein Gesicht nahm einen trotzigen Ausdruck an, wie ich ihn von Lisa und Lea kannte. Ich musste lachen, auch wenn mir eigentlich nicht danach zumute war. »Jetzt lachst Du mich auch noch aus!«, Anton konnte sich nicht entscheiden, ob er jetzt bockig oder einfach nur beleidigt sein wollte. In diesem Moment kam wie gerufen ein weiteres Taxi, dem ich schnell zuwinkte. »Du musst dir um mich keine Sorgen machen. Schau, ich habe jetzt auch jemanden, der mich sicher nach Hause bringt. Lass uns morgen telefonieren. Danke, Anton und komm gut nach Hause.« Ich verabschiedete mich schnell und eilte davon. »Na gut.« hörte ich ihn noch murmeln. Als ich losfuhr, schaute ich mich um und sah ihn in das Taxi einsteigen. Meine Anspannung ließ nach. Schade, aber Anton war es sicher nicht, dem ich meine Liebe schenken wollte. Meine Suche ging also weiter. Es würde in meinem Alter nicht einfach werden, aber ich hatte mein Ziel klar vor Augen: Ich wollte einen Mann finden, den ich von Herzen lieben konnte.

44

Am nächsten Morgen riss mich das Klingeln des Telefons aus dem Schlaf.

»Guten Morgen, du Langschläferin!«, rief Jessi munter ins Telefon. »Ich halte es vor Neugierde nicht mehr aus. Wie war dein Date mit Anton?«

»Ach Jessi. Wie kannst du am frühen Morgen schon so munter sein?« Mein Schädel brummte und Jessis Stimme klang wie das Kreischen einer Säge, die nicht durch das harte Holz kam.

»Sei kein Spielverderber, ich muss doch wissen, wie es ausgegangen ist.«

Ich setzte mich in meinem Bett auf und versuchte meine Augen zu öffnen, um wach zu werden.

»Er hat mich zum Dallmayr eingeladen. Das Essen war unglaublich lecker und ich habe es wirklich sehr genossen.«

»Und Anton? Wie findest du Anton?«, fragte Jessi aufgeregt.

»Ja, Anton ist ein sehr anständiger, gediegener Mann«, begann ich vorsichtig.

»Gell, ich habe es gewusst. So einen Mann hast du jetzt gesucht, oder? Ich sage dir eines, Priscilla. Der hat so viel Geld, da wirst du keinen Finger mehr rühren müssen. Du kannst dich in Ruhe um dich und deine Kinder kümmern, dein neues Zuhause verschönern und tun und lassen, was du möchtest.«

»Jessi, das ist aber nicht mein Ziel. Ich will einen Mann finden, den ich lieben kann und niemanden, der mir ein graues Leben vergoldet. Und ich habe nicht den Eindruck, dass Anton der Mann ist, in den ich mich verlieben könnte. Ich muss leider weitersuchen, aber ich finde es sehr lieb von dir, dass du dich so ins Zeug für mich gelegt hast.«

»Priscilla, ich verstehe dich nicht. Dieser Mann bietet dir Luxus und Sicherheit. Du könntest alles machen, was du schon immer mal tun wolltest und du schlägst es einfach aus?«

»Jessi, wenn ich Sicherheit dazu bekomme, sage ich nicht nein, aber in erster Linie will ich wieder lieben können.«

»Hm, na gut. Schade. Eigentlich weiß ich ja, was dich an ihm stört. Er ist schon ein bisschen seltsam. Aber ich hätte mich so für dich gefreut, wenn du zumindest finanziell abgesichert gewesen wärst.«

»Danke Jessi, das weiß ich wirklich zu schätzen. Aber vielleicht hast du ja noch eine Idee, wo ich den richtigen Mann finden könnte.«

»Ja gern, aber jetzt muss ich mich beeilen, weil wir heute Abend bei Geschäftsfreunden von Marcel eingeladen sind. Morgen denke ich mal drüber nach. Und ich werde die Augen und Ohren für dich offen halten, okay?«

»Super. Danke. Das freut mich. Viel Spaß heute Abend und lieben Gruß an Deinen Mann.«

»Danke, bis bald.«

So, dieses Telefonat hatte ich schneller als gedacht hinter mich gebracht. Müde ließ ich mich noch einmal in meine Kissen sinken und schlief ein.

Bald weckte mich das Klingeln des Telefons erneut. Sophia war am Apparat.

»Gott sei Dank, dass du es bist!«, sagte ich erleichtert.

»Warum? Wer sollte es nicht sein?«, fragte Sophia erstaunt lachend.

»Das Telefonat mit Anton steht noch aus.«

»Oh nein, dann brauche ich nicht zu fragen, ob er es ist, oder?«

»Er ist es mit Sicherheit nicht.«

»Warum? Was war mit ihm?«

»Es war furchtbar. Einfach alles. Außer dass ich gestern in den Genuss einer kulinarischen Reise ins Paradies gekommen bin. Er hat mich ins Dallmayr eingeladen. Das war einfach von vorne bis hinten köstlich.«

»Na, wenigstens etwas«, antwortete Sophia lachend. »Brauchst du jemanden, der Dich heute beim Weggehen begleitet?«

»Ach, du bist so lieb, Sophia. Aber ehrlich gesagt, habe ich es satt, an der Bar herumzustehen, bis mich ein Mann anspricht. Und wenn es tatsächlich einer macht, dann ist meistens klar, was er für ein Typ Mann ist. Die Zeiten liegen hinter mir. Es muss sich eine andere Möglichkeit ergeben.« Bei Sophia durfte ich immer ehrlich sein. Sie war mir nie böse, wenn ich allein sein wollte.

»Na gut, dann werde ich mit Ferdi ins Kino gehen. Du kannst gerne mitgehen, wenn du magst.«

»Nein, danke. Ich möchte heute Abend einfach nur allein sein.«

»Also gut, ich rufe dich morgen an. Vielleicht gehen wir miteinander joggen?«

»Ja, gern, schönen Abend und liebe Grüße an Ferdi.«

45

An manchen Tagen machte mich der graue November schwermütig und ich wäre am liebsten im Bett geblieben. Aber es gab auch Tage, an denen ich den November in all seiner Schwere mochte. Wenn ich über die einsamen Felder joggte und der Nebel noch auf den Feldern lag, die Nässe und Kälte bis auf die Unterwäsche durchdrang und ich die frische kalte Luft tief in mich einsaugen konnte.

So ein Tag war heute. Ich schaute aus dem Fenster und in mir erwachte die Sehnsucht nach der Einsamkeit beim Joggen, wo ich außer meinem Atem und meinen gleichmäßigen Schritten nichts hörte. Schnell zog ich mich warm an und lief los. Auf den Feldern lag so dichter Nebel, dass ich mich wie in einer Wolke fühlte. Es war etwas unheimlich, den Waldrand nicht sehen zu können, aber ich konzentrierte mich auf mein Atmen und lief ganz ruhig mein übliches Tempo.

Während ich lief, ließ ich den letzten Abend mit Anton noch einmal Revue passieren. Es mochte ja sein, dass er mir und meinen Kindern Sicherheit geben konnte. Er war aber so langweilig, benahm sich so seltsam und war dabei auch noch so selbstbewusst, dass mich sein Verhalten binnen weniger Tage zu Tode nerven würde. Meine Entscheidung, Anton nicht wiedersehen zu wollen, war richtig und stand fest.

Mir fiel auf, dass nicht nur Claudia und Jessi, sondern auch Sophia sich für einen Mann entschieden hatten, der ihnen Sicherheit schenkt. Aber Lebensfreude? Fehlanzeige. Meine Freundinnen werden schon gewusst haben, warum sie sich für Langweiler entschieden hatten und für ein »Leben in grau«. Vermutlich fühlten sie sich im Großen und Ganzen mit ihren Männern wohl, weil es wenig Abwechslung gab. Keine großen Höhen und Tiefen, die sie vielleicht nur aus ihrem Gleichgewicht gebracht hätten, an dem sie sich krampfhaft festhielten.

Aus diesem Blickwinkel betrachtet, war für meine Freundinnen wahrscheinlich ein Mann, der ihnen ihre graue Bahn vergoldete, einfach die goldene Mitte. Jedem das Seine. Aber ich spürte auch, dass ihnen das manchmal eben nicht genug war. Wie gern sie ab und zu ein interessanteres Leben führen würden, oder zumindest mal ein bisschen Abwechslung hätten – aber ihre Sicherheit wollten sie dafür dann auch nicht wieder opfern.

›Ich möchte solche Kompromisse nicht mehr machen‹, dachte ich mir. ›Wenn ich mir Zeit lasse, dann werde ich den richtigen Mann schon finden.‹

Meine Laufrunde wurde größer als geplant, weil die Zeit beim Nachdenken wie im Flug vorbei ging. Als ich daheim ankam, fühlte ich mich rundherum wohl und war mit mir im Reinen.

46

Die Vorweihnachtszeit begann und damit zogen auch Plätzchen backen, Haus schmücken und Geschenke einkaufen in unseren Alltag ein. Lea und Lisa hatten rechtzeitig eine Liste für den Weihnachtsmann geschrieben, die ihm mächtig zu schaffen machen würde. Am wichtigsten war die Nintendo Wii U. Sie wurden nicht müde zu betonen, dass sie es unbedingt brauchten. Ich lachte dann nur und versicherte ihnen, dass der Weihnachtsmann nicht so viel Geld hatte, er aber sicherlich darüber nachdenken würde. Dann sahen sie mich mit flehenden Augen an und ich befürchtete, dass ich mich ihrem Wunsch kaum würde widersetzen können.

Bei nächster Gelegenheit redete ich mit Bernhard darüber und war erstaunt, dass er die Hälfte des Preises übernehmen wollte. Wir einigten uns darauf, dass wir an Heilig Abend mittags zu viert feiern würden und er dann am Nachmittag die Kinder mit zu seinen Eltern nimmt. Ich war bereit, an Heilig Abend auf meine Mädels zu verzichten, weil es für sie schöner war, im Kreise von Bernhards Familie groß zu feiern, als mit mir allein.

Heilig Abend ließ nicht lange auf sich warten und ich genoss die zunehmende Aufregung der Kinder. Zu unserem gemeinsamen Mittagessen machte ich einen Schweinsbraten mit Semmelknödeln und Krautsalat. Als Vorspeise gab es Leberspätzlesuppe und als Nachspeise Puddingnocken mit Beerenmousse. Bernhard und ich unterhielten uns nur mit den Kindern und vermieden jeden Blickkontakt. Die Kinder schienen das zu spüren und ich versuchte, mich so fröhlich wie möglich zu geben. Als Lea und Lisa bei der Bescherung tatsächlich ihre Nintendo Wii U bekamen, war ihre Welt in Ordnung. Papa musste ihnen sofort ein Spiel einrichten, weil sie natürlich auf der Fahrt zu Oma und Opa damit spielen wollten.

Einerseits war ich traurig, dass Lea und Lisa gleich wegfahren würden, andererseits war ich froh, dass ich Bernhard nicht mehr in meiner Nähe haben musste. Seine bloße Anwesenheit löste in mir Unbehagen aus. Ich wünschte mir, dass der Abschied von meinen Mädels schnell gehen würde, damit ich nicht noch weinen musste. Bernhard schien das zu spüren, oder er hatte Angst, dass ich die Kinder doch bei mir behalten wollte. Auf jeden Fall beeilte er sich, mit unseren Mädels wegzufahren. Ich drückte Lisa und Lea ganz fest und wünschte Ihnen einen schönen und reich beschenkten Heilig Abend. Sofort glänzten ihre Augen wieder und es kam ein erstauntes: »Du meinst, wir bekommen noch mehr Geschenke? Juhuu!« Fröhlich umarmten sie sich.

Als die Kinder fast beim Auto waren, drehte Lisa sich um und fragte: »Mama, was machst du heute Abend eigentlich?« Mir schossen die Tränen in die Augen. Mühsam unterdrückte ich meine Gefühle und antwortete mit einem Lachen: »Lisa mein Schatz! Ich werde es mir sehr schön machen und freue mich auf morgen, wenn wir zusammen zu Oma und Opa nach Mannheim fahren. Aber jetzt feiert ihr erst einmal schön, ja?« Lisa stieg beruhigt in Bernhards Auto. Meine Mädels winkten und riefen mir durchs offene Fenster liebe Worte zu, bis sie vom Hof fuhren.

Langsam ging ich ins Haus, setzte mich auf die Couch neben dem wunderschön geschmückten Weihnachtsbaum und weinte. Ich weinte mir die ganze Anspannung der letzten Stunden von der Seele, bemitleidete mich, weil ich an Heilig Abend allein war und blieb einfach auf der Couch liegen, bis ich einschlief.

Als ich am Nachmittag wieder aufwachte, fand ich alles gar nicht mehr so schlimm. Ich räumte das Chaos in der

Küche auf, zog mich um und ging joggen. Mir kamen gutgelaunte Menschen entgegen, die wahrscheinlich in der Kirche gewesen waren und sich nun auf einen Weihnachtsabend freuten. Ich sah Familien, die zusammen lachten und redeten und Kinder, die fröhlich an den Händen ihrer Eltern herumsprangen, weil sie schon ganz aufgeregt der Bescherung entgegenfieberten. Ich nahm dieses Bild in mich auf und spürte einen tiefen Schmerz, aber ich weinte nicht mehr, sondern lief weiter so schnell ich konnte. Ich lief und lief, bis ich nach zweieinhalb Stunden nicht mehr konnte. Meine Knie und Muskeln schmerzten und außerdem tat mir die kalte Luft im Hals weh.

Ich duschte mich, zündete ein paar Kerzen an und legte mich mit einem spannenden Buch meines Lieblingsautors James Patterson auf die Couch. Irgendwann machte ich die Kerzen aus und ging ins Bett, ohne mir die Zähne vorher zu putzen. Ich war todmüde und schlief zum Glück gleich ein.

Die Weihnachtstage und meine Traurigkeit gingen schnell vorbei. Unseren Tannenbaum schmückten wir am 27.12. ab und putzten das Haus, weil ich die weihnachtliche Dekoration nicht mehr ertragen konnte.

Silvester nahte, mit seinen Silvesterpartys, wo sich um Mitternacht alle Pärchen in den Arm nehmen und mit Champagner anstoßen. Darauf hatte ich so gar keine Lust und beschloss daher, Silvester allein Zuhause zu bleiben. Um Mitternacht trank ich mein Glas allein leer, während ich am Wohnzimmerfenster die Raketen der Nachbarn bewunderte. Meinen sehnlichsten Wunsch, einen Mann zu finden, den ich lieben konnte, flüsterte ich in den sternenklaren Himmel hinein.

47

Gleich zu Jahresbeginn hatte ich einen Traum: Ich ging in der Dunkelheit eine staubige Straße entlang. In einem fremden Land, alles sah ärmlich aus. Ein dunkelhäutiger Mann kam mir entgegengelaufen. Immer wieder schaute er sich gehetzt um. Ich spürte selbst auf die Entfernung seine Angst. Gerade wollte ich die Straßenseite wechseln, als er mich mit seinen Armen hektisch zu sich winkte. Ich war verunsichert. Eigentlich wollte ich weglaufen, aber irgendetwas zwang mich, stehen zu bleiben und auf ihn zu warten. Als er vor mir stand, sah ich die Schweißtropfen auf seiner Stirn. Seine Augen blickten mich flehentlich an, als er mir wortlos eine kleine schwarze Filmdose in die Hand drückte. Seine Lippen formten das Wort »Bitte!«, während seine bettelnden Augen mir die Dringlichkeit dieser Angelegenheit zeigten. Verwirrt nickte ich, obwohl ich gar nichts verstand. Sein Gesichtsausdruck signalisierte Erleichterung und Dankbarkeit verdrängte das Flehen aus seinen Augen. In mir breitete sich ein Glücksgefühl aus, so als hätte ich ihn vor einem fürchterlichen Schicksal bewahrt.

Plötzlich hörte ich Schüsse. Der Mann packte mich an den Oberarmen und zerrte mich hinter ein parkendes Auto. Er zwang mich wortlos zu Boden. Ich spürte seine übergroße Angst. Noch einmal schaute er mich flehend an, während er meine Hand, die sich um die Filmdose geschlossen hatte, fest drückte. Dann lief er fort. Er überquerte gerade die Straße, als ein Auto mit quietschenden Reifen aus einer Seitenstraße gefahren kam. Der Autofahrer gab Gas und als er auf der Höhe des Mannes war, fielen Schüsse. Mit unvermindertem Tempo raste das Fahrzeug weiter.

Mein Herz klopfte vor Angst in meiner Brust, wie ein Hammer im Auktionssaal. Ganz klein hatte ich mich gemacht und hoffte, dass dem Mann nichts passiert war. Nachdem es eine Weile ruhig war, lugte ich vorsichtig hinter dem Auto hervor. Meine Augen tasteten die schwach beleuchtete gegenüberliegende Straßenseite ab. Mir stockte der Atem als ich ihn am Boden entdeckte.

So schnell ich konnte rappelte ich mich hoch und überquerte die Straße. Tatsächlich war es der dunkelhäutige Mann. Er lag in einer Blutlache am Boden. Ich kniete mich neben ihn und berührte ihn vorsichtig an der Schulter.

Er schlug die Augen auf und wieder blickte er mich flehentlich an. Ich bettete seinen Kopf auf meinem Schoß und wollte ihm sagen, dass alles wieder gut werden würde, als er starb.

Eine große Traurigkeit erfasste mich, obwohl ich ihn gar nicht kannte. In diesem Moment sah ich eine Familie mit vielen Kindern vor einer Wellblechhütte im afrikanischen Busch. Bilder rasten vor meinem inneren Auge in einem Tempo dahin, dass ich Mühe hatte, ihnen zu folgen. Aber als ich mich auf meine Hand konzentrierte und sah, was in der Filmdose in einen blauen Fetzen Stoff eingewickelt war, wusste ich, was ich tun musste.

In diesem Augenblick wachte ich schweißgebadet auf.

Den flehenden Blick des Sterbenden noch vor Augen, stand ich mitten in der Nacht auf und setzte mich an meinen Schreibtisch. Das war die Story meines nächsten Manuskriptes. Sie spielte sich in Südafrika ab, in der Nähe einer Diamantenmine.

Diese Geschichte ließ mich nicht los. Normalerweise fiel es mir schwer, meine Mädels in den Ferien Bernhard zu überlassen. Aber diesmal war ich froh, während der Faschingsferien Zeit zu haben, um mein zweites Buch zu schreiben. Ich hatte neun Tage Zeit und ich nutzte sie: Tag und Nacht. Kaffee war mein wichtigstes Nahrungsmittel. Tatsächlich hatte ich die Rohfassung in acht Tagen fertig und war froh, es an meinen Freund Markus zur Überarbeitung weiter geben zu können. Die restliche Zeit nutzte ich um auszuschlafen.

48

Der Frühling war in diesem Jahr sehr mild und warm.

Bislang hatte sich Männertechnisch nichts ergeben und mit den Frühlingsgefühlen wuchs in mir die Sehnsucht nach einem Partner, den ich lieben konnte. Aber ich hatte keine Idee, wo ich ihn treffen könnte. Über Weihnachten und Neujahr waren auch Sophia, Jessi und Claudia mit ihren Familien und Freunden stark eingebunden und hatten mir keine weiteren Tipps geben können. Ich fürchtete, dass auch sie ratlos waren, wie sie mich gut unterbringen sollten. Vielleicht, weil ich in ihren Augen schwierig zu vermitteln war? Zum einen hatte ich zwei Kinder und zum anderen war ich zu selbstbewusst. Das schreckte die meisten Männer ab. An den Wochenenden gingen Sophia und ich ab und zu tanzen, oder einfach nur einen Cocktail trinken, aber ich hatte den Eindruck, sobald ich Männern signalisierte, dass ich Interesse hatte, waren sie weg. Was ich wohl falsch machte?

»Du darfst Dich nicht so hübsch machen. Auf die Männer wirkst Du wie ein männermordendes Vamp«, nörgelte Sophia an mir herum. »Zieh doch einfach mal Jeans, T-Shirt und ein paar bequeme flache Schuhe an. Mit Deinen High Heels und Deinem offenen geraden Blick wirkst Du zu groß und zu stark.«

»Entschuldige, aber ich finde, ich kleide mich sehr anständig. Ich zeige mein Dekolleté, aber die Rocklänge ist immer kniebedeckt. So fühle ich mich wohl, warum soll ich jetzt plötzlich zum Ausgehen Jeans und T-Shirt anziehen? Damit laufe ich den ganzen Tag herum, wenn ich mit den Kindern herumtolle oder putze.«

Sophia war ratlos und ich bockig.

Plötzlich fiel mir die Wahrsagerin ein, die meine Frauenärztin mir empfohlen hatte. Ich suchte den Zettel, den ich in mein Portomoney gesteckt hatte.

Frau Müller. Ein seltsamer Name für eine Wahrsagerin. Aber irgendwie beruhigte mich dieser normale Name. Er klang ehrlich, bodenständig und einfach. Ich überlegte mir kurz, was ich ihr schreiben sollte und legte los:

Liebe Frau Müller, ich habe ihre Telefonnummer von Frau Dr. Paleo bekommen und würde mich freuen, wenn Sie mir schnellstmöglich einen Termin geben könnten. LG Priscilla Paulus

Ich war schon gespannt, was sie mir sagen würde. Wenn sie wirklich so gut war, wie meine Ärztin behauptete, dann könnte sie mir sicher sagen, wo ich nach dem richtigen Mann suchen muss. Kurz darauf vibrierte mein Handy, Nachricht von Frau Müller:

Nächste Woche Dienstag 13:00 Uhr

Einfach nur der Termin, ohne Anrede, ohne Grußformel. ›Sie beschränkt sich auf das Wesentliche‹, dachte ich mir, ›klingt so, als hätte sie keine Zeit zu vertrödeln.‹ Daher antwortete ich genauso kurz mit:

O.k. Vielen Dank!

Obwohl ich meine Kinder immer ein wenig vermisste, war es auch schön, einen ganzen Tag lang meinen Haushalt erledigen zu können, ohne unterbrechen zu müssen. An diesem Tag putzte ich, wusch und bügelte meine Wäsche und ging anschließend noch joggen. Ich fühlte mich rundum wohl.

Am Abend machte ich mir ein paar Schnittchen zurecht, schenkte mir ein Glas Prosecco ein und öffnete mein Email

Account. Ich beantwortete ein paar Emails meiner Freundinnen und Schwestern und beschloss, noch ein wenig im Internet zu surfen. Irgendwann blinkte mich das Werbebanner einer Internet Partnervermittlung an: 'Hier findest du deinen Traumpartner'. Angepriesen wurde ein psychologischer Test, wissenschaftlich geprüft, mit dem man garantiert den passenden Partner findet. Ich war kein Freund von Partnervermittlungen, und schon gar nicht so anonym über das Internet. Aber der psychologische Test interessierte mich. Also recherchierte ich dazu im Internet und die meisten Aussagen zu diesem Test beschrieben ihn als treffsicher. Dieser Test sollte 49 Euro kosten. Wenn man einen kostenpflichtigen Vertrag für die Partnervermittlung abschließt, wäre er kostenfrei. Ich entschied mich spontan, zumindest den Test zu machen.

Nachdem ich meine Kreditkartendaten eingegeben hatte, ging es gleich los. Man solle sich mindestens eine Stunde Zeit nehmen und die Fragen zügig ohne langes Nachdenken beantworten. ›Puh, da bin ich ja mal gespannt, was dabei rauskommt‹, dachte ich. ›In einer Stunde kann man ja ganz schön viele Fragen stellen.‹

Allein die Einleitung zum Test zu lesen, brauchte schon mehr als fünf Minuten. Ich nahm mir vor, ehrlich und spontan zu antworten, weil ich wissen wollte, wo ich aus psychologischer Sicht stand; und weil ich hoffte, damit in weniger als einer Stunde durch den Test zu kommen.

Der Test begann mit der Dimension 'Offenheit für Erfahrungen'. ›Eigentlich komisch‹, dachte ich, ›dass dazu überhaupt Fragen gestellt werden. Ist doch wohl klar, dass jeder offen für neue Erfahrungen ist, der sich bei einer solchen Partnervermittlung anmeldet. Aber egal, jetzt habe ich angefangen, dann ziehe ich das auch durch.‹ Schnell beantwortete ich Fragen wie kreativ, phantasievoll und spontan ich bin, ob ich Abwechslung mag oder eher

Stabilität, ob ich voller Energie und Tatendrang bin, und noch einiges mehr.

Weiter ging es mit der Dimension 'Emotionalität'. ›Wow‹, dachte ich, ›hier kann ich punkten. Emotional bin ich auf jeden Fall! Ich kenne mich ja und außerdem wurde mir auch ohne Psychotest schon oft genug gesagt, dass ich eine sehr emotionale Frau bin.‹ Meine Erwartungen waren hoch, die Fragen waren dann aber doch ziemlich trocken. Ob ich eher ruhig oder nervös bin, eher hoffnungsvoll oder sorgenvoll, mich öfter unsicher und verlegen oder sicher fühle, und wie ich mit Stress umgehe.

Die nächste Kategorie waren Fragen zum Thema 'Beziehungskompetenz'. Das schien mir für die Partnersuche ein wirklich wichtiges Thema, so dass ich mich mit voller Konzentration an die Fragen machte. Ich hoffte sehr, dass ich all die Fragen in Bezug auf Konfliktfähigkeit, Kommunikation, soziales Verhalten und Unabhängigkeitsstreben so beantworten konnte, dass ich am Ende gut da stand für meinen Traummann. Aber das war gar nicht so einfach bei der Vielzahl der Fragen. Denn es gab auch noch Fragen zu Hilfsbereitschaft, Mitgefühl, Vertrauen und Misstrauen, Kooperation oder Wettbewerb, usw., usw.

Je mehr Fragen ich beantwortete, desto unsicherer wurde ich. Sollte ich wirklich auf jede Frage so richtig ehrlich und spontan antworten? Falls ich doch nicht nur die Auswertung dieses Tests, sondern auch die Hilfe dieser Partnervermittlung in Anspruch nehmen würde? Könnte ich mich besser darstellen, wenn ich länger über die Fragen nachdenke und mir vielleicht im Internet Anregungen zu der ein oder anderen Frage hole? ›Egal‹, sagte ich mir, ›jetzt habe ich schon fast eine halbe Stunde spontan und ehrlich alle Fragen beantwortet, da kann ich genauso gut einfach so weiter machen.‹ Ich tröstete mich auch mit dem Gedanken, dass die Männer ja auch alle diese Fragen beantworten mussten. Egal wie mein Test ausfiel, ich könnte ja immer noch alle Männer wegklicken, die nicht kommunikations- und konfliktfähig waren. Das hatte ich in meinem bisherigen Leben zur Genüge erlebt und auf Männer, die nicht kommunikationsstark und konfliktfähig sind hatte ich wirklich keine Lust mehr.

Vor lauter Fragen verlor ich langsam die Lust an diesem psychologischen Test. Zum Glück war noch keine Frage dabei, wie geduldig ich bin. Da hätte ich in dem Moment vermutlich nicht so gut abgeschnitten.

Ich beschloss, einfach weiterzumachen und klickte weiter zur nächsten Dimension: 'Ehrlichkeit und Bescheidenheit'. ›Na also, ehrlich bin ich auf jeden Fall‹, sprach ich mir Mut zu. Die Fragen zu Ehrlichkeit waren dementsprechend einfach zu beantworten. Aber bei Bescheidenheit kam ich ganz schön ins Schleudern. Manche Fragen waren nicht so direkt, aber irgendwie wurde mir beim Beantworten klar, dass ich einerseits ein recht bescheidener Mensch bin. Andererseits habe ich aber auch hohe Erwartungen und möchte am liebsten "alles, davon ganz viel und möglichst sofort" haben. Ich blieb bei meiner Entscheidung und antwortete trotzdem ehrlich und spontan. Wahrscheinlich waren einige meiner Antworten durchaus widersprüchlich. ›Da werden die bei der Auswertung wahrscheinlich ganz schön ins Schwitzen kommen‹, schmunzelte ich in mich hinein.

'Nähe und Distanz' war das nächste Thema. Jetzt wurde es spannend, das war genau mein Thema. Schließlich war ich die letzten Monate vollkommen hin- und hergerissen zwischen kein Mann, Sex aber ohne irgendwelche Verpflichtungen, und jetzt war ich auf der Suche nach mehr … aber nach was eigentlich? Mit den Fragen tat ich mich echt schwer. Wollte ich eher Unabhängigkeit oder Versorgung, mehr Nähe oder mehr Distanz, wollte ich eher dominant sein oder mich unterordnen? Nun ja, ohne viel

Nachzudenken tippte ich einfach mal die Antworten an, die mir spontan in den Sinn kamen.

Ich war schon langsam erschöpft, da kamen noch ein paar Fragen, die mir ziemlich wichtig erschienen. Es ging um meine Erwartungen an meinen zukünftigen Partner. Wie alt, wie groß, sportlich, gesellig, Raucher/Nichtraucher, tierlieb, wie weit weg durfte er wohnen, waren noch die einfachen Fragen. Dann kamen Fragen wie: schon mal geschieden, Hobbies, sexuelle Vorlieben und Erwartungen, Heiratswunsch, Kinder bzw. Kinderwunsch. Mir wurde langsam klar, dass ich gar nicht so genau wusste, wonach ich suche. Ich blieb einfach bei meiner Strategie: ehrlich und spontan antworten. Hoffentlich würde ich damit am Ende auch glücklich werden. Nach gefühlten 500 Fragen wusste ich am Ende gar nicht mehr so genau, was ich alles geantwortet hatte.

Nach ungefähr einer Stunde war ich mit dem Test endlich fertig und hätte am liebsten gleich das Ergebnis gesehen, aber die Auswertung würde ein bis zwei Stunden dauern, wurde ich eines Besseren belehrt. Gleichzeitig wurde mir als alleinerziehende Mutter ein spezielles Angebot gemacht: Wenn ich mich für drei Monate anmelde, müsste ich nur 29 Euro im Monat zahlen und der Test wäre kostenlos. Das war doch ein guter Deal. Meine Neugier siegte und ich meldete mich an.

Lange musste ich nicht warten, bis mir Männer mit sehr hoher Übereinstimmung vorgeschlagen wurden.

Nachdem ich meine Liste der vorgeschlagenen Männer auf nur in Bayern lebende Männer reduzierte, klickte ich einen Unternehmer an, mit dem mich 87 von 100 Punkten verbanden. Eine sehr hohe Übereinstimmung, fand ich und las mir sein Profil durch.

David war selbständiger Unternehmer, 46 Jahre alt, hatte zwei Kinder, Nichtraucher, er war 186 cm groß und mochte Musik, Reisen, Sport und Wein. Am besten gefiel mir seine Aussage, dass für ihn das Wichtigste in seinem Leben war, dass er sich jeden Tag im Spiegel gerade in die Augen sehen konnte. Auch dass er glücklich war, mit dem was er hatte, aber trotzdem Wünsche und Ziele hatte, für die er sich einsetzte.

Laut Testergebnis war er sehr kommunikativ und äußerst konfliktfähig. Stress konnte er ebenfalls gut verarbeiten, na klar, er hatte ja auch Kinder. Außerdem war er neugierig, vielseitig interessiert und sportlich.

Ja, diesen Mann wollte ich kennen lernen. Ich schrieb ihm eine Nachricht, denn nur wenn er antwortet und sein Foto für mich freischaltet, konnte ich mir sein Bild auch anschauen. Ich fühlte eine seltsame Verbundenheit, als ich seine Angaben noch einmal durchlas. ›So ein Quatsch‹, dachte ich mir. ›Warum sollte ich eine Verbundenheit mit jemandem spüren, den ich noch nie gesehen hatte?‹

Ich schaute mir weitere Profile an und es fiel mir noch jemand auf, weil er bei seinen Besonderheiten schrieb, dass ein Straßenkehrer für ihn genauso wichtig wie ein Adeliger war, denn für ihn gilt einzig der Mensch, der dahinterstand. Sehr gut, dachte ich mir. Dazu kam, dass er schön groß (190 cm) und konflikt- und kommunikationsfähig war. Auch ihn schrieb ich an. Während ich noch andere Profile flüchtig durchlas und den ein oder anderen anschrieb, bekam ich bereits die erste Antwort. Der 1,90 Meter große Mann, er hieß Rudolf, wollte mich gern kennen lernen. Er fragte mich nach meiner Email Adresse und ich gab sie ihm, damit wir privat weiter mailen konnten. Ich zuckte zusammen, als kurz darauf mein Telefon läutete. Es war bereits 22:24 Uhr. ›Wer ruft mich denn so spät noch an?‹ fragte ich mich und hob ab.

49

»Hallo Priscilla, hier ist Rudolf.« Seine angenehm tiefe Stimme überraschte mich sehr positiv. Trotzdem war ich irritiert.

»Woher hast du denn meine Telefonnummer?«, fragte ich verblüfft.

»Aus dem Internet natürlich. Ich habe vermutet, dass der Name in deiner Email Adresse dein richtiger Name ist und schnell mal nachgeschaut. Du wirst es nicht glauben, aber ich wohne keinen Kilometer Luftlinie von dir entfernt.«

»Ach so?« Jetzt wurde er mir doch unheimlich. Er wusste bereits mehr von mir, als ich zum jetzigen Zeitpunkt hätte preisgeben wollen. »Wo wohnst du?«, fragte ich unsicher.

»Kennst Du den Bauernhof am Golfplatz?«

»Ja, da bin ich schon öfter vorbeigejoggt.«

»Da wohne ich. Und damit es wieder ausgeglichen ist, willst Du meinen Nachnamen wissen?«

»Natürlich.« Ich würde mir das Namensschild sowieso beim nächsten joggen anschauen.

»Du kennst doch die Kaffeerösterei am Ortsende?«

»Ja, Du meinst die Kaffeerösterei Frekner?«

»Ja genau, diese Firma hat mein Vater aufgebaut. Rudolf Frekner senior.«

Das machte natürlich Eindruck.

»Und Du hast die Firma Deines Vaters übernommen.«

»Nein, das ist so gar nichts für mich gewesen. Mein Vater hat sie verkauft, weil er in Rente gegangen ist.«

»Und welches Unternehmen führst Du?«

»Wie kommst Du darauf?«

»Weil in Deinem Profil Unternehmer steht.«

»Ach so, ja, ich habe auch eine unglaublich tolle Firma aus dem Nichts heraus aufgebaut. Aber ich wurde von einem Freund ordentlich gelinkt und habe alles verloren.«

›Ganz schön ehrlich‹, dachte ich mir. ›Aber warum stand in seinem Profil dann, dass er Unternehmer war? Immerhin wusste ich jetzt wenigstens schon mehr über ihn, als er über mich.‹

»Und wenn ich sage, ich habe alles verloren, dann meine ich auch, dass ich alles verloren habe. Mein Zuhause, meine Frau und meine beiden Kinder. Alles ist weg«, erzählte Rudolf weiter und ich hörte die Bitterkeit in seiner Stimme.

»Meine Frau behandelte mich nach der Pleite wie einen Versager. Ich war Zuhause nur noch geduldet. Es war nicht auszuhalten. Die Firma war mein eigenes kleines Baby, verstehst Du das? Es sah so gut aus. Wir wollten schnell wachsen und konnten uns vor Aufträgen kaum retten. Ich war fast Tag und Nacht in der Firma und habe mich um alles selbst gekümmert. Nur die Finanzen habe ich meinem damaligen besten Freund anvertraut.«

»Ich kann Deinen Schmerz verstehen, aber ich kann auch Deine Frau verstehen, dass sie enttäuscht ist.«

»Als das Geld noch floss, hat sie mir das auch nicht übel genommen. Sie wusste, worauf sie sich mit mir einlässt. Aber wenn es schiefgeht denkt niemand mehr an den Passus: In guten wie in schlechten Zeiten.«

Ich konnte seine Verbitterung nachvollziehen, andererseits fand ich sein Verhalten auch ein wenig verantwortungslos. Spätestens wenn Kinder da sind, sollte für Sicherheit gesorgt werden. Zudem fühlte ich mich kurz an meinen Exmann erinnert, der bei meinem Wunsch nach Trennung ähnlich reagiert und auf »bis dass der Tod euch scheidet« bestanden hatte. Männer vergaßen anscheinend gern den übrigen Text, wie z.B. dass die Männer ihre Frauen lieben und ehren sollten.

»Aber ich bin mir sicher, ich werde es noch einmal schaffen eine Firma aufzubauen. Dieses Mal vertraue ich nur mir selbst.«

»Aber wenn Du Insolvenz anmelden musstest, dann darfst Du in nächster Zeit doch gar keine Firma gründen, oder?« So genau kannte ich mich nicht aus, aber das hatte ich von einem guten Freund meines Ex-Mannes gehört.

»Da gibt es mehrere Möglichkeiten. Das schaffe ich schon.«

»Wie oft siehst Du denn momentan Deine Kinder?«, wechselte ich das Thema.

»Meine Exfrau gibt sie mir nur selten. Ich muss sie jedes Mal von Salzburg abholen und wieder hinbringen. Ich vermisse sie sehr. Sie sind die Einzigen, die mir wirklich leidtun.«

Mein Herz weitete sich und ich hatte Mitleid mit ihm.

»Ich habe übrigens dein Bild ausgedruckt und schon mal analysiert«, wechselte Rudolf abrupt das Thema.

»Ach so? Und was ist dabei herausgekommen?«

»Dass Du nicht so hart bist, wie Du auf dem Foto wirkst. Ich glaube, Du bist sehr sensibel und warmherzig. Ehrlich gesagt bist Du aber gar nicht mein Jagdrevier. Ich bin der Meinung, dass eine Frau mindestens 10 Jahre jünger als ihr Mann sein sollte, damit eine Beziehung funktioniert. Du bist aber nur 6 Jahre jünger.«

»Okay, und warum telefonieren wir dann miteinander?« fragte ich leicht genervt.

»Habe ich dir ja schon gesagt. Weil du sensibel und warmherzig bist. Wir sollten uns treffen.«

»Schick mir doch erst einmal Dein Foto. Im Moment bist Du ganz klar im Vorteil.«

»Habe ich gerade gemacht. Du brauchst es nur zu öffnen. Ich warte solange am Telefon.«

Schnell loggte ich mich noch einmal ein und öffnete sein Foto. Er sah wirklich gut aus. Auf dem Foto wirkte er wie ein Mann auf der Überholspur. Selbstbewusst und sehr männlich.

»Okay, wann sehen wir uns?«, fragte ich kurzentschlossen.

Er lachte sympathisch ins Telefon. »Am 1. Mai?«

»Okay, wo?«

»Ich komme zu dir zum Frühstück und bringe Semmeln mit.«

Schnell überlegte ich, ob meine Kinder an dem Tag bei Bernhard sein würden.

»Also gut, dann bis zum 1. Mai.« Wir tauschten unsere Handynummern aus, weil Rudolf keinen Festnetzanschluss hatte.

Ich legte auf und starrte den Hörer an. ›Welche Uhrzeit? Er wird sich schon melden‹, dachte ich mir. ›Unglaublich, wie schnell das jetzt mit einem ernsthaften Date geklappt hat. Wie sollte ich meine Neugierde die nächsten anderthalb Wochen aushalten?‹, fragte ich mich sorgenvoll, bis mir ein rettender Gedanke kam: ›Vielleicht ist das doch gar nicht so schlecht, dann ich vorher Frau Müller befragen.‹

Ungeduldig wartete ich vor Frau Müllers Anwesen. ›Sie wird den Termin doch nicht vergessen haben?‹, fragte ich mich.

Als endlich eine weiße Mercedes S-Klasse vorfuhr und sich das Tor öffnete, war ich erleichtert und angespannt zugleich. Was sie mir wohl sagen würde?

Das Fenster fuhr herunter und eine rothaarige, freundlich aussehende Mittfünfzigerin beugte sich aus dem Fenster und fragte: »Sind Sie Frau Paulus?«

Ich war so fasziniert von dieser Frau, dass mir kein Wort über die Lippen kam.

Nachdem ich nickend bejahte, fuhr sie fort: »Entschuldigen Sie die Verspätung, aber ich komme selten pünktlich aus der Praxis.« Sie sah meinen fragenden Blick und lachte: »Ich bin Tierärztin!«

Ich lächelte freundlich aber immer noch unsicher zurück, unfähig eine sinnvolle Antwort zu geben.

»Ich fahr schnell vor die Garage. Sie können gern schon zum Haus kommen.«

Als ich die Auffahrt hinaufging, fielen mir die pompöse Villa und der gepflegte Vorgarten auf. Die Villa war in Cremeweiß gehalten. Leicht altmodisch mit zwei Säulen, die das Vordach hielten. Im Garten lagen und standen unzählige Skulpturen, ebenfalls in einem Cremeweiß.

Ich fragte mich, warum sie sich für 50 Euro pro Sitzung anderen Menschen als Wahrsagerin zur Verfügung stellt. Das hatte sie doch gar nicht nötig.

Frau Müller war vor mir aus dem Auto gestiegen und ins Haus gehuscht. Eine sehr schlanke Frau. Eher zu dünn. Sie hatte die Haustür offen gelassen und rief mir zu, ich sollte doch einfach hineinkommen.

Bevor ich über die Schwelle ging, zögerte ich kurz. War es wirklich richtig von mir, mich noch einmal der Magie auszusetzen? Hatte ich nicht versprochen, mich mehr mit meinem Glauben an Gott zu befassen? Angst stieg in mir hoch. Was wäre, wenn ich mich der dunklen Macht auslieferte, sobald ich dieses Haus betrat? Ich sah die traurigen Augen meiner Mama vor mir. Ich schluckte, gelobte heimlich Besserung und betete ängstlich in Gedanken: ›Jesus, ich weiß, dass ich eigentlich nicht hier sein dürfte. Bitte beschütze mich vor dem Bösen. Du weißt, warum ich hier bin. Wenn Du mir bitte nur einmal zeigst, was mich erwartet, dann werde ich mich ändern.‹

»Kommen Sie doch endlich hinein! Sie brauchen nicht so schüchtern zu sein!«, rief Frau Müller aus dem Inneren des Hauses.

Im Eingangsbereich überlegte ich kurz, ob ich meine Schuhe ausziehen sollte.

»Die Schuhe können Sie anlassen!«, rief Frau Müller aus dem angrenzenden Zimmer, als könnte sie meine Gedanken lesen. Langsam näherte ich mich der angelehnten Tür und klopfte leise.

»Hereinspaziert! Ich wollte nur schnell alles vorbereiten.« Sie zündete gerade eine Kerze auf dem Tisch an. Lächelnd kam sie auf mich zu und streckte mir die Hand entgegen.

»So, jetzt wie es sich gehört. Schön, dass Sie da sind. Sie dürfen sich gern auf diesen Stuhl setzen.«

Neugierig sah ich mich kurz in dem Zimmer um. Große Gemälde hingen an den Wänden und eine mächtige rote Couch stand einladend vor einem Kamin. Durch die großen Fenster wirkte das Zimmer hell, beinahe freundlich. Es sah wirklich nicht düster aus. Langsam entspannte ich mich.

»So, wo drückt denn der Schuh?«

Ich schaute ihr in die Augen und konnte nichts Böses erkennen. Also setzte ich mich auf den Stuhl, Frau Müller gegenüber und begann zu erzählen.

Ich erzählte ihr von meinem Exmann und wie enttäuscht ich vom Leben war. Wie sehr ich mir einen Mann wünschte, den ich wieder lieben konnte. Außerdem wollte ich wissen, ob ich mein Buch irgendwann veröffentlichen würde und ob ich damit Geld verdienen konnte.

»Gut, dann schauen wir mal«, sagte Frau Müller schließlich und nahm einen Stapel Karten in die Hand, den sie sorgfältig zu mischen begann.

»Während ich mische, wäre es wichtig, dass sie an die für sie wichtigen Themen denken. Wenn sie das Gefühl haben, es reicht, dann sagen sie einfach Stopp.« Zustimmend nickte ich. Wieder machte sich ein Gefühl der Beklemmung in mir breit.

Bevor ich an meine Themen dachte, betete ich noch einmal in Gedanken:

›Jesus ich habe Angst. Bitte verzeih mir, dass ich hier sitze. Lass diese Frau bitte nur sehen, was sie mir sagen darf. Ich weiß, es ist blöd, es ist falsch, aber bitte hilf mir durch diese Situation durch.‹ Anschließend konzentrierte ich mich auf einen großen Mann, der an meiner Seite ging und mit dem ich mich wohlfühlte. Ein warmes Gefühl durchströmte mich. Danach dachte ich an mein Buch. Da konnte ich allerdings nichts fühlen, daher sagte ich Stopp.

»Gut«, sagte die Wahrsagerin, öffnete ihre Augen und gab mir den Kartenstapel. Ich sollte die Karten nehmen und in drei Stapel einteilen. Danach drehte sie die obersten Karten der drei Stapel um.

»Also die Hauptthemen sind Ihr Exmann, ihr zukünftiger Mann und ihre Kreativität. Das ist schon mal gut getroffen.«

Sie legte die drei Stapel wieder in der ursprünglichen Reihenfolge zusammen und teilte sie in einem großen Bild aus. Ich hielt es vor Anspannung kaum noch aus. Sie murmelte vor sich hin und deutete kreuz und quer auf alle möglichen Karten.

»Also, die Geschichte mit ihrem Exmann musste so enden, wie es passiert ist. Sie hätten nichts tun können, um ihn aufzuhalten. Er konnte mit Ihnen nicht glücklich sein, denn sie konnten ihm nicht geben, was er brauchte.«

Irgendwie wollte ich gar nicht wissen, was genau sie damit meinte.

»Die Spielereien mit anderen Männern sind so gut wie vorbei. Ein toller Mann ist schon in ihrem Bild, aber ich darf Ihnen nicht sagen, wann Sie ihn treffen.«

Ich fühlte einen Stromstoß in meinem Inneren, der mir sagte, der Mann, den sie gerade sieht, der ist mein Traummann. Aber anstatt Wärme, breitete sich Panik in mir aus.

»Wie erkenne ich ihn denn?«

Hm, er hat zwei Kinder. Sie werden sich Sorgen machen, ob er zu seiner Frau zurückgeht. Aber er hat seine Vergangenheit abgeschlossen. Ganz sicher. Er selbst ist Finanzier, ich sehe, dass er mit Geld arbeitet. Außerdem ist er viel unterwegs. Er ist ein ehrlicher Mann. Daran können Sie ihn erkennen. Davon gibt es nicht besonders viele.«

Alles was Frau Müller über meinen zukünftigen Mann sagte, brannte sich in mein Gedächtnis. Ich wusste, ich würde ihn nun erkennen.

»Und ihr Buch sehe ich hier auch. Es wird sehr schwierig, sie haben hohe Berge zu überwinden, aber dann winkt der Erfolg. Ich sehe ein großes Haus. Es könnte ein großer Verlag sein. Es ist eine Frau, die Sie dorthin vermittelt. Es könnte sein, dass sie diese bereits kennen.«

Gedanklich ging ich alle Frauen durch, die ich kannte, aber mir fiel nur eine Bekannte ein. Sie versprach mir immer wieder, etwas für mich tun zu können, kam aber nicht weiter, als darüber zu reden.

»Es wird sehr, sehr schwierig für Sie.« Frau Müller starrte auf das Kartenbild und runzelte ihre Stirn.

›Doch so schlimm?‹, dachte ich mir traurig.

»Aber ihr zukünftiger Traummann wird Ihnen helfen.« Frau Müller strahlte mich an. »Etwas Besseres kann Ihnen nicht passieren!«

Wieder tippte sie murmelnd ein paar Karten an, als ob sie sie zählte.

»Es dauert einige Jahre, aber ihr Buch wird ein voller Erfolg! Ich sehe, dass es in viele Sprachen übersetzt und verfilmt wird. Ich wäre gern auf ihrer Buchvorstellung dabei.« Bittend sah sie mich an. »Es reicht mir, wenn ich einen Platz in der hintersten Reihe bekomme.«

Verwirrt sah ich in ihre fragenden Augen. »Natürlich«, sagte ich und fühlte erneut diese Beklemmung. Ihr Blick ruhte noch eine Weile schweigend auf meinem Gesicht. Als würde sie sich mein Aussehen einprägen.

Anschließend sah sie noch einmal auf das Kartenbild, bevor sie die Karten zusammenschob.

»Wie viel schulde ich Ihnen?«, fragte ich unbeholfen.

Ohne mich anzusehen, reichte sie mir eine kleine Truhe.

»Fünfzig Euro. Bitte klein zusammenfalten und hier hineinlegen.«

Nachdem ich ihre Anweisung befolgt hatte, bedankte sie sich und stand auf, um mich zu verabschieden.

Als ich in meinem Auto saß, spürte ich ein Glücksgefühl. Ich wusste, ich würde meinem Traummann begegnen. Mein Bucherfolg, auf den ich heimlich jetzt schon hoffte, müsste noch etwas warten. Mein Traummann würde mir helfen, alle Schwierigkeiten zu bewältigen. Unglaublich.

Ich vergaß nicht, Jesus für seinen Schutz zu danken und dass ich nichts Furchtbares erfahren hatte. Während ich still dankte, hatte ich das Gefühl, heute die Wahrheit gehört zu haben. Obwohl es sicher nicht das Richtige war, eine Wahrsagerin zu konsultieren, hatte ich das Gefühl, dass Jesus mir nahe und nicht böse war, weil er wusste, wie verzweifelt ich tief in meinem Herzen war.

Ich startete den Motor und konnte gar nicht aufhören zu grinsen.

50

Ich fieberte auf mein Treffen mit Rudolf hin. Er hatte zwei Kinder. Vielleicht war er ja mein Traummann, obwohl er im Moment pleite war. ›Alles wird die Wahrsagerin ja auch nicht sehen können‹, redete ich mir ein.

Er hatte mir per SMS mitgeteilt, dass er um 10:00 Uhr zu mir kommen würde und sich schon sehr auf unser gemeinsames Frühstück freut.

Verzweifelt probierte ich alle möglichen Kleider an, aber keines war für ein Frühstück geeignet. Ich wollte nicht zu gestylt aussehen, aber in Jeans und T-Shirt fühlte ich mich auch nicht wohl. Letzten Endes entschied ich mich für eine Jeans mit weißer Bluse. Ich schminkte mich ausgiebig. Mit "smokey eyes" sah ich viel unnahbarer aus, als ich in Wirklichkeit war. Ich wollte erstmal etwas Abstand haben.

Obwohl ich sehr früh aufgestanden war, kam ich jetzt doch noch ins Rotieren. Der Tisch war noch nicht gedeckt und der Obstsalat noch nicht geschnitten. Ich beeilte mich und schaute bei jedem Geräusch aus dem Fenster. Welches Auto er wohl fuhr? Ich vermutete eher eine ausländische Marke, da er ja sein ganzes Geld verloren hatte. Als der Frühstückstisch zu meiner vollsten Zufriedenheit gedeckt war, atmete ich auf. Schnell überprüfte ich mein Make-up und tupfte mir vorsichtshalber noch einmal über mein Gesicht. Endlich klingelte es an der Tür. Er sah noch besser aus, als auf dem Foto. Groß, schlank, durchtrainiert und blaue Augen. Ich fürchte, ich bekam meine Kinnlade nicht mehr hoch. ›Wow‹, dachte ich mir, ›ein echtes Sahneschnittchen hätte Jessi jetzt gesagt.‹

»Sorry, aber wo kann ich mein Fahrrad abstellen, ohne dass es geklaut wird?«, fragte er, nachdem wir uns begrüßt und ausgiebig gemustert hatten.

»Ähm ja, ich weiß auch nicht.« ›Was für eine dämliche Antwort‹, schalt ich mich. Völlig konfus zeigte ich in den Garten.

»Soll ich es in den Garten bringen?«, fragte er lächelnd.

»Ja genau«, erwiderte ich erleichtert. »Du kannst es hinter dem Haus auf der Terrasse abstellen. Da wird es sicher nicht geklaut.« Ich lachte unsicher. ›Was für ein toller Typ‹, dachte ich mir und meine Nervosität stieg.

Zum Frühstück hatte ich eine ordentliche Wurstauswahl mit Leberkäsaufschnitt, Mortadella, Kalbsfleischwurst, unterschiedliche Salamisorten, einer feinen und einer groben Streichwurst, sowie einen Käseteller mit einer Auswahl von einem jungen Pecorino über einen Bio Bergkäse und einem Camembert bis hin zu einem mit Feige gefüllten Ziegenkäse. Dazu gab es meinen frischen Obstsalat, eine Auswahl an selbstgemachten Marmeladen meiner Mutter, Honig und Nutella. Ich war mir sicher, dass er so einen liebevoll gedeckten Tisch noch nie gesehen hatte und überwältigt sein würde.

»Hast du zufällig Zimt und Naturjogurt da?«

»Ja natürlich.«

»Der Obstsalat schmeckt nämlich mit Zimt und Naturjogurt am besten.«

Als ich es holen wollte, sprang er auf und sagte: »Nein, nein, du bleibst einfach sitzen. Du hast heute schon genug in der Küche gearbeitet. Sag mir einfach, wo ich Zimt und Jogurt finde.«

Ich fühlte mich unwohl bei dem Gedanken, dass er gleich bei unserem ersten Treffen einen Einblick in meine Schubladen und meinen Kühlschrank bekommt. Mein Kühlschrank war weder besonders aufgeräumt noch wirklich sauber, und meine chaotischen Schubladen würden dem Blick meines neuen Traummannes vermutlich nicht standhalten. Hätte ich während meines Putzwahns doch nur an den Kühlschrank und an die Schubladen gedacht!

Während ich noch überlegte, wie ich Rudolf davon abhalten könnte, in die Küche zu gehen, war er schon unterwegs. Zum Glück achtete Rudolf scheinbar nicht so auf die Ordnung und holte schnell alles zum Tisch. Er füllte zwei kleine Schalen mit Obstsalat für uns beide. ›Sehr aufmerksam‹, dachte ich. Obwohl ich Zimt überhaupt nicht mochte, nickte ich begeistert nach dem ersten Löffel. Ich fand Rudolf einfach toll und wenn es sein musste, dann auch bei Obstsalat mit Zimt. Rudolf fühlte sich anscheinend wohl bei mir und war voll in seinem Element. Er beherrschte in Sekundenschnelle mein ganzes Haus und mich.

Tapfer aß ich den Obstsalat, obwohl ich außer Zimt nichts schmecken konnte. Meiner Mimik konnte er das sicher nicht ansehen, weil ich seinem prüfenden Blick mit einem genießerischem »Mmh, lecker!« begegnete.

Als ich ihm meine Wurst- und Käseauswahl anbot, lehnte er dankend ab. »Nein, nein, so einen Schmarrn esse ich nicht mehr. Das macht alles nur dick und ist hochgradig ungesund«, sagte er mit einem resoluten Kopfschütteln und ich schaute fasziniert auf seine Wangen, die dabei ein wenig hin und her wabbelten. ›Wie kann es sein, dass bei einem durchtrainierten Mann in seinem Alter die Wangen bereits wabbeln‹, fragte ich mich verwundert. Aber er unterbrach meine Gedanken und fuhr, mit streng an mich gerichteten Blick, fort: »So etwas solltest auch Du auf gar keinen Fall essen.« Sein erhobener Zeigefinger wackelte dabei mahnend hin und her.

»Ich wollte dir nur eine schöne Auswahl zum Frühstück bieten«, erwiderte ich entschuldigend.

»Ich habe nach meiner Trennung zwölf Kilo abgenommen. Seitdem esse ich sehr bewusst. Wenig Fett, keinen Zucker und kein Weißmehl. Das musst du dir merken.« Während er mich belehrte, wanderte sein streng prüfender Blick bis zur schützenden Tischkante an mir herunter. Ich fühlte mich unwohl und wünschte mir, ich hätte ein bisschen weniger auf den Rippen.

»Mach dir nichts draus. Du schaffst das auch noch«, versuchte er mich zu beruhigen, aber ich fühlte mich alles andere als beruhigt. So unauffällig wie möglich, zog ich meinen Bauch ein. Seine Bemerkungen hinterließen bei mir den Eindruck, dass ich das hässliche Entlein und er der schöne, über Alles erhabene Schwan war und nur er wusste, wie man zu diesem Ergebnis kam.

Selbstbewusst führte er unsere Kommunikation bei Tisch. Ich beobachtete ihn aufmerksam mit einem leicht unterwürfigen Blick, den ich jahrelang trainiert hatte. Ich wusste, wie ich einem Mann das Gefühl geben konnte, dass er ein toller Hecht war. War Rudolf wirklich selbstbewusst, oder tat er nur so? Es machte ihn anscheinend glücklich, dass er mich nun dort hatte, wo er eine Frau am liebsten sah - weit unten und zu ihm aufschauend. Deshalb musste eine Frau auch 10 Jahre jünger sein. Jetzt verstand ich ihn. ›Warum konnten manche Männer nur selbstbewusst sein, wenn die Frau unterwürfig war?‹, fragte ich mich enttäuscht. Resigniert kam ich zu der Erkenntnis, dass Rudolf wohl keine Frau auf Augenhöhe wollte. Dafür gab es andere Übereinstimmungen. Rudolf hing an seinem Wohnort genauso wie ich, also müsste ich nie von Grünwald wegziehen. Er war groß genug, dass ich endlich hochhackige Schuhe anziehen konnte und er sah attraktiv aus. Das musste erst einmal reichen.

»Schade, dass du nicht mein Jagdrevier bist«, holte Rudolf mich auf die Erde zurück. ›Jetzt musst du um ihn kämpfen‹, sagte mir mein Gehirn, während mein Magen sich bei dieser Zurückweisung schmerzhaft zusammenzog.

»An welchen Punkten machst du eigentlich fest, ob eine Frau dein Jagdrevier ist oder nicht?«, fragte ich mit einem möglichst unschuldigen Blick und versuchte ruhig zu bleiben.

Abrupt schob er seinen Stuhl nach hinten und ging zu seiner Jacke, die auf dem Sofa lag. Verwundert beobachtete ich ihn, wie er umständlich ein Papiertaschentuch aus seiner Jackentasche holte, es in zwei Stücke riss und in die eine Hälfte hinein schnäuzte.

»Wo ist die Gästetoilette?«, fragte er, schaute sich um und war schon unterwegs, bevor ich ihm die Richtung zeigen konnte. Ich hörte, wie er den Klodeckel öffnete. Nachdem er den Deckel gleich darauf wieder geräuschvoll schloss, vermutete ich, dass er dort sein gebrauchtes Taschentuch hinein geworfen hatte. Während ich mich wunderte, was mit ihm los war, kam Rudolf auch schon zurück ins Esszimmer.

»Du bist einfach zu alt für mich, das habe ich dir ja schon am Telefon gesagt. Und du hast bereits Kinder. Ich suche eine Frau ohne Kinder, oder zumindest mit ganz kleinen Kindern, die mit mir groß werden, als ob ich ihr Vater wäre.«

Rudolf schaute mich nachdenklich an, während er sich wieder hinsetzte. »Aber du bist durchaus auch interessant. Du hast etwas an dir, was mich anzieht. Ich weiß nur noch nicht, was es ist.«

›Na bravo‹, dachte ich mir und wartete ab.

»Gehört das Haus eigentlich dir?«, fragte Rudolf und stand wieder auf, um prüfend ins Wohnzimmer zu schauen. Meine Alarmglocken begannen zu läuten, jedoch stellte ich sofort den Ton aus. Umständlich, aber ehrlich erzählte ich ihm, wie mein Exmann und ich es mit dem Haus geregelt hatten.

»Zeig es mir!«

Verständnislos schaute ich ihn an. Ich stand total auf der Leitung und wusste nicht, was er eigentlich wollte. Noch weniger wusste ich, was ich jetzt tun sollte. Ich fühlte mich total überrannt.

»Das Haus!«, fügte er fordernd hinzu, »Zeig es mir!«.

Ich hob bejahend meine Schultern und überlegte fieberhaft, ob die Zimmer ordentlich aufgeräumt waren. Es müsste halbwegs passen. ›Oh je‹, durchfuhr es mich, ›ich hatte die vielen Kleider, die ich heute Morgen anprobiert hatte, noch nicht weggeräumt.‹ Natürlich musste ich ihm mein Haus zeigen, wenn es das war, was er jetzt machen wollte und ging zur Treppe, die nach oben führte. Vielleicht würde er ja seine Meinung ändern, was sein Jagdrevier betraf.

»Lass uns im Keller anfangen.«

Ich schluckte. Der Keller war nicht wirklich aufgeräumt. Zumindest stapelten sich dort gerade Kisten und die Schmutzwäsche hatte ich heute Morgen auch nur die Treppe hinunter geworfen.

»Warum sollten wir denn mit dem Keller anfangen?«, fragte ich grinsend.

»Weil man immer im Keller anfangen muss. Es ist eine alte chinesische Weisheit. Alles andere bringt Unglück.«

Mit chinesischen Weisheiten kannte ich mich gar nicht aus, also biss ich in den sauren Apfel und änderte meine Richtung.

»Also gut, aber ich muss dich warnen, der Keller ist nicht besonders aufgeräumt.«

»Das macht doch nichts. Mein Keller war früher auch nie aufgeräumt.«

Wir gingen in den Keller hinunter, Rudolf schaute in jedes Eck und war sehr interessiert. Eine Kiste, die ich allein nicht stemmen konnte, hob er hoch und schob sie ins Regal. Er räumte verschiedene Dinge aus dem Weg, damit ich besser durchgehen konnte und verstaute eine rostige Stange, damit sich meine Kinder nicht daran verletzen.

›Mama mia‹, dachte ich mir und es war plötzlich für mich nicht mehr unangenehm, dass ein fremder Mann meinen Keller bestaunte. Warum auch, wenn er gleich mit anfasst.

Wir gingen durch das ganze Haus und ich wusste, er war eigentlich mehr Luxus gewöhnt, aber so schlecht fand ich mein Zuhause auch wieder nicht. Er sagte keinen Ton, schaute sich aber jedes Eck, jedes Möbelstück und jede Dekoration genauestens an.

Zum Schluss gingen wir in den Garten und während ich mich auf der Terrasse an den Gartentisch setzte, ließ er sich ins Gras fallen.

»Ich sitze am liebsten in der freien Natur. So konventionell am Tisch zu sitzen, das habe ich lange genug gehabt.«

»Wenn es weiter nichts ist«, antwortete ich verständnisvoll und setzte mich zu ihm auf den Rasen. Es war ein seltsames Gefühl, das ich nicht beschreiben konnte. Es fühlte sich ungewöhnlich an, aber irgendwie auch interessant.

»Was schreibst du denn so?«, wollte er wissen. Ich hatte mich in meinem Profil nicht als Beamtin, sondern als Autorin beschrieben, weil todsicher niemand eine Beamtin kennen lernen will. Nachdem ich ja ein Buch bereits veröffentlicht hatte, hatte ich mich ohne schlechtes Gewissen Autorin genannt.

»Ich habe die Geschichte meiner Eltern in Romanform geschrieben.«

»Darf ich dein Buch einmal sehen?«

»Natürlich.« Bereitwillig ging ich ins Haus und holte ein Exemplar.

Rudolf blätterte ein wenig darin herum und schaute mich dann ernst an. »Du kannst nicht schreiben. Dein Schreibstil ist nicht ansprechend. Es mag ja sein, dass du außergewöhnlich viel Fantasie hast. Aber dann solltest du dir als erstes einen Ghostwriter suchen, der deine Geschichte überarbeitet.«

Das tat weh. Ich ließ mir ein wenig Zeit mit meiner Antwort.

»Du hast Recht, ich muss noch viel dazu lernen, aber ich will es allein schaffen und ich werde es schaffen. Außerdem wurde es von dem Verlag lektoriert.« Ich schaute ihn freundlich an und hoffte, dass er selbst merken würde, dass hier eine Grenze war, die er besser nicht überschreiten sollte.

»Deine Rhetorik lässt auch zu wünschen übrig, deshalb weiß ich, dass du nicht schreiben kannst.«

Er musste irgendetwas in meinem Blick aufgefangen haben, denn er fügte schnell beschwichtigend hinzu: »Ich hatte das gleiche Problem, aber ich habe mehrere Rhetorikkurse belegt, um an mir zu arbeiten. Das solltest du auch tun.«

»Ich werde wohlwollend darüber nachdenken.« Ich blieb immer noch freundlich, obwohl er jetzt deutlich zu weit gegangen war. ›Will er jetzt sehen, wie lange er mich provozieren kann, ohne dass ich ihn rauswerfe?‹, fragte ich mich und beobachtete ihn genau. Jetzt müsste er eigentlich lächeln, damit ich sah, dass es nur ein Test war, aber er lächelte nicht.

»Ich meine es nur gut mit dir.«

»Vielen Dank«, war die belangloseste Antwort, die mir gerade einfiel. Ich musste mich beherrschen, ihm nicht klar aufzuzeigen, wie daneben sein Benehmen war.

In der folgenden Stille lag etwas Zerbrochenes. Ich kämpfte mit den Tränen. Im Nachhinein betrachtet, wäre jetzt der richtige Zeitpunkt gewesen, sich zu verabschieden.

»Weißt Du, was wir jetzt machen? Du ziehst dir ein Dirndl an und wir gehen auf die Maifeier in Wangen. Einverstanden?« »Hm, ich weiß nicht«, antwortete ich unentschlossen. »Ach komm. Eigentlich wollte ich da allein hingehen, aber irgendwie hast du es mir angetan. Lass uns zusammen hingehen.«

51

Ich fragte mich, womit ich es ihm angetan hatte, wenn ich weder jung noch kinderlos war und zusätzlich eine miserable Rhetorik zu eigen hatte. Ich beschloss, dieses Kompliment, dass ich es ihm ja doch irgendwie angetan hatte, auf der Habenseite zu verbuchen und mich gut zu fühlen. Eigentlich hatte ich für den Tag ohnehin nichts mehr geplant gehabt und wenn ich ehrlich war, wollte ich jetzt lieber nicht allein sein.

»Also gut. Gib mir eine halbe Stunde, damit ich mich umzuziehen kann.«

»Ok, ich hole dich mit dem Auto ab.«

Sportlich stand er auf und reichte mir beide Hände, um mich vom Rasen hochzuziehen. Dabei kamen sich unsere Gesichter sehr nahe. Ich schaute auf den Boden. Ich spürte ein leichtes Kribbeln, aber ich wollte jetzt nicht von ihm geküsst werden. Er verstand mein Signal und ließ mich wieder los.

»Also bis gleich«, rief er fröhlich und verschwand mit seinem Fahrrad durch das Gartentor.

Ich beeilte mich und war tatsächlich fertig, als er nach 25 Minuten klingelte.

»Du warst ja richtig schnell«, sagte er und sein Gesicht strahlte. »Ich hatte schon befürchtet, dass ich dir beim Anziehen helfen muss.«

»Das schaffe ich ganz gut allein, vielen Dank.«

»Dein Dirndl schaut wirklich hübsch aus«, schwenkte er schnell um und schaute mich bewundernd an.

»Danke. Schade, dass nur mein Dirndl gut aussieht«, versuchte ich ihn aus der Reserve zu locken.

Sein Blick verdüsterte sich und ich fühlte einen Kloß in meinem Hals.

»Ich mag keine geschminkten Frauen.«

»Du magst keine geschminkten Frauen?«, erwiderte ich verwundert.

»Ja, ich finde es verfälscht den Blick und angemalte Frauen sehen irgendwie böse aus.«

»Soll ich mich abschminken?« Er wusste gar nicht, wie sehr ich mich mit diesem Angebot für ihn aus dem Fenster lehnte. Das hätte ich bislang nicht für möglich gehalten, dass ich für einen Mann ungeschminkt aus dem Haus gehen würde.

»Wenn es dir nichts ausmacht, dann gerne.« Seine Augen schauten mich so dankbar an, dass ich ihm nicht böse sein konnte. Schnell schminkte ich mich ab und ließ nur etwas Mascara auf den Wimpern. Das musste reichen, dachte ich mir.

»So gefällst du mir richtig gut«, empfing er mich freudestrahlend und nahm mich in den Arm und drückte mich fest an sich.

Wenn es ihn so glücklich machte, dann konnte ich auch auf Schminke verzichten, dachte ich mir.

»Ich habe gerade gesehen, dass ich nicht mehr so viel Benzin im Tank habe. Meinst Du, wir könnten mit deinem Auto fahren?«

»Ja, natürlich. Du musst mir nur sagen, wohin wir fahren.«

Rudolf nahm mir den Autoschlüssel aus der Hand, öffnete die Fahrertüre und verbeugte sich, um mich einsteigen zu lassen. ›Etwas übertrieben, aber besser als keine Aufmerksamkeit‹, ging es mir durch den Kopf.

Wir fuhren eine halbe Stunde über holperige Sträßchen, bis wir endlich in Wangen beim Maifest waren. Dort herrschte bereits reger Betrieb und wir mussten uns zum Ausschank durchkämpfen. Rudolf hielt meine Hand und versuchte mir eine Schneise durch die Menschenmenge zu bahnen. Er war jetzt sehr lieb zu mir und zwinkerte mir immer wieder zu. Als wir die bestellten zwei Maß Bier bekamen, nahm er sie gleich und raunte mir ins Ohr: »Mist, ich habe meine Geldbörse bei mir im Auto liegen lassen. Kannst du bitte schnell zahlen?«

Es machte mir nichts aus und natürlich zahlte ich die Rechnung. Wir drängten uns wieder durch die Menge zum Ausgang des Zeltes.

»Lass uns auf die Felder gehen.«

Erstaunt schaute ich ihn an. »Ich dachte, du wolltest auf das Maifest?«

»Ja, aber es ist mir zu viel Rummel hier im Moment.«

Er gab mir meine Maß und als wir anstießen, blickte er mir tief in die Augen. Ich war hin und weg von ihm. Wir gingen zu einer Scheune, wo Rudolf seine Haferlschuhe und die Trachtensocken auszog.

»Komm, mach mit«, sagte er lachend, als er meinen erstaunten Blick sah.

Etwas unsicher zog ich meine Schuhe ebenfalls aus, aber als meine Füße das Gras berührten, fühlte ich mich unglaublich wohl.

Wir versteckten unsere Schuhe in der Scheune und liefen dann Hand in Hand über die Wiese. Immer wieder machten wir eine kleine Pause, um anzustoßen, zu trinken und uns zu küssen. Das Küssen gehörte hier einfach dazu. Ich war wie berauscht. Es war so anders mit Rudolf. Er war anders als alle Männer, die ich zuvor kennen gelernt hatte. Mal kompliziert, mal unkompliziert, aber auf jeden Fall interessant. Ich hatte das Gefühl zu schweben, sah nur die Felder rings um uns herum. Es war so unglaublich schön, so befreiend und irgendwie unwirklich. Ich hatte wohl den einzigen Mann erwischt, der genauso Geschäftsmann wie Romantiker sein konnte, dachte ich mir. Meine Alarmglocken blieben ausgeschaltet und ich genoss den Augenblick.

»Hier bleiben wir«, entschied er nach einer Weile und wir setzten uns lachend ins Gras. Ich freute mich wie ein kleines Kind, das neue Dinge erforschen durfte.

Urplötzlich wurde Rudolf ernst, legte sich ins Gras und schaute nachdenklich zum Himmel hoch.

»Jetzt erzähle ich dir, warum ich keine geschminkten Frauen mag.« Er warf mir einen kurzen Blick zu, um zu sehen, ob ich ihm zuhörte.

52

»Meine Mutter starb, als ich vier Jahre alt war. Meine Schwester war gerade mal zwei. Mein Vater hatte keine Zeit, sich um uns zu kümmern, also suchte er sich eine Frau, die bereit war, sich um uns zu kümmern. Sie hieß Helga und sah wie eine Puppe aus. Blondierte lange Haare und eine sehr gute Figur. Helga sah zwar super aus, aber sie hatte einen bösen Blick und sie war immer so stark geschminkt, dass es das Böse in ihr noch unterstrich. Besonders die dunkel geschminkten Augen machten mir immer Angst. Und ihre schwarzen Haare. Vor meinem inneren Auge habe ich sie oft mit ihren echten, schwarzen Haaren gesehen, da wirkte sie so bedrohlich. Mit ihren blonden Haaren wollte sie wohl ganz lieb wirken, aber ich wusste ja, die blonden Haare sind nur ihre Tarnung.

Mein Vater war kaum zu Hause und sie war für uns alles andere als Mutterersatz. Sie schlief lang und wir durften kein Geräusch machen, sonst bekamen wir kein Frühstück. Wir mussten uns den ganzen Tag im Haus leise beschäftigen, damit sie ihre Ruhe hatte. Draußen spielen durften wir auch nicht, weil sie uns sonst hätte beaufsichtigen müssen. Wenn meine Schwester nachts einen Albtraum hatte, bin ich schnell zu ihr ans Bett gegangen, um sie zu trösten, damit sie Helga nicht weckt.« Rudolf schloss die Augen. »Das war eine harte Kindheit. Aber sie ist zum Glück vorbei.«

Ich saß ganz still, um ihn in seinen Gedanken nicht zu stören.

Plötzlich setzte er sich wieder auf. »Verstehst du, dass ich seitdem weder blondierte, noch geschminkte Frauen mag?«

»Ja, das verstehe ich. Aber du solltest dich von dem Gedanken frei machen, dass alle blondierten und geschminkten Frauen so böse sind, wie Deine Stiefmutter.«

»Ich mag das Künstliche nicht. Es verfälscht und man weiß nicht, wie jemand wirklich ist.«

»Wenn ich mich schminke, dann versuche ich meine Schwachstellen zu kaschieren und meine Vorzüge hervorzuheben. Das hat meines Erachtens nichts mit verfälschen zu tun.«

»Wenn du mit mir zusammen bist, wünsche ich mir, dass du dich nicht schminkst.« Sein Ton hatte etwas Dunkles an sich, dem ich nicht widersprechen wollte. Sein kalter, durchdringender Blick ließ mich innerlich schaudern.

Er fasste mich am Fußgelenk und ich zuckte innerlich zurück. Sein Blick war irgendwie magisch, aber ich war trotz Faszination nicht bereit, ihn noch näher an mich heran zu lassen. Eine Sperre in mir hielt mich zurück.

Rudolf schien meinen Widerstand zu spüren, denn er ließ meinen Fuß wieder los. Wir legten uns nebeneinander ins Gras und er nahm einfach nur meine Hand. Wir lagen mit geschlossenen Augen da und erzählten uns alles Mögliche aus der Vergangenheit. Ich merkte wie wohltuend es für ihn war, darüber zu reden.

»Versuch zu verzeihen, Rudolf. Das wird dir gut tun und dich stark machen. Nicht verzeihen, ist so als ob du den Schmerz festhältst.«

Darauf antwortete er nicht. Stattdessen stand er auf und zog mich mit hoch. »Lass uns zurückgehen.«

Schweigend legten wir den Weg zum Maifest zurück. Der Rückweg kam mir lang und beschwerlich vor. Das Gras unter meinen Füßen war weder saftig noch grün. Es fühlte sich ausgedörrt an und stach unentwegt in meine Fußsohlen. Ich war froh, als wir endlich an der Scheune ankamen. Immer noch schweigend zogen wir unsere Schuhe an. Die Stimmung war bedrückt und ich überlegte angestrengt, wie ich sie auflockern konnte. Rudolf kam mir zuvor:

»Du kannst schon zum Auto gehen. Ich bringe schnell unsere Bierkrüge zurück und komme gleich nach.«

»Okay«, antwortete ich, blieb dann aber doch stehen und sah ihm hinterher.

Als ich ihn beobachtete, wie er sich den Weg durch die Menge bahnte, hatte ich das Gefühl, mich etwas in ihn verliebt zu haben. Er tat mir leid, weil er so viel Schweres in seiner Kindheit erlebt hatte. ›Kein Wunder, dass er so hart zu mir war‹, dachte ich mir. ›Ich hatte wenigstens die Liebe meiner Mutter gehabt. Aber Rudolf, woher sollte er wissen, was Liebe ist?‹

Meine plötzliche Verliebtheit änderte sich auch nicht, als ihm eine junge Frau etwas zurief, er sich umdrehte und sie zur Begrüßung fest in den Arm nahm. Er ließ sie auch nach der Begrüßung nicht gleich los sondern flüsterte ihr etwas ins Ohr, worauf sie laut lachte. Erst dann ließ er sie los und ich hatte das Gefühl, er tat es ungern und wäre gern bei ihr geblieben. Auch beim Weggehen, drehte er sich immer wieder nach ihr um. Als auch sie sich nach ihm umdrehte, rief er: »Wir sehen uns!«, und winkte ihr nochmals.

Als Rudolf wieder aus dem Zelt kam und mich da stehen sah, verdunkelte sich sein Blick.

»Ich hatte dich doch gebeten, schon vorzugehen«, rief er mir mit vorwurfsvollem Blick entgegen.

Ich drehte mich traurig weg und ging Richtung Auto. Er holte mich ein und drehte mich zu sich um: »Du brauchst Dir nichts dabei zu denken. Ulla war meine erste Liebe, aber sie ist längst verheiratet und hat zwei Kinder.« Er schaute verträumt in die Ferne und zeigte auf ein kleines Haus auf den Feldern. »Kannst Du das Haus da drüben sehen? Das ist ihr Elternhaus. Ihr Zimmer war das mit dem Balkon davor. Als ihre Eltern nicht da waren, habe ich eine Leiter gepackt und habe bei ihr gefensterlt. Weißt du was das ist?«, fragte er mich mit glänzenden Augen und glücklichem Gesichtsausdruck.

Natürlich wusste ich was fensterln war, aber er wollte es mir anscheinend gern erklären, darum schwieg ich und schaute ihn fragend an.

»Das ist ein alter bayerischer Brauch. Da klopft der Mann bei seiner Liebsten ans Fenster und wenn sie das Fenster öffnet, ist sie dran.« In Erinnerung an das damalige Erlebnis lachte er glücklich und ich fühlte seine freudige Erregung. Ich wusste, er war in Gedanken bei der anderen Frau, darum legten wir den Heimweg schweigend zurück.

Als wir vor meinem Haus aus dem Auto stiegen, nahm er meine Hand und schaute mich bedauernd an. »Leider muss ich mich jetzt verabschieden. Ich habe meinem Vater noch versprochen, dass ich bei ihm vorbeischaue.«

»Ja, natürlich. Es war ein schöner Tag mit dir.« Ich lächelte ihn an, gleichzeitig spürte ich einen dicken Kloß im Hals und mein Magen fühlte sich steinhart an.

»Vielen Dank, das fand ich auch. Ich rufe dich an. Bis bald.« Wir verabschiedeten uns mit einem kleinen Kuss und ich schaute ihm hinterher, bis er mit seinem Auto außer Sichtweite war.

Eigentlich wäre ich jetzt gerne auf einer hellblauen Wolke geschwebt, aber in meinem Inneren herrschte ein heilloses Durcheinander. Ich schüttelte es beim ins Haus gehen von mir ab und sagte mir, dass es eben anders war, wenn man sich in meinem Alter verliebte. Auf Wolken durch die Zeit schweben, Schmetterlinge im Bauch haben, oder alles durch die rosarote Brille sehen, das war Vergangenheit, nur etwas für Teenies. Ich wollte hinsehen, fühlen und erkennen. Warum hatte ich heute so viel Widersprüchliches gefühlt? Warum hatte ich hin und wieder Wärme gefühlt, um dann kurz darauf von Kälte und Härte überrascht zu werden? Wenn Rudolf mich angelächelt und mir etwas Liebes gesagt hat, hatte ich mich wohl gefühlt. Aber jedes Mal, wenn ich dabei war, mich auf ihn einzulassen, hatte er mich ruckartig, schon fast zornig, auf die Erde zurückgeholt. Warum hatte er mir immer wieder sagen müssen, dass ich nicht sein Jagdrevier war? Meinte er damit, dass ich eigentlich zu alt und zu dick war, er aber trotzdem das Gefühl hatte, in mir die Richtige gefunden zu haben? Oder meinte er damit, dass ich zwar ganz nett war und er mich auf eine bestimmte Art recht gern hatte, aber er in seinem Jagdrevier weiter auf die Pirsch gehen würde, um ein zartes, junges Reh zu erlegen, das er für seine Bedürfnisse leichter umformen konnte?

Ich musste ihm wahrscheinlich nur mehr Zeit geben. Er würde bestimmt bald merken, dass eine reife Frau mehr zu bieten hatte als ein junges Ding ohne Kinder. Ich entschied mich, um ihn zu kämpfen. Er sah hervorragend aus, konnte sich sehr gut benehmen - wenn er wollte - und war im gleichen Ort verankert wie ich. Das war doch ein klares Zeichen. Frau Müller muss sich geirrt haben, als sie einen Finanzier gesehen hatte.

53

Rudolf zitterte innerlich vor Erregung. Ulla, seine erste große Liebe! Und wie gut sie trotz ihrer Kinder noch aussah. Alte Gefühle wurden in ihm wach. So schnell er konnte, fuhr er nach Wangen zurück. Er fluchte, weil er keinen Parkplatz in der Nähe des Bierzeltes bekam, sondern weit entfernt auf einem holperigen Feld parken musste. Er beeilte sich, den Fußmarsch zum Zelt so schnell es ging zurückzulegen und hielt nach Ulla Ausschau. Als er sie endlich entdeckte, unterdrückte er seinen Wunsch, so schnell wie möglich bei ihr zu sein. Er stellte sich in eine Nische und beobachtete Ulla aus der Ferne. Rudolf nahm sich vor, Ulla heute betrunken zu machen. Er wollte sie und er würde sie heute bekommen, versprach er sich. Sie würde ihm nicht noch einmal entwischen. Als achtzehnjähriger junger Mann dachte er, sie würde nur ihm das Fensterln bei sich erlauben und sie war ihm sicher, aber leider hatte er sich geirrt. Diese Schlampe. Als er sie zur Rede gestellt hatte, hat sie nur ihr perlendes Lachen gelacht und ihm ins Gesicht gesagt, dass sie sich mit fünfzehn sicher noch nicht festlegen würde.

Am liebsten hätte er sie dafür bestraft, wie er seine böse Stiefmutter für ihre Taten bestraft hatte. Tief enttäuscht und angeekelt hatte er sich von ihr abgewendet. Nie wieder würde er sich das von einer Frau gefallen lassen. Seine nächste Frau würde er in der Hand haben. Sie musste jung und von ihm abhängig sein, dann hätte er sie im Griff. In seinem Kopf schwirrte es. Bilder von seiner enttäuschten Ehefrau, seinen weinenden Kindern, von der lachenden Ulla und seiner bösen Stiefmutter, wie sie um Gnade winselte drehten sich in einem Kreisel um ihn herum. Ihm wurde schwindelig und übel. Er brauchte Ruhe, um sich abzukühlen und einen klaren Kopf zu bekommen. Er wollte seine Mission erfüllen und Ulla besitzen. Heute.

Er ging vors Zelt und setzte sich auf einen Baumstamm, von dem aus er den Zelteingang beobachten konnte. Am liebsten hätte er Ulla jetzt sofort heraus geholt, aber sie hatte ihm vorher gesagt, dass ihr

Mann geschäftlich unterwegs sei und sie heute tanzen und Spaß haben wollte. Sie würde niemals mit ihm mitkommen, wenn er nicht vorher mittanzt und sie zum Lachen bringt. Langsam verschwanden die anderen Bilder und er hatte nur noch Ulla vor Augen. Bereit sich das zu holen, was ihm seines Erachtens zustand, ging er ins Zelt. Diesmal wartete er nicht ab, sondern ging zielstrebig auf Ulla zu. Sie stand bereits auf der Bank und schunkelte ausgelassen und laut singend mit ihrer Freundin um die Wette. Als sie Rudolf sah, lachte sie ihn an und bat ihn zwischen sich und ihre Freundin auf die Bank.

»Ich dachte schon, du kommst gar nicht mehr. Wer war denn die andere Frau, die vor dem Zelt auf dich gewartet hatte?«, fragte Ulla neugierig.

»Ach die«, erwiderte Rudolf leicht verärgert, weil Priscilla ihm nicht gehorcht und auf ihn gewartet hatte. »Um die brauchst du dir keine Sorgen zu machen.« Angewidert verzog er sein markantes Gesicht.

»Na, komm. So schlecht sah sie doch gar nicht aus«, widersprach sie ihm.

»Ein bisschen naiv und dümmlich. Sucht händeringend einen Mann.«

»Du bist doch auch auf der Suche, oder?«, neckte Ulla ihn.

»Ja, und jetzt habe ich sie auch schon gefunden«, erwiderte Rudolf, drückte Ulla dabei fest an sich und schaute sie gierig an.

Ulla lachte nur. Es gefiel ihr, wie er um ihre Gunst buhlte. Rudolf legte sich mächtig ins Zeug. Er holte für sie eine weitere Maß Bier und schüttete ihr an der Bar einen Schnaps hinein, damit es schneller ging. Er hatte keine Zeit zu verlieren. So oft es ging, stieß er mit ihr an, um sie zum Trinken zu bewegen, wobei er darauf achtete, an seinem Bier nur zu nippen. Als Ulla sich endlich betrunken an ihn schmiegte, wusste er, dass er gewonnen hatte.

54

Am Abend des 1. Mai kamen Lea und Lisa nach Hause und ich freute mich, als sie sich in meinen Arm warfen und mich drückten. Bernhard hatte sich zum Glück schnell verabschiedet.

»Wie schön, dass ihr wieder da seid, meine Süßen.« Wir drückten und küssten uns, bis ich um Gnade flehte. Das machte den beiden Spaß und ans Aufhören war gar nicht zu denken. Lea lachte, bis sie einen Schluckauf bekam. Anschließend wurde ich gekitzelt und je mehr ich lachte, desto mehr Spaß hatten die Kinder. Wir tollten noch eine Weile herum und ich konnte dem nur ein Ende bereiten, indem ich rief: »Ich habe eine Überraschung für euch!«

»Echt? Was denn?«, fragten sie ganz aufgeregt. »Los Mama, sag schon!«

»Ihr müsst mich erst einmal aufstehen lassen. Sonst kann ich gar nicht reden.«

Beide griffen nach meinen Händen und halfen mir aufzustehen. Dann hüpften sie aufgeregt vor mir hin und her.

»Also, welche Überraschung?«

»Ich habe euch eine Hanni und Nanni CD gekauft.«

»Yiphiiii, super Mama. Die haben wir uns schon so lange gewünscht. Dürfen wir sie gleich anhören?«

»Aber nur solange ich das Abendessen richte. Nach dem Essen spielen wir noch eine Runde Uno und anschließend geht es ab ins Bett.«

»Okay.«

Eilig packten sie die CD aus und liefen die Treppe hoch, um sie in ihrem Zimmer anzuhören. Lächelnd sah ich ihnen nach. ›Die beiden sind mein größter Schatz‹, dachte ich und war total glücklich.

Diesmal hielten sie sich brav an alle Vereinbarungen und bettelten auch nicht, die CD weiter anhören zu dürfen, als ich zum Abendessen rief. Auch nach dem Abendessen und Uno spielen, gingen sie ohne Diskussion ins Bett. Sie kuschelten sich dankbar und lieb an mich, während ich ihnen noch eine Gutenachtgeschichte vorlas.

Noch während ich las, schliefen Lea und Lisa ein. Das Wochenende bei ihrem Papa war wohl anstrengend gewesen. Ich ließ sie in meinem Bett liegen, deckte sie liebevoll zu und drückte ihnen ein sanftes Küsschen auf die Stirn.

Anschließend fuhr ich meinen PC hoch, um zu sehen, ob ich schon Nachrichten von potenziellen Traummännern bekommen hatte.

Tatsächlich hatte sich David, der 1,86 cm große Unternehmer gemeldet, mit dem ich mich seltsamerweise so verbunden gefühlt hatte:

Liebe Priscilla,
vielen Dank für Deine Nachricht. Ich persönlich halte nichts davon, sich lange zu schreiben, ohne sich gesehen zu haben. Nur mit Augenkontakt weiß ich, ob wir uns näher kennenlernen sollten.
Was hältst Du davon, wenn wir uns auf einen Kaffee verabreden?
Würde mich freuen, David

Ich vergrößerte sein Foto und sah ihn mir genau an. Er hatte sehr liebe Augen, die von vielen kleinen Lachfältchen eingerahmt waren. Sein Lachen sah echt aus, denn es erreichte seine Augen.

›Schade, dass er sich nicht vor meinem Treffen mit Rudolf gemeldet hatte‹, dachte ich mir. Eine Traurigkeit überfiel mich, die ich nicht nachvollziehen konnte.

Ich fühlte mich bereits Rudolf gegenüber verpflichtet, schließlich hatte ich mich in ihn verliebt. In meinem Inneren herrschte Chaos. Ich würde so gern wieder klar denken. Das einzige, was mir einfiel, war David die Wahrheit zu sagen:

Lieber David,
vielen Dank für Deine Einladung zu einer Tasse Kaffee, aber ich habe gerade einen Mann kennengelernt, in den ich mich Hals über Kopf verliebt habe.
Ich wünsche Dir viel Erfolg bei Deiner weiteren Partnersuche.
Von Herzen alles Liebe, Priscilla.

Seufzend drückte ich auf »senden«.

Dann las ich noch die Antworten von mehreren Männern, die ich ebenfalls kontaktiert hatte. Die Bilder sprachen mich alle nicht an, die Antworten waren durchweg langweilig. Emotionslos löschte ich die Profile. Ich wollte niemanden mehr kennen lernen. David ließ ich als einzigen Kontakt bestehen. Vielleicht antwortete er mir ja noch einmal.

Eine Traurigkeit befiel mich erneut, die ich mir nicht erklären konnte. Hätte ich David vielleicht doch erst einmal kennen lernen sollen? Hatte ich mich richtig entschieden? War ich wirklich in Rudolf verliebt? Einige seiner Ansichten hatten mich schon etwas verunsichert. Er wirkte zwischendurch böse, dann wieder ganz weich und warm und manchmal hatte ich den Eindruck, er war ganz weit weg. Sein Blick war zwar auf mich gerichtet, aber manchmal leer und dann wieder ganz herzlich und offen. Ich konnte sein Verhalten nicht klar deuten. Das war mir an diesem Tag öfter aufgefallen.

›Ich bin vielleicht eine blöde Kuh‹, dachte ich mir. Jetzt kannte ich Rudolf gerade mal einen Tag und war bereits auf der Suche nach seinen Fehlern und Macken. Er hatte sich eben zuerst gemeldet, obwohl ich eher an David interessiert war. Das Schicksal hatte entschieden und sicher würde alles schon seinen Grund haben. Ich war müde und wollte mich einfach nur ausruhen. Nicht mehr nachdenken. Ins Bett fallen und schlafen. Nachdem ich mir die Zähne geputzt, mich abgeschminkt und gewaschen hatte, zog ich mir ein schönes, schlichtes Nachthemd aus cremefarbener Seide an und legte mich ins Bett.

Kaum hatte ich meine Augen geschlossen, sah ich das Bild von David vor mir. ›So ein Unsinn‹, dachte ich verärgert, ›Rudolf sieht viel besser aus.‹ Auf sein Gesicht wollte ich mich vor dem Einschlafen konzentrieren. Ich holte Rudolfs Gesicht vor mein geistiges Auge. Sobald ich jedoch unkonzentriert war, erschien Davids Gesicht automatisch aus der Versenkung. Seine Augen! Seine Augen sagten so unglaublich viel aus. Ich hielt still und gab mir keine Mühe mehr, sein Gesicht gegen Rudolfs Gesicht einzutauschen und schlief dabei friedlich ein.

55

»*Sollen wir ein wenig frische Luft schnappen gehen?*«, *fragte Rudolf Ulla und umfasste zärtlich ihre Taille.*

»*Nein, ich möchte lieber nach Hause gehen. Ich bin betrunken*«, *erwiderte Ulla lallend.*

»*Du verträgst wohl kein Bier, dann solltest Du das nächste Mal lieber beim Wasser bleiben*«, *neckte er lächelnd.*

»*Oh, Du, Du Bösewicht, Du. Ich werde Dir beweisen, dass ich nicht betrunken bin.*«

»*Dann lass uns an die frische Luft gehen. Wenn Du nicht umkippst, dann bist Du wohl doch nicht so betrunken, wie es aussieht.*«

»*Na gut, Du wirst schon sehen, dass ich Recht habe.*«

Rudolf umfasste sie fest an ihrer Taille und Ulla klammerte sich an ihn, um nicht zu arg zu schwanken.

Sobald sie an die frische Luft kamen, musste Ulla sich erbrechen, direkt vor dem Zelt.

»*Oh nein, das ist mir noch nie passiert. Ich fürchte, ich bin doch betrunken*«, *jammerte Ulla, während sie sich den Mund abwischte.*

»*Ich muss heim. Das ist mir so peinlich.*« *Selbst im Stehen schwankte Ulla beachtlich hin und her. Rudolf nahm sie in den Arm.* »*Das braucht dir doch nicht peinlich zu sein. Das ist uns allen schon einmal passiert.*«

»*Nein, lass mich. Ich will jetzt wirklich heim*«, *jammerte Ulla.*

»*Also gut, dann bringe ich Dich nach Hause.*« *Rudolf versuchte eine traurige Miene aufzusetzen. Innerlich frohlockte er. Er hatte schon fast gewonnen. Er musste sie nur noch in sein Auto bekommen.*

»*Mein Auto steht gleich da vorn auf dem Parkplatz.*«

»*Danke, Rudolf. Du bist so lieb. Das vergesse ich dir nie.*«

›*Natürlich wirst Du diesen Abend nie vergessen*‹, *dachte er, sagte aber liebevoll:* »*Ist doch klar. Für dich tue ich fast alles.*«

Obwohl Ulla sehr zierlich und klein war, wurde es eine wackelige Angelegenheit, sie über den unebenen Acker zu führen.

Als sie auf dem Parkplatz an einer Gruppe von Männern vorbeikamen, löste sich eine Gestalt aus der Gruppe und rief: »Ulla, was machst Du denn hier?«

»Hallo Peter, schön, dass ich dich treffe. Ich habe leider etwas zu tief ins Glas geschaut und jetzt bringt Rudolf mich heim.« Ulla löste sich aus Rudolfs Arm und fiel Peter um den Hals. Rudolf kochte innerlich. Das durfte nicht wahr sein. »Komm Ulla«, sagte er leise, »lass uns fahren.« Er versuchte sie von diesem Peter wegzuziehen, ohne dass es grob wirkte.

»Selbstverständlich bringe ich dich nach Hause«, bot Peter an, aber Rudolf mischte sich sogleich verärgert ein: »Das ist nicht notwendig, ich mach das schon.«

»Nein danke, Rudolf. Du hast eh schon so viel für mich getan. Peter ist der engste Freund meines Mannes. Du kannst ihm vertrauen, dass er nur das Beste für mich will. Bei ihm bin ich in guten Händen« Ulla ließ sich von Peter ins Auto helfen, ohne sich von Rudolf zu verabschieden.

Rudolf sah dem Auto enttäuscht und wütend hinterher. Am liebsten hätte er laut losgeschrien.

56

Am nächsten Morgen hatte ich wie üblich alle Hände voll zu tun, um alles auf die Reihe zu bekommen. Während ich dabei war Frühstück zu machen, die Kinder wach zu bekommen, mich selbst passabel aussehen zu lassen, die Pausenbrote zu schmieren, zwischendurch noch die übergekochte Milch wegzuwischen, die Spülmaschine auszuräumen und die Nerven zu bewahren, hörte ich den Benachrichtigungston meines Handys. Der Ton klang für mich wie eine Mazurka in A Moll von Chopin, weil ich vermutete, dass die SMS von Rudolf war. Ich eilte zu meinem Handy, um seine Nachricht zu lesen. »Wann hast Du Zeit?« Ich war enttäuscht. Nur kurz und präzise gefragt, ohne Emotionen, ohne eine liebe Grußformel, einfach nur auf das Wesentliche beschränkt. Na ja, warum nicht. Zumindest hatte er Interesse an mir, sonst würde er mich ja nicht wieder sehen wollen.

Mein morgendliches Chaos nahm mich wieder in Beschlag und ich musste mich beeilen, meinen Zeitplan einzuhalten.

»Mama, wer hat dir geschrieben?«, fragte Lisa mit einem aufmerksamen Blick.

»Nur ein Bekannter, mein Schatz.« Ich lächelte sie an und gab ihr einen dicken Kuss.

»Wie heißt er denn?« Lisa ließ nicht locker. Sie hatte so eine Haltung eingenommen, die keine Ausflüchte zuließ. Ich lächelte in mich hinein. Sie war schon jetzt eine starke Persönlichkeit, dachte ich mir.

»Er heißt Rudolf, meine süße, neugierige Tochter.« Ich verstrubbelte liebevoll ihre Locken.

»Wirst Du ihn heiraten?« Ihre blauen Augen schauten mich ängstlich an.

»Nein, Lisa. Da brauchst du dir keine Sorgen zu machen. Ich heirate nicht mehr so schnell.«

»Wenn Du einen anderen Mann heiratest, ist das dann unser neuer Papa?« Lisa wirkte immer verunsicherter. Meine Antworten waren für sie wichtig. Tränen standen in ihren Augen und sie versuchte sie tapfer aufzuhalten.

Ich kniete mich vor sie hin, umrahmte ihr kleines Gesichtchen mit meinen Händen und schaute ihr ernst in die Augen.

»Lisa, Du hast nur einen Papa und er wird immer dein Papa bleiben. Sollte ich noch einmal heiraten, was ich mir momentan noch nicht vorstellen kann, dann hoffe ich, dass mein neuer Mann und ihr dicke Freunde werdet. Aber er ist sicher nicht dein Papa und wird es auch nie werden.«

Lisa warf sich dankbar in meinen Arm. »Warum heiratest du nicht wieder den Papa? Das wäre doch das Einfachste und das Beste für uns alle.« Ich spürte, wie ich mich innerlich versteifte. Wann hörte das denn endlich auf? Ich mochte dieses Thema nicht zum tausendsten Mal erklären.

»Lisa, jetzt haben wir es schrecklich eilig. Können wir heute Nachmittag darüber reden?«

Sie schaute mich traurig an und nickte. Mein Innerstes wurde schwer und ich fühlte, wie es mich nach unten zog. Aber ich musste funktionieren, also riss ich mich zusammen und sorgte rasch dafür, dass meine Kinder schulfertig waren und ich mich auf den Weg zur Arbeit machen konnte.

Im Auto atmete ich tief durch. Meine Kinder taten mir leid und ich wusste nicht, wie ich es jemals hinbekommen sollte, dass sie mit unserer Trennung fertig werden.

Ich versuchte mich auf andere Gedanken zu bringen, indem ich an Rudolfs SMS dachte. Am liebsten würde ich ihn jetzt gleich wieder sehen. Ich spürte so eine Mischung aus haben wollen und ängstlich sein. Warum war ich denn so ein Angsthase? Ständig gaben sich in mir die Sehnsucht nach Nähe und Angst vor Nähe die Hand. Wann würde ich mich entscheiden können, was ich eigentlich erreichen will und endlich klar wissen, wofür ich wirklich kämpfen will?

Am Autobahnende wusste ich, welche Antwort ich ihm schicken würde und kramte mein Handy aus der Tasche. Kurz und knapp, ohne Schnörkel, schrieb ich ihm: »Wenn Du magst, heute Abend.«

›Ich will ja nur herausfinden, wie es um uns steht‹, redete ich mir ein.

Umgehend kam seine Antwort, als ob er vor seinem Handy gewartet hatte: »Okay, um 20:00 Uhr bei mir?«

»Ja, freue mich auf Dich.« Es störte mich, dass er so nüchterne SMS schrieb, daher entschied ich mich für diese wenigstens ein kleines bisschen herzliche Antwort. ›Er könnte ja auch etwas liebevoller sein‹, dachte ich sehnsüchtig, aber im Laufe des Tages kam keine Nachricht mehr von ihm.

Zum Glück erreichte ich Ann-Sophie, die auch gleich zusagte, am Abend auf meine Mädels aufzupassen. Ich hatte sie kurz nach der Trennung als Babysitter für Lisa und Lea gefunden. Wenn Ann-Sophie Zeit hatte, dann konnte ich beruhigt aus dem Haus gehen, da meine Mädels sie in ihr Herz geschlossen hatten. Allerdings hatte ich sie noch nicht oft gebraucht.

Ich fühlte mich den ganzen Tag angespannt und trotzdem freudig erregt. Endlich war es soweit. Lisa und Lea waren bereits nachtfertig, Ann-Sophie war da und ich konnte mich auf den Weg machen.

Als ich hinter dem Golfplatz in den Waldweg einbog, kam mir der Wald dunkel und bedrohlich vor. Die Äste schienen nach meinem Auto zu greifen. Instinktiv schaltete ich die Türverriegelung ein und fuhr langsam den holperigen Weg entlang, bis zum Bauernhof am Waldrand. Im Haus brannte nur in der oberen Etage Licht und ich hoffte, dass ich nicht lange warten musste, bis Rudolf die Türe öffnen würde. Obwohl es heute tagsüber mild war, kam ausgerechnet jetzt ein Sturm auf. Beim Aussteigen pfiff mir der Wind unter mein Kleid und hob es hoch. Ich bemühte mich, es unten zu halten. Meine ganze Konzentration galt meinem Kleid und ich erschrak zutiefst, als ich ein leises Lachen hörte. Ich konnte nicht definieren, woher das Lachen kam und schaute mich hektisch um, während mir ein Schauer über den Rücken lief. Nur langsam gewöhnten sich meine Augen an die Dunkelheit. Schließlich nahm ich eine Bewegung auf dem Balkon des Hauses wahr. Rudolf stand im düsteren Teil des Balkons und lachte.

»Ich finde die Situation leider nicht so komisch. Machst du mir bitte die Tür auf?«, rief ich ihm zu. Ich konnte nicht nachvollziehen, warum er noch auf dem Balkon stand, obwohl er gesehen hatte, wie ich vorfuhr. Ich fühlte mich massiv unwohl.

Endlich setzte er sich in Bewegung und öffnete mir kurz darauf die Tür. Jetzt, wo ich seine Augen sehen konnte, fühlte ich mich wieder etwas wohler.

»Hallo Priscilla. Schön, dass du da bist«, begrüßte er mich lächelnd und küsste mich vorsichtig auf den Mund.

Ich erwiderte seinen Kuss und er schaute mir aufmerksam in die Augen. »Geht es dir gut?«, fragte er und ließ seinen Blick über mein Kleid wandern.

»Ja, danke. Aber etwas einsam und unheimlich ist es hier am Waldrand schon, oder?«

Rudolf lachte laut auf. »Stimmt, aber du wirst Dich daran gewöhnen.«

Sofort hörte ich heraus, dass er wohl annahm, dass wir zusammen bleiben würden. Aber so einfach wollte ich es ihm nicht machen: »Ich dachte, ich wäre nicht Dein Jagdrevier.« Gespannt wartete ich auf seine Reaktion, aber er drehte sich wortlos um und ging die Treppe hinauf.

57

»Das ist mein Reich«, sagte er stolz, als wir sein Zimmer betraten. Es war klein und sehr spärlich nur mit einem Bett, einem Schreibtisch und einer kleinen Couch eingerichtet.

»Zumindest hast Du einen großen Balkon!«, versuchte ich nett zu ihm zu sein und trotzdem bei der Wahrheit zu bleiben. Ich stellte es mir wirklich schlimm vor, durch einen Schicksalsschlag die Arbeit, die Villa und die Familie quasi zu verlieren, um sich dann ganz allein in einem kleinen dunklen Zimmer wieder zu finden. Mein Herz öffnete sich, als Rudolf mir seine ganze Leidensgeschichte erzählte. Der Verlust seiner Firma, dessen Schock er noch nicht verwunden hatte. Ganz zu schweigen, dass ihn seine Frau mit den beiden Kindern verlassen hatte, weil er nun kein Geld mehr hatte. Seine Freunde hielten sich bedeckt und er durfte hier bei entfernten Verwandten unterschlüpfen. Sabine, die Tochter des Hauses, die meistens allein hier wohnte, da ihre Eltern noch eine Hütte in den Bergen hatten, brauchte Rudolf als Mann im Haus: Für ihren Sohn, damit er nicht ohne männlichen bzw. väterlichen Beistand aufwuchs, für den großen Garten, der gepflegt werden musste und für sie selbst, weil sie meistens allein hier wohnte und es ihr scheinbar auch nicht so ganz geheuer war.

Das konnte ich alles gut nachvollziehen, aber ich spürte trotzdem einen kleinen Stich in der Herzgegend. Rudolf beobachtete mich und legte eine kleine Pause ein, bevor er weitere Vorteile aufzählte: Er durfte dort umsonst wohnen und hatte ein ruhiges Zimmer. So eine Möglichkeit bekam man ja auch nicht alle Tage geboten und er war sehr dankbar dafür.

Mit den Worten: »Jetzt habe ich einen Riesenhunger bekommen. Sollen wir eine Pizza essen?«, beendete er seine Lebensgeschichte und schaute mich fragend an.

›Was für eine seltsame Überleitung‹, dachte ich mir und wunderte mich, dass eine Pizza in seinen gesunden Speiseplan passte. Aber ich machte mit und war froh, von meinem tiefen Mitleid, das ich für ihn empfand, abgelenkt zu werden. »Also gut. Wie kommen wir zu einer Pizza?«

»Ich könnte eine von der Gaststätte nebenan holen.«

»Du meinst die Sportgaststätte?«

»Ja, da ist die Pizza de la Casa besonders lecker.«

»Okay, dann rufst Du dort am besten an und bestellst sie und ich hole sie ab, während Du den Tisch deckst.«

Erleichtert nahm er mein Angebot an. Das nächste Mal würde ich für ihn kochen, nahm ich mir vor. Dann musste er nicht das Gefühl haben, von mir ausgehalten zu werden.

Entschlossen kämpfte ich mich durch den Sturm zu meinem Auto. Durchnässt und verfroren stand ich in der Sportgaststätte und wartete auf unsere Pizza.

»So Madame, ihre Pizza de la Casa!« Freundlich strahlte die Bedienung mich an und freute sich über mein großzügiges Trinkgeld.

So schnell es der holperige Waldweg zuließ, fuhr ich zurück zu Rudolf.

Diesmal empfing er mich bereits an der Tür und kam mir sogar mit einem Schirm entgegen. Dankbar schlüpfte ich zu ihm unter den Schirm und hakte mich bei ihm ein.

»Iiii, du bist ja ganz nass.« Mit diesen Worten versuchte er sich von mir zu lösen.

»Oh, ich kann auch ohne Schirm zum Haus laufen«, erwiderte ich trotzig und lief das letzte Stück allein zum Haus.

»Sei doch nicht gleich eingeschnappt.«

»Ich bin nicht eingeschnappt. Ich wollte dich nur nicht noch nasser machen.«

»Wir hätten doch trotzdem gemeinsam unter dem Schirm bleiben können.«

»Warum hätte ich das tun sollen, wenn es Dir so unangenehm ist?« Ich war über mich selbst erstaunt, wie zickig ich sein konnte.

Rudolf legte seine Hand auf meine Schulter und beugt sich vor, um mir einen Kuss zu geben. Meine Enttäuschung wich der Sehnsucht nach einem Kuss und einer liebevollen Umarmung. Doch mitten in der Bewegung hielt er inne: »Hmmm, riecht die Pizza lecker. Vielen Dank fürs Holen.«

Der Zauber dieses Augenblicks war schneller verflogen als ein Luftballon zum Platzen braucht. Rudolf nahm mir den Karton ab und ging in die Küche. Hatte ich mich getäuscht? Wollte er mich gerade gar nicht küssen?

Vorsichtig und konzentriert schnitt er die Pizza in Stücke. Ich beobachtete ihn verletzt und interessiert zugleich. Er war anders als alle Männer, die ich jemals in meinem Leben kennen gelernt hatte. Er war so speziell, dass ich auch gar keine Worte fand, um ihn treffend zu beschreiben.

Seine große Gestalt war immer noch über das Essen gebeugt. Seine Handbewegungen waren wie in Zeitlupe. Er wirkte fast andächtig, als er das erste Achtel der Pizza auf einen vorgewärmten Teller legte. Als er ihn mir mit einer kleinen Verbeugung reichte, wusste ich endlich, woran mich seine Gesten erinnerten: An eine Geisha aus einem Film, den ich vor Kurzem gesehen hatte. Sobald sie mit Essen oder Tee trinken beschäftigt war, wirkte sie klein und unterwürfig. Sie nahm dabei diese gebeugte Haltung ein und konzentrierte sich so auf ihr Tun, dass es schien, als ob sie Essen und Trinken förmlich zelebrieren würde.

Schweigsam gingen wir mit unseren Tellern zum Tisch. Rudolf ging barfuß und rollte seine Füße beim Gehen übertrieben ab, um keine Geräusche zu machen. Seltsam, dachte ich mir, spielte aber das Spiel mit. Allerdings ohne eine ähnlich demütige Haltung einzunehmen. Ich wollte jetzt einfach nur essen und mich dabei unterhalten. Ob das wohl möglich war? Ich hatte den Eindruck, dass er mich gar nicht richtig wahrnahm. Leicht verunsichert setzte ich mich auf den Platz, den er mir schweigsam zuwies, indem er mit einer angedeuteten Verbeugung und der geöffneten Hand auf den Stuhl zeigte.

Mir wäre es ehrlich gesagt lieber gewesen, wenn er mir den Stuhl zurechtgerückt hätte, wenn er schon so ein Brimborium veranstaltet. Ich schaute Rudolf an und hatte den Eindruck, dass er meilenweit entfernt war. Er sah sein Stück Pizza an, als würde er es hypnotisieren wollen.

Geduldig wartete ich ab, bis er den ersten Bissen zu sich nahm. Ich wollte nicht unhöflich sein und lächelte ihn freundlich an, in der Erwartung, dass er mir nun guten Appetit wünschen würde. Rudolf verschwendete jedoch offenbar keinen Gedanken daran. Er sah nach wie vor auf seine Mahlzeit und schnitt dann vorsichtig ein kleines Stück ab, um es mit einem genussvollen Stöhnen in seinen Mund zu schieben.

»Guten Appetit, Rudolf. Lass es dir schmecken«, sagte ich leicht gereizt, aber trotzdem bemüht freundlich.

Er schaute mich an, als ob er jetzt erst wahrnehmen würde, dass ich mit ihm am Tisch saß.

Er legte das Besteck weg, legte seine Handflächen aneinander und verbeugte sich im Sitzen vor mir.

»Es ist köstlich, vielen Dank«, sagte er mit einem ernsten Gesichtsausdruck und wendete sich wieder seinem Essen zu. Bis auf mein erstes Stück aß er die ganze Riesenpizza allein. Beim letzten Stück schaute er mich fragend an: »Willst du sicher kein Stück mehr?«

»Nein danke. Du hast einen so außerordentlichen Appetit, dass es mir mehr Spaß macht, dir beim Essen zuzusehen.«

»Ich weiß gar nicht, wann ich zum letzten Mal eine Pizza gegessen habe.«

»Warum?« Jetzt erinnerte ich mich wieder an seine Belehrungen bezüglich des Wurst- und Käsetellers. ›Aha, erwischt! Jetzt bin ich gespannt, wie Du Dich da wieder heraus manövrierst‹, dachte ich mir schadenfroh.

»Weil ich mich seit meiner Trennung nur noch gesund ernährt, dadurch viel abgenommen habe und sehr darauf achte, was ich zu mir nehme.«

»Ich hätte auch einen Salat mitbringen können«, sagte ich grinsend.

»Nein, dieses eine Mal ist schon okay«, protestierte er. »Aber beim nächsten Mal sollten wir tatsächlich darauf achten, was wir zu uns nehmen.«

»OK. Was isst du denn normalerweise?« fragte ich interessiert.

»Viel Rohkost mit einem mageren Käsebrot. Es ist lecker, gesund und kostengünstig«, sagte er stolz.

»Wenn du magst, koche ich das nächste Mal für dich.«

»Ja gern.« Glücklich strahlte er mich an. »Es ist schon lange her, dass jemand für mich gekocht hat.«

»Warst Du oft in Asien?«

»Nein, noch nie. Warum?«

»Weil mich deine Art zu essen und dich zu bedanken, schon die ganze Zeit an einen Film über asiatische Kultur erinnert.«

»Ich habe mich mal für eine asiatische Kampfsportart interessiert. Da wird dir beigebracht, dass du immer und vor allen Dingen Respekt haben solltest.«

»Ja, das habe ich bei dir wahrgenommen. Respekt hast du tatsächlich vor dem Essen gehabt.« Allerdings wirkte der Respekt aufgesetzt, aber das behielt ich für mich. Und ohnehin hätte ich es deutlich angemessener gefunden, wenn er mir gegenüber etwas mehr Respekt zeigen würde.

Fragend sah Rudolf mich an. Er beobachtete mich sehr genau und versuchte mich zu durchschauen. Aber ich lächelte ihn nur freundlich an. Ich hoffte, er wollte sich heute nur ein wenig wichtigmachen und war nicht immer so seltsam beim Essen.

Sein Schweigen und sein aufmerksamer Blick fingen an mich zu nerven, aber ich erwiderte seinen intensiven Blick und wartete geduldig, bis er zum Reden bereit war.

Nach einer Weile stand er wortlos auf, nahm meine Hand und führte mich vom Essensplatz in die Küche. Er machte die Tür zur Vorratskammer auf und zeigte hinein. »Du suchst uns jetzt einen Wein aus. Du trinkst doch gern Wein, oder?«

»Ja, aber gehören die Weine nicht Sabine?«

»Das macht nichts. Sie würde es mir sicher erlauben, wenn sie hier wäre. Ich mache auch sehr viel für sie«, setzte er fast bockig hinzu.

In der Vorratskammer lagen etwa zehn Flaschen Weißwein. Ich kannte mich nicht wirklich gut mit Wein aus und entschied mich spontan für eine Flasche Sauvignon Blanc aus Venetien.

Während Rudolf die Flasche öffnete, räumte ich schnell das schmutzige Geschirr in die Spülmaschine und wischte den Tisch ab.

»Danke, aber das hättest du nicht tun müssen«, sagte er als ich fertig war.

»Das habe ich gern gemacht.«

Rudolf nickte mir wohlwollend zu und reichte mir ein Glas von dem zimmerwarmen Wein.

»Hast du ein paar Eiswürfel?« fuhr es mir spontan heraus.

Nachdenklich zog Rudolf seine Stirn in Falten und öffnete die Gefriertruhe von Sabine. »Ich weiß es nicht. Ich kenne mich in dieser Küche eigentlich nicht aus.«

Vorsichtig, um keine Unordnung zu machen, durchsuchte er die Tiefkühltruhe. Ich sah auf den ersten Blick, dass in dieser Gefriertruhe keine Eiswürfel waren. Dafür aber ein heilloses Durcheinander aus aufgerissenen Verpackungen, verschütteten Tiefkühlkräutern und vielen Tiefkühlbeuteln, die aussahen wie gesammelte Essensreste aus den letzten drei Jahrzehnten. Ich hatte wenig Lust auf Eiswürfel, die aus diesem Chaos stammten.

»Das macht doch nichts«, sagte ich schnell und schloss die Gefriertruhe.

»Warte, ich habe gerade eine Kühlmanschette gesehen. Dann wird wenigstens der restliche Wein etwas kühler und wir können die Flasche mit hoch nehmen.« Rudolf holte die Manschette aus der Gefriertruhe und schob sie vorsichtig über den Weißwein.

Wir tasteten uns die dunkle Treppe zu seinem Zimmer hoch und setzten uns auf die Couch.

»Zum Wohl. Willkommen in meinem bescheidenen Reich«, sagte Rudolf und nahm dabei wieder diese unterwürfige Haltung ein.

Ich prostete ihm zu und nippte an meinem Glas. Der Wein schmeckte furchtbar. Lauwarm rann er die Kehle hinunter und hinterließ eine brennende Spur Säure in meiner Speiseröhre. Das letzte Mal, dass ich warmen Wein getrunken hatte, war während meiner Ausbildung gewesen. Da waren wir alle so gut drauf, dass es keinen Unterschied gemacht hatte, was wir tranken und was wir aßen. Wir waren jung und wir hatten einfach Spaß.

Aber den heutigen Abend hatte ich mir anders vorgestellt. Brav trank ich mein Glas leer und versuchte zu verbergen, wieviel Mühe mir das bereitete. Langsam spürte ich die Wirkung des Weines und meine Angespanntheit ließ nach.

Rudolf ging es anscheinend auch so, denn endlich begann er wieder zu reden.

58

»Ich weiß auch nicht, wie sich Allessia so verändern konnte. Als wir geheiratet hatten, war sie unglaublich lieb und warmherzig. In den letzten Jahren war sie nur noch eine Furie. Sie hat mir das Leben zur Hölle gemacht!« Rudolf schaute mich erwartungsvoll an und ich nickte verständnisvoll. Er sprang auf und kramte auf seinem Schreibtisch herum.

»Irgendwo habe ich ein Foto von ihr. Das musst du dir ansehen.«

Eigentlich war mir gar nicht danach zumute, die Fortsetzung seiner Geschichte zu hören, aber als er mir dann freudestrahlend das Foto zeigte, kam ich nicht umhin, neugierig einen Blick darauf zu werfen. Erstaunt nahm ich zur Kenntnis, dass er das Foto laminiert hatte.

»Das war sie, als ich sie kennengelernt habe. Schön, nicht? Und jetzt dreh das Bild um.«

Erwartungsvoll schaute er mich an und ich wusste, er erwartete von mir eine deutliche Reaktion. Das ehemals schöne Gesicht mit den warmen braunen Augen und dem liebevollen Blick hatte sich in eine ärgerliche böse Maske verwandelt, aus der mir Enttäuschung und Frustration entgegenschlugen.

»Wow!«, rief ich aus und war tatsächlich schockiert.

»Gell?«, ereiferte sich Rudolf. »Und dabei war sie eine so liebe Frau als ich sie geheiratet habe.« Rudolfs Blick schweifte in die Ferne, seine Falten auf der Stirn glätteten sich und um seinen Mund herum entstand ein kleines Lächeln. In diesem Moment wirkte er so zufrieden und glücklich. Er dachte jetzt wohl an eine schöne Situation mit seiner Frau. Ich wunderte mich über mich selbst, dass ich nicht eifersüchtig war.

Ich beobachtete Rudolf interessiert, aber er merkte es nicht. Er war in Gedanken immer noch sehr weit weg. Ich hätte gern gewusst, woran er in diesem Moment dachte, weil sein Gesicht jetzt so viel Sehnsucht, Schmerz und Verzweiflung zeigte. Plötzlich, von einer Sekunde auf die andere, schlug die Stimmung in seinem Gesicht um. Sein Blick wurde kalt, die Zornesfalte zwischen seinen Augen wurde ganz tief und seine Mundwinkel zeigen nach unten. Böse schaute er mich jetzt an.

»In der Zeit vor unserer Trennung war sie nur noch sauer auf mich. Sie konnte mir nicht verzeihen, dass ich mein Geld, unser Geld in den Sand gesetzt hatte. Für mich war es doch genauso hart, aus meinem Traumhaus ausziehen zu müssen. Es hätte ja auch anders ausgehen können. Zwischendurch sah auch alles ganz toll aus, als ich mein vorzeitiges Erbe innerhalb kürzester Zeit vervierfacht hatte. Da war Allessia sehr zufrieden und hat sich nie über mich beschwert.«

»Wenn Allessia aus einer gutsituierten Familie kommt, dann hätte es für ihre Eltern ja ein Leichtes sein müssen, euch finanziell zu unterstützen.«

»Nein, ihre Eltern unterstützen keinen Versager.«

»Nach so viel Luxus ist ein Leben ohne Geld natürlich sehr schwer. Zumindest kann ich nachvollziehen, dass das für eure Beziehung eine Belastung war.«

»Super! Jetzt hast du auch noch Verständnis für sie.« Ärgerlich schaute Rudolf mich an. Er setzte kurz an, noch etwas hinzuzufügen, ließ es dann aber und trank sein Weinglas in einem Zug aus.

»Ich kann euch beide verstehen«, sagte ich schnell, um mich irgendwie aus dieser unangenehmen Situation zu retten. »Dich kann ich sehr gut verstehen, wenn du sagst, sie hat die finanziell gute Zeit genossen, dann sollte sie dir auch in schwierigen Zeiten beistehen. Gemeinsam ist der schwierigste Weg schließlich nur halb so schlimm. Ich wäre an deiner Stelle auch sehr enttäuscht, wenn mein Partner mich in einer solchen Situation beschimpft, anstatt mit mir zu überlegen, wie wir aus diesem Schlammassel wieder herauskommen. Auf der anderen Seite kann ich mich aber auch in Allessias Situation hinein versetzen. Ich wäre auch sehr enttäuscht, wenn mein Mann unser Haus, in dem wir mit kleinen Kindern wohnen, nicht absichert. Eine Frau wünscht sich natürlich eine gewisse Sicherheit. Ihr hättet wahrscheinlich Hilfe gebraucht, um einander zu verstehen.«

Rudolf schaute mich zornig an. »Ich habe mir ja auch Hilfe geholt. Kannst du dir vorstellen, was es für mich bedeutet hat, meine Firma, mein Haus, mein Erbe und letzten Endes meine Familie zu verlieren? Weißt du, wie hart es war, meinem Vater sagen zu müssen, dass ich versagt habe? Er hat mich mein Leben lang wie einen Versager behandelt. Jetzt hätte ich ihm endlich zeigen können, was in mir steckt. Ich habe eine Frau aus gutem Hause geheiratet, eine Firma aus dem Nichts heraus aufgebaut und war ein reicher Mann. Mein Vater hat mich zum ersten Mal in meinem Leben auf Augenhöhe angesehen. Er hat mir sogar einmal auf die Schulter geklopft, weil ich es in seinen Augen gut gemacht habe. Ich habe so etwas wie Liebe und Respekt gespürt und dann ist alles wie ein Kartenhaus zusammengefallen. Kannst du dir vorstellen, wie sich ein Mann fühlt, wenn seine Frau und seine Kinder zu seinen Schwiegereltern ziehen müssen, weil er ihnen nichts, noch nicht einmal eine warme Mahlzeit, bieten kann und dazu noch von allen vorwurfsvoll angeschaut wird?« Rudolf rang um seine Fassung. Ich fürchtete, dass er gleich zu weinen anfangen würde. Mir selbst standen die Tränen in den Augen, weil ich sehr gut nachempfinden konnte, wie es ist, wenn man von seinem Vater keine Liebe bekommen hat. Aber das war meine Geschichte und gehörte hier nicht hin. Rudolf tat mir leid, aber er hatte wahrscheinlich zu hoch gepokert, um nicht zu sagen, er hatte den Hals nicht voll genug kriegen können, und das alles ohne Absicherung für seine Familie. Außerdem hatte ich mich soeben gefragt, ob er seine Frau wirklich geliebt hat, oder ob er nur mit einer reichen Frau bei seinem Papa auftrumpfen wollte.

Rudolf stand auf und ging aufgeregt im Zimmer auf und ab. Mit vier großen Schritten hatte er das Zimmer durchquert. Es machte mich traurig, aber auf der anderen Seite mochte ich jammernde Männer nicht.

»Wenn du es einmal geschafft hast, eine Firma aus dem Nichts aufzubauen, dann gelingt es dir sicher auch ein zweites Mal.« Leiser fügte ich noch hinzu: »Vielleicht kannst du dann auch deine Frau zurückgewinnen.« So selbstlos war ich eigentlich nicht, aber ich hatte in dem Moment nicht den Eindruck, dass es mit Rudolf und mir gut ausgehen konnte. Ich kam mir eher wie seine Seelsorgerin oder Therapeutin vor.

Rudolf ging weiterhin ruhelos im Zimmer auf und ab. Endlich blieb er stehen und schaute mich an. »Ich weiß nicht, ob ich sie dann noch will. Sie hat mich so mies behandelt. Ich weiß nicht, ob ich ihr das verzeihen kann. Aber dann würde ich zumindest meine Kinder wieder öfter sehen.« Mit einem lauten Seufzer ließ er sich auf das Sofa fallen und schenkte sich Wein nach.

»Willst Du auch noch einen Schluck?« Fragend hielt er die Weinflasche hoch.

»Nein danke. Ich muss noch fahren.«

Mit einem lauten Knall stellte er die Weinflasche auf den Boden und trank sein Glas wieder in einem Zug leer.

Ich beobachtete ihn traurig und war voller Mitleid. Es stand so viel zwischen uns und es fühlte sich für mich in diesem Moment unüberbrückbar an.

Vorsichtig legte ich meine Hand auf seinen Arm. »Ich glaube, ich fahre jetzt heim.«

»Ich war heute kein guter Gastgeber, gell?« Rudolf schaute mich entschuldigend an. »Es tut mir leid. Das Beste wäre, wir reden nicht mehr über alte Zeiten.«

»Begleitest du mich noch zum Auto?«

»Natürlich.« Gemeinsam gingen wir die schmale Treppe hinunter. Rudolf half mir in meine Jacke und holte meine Schuhe, um sie direkt vor meine Füße zu stellen.

»Danke, du bist lieb«, sagte ich dankbar und zog dann schweigsam meine Schuhe an. Als ich mich wieder aufrichtete, nahm er mich in seine Arme und drückte mich.

»Schön, dass du da warst. Komm gut nach Hause.«

Rudolf küsste mich zart auf den Mund und schaut mich intensiv an.»Du bist eine tolle Frau.«

»Aber?«

»Nichts aber. Es ist nur schade, dass du nicht mein Jagdrevier bist.«

Innerlich verdrehte ich meine Augen und dachte mir, dass ich dieses Thema nicht mehr hören konnte und wollte.

»Was heißt das für uns?«

»Dass ich dir nichts versprechen kann.«

»Ich will auch keine Versprechen. Entweder eine Beziehung wächst, oder sie zerfällt. Versprechen nutzen nichts ohne den Willen, die Beziehung wachsen zu lassen. Diese Magie, die zwei Menschen zueinander führt, ist wichtig. Wenn ich nicht dein Jagdrevier bin, warum bin ich dann hier?«

»Weil es für uns so bestimmt ist?«, antwortete Rudolf geheimnisvoll.

Ich schaute ihn an und überlegte, ob er mich veräppelte. Er begegnete meinem Blick und neigte sich zu mir herunter, um mich zu küssen. Er drückte meine Lippen sanft auseinander und unsere Zungen berührten sich. Es war schön im Arm gehalten und geküsst zu werden, aber was mir fehlte, war das Kribbeln im Bauch. ›Wollte ich so gern einen Mann haben, dass ich auf die entsprechenden

Signale meines Körpers nicht mehr achtete oder sie verneinte?‹

»Woran denkst du?«, fragte Rudolf und schaute mich dabei zufrieden an.

»Ich kann dich nicht verstehen. Ich bin nicht dein Jagdrevier, aber du glaubst, dass wir für einander bestimmt sind? Du küsst mich, und zwar nicht nur freundschaftlich. Du ziehst mich zu dir hin und kaum bin ich da, stößt du mich wieder fort. Wenn ich auf dich zugehe, weichst du vor mir zurück und wenn ich mich distanziere, suchst du meine Nähe.«

»Lass uns nachher telefonieren, ja? Ich muss erst einmal nachdenken.«

»Also gut. Bis später.« Ich stellte mich auf die Zehenspitzen und drückte ihm einen kleinen Abschiedskuss auf die Lippen. Er öffnete die Haustür für mich und ich drückte mich zwischen Tür und seinem Körper nach draußen. Es hatte aufgehört zu regnen, aber der Wind blies mir kalt ins Gesicht und ließ mich schaudern. Ich winkte noch kurz zurück und lief zu meinem Auto. ›Bis zum Auto wollte er mich scheinbar doch nicht bringen‹, dachte ich.

So schnell es der aufgeweichte Waldweg zuließ, fuhr ich nach Hause. Die Enttäuschung über den Verlauf des heutigen Abends unterdrückte ich. Ich wollte an nichts mehr denken, nur noch so schnell wie möglich in mein Bett kommen, mich einkuscheln und schnell einschlafen, um nicht mehr nachdenken zu müssen.

Dankbar entlohnte ich meinen Babysitter Ann-Sophie, die sich vermutlich wieder einmal rührend um meine Kinder gekümmert und anschließend alle Spielsachen aufgeräumt hatte.

Lisa und Lea schliefen schon. Ich drückte ihnen ein sanftes Bussi auf die Stirn und war traurig, dass ich einen Abend mit Rudolf dem Gutenachtritual mit meinen Kindern vorgezogen hatte.

59

Rudolf lief rastlos in Sabines Haus herum. Endlich war diese naive blöde Kuh weg. Er hatte ihr ordentlich viel vorgemacht und sie hatte alles geglaubt. Wie konnte eine Frau im gestandenen Alter so dumm sein. Allerdings hatte er ihr die Wahrheit über Allessia und sich erzählt. Warum auch immer. Es ging sie eigentlich gar nichts an, aber es ging ihm jetzt schon viel besser, nachdem er den ganzen Schrott bei ihr abgeladen hatte. Sie zerfloss vor Mitleid. Rudolf lachte kopfschüttelnd. ›So sind diese blöden Weiber immer‹, dachte er sich. ›Zuerst haben sie Mitleid und dann versuchen sie die Männer zu gängeln, weil sie denken, die Deppen schaffen es ohne ihr Zutun nicht.‹

Aber im Moment war es ganz bequem, jemanden zu haben, der ihm ein warmes Essen spendierte und ihn von seinen größten Sorgen ablenkte. Zum Beispiel Ulla. Sie hatte sich noch nicht gemeldet. Sie hätte sich ruhig bedanken können, weil er sich um sie gekümmert hatte. Seine Mundwinkel verzogen sich zu einer Grimasse und in seinen Augen stand blanker Hass. Er würde sie schon bekommen, er bekam immer, was er wollte. Er musste sie in Wangen abpassen, wenn sie zum Einkaufen ging. Eine andere Möglichkeit, sie zu treffen, gab es nicht. Wie gnädig das Schicksal zu ihm war, ihm Ulla über den Weg laufen zu lassen. Er musste sich dringend abreagieren und es gab kein besseres Opfer als sie, die es wirklich verdient hatte, bestraft zu werden.

Jetzt brauchte er eine Ablenkung, damit sich sein Zustand nicht noch weiter verschlechterte, also griff er zum Telefon und wählte Priscillas Nummer.

60

Ich lag angezogen auf meinem Bett. Obwohl ich den Abend eigentlich verdrängen wollte, dachte ich darüber nach, warum ich mich eigentlich noch mit Rudolf abgab. Mir war klar, dass er mir nicht gut tat, aber ich hatte dennoch nicht die Kraft, das kleine Pflänzchen Freundschaft und Liebe zu zertreten. Würde ich jemals wieder in einer normalen Beziehung leben? Einen Alltag mit meinem Partner und meinen - und hoffentlich auch seinen - Kindern leben können? Kann eine Liebe dieser ständigen Anstrengung gewachsen sein? Hatte Frau Müller wirklich Recht gehabt? Würde ich diesem ehrlichen tollen Mann jemals begegnen?

Ach, ich wünschte, es würde klappen. Aber es schien ein sehr langer steiniger Weg dorthin zu sein.

Ich schloss meine Augen und überließ mich meiner Traurigkeit und meinem Schwermut. ›Morgen stehe ich auf und kämpfe wieder‹, dachte ich mir, ›aber jetzt mag ich mich einfach fallen lassen.‹

Das Klingeln meines Telefons riss mich aus dem Schlummer. Schnell eilte ich ins Bad, wo ich das Telefon liegen gelassen hatte.

»Paulus«, meldete ich mich verschlafen.

»Habe ich dich geweckt?«, fragte Rudolf leise.

»Nein, ich habe mich nur gerade ins Bett gekuschelt und bin kurz eingenickt.«

»Oh, tut mir leid.«

»Alles okay. Schön, dass du anrufst.«

»Das habe ich dir doch versprochen«, murmelte er gekränkt. »Es ist blöd, dass der Abend nicht so verlaufen ist, wie du ihn Dir vorgestellt hast.«

Mir stockte der Atem. Woher wusste er, was ich dachte?

»Was meinst du denn, wie ich ihn mir vorgestellt habe?«, fragte ich unschuldig.

»Eigentlich wollte ich mit dir gemütlich zu Abend essen und dann vielleicht, wenn Du magst, ein wenig kuscheln.«

»Das war deine Vorstellung von diesem Abend. Aber was war deines Erachtens meine Vorstellung von diesem Abend?«

»Die Gleiche?« fragte Rudolf, eher provokant.

»Da könntest du Recht haben. Gar nicht so schlecht kombiniert«, lachte ich ins Telefon.

»Wissen konnte ich es natürlich nicht, aber ich habe es gehofft«, gestand Rudolf.

»Auf jeden Fall solltest du dir irgendwann klar darüber werden, was du willst. Unser Miteinander fühlt sich für mich noch nicht so gut an und ich fürchte, wir sollten uns erst dann näher kommen, wenn wir diese Nähe auch beide wollen.«

»Ich finde dich großartig, Priscilla. Du bist eine wirklich bewundernswerte Frau. Ich weiß nur nicht, ob ich mich in eine Beziehung mit dir einlassen möchte, weil bei mir noch so viel im Argen liegt. Kannst du mir noch ein bisschen Zeit geben?«

»Natürlich«, antwortete ich großzügig. Ich war ja auch froh, dass ich nicht mehr so allein war.

»Danke«, hauchte Rudolf ins Telefon.

»Also dann bis demnächst, oder?«, fragte ich und fühlte mich besser, weil er mir das Gefühl gab, ihm wirklich etwas Gutes getan zu haben.

61

In der folgenden Zeit kochte ich jedes Mal aufwendig, wenn Rudolf sich tagsüber bei mir meldete und mich fragte, was ich denn heute auf dem Speiseplan hatte. Wenn meine Kinder im Bett waren, gab ich ihm grünes Licht und er kam auf einen Sprung zu mir nach Hause. Ich wusste, er hatte Hunger und ich tat ihm gut, weil ich für ihn kochte und für seine Probleme ein offenes Ohr hatte. Es machte mich zufrieden, aber nicht glücklich.

Sophia war mir schon richtig böse, weil ich fast nur noch Zeit für Rudolf hatte. Sie machte sich ernsthaft Sorgen, weil sie ihn noch nicht kennengelernt hatte.

»Also was du mir bisher von Rudolf erzählt hast, hört sich für mich nicht wirklich nach deinem Traummann an«, hatte sie bei unserem letzten Treffen nachdenklich gesagt. »Warum stellst du ihn mir nicht einfach vor? Wir könnten doch einfach etwas miteinander trinken gehen.«

Das hatte ich Rudolf auch schon mehrmals vorgeschlagen, aber jedes Mal fühlte er sich bei diesem Gedanken nicht wohl und ich musste Sophia vertrösten. Eigentlich wollte ich keine so problembehaftete Beziehung mehr führen. Wenn ich abends im Bett lag, fühlte ich mich ausgelaugt und traurig. ›Wahrscheinlich wird sich das im Laufe der Zeit noch ändern, wenn wir uns näher kommen‹, redete ich mir ein.

An meinem kinderfreien Wochenende rief Rudolf an und fragte, ob ich ihm aus der Bredouille helfen könne. Er hatte nun endlich seine Kinder mal da, müsse aber ein wichtiges geschäftliches Telefonat führen, bei dem er völlige Ruhe brauchte. Ob ich denn während dieser Zeit auf seine Kinder aufpassen könnte.

Natürlich war ich sofort zur Stelle. Seine dreijährige Tochter Lore schloss mich sofort in ihr kleines Herzchen, als ich mit ihr einen kleinen bunten Ball hin und her warf. Laurenz, sein fünfjähriger Sohn, ließ sich nicht überreden, mit mir Fußball zu spielen. Daher schlug ich vor, eine abenteuerliche Expedition durch den Wald zu machen. Das funktionierte. Laurenz lief munter vor und entdeckte unendlich viele Hölzer und Steine, die er später alle seinem Papa zeigen wollte. Lore entdeckte Käfer mit schillernden Panzern, die sich jedoch nicht fangen ließen. Die beiden sprangen in Pfützen, balancierten auf abgesägten Baumstämmen, sammelten Tannenzapfen und alles, was sie spannend fanden und ihrem Papa anschließend zeigen konnten.

Wir blieben, wie mit Rudolf vereinbart, in der Nähe des Hauses, damit er uns gleich finden konnte, wenn er sein Telefonat beendet hat.

Nach drei Stunden wurden Lore und Laurenz quengelig. Sie wollten zu ihrem Vater, hatten Hunger und Durst und wollten keine Abenteuer mehr im Wald erleben. Ich konnte sie sehr gut verstehen, auch mir ging langsam die Luft aus. Also machten wir uns auf den Rückweg. Als wir beim Haus ankamen, konnte ich durch die großen Wohnzimmerfenster sehen, wie Rudolf mit einer Frau beim Kaffee zusammensaß – vermutlich war das Sabine.

›Na super‹, dachte ich mir. ›Ich werde als Babysitter eingesetzt, während er sich eine angenehme Zeit macht.‹ Das Telefonat hatte sicherlich nicht länger als eine Stunde gedauert.

Gutgelaunt kam Rudolf zur Tür. »Na, ihr Abenteurer. Wie war es im Wald? Habt ihr schöne Dinge entdeckt?« Liebevoll nahm er seine Kinder in den Arm.

»Papa, schau mal, was ich für einen schönen Stock gefunden habe und Steine habe ich auch für Dich gesammelt.« Laurenz stand vor Rudolf und leerte stolz meine Jackentaschen. Jedes einzelne Steinchen wurde zum ausgiebigen Bewundern hochgehalten, was Rudolf auch geduldig und interessiert tat.

»Und ich bin in Pfützen gestiegen«, erzählte Lore glücklich lachend.

»Oh je, das sieht man. Ich glaube, ihr zwei marschiert am besten gleich in die Badewanne.« Rudolf bückte sich, um Lore die Gummistiefel auszuziehen. Nachdem sie die Aufmerksamkeit ihres Papas genossen hatten, stürmten sie anstatt ins Bad zum Fernseher. Trotz Verärgerung war ich beeindruckt, wie Rudolf mit seinen Kindern umging.

Rudolf sah mich dankbar an. »Danke«, sagte er und strich mir über den Arm.

»Bitte, gern. Aber wolltest du uns nicht rufen, wenn du mit dem Telefonat fertig bist?«, fragte ich leicht verstimmt.

»Ich dachte, ich lasse euch noch etwas im Wald herumspazieren, damit die Kinder heute Abend richtig müde sind. Tschuldige, ich hätte dich sowieso gleich gerufen.«

Das nahm ich ihm so nicht ab, aber ich wollte ihm jetzt auch keine Szene machen, also sagte ich nichts weiter.

»Komm doch rein, ich stelle dir Sabine vor. Ich glaube, ihr kennt euch noch nicht, oder?«

Eigentlich wollte ich gleich wieder heimfahren, aber ich war zu neugierig auf die Frau, mit der Rudolf in einem Haus wohnte, darum ließ ich mich überreden.

»Sabine, schau, das ist Priscilla. Ich habe dir schon von ihr erzählt.« Rudolf zog mich am Arm in Richtung Wohnzimmer, aber Sabine kam uns schon entgegen. ›Sie ist genauso gespannt auf mich, wie ich auf sie‹, ging es mir durch den Kopf.

Sabine sah ganz anders aus, als ich sie mir vorgestellt hatte. Sie war im Gesicht schon sehr faltig, völlig ungeschminkt und im Jogginganzug. Sie lachte mich freundlich an. »Hallo Priscilla, freut mich sehr, dich endlich kennen zu lernen.«

»Hallo Sabine, mir gehts genauso. Ich war auch schon sehr gespannt auf dich«, erwiderte ich freundlich. Instinktiv wusste ich, dass Rudolf nachher ihre Meinung über mich einholen würde. Sabine musterte mich sehr genau, aber nicht abfällig. Ich hatte nicht den Eindruck, als ob sie eifersüchtig oder neidisch war. Sie schien einfach nur neugierig. Wir mochten uns auf Anhieb und unterhielten uns, während Rudolf seine Kinder vom Fernseher holte und badete.

Ich hoffte, von Sabine mehr über Rudolf zu erfahren, aber sie blieb beim üblichen Smalltalk.

Endlich kamen Laurenz und Lore die Treppe hinunter. Frisch gebadet und glücklich, mit ihrem Papa an der Hand.

Rudolf und ich zauberten auf die Schnelle Nudeln zum Abendessen, während Sabine mit den Kids Mensch-ärgere-dich-nicht spielte.

Nach dem Essen brachte Rudolf seine Kinder ins Bett und bat mich, solange in seinem Zimmer zu warten. Für seine Kinder stand ihm Sabines Gästezimmer zur Verfügung.

Ich vermutete, dass ich Sabine unten stören würde und ging in sein Zimmer. Um die Wartezeit zu überbrücken, ging ich zu seinem Bücherregal.

›Komisch‹, dachte ich mir. ›Lauter psychologische Bücher.‹ Ich musste ihn nachher fragen, warum er sich für Psychologie interessierte. Nachdem ich jedoch mindestens zehn Bücher über das Thema: »Wie stehe ich meinen Mann?«, oder »Wie werde ich ein Traummann?« oder noch schlimmer »Wie werde ich manipuliert und wie manipuliere ich mein Gegenüber?« gesehen hatte, wurde mir einiges klar. Als hätte ich eine Wand vor mir hergetragen, die mit einem Ruck auseinander fiel. Ich blätterte in den Büchern und sah, dass er die Bücher nicht nur mal eben überflogen hatte, sondern richtiggehend durchgearbeitet hatte. Am Buchrand waren Anmerkungen fein säuberlich mit einem spitzen Bleistift hingeschrieben worden. Ich las Anmerkungen wie: »Dieses Beispiel eignet sich für Anna«, oder »siehe Petra!«. Mir wurde recht mulmig zumute. Machte er sich einfach nur einen Spaß zu Übungszwecken mit mir und ich Trottel hatte es nicht geschnallt? Mehrere Passagen waren in den Büchern unterstrichen oder mit gelbem Textmarker hervorgehoben. ›Das ist wirklich seltsam‹, dachte ich. ›Entweder ist er ein Hobbypsychologe oder das Thema dient anderen Zwecken.‹

Plötzlich stand Rudolf im Türrahmen und sah mich mit düsterem Blick an. Ich fühlte mich ertappt, obwohl ich nur seine Bücher angesehen hatte.

»Na, hast du dich gut allein unterhalten?«, fragte er und kam auf mich zu.

Mir wurde ganz heiß und ich spürte, wie ich rot wurde, obwohl ich normalerweise gar nicht dazu neigte.

»Du interessierst dich für Psychologie? Oder hast du das studiert?«, fragte ich möglichst unbefangen.

»Ja, ich finde nichts interessanter als die menschliche Psyche. Wenn man sich gut genug auskennt, kann man fast jeden Menschen manipulieren.«

Ich hörte eine leise Drohung zwischen seinen Worten, also sagte ich einfach nur: »Verstehe ich gut. Ich interessiere mich auch für Psychologie.« Dass ich mich aus anderen Gründen als er dafür interessierte, verschwieg ich ihm lieber. Glücklicherweise fiel mir mein Buch, das ich ihm geschenkt hatte, ins Auge.

»Hast Du mein Buch eigentlich schon gelesen?«, fragte ich und war erleichtert, dass mir so schnell ein geschickter Themenwechsel eingefallen war.

»Nein, dafür hatte ich leider keine Zeit, aber ich hatte dir ja schon gesagt, dass du meines Erachtens keine Bücher schreiben solltest.«

Jetzt hatte ich ihn noch mehr verärgert, statt zu beruhigen. Am liebsten wäre ich gleich nach Hause gefahren. Ich wusste nur nicht, wie ich es ihm sagen sollte. Während ich überlegte, wie ich es am geschicktesten anstellen könnte, kam er zu mir und nahm mich in den Arm. Ich atmete tief durch, damit sich mein Körper nicht gegen ihn aufbäumte. Mein Gefühl sagte mir, ich müsste so tun, als ob ich seine Umarmung genießen würde. Der Schweiß trat mir aus allen Poren und ich fühlte mich unglaublich unwohl.

»Soll ich uns einen Wein holen?«, fragte Rudolf ganz nah an meinem Ohr.

Meine Haare stellten sich am hinteren Haaransatz auf und ich konnte nur nicken. »Ich hoffe, Sabine ist uns wohlgesonnen«, sagte er im Weggehen.

›Wie konnte ich nur so blind sein‹, dachte ich mir verzweifelt. ›Alles nur Show und ich war sein Versuchskaninchen für die wichtigen Beziehungen. Für die Hasen, die in sein Jagdrevier passten‹. Meine Angst wich Wut und Ärger. Am liebsten hätte ich ihm alles ins Gesicht geschrien. Während ich noch überlegte, wie ich mich jetzt am besten verhalten sollte, kam er die Treppe hoch.

Strahlend hielt er eine Flasche Rotwein wie eine Trophäe vor sich. Hin- und hergerissen, schaute ich ihm beim Öffnen des Rotweins zu. Ich entschied mich, zu bleiben. Ich wollte beobachten, wie er zu mir war, nachdem ich ihn jetzt durchschaut hatte.

Wir tranken ein Glas nach dem anderen und als die Flasche leer war, holte er leise Nachschub, da Sabine schon zu Bett gegangen war.

Mit zunehmendem Alkoholgenuss wurde Rudolf immer redseliger. Ich hoffte, dass er sich so verraten würde, weil er sich nicht mehr so gut im Griff hatte und sich nicht mehr so gut verstellen konnte. Bei mir stellte sich langsam eine gewisse Gleichgültigkeit ein, bevor ich auf die Bremse treten konnte. Ich würde diese Nacht hier bleiben und morgen entscheiden, was ich tun sollte. Das Engelchen auf meiner Schulter versuchte mich an mein Versprechen zu erinnern, nie wieder Sex mit einem Mann zu haben, den ich nicht liebe, aber ich hörte wieder einmal einfach nicht hin.

Wir tranken zwei weitere Flaschen Rotwein, bis wir beide nur noch lallten. Irgendwann zog er mich vom Sofa hoch und nahm mich in den Arm. Ich genoss es. Alles andere blendete ich aus. Langsam fuhren seine Hände über meinen Körper. Es war so lang her, seit mich jemand zärtlich berührt hatte. Ich hielt still und schloss die Augen.

Als Rudolf mir mein Kleid auszog, sagte eine Stimme in mir laut und deutlich ›Nein!‹, aber ich verdrängte sie. Ich hatte jetzt keine Kraft und auch keine Lust aufzuhören. Ich ließ einfach alles geschehen und wurde wie in einer großen Meereswelle mitgespült.

Trotz größter Anstrengung war es uns nicht gelungen, Rudolfs Männlichkeit zu mobilisieren. ›Ein Wink des Schicksals‹, dachte ich mir, kuschelte mich in die Decke und schlief ein.

Am nächsten Morgen wachte ich vor ihm auf. Trotz meines mächtigen Brummschädels schämte ich mich für mein Benehmen. Und noch schlimmer fand ich, dass ich das Versprechen, das ich mir selbst gegeben hatte, nun gebrochen hatte. Auch wenn wir keinen richtigen Sex gehabt hatten, so war ich letzte Nacht bereit gewesen, mit einem Mann zu schlafen, der nicht der Richtige war. Enttäuschung über mich selbst machte sich in mir breit.

Ich hatte gemeint, in Rudolf jemanden gefunden zu haben, den ich lieben konnte, dabei war er nur bereit alles zu nehmen, was ich zu geben hatte. Ich war so dumm und habe gegeben, gegeben und gegeben und nicht gemerkt, dass meine Angst vor Enttäuschung, Verletzung und sich ausgenutzt fühlen schon längst Wirklichkeit geworden war.

Leise stand ich auf und zog mich an. Unschlüssig stand ich am Fenster. Sollte ich einfach gehen und es ihm am Telefon sagen, oder lieber warten, bis er aufgewacht war?

Ich schaute in den finsteren Wald und eine große dunkle Welle der Traurigkeit befiel mich. ›Gab es tatsächlich irgendwo auf dieser Welt einen Mann, der eine gesunde Psyche hatte und noch für Werte kämpfte, wie ich sie suchte?‹ Ich war so tief in Gedanken versunken, dass ich nicht merkte, wie Rudolf hinter mich getreten war.

»Guten Morgen, mein Sonnenschein«, murmelte er mir in mein rechtes Ohr, während er mich von hinten umfasste.

»Guten Morgen, Rudolf«, antwortete ich ihm freundlich, aber distanziert. »Habe ich dich geweckt?«

»Nein. Warum bist du denn nicht im Bett geblieben?«

»Es tut mir leid, aber mir ist klar geworden, dass ich tatsächlich nicht dein Jagdrevier sein kann und du sozusagen auch nicht der richtige Jäger für mich bist. Ich glaube, wir müssen beide weitersuchen.« Ich sah ihm direkt in die Augen, aber ich konnte keinerlei Regung feststellen. Also hatte ich recht.

»Mir tut es auch leid, aber natürlich hast du Recht. Ich wollte Dir eigentlich gestern schon sagen, dass ich letztens eine junge Studentin kennengelernt habe, die mich mit auf ihr Zimmer genommen hatte.« Rudolf machte eine Pause, damit seine Worte bei mir sacken konnten.

Ich sah ihn nur mitleidig an, nahm meine Tasche und ging mit den Worten zur Tür: »Dann hast du ja gefunden, was du brauchst. Viel Glück.« Ich rannte die Treppe hinunter, schlüpfte in Windeseile in meine Schuhe und lief zu meinem Auto. Während ich nach meinem Autoschlüssel suchte, rief Rudolf vom Balkon: »Sei doch nicht so empfindlich. Auf ihrem Zimmer ist nichts passiert!«

Nachdem ich meinen Schlüssel gefunden hatte, sah ich zu ihm hoch, lächelte ihn an und rief: »Nach gestern hätte mich das auch gewundert!« So, das hatte er davon, der Mistkerl. Ich fuhr so schnell wie möglich nach Hause.

62

Rudolf war außer sich. ›Diese kleine Schlampe! Traut sich, mich zu beleidigen.‹ Er schüttelte ungläubig den Kopf. Wie hatte er sich in ihr geirrt. Er war sich sicher, dass Priscilla weinen würde, wenn er sie so verletzte. ›Blöde Kuh!‹ Er musste sich beherrschen. Seine Kinder waren da. Am liebsten hätte er alles kurz und klein geschlagen. Er könnte ihr auch jetzt gleich nachfahren und ihr einen Denkzettel verpassen, den sie nie wieder vergessen würde. Ruhelos lief Rudolf in seinem engen Zimmer auf und ab.

Er brauchte dringend Erleichterung. Aber jetzt hatte er eine Auswahl. Sollte er sich zuerst Priscilla holen? Es wäre auf jeden Fall einfacher, als Ulla zu finden. Wenn er erstmal eins ihrer Kinder in der Mangel hätte, würde es ihr schon leidtun, was sie ihm angetan hatte. So unverschämt durfte niemand ungestraft mit ihm reden.

An diesem Morgen hatte er sich nicht mehr im Griff. Er war so aggressiv, dass Lore und Laurenz Angst vor ihm hatten und sich leise in einem Eck mit Büchern beschäftigten.

›Mir wird schon etwas einfallen‹, dachte er.

63

Ich fühlte mich traurig und müde. Ich zog mich aus und stellte mich unter die Dusche, um die Erinnerung an Rudolf abzuwaschen und neue Kraft zu tanken.

Anschließend cremte ich mich mit meinen wohlriechenden Lotionen ein und zog mir einen bequemen Hausanzug an. Ich wollte mich gerade mit einem Buch ins Bett legen, als das Telefon klingelte. Neugierig hob ich ab.
»Paulus.«
»Hallo Priscilla! Ich habe gerade an dich gedacht und wollte hören, wie es dir geht. Störe ich dich?«
»Hallo Sophia. Nein, du störst gar nicht! Ganz im Gegenteil. Wenn du Lust hast, könntest Du auf ein Schlückchen zu mir rüber kommen.«
»Jetzt, am frühen Morgen schon? Dann muss dir aber tatsächlich etwas auf dem Herzen liegen, was du los werden musst.«
»Nun, so dringend ist es auch wieder nicht. Nur wenn Du magst.«
»Ich bin schon unterwegs. Kann ich im Jogginganzug bleiben?«
Ich lachte. Typisch Sophia. Sonntag war ihr Jogginganzugtag.
»Natürlich. Ich habe auch einen an!«
»Dann geht es dir ja richtig furchtbar schlecht! Ich eile. Bis gleich.«
Schon hatte sie aufgelegt. Ich musste schmunzeln. Sophia kannte mich schon unglaublich gut. Normalerweise lästerte ich über Sportanzüge auf der Couch. Mein Motto war eigentlich: Sportanzüge sind für Sport gedacht und nicht fürs Wohnzimmer. Deshalb hatten Sophia, Jessi und Claudia mir zur Geburt von Lisa einen Hausanzug

geschenkt, weil sie der Meinung waren, jetzt würde ich einen brauchen.

Ich hatte ihn nur selten an, aber wenn es mir schlecht ging, hatte er etwas Beruhigendes an sich. Das weiche und warme Material hüllte mich ein und ich fühlte mich irgendwie geborgen.

Jetzt freute ich mich auf Sophia. Ein warmes Gefühl machte sich in meinem Inneren breit. Das war ein sicheres Zeichen, dass mir jemand gut tut.

Ich ging in den Keller und holte eine Flasche Prosecco, um das Ende mit Rudolf zu begießen. Ich fühlte mich erleichtert und verstand gar nicht, warum ich mich überhaupt so lang mit ihm herumgeschlagen hatte. Ich hätte auf die Wahrsagerin hören sollen. Vielleicht wollte der liebe Gott mir diese Enttäuschung ersparen und hatte Frau Müller deshalb in den Karten sehen lassen, dass mein Traummann Finanzier war. Jetzt war es leider zu spät, aber das nächste Mal würde ich ganz sicher daran denken. Beschwingt ging ich die Kellertreppe hoch, als es an der Tür klingelte.

›Nanu‹, dachte ich verwundert. ›Sophia hat sich ja wirklich sehr beeilt.‹ Mit der Flasche Prosecco in der Hand öffnete ich lachend die Tür.

Als ich Rudolf gegenüberstand, wäre mir um ein Haar die Flasche aus der Hand gerutscht.

»Mit mir hast du blöde Kuh wohl nicht gerechnet, oder?« Seine Mundwinkel verzogen sich nach unten und in seinen Augen sah ich Hass. »Was haben wir denn da?«, fragte er zynisch und nahm mir die Flasche aus der Hand. Ich war so geschockt, dass ich sie mir wegnehmen ließ. Mein Mund fühlte sich ausgetrocknet an und mein Magen zog sich schmerzhaft zusammen. Ich brachte keinen Ton heraus. Rudolf las das Etikett der Flasche und lachte laut auf. Sein Lachen hörte sich jedoch mehr nach einem Donnergrollen, als nach Freude an. Er kam bedrohlich näher, aber irgendetwas in mir sagte mir, nicht zurück zu weichen und so den Zutritt zum Haus zu versperren. Ich blieb stehen und musste meinen Kopf in den Nacken legen, um ihn weiterhin anzusehen. Er kam mir so nah, dass mein Kinn beinahe seinen Brustkorb berührte.

»Und du meinst, mich auch noch beleidigen zu müssen, du kleine Schlampe«, presste Rudolf zwischen den Zähnen hervor. »Es hat dir nicht gereicht, mich gestern so zu demütigen. Du musstest es heute auch noch rausschreien.« Er schubste mich mit seinem ganzen Körpergewicht und ich stolperte nach hinten. Langsam löste sich meine Erstarrung und ich sah mutig zu ihm hoch.

»Wer wohl wen gedemütigt hat. Ich wüsste nicht, wann und womit ich dich beleidigt haben soll, aber es scheint ja zu passen, wenn du dich so aufregst und extra zu mir herkommst, um mir das zu sagen.«

Ein Blick in seine Augen sagte mir, dass ich den Bogen überspannt hatte. Der pure Hass schlug mir entgegen.

›Wild und böse!‹, schoss es mir durch den Kopf. ›Oh nein, was soll ich nur tun?‹

Rudolf holte mit der Hand, in der er die Flasche Prosecco hielt, aus und ließ sie an die Wand krachen. Die Scherben und der schaumige Prosecco spritzen mir ins Gesicht und ich schrie auf. Er richtete den zerbrochenen Flaschenhals auf mein Gesicht und kam näher.

64

»Der gute Prosecco!«, rief Sophia laut. »Wie konnte das nur passieren.« Sie kam ins Haus geeilt, drückte sich einfach an Rudolf vorbei und umfasste meinen Oberarm. »Priscilla, was ist hier los?« Ihr Blick wanderte von einem zum anderen. »Du musst Rudolf sein, stimmts?«, fragte sie Rudolf eine Spur zu laut und zu streng.

Ich wollte etwas sagen, aber meine Stimme streikte. Rudolf sah Sophia völlig fassungslos an, ließ den Flaschenhals fallen, drehte sich um und ging. Sophia und ich standen einfach nur da und sahen ihm hinterher, bis er außer Sichtweite war.

»Was war denn das jetzt für eine Vorstellung«, sagte Sophia und sah mich ratlos an. »Wen hast du dir denn da schon wieder angelacht?«

»Keine Sorge, hat sich bereits erledigt.« Ich fühlte mich zwischen weinen und lachen hin- und hergerissen. Ich schaute auf den vergossenen Prosecco und die Scherben und wusste nicht, was ich zuerst tun sollte. Sophia nahm alles in die Hand.

»Jetzt lass uns erst einmal die Bescherung hier wegwischen. Wie schade um den guten Tropfen«, meinte sie bedauernd, als sie das Etikett sah.

»Ich habe noch eine Flasche im Keller«, beruhigte ich sie. »Jetzt brauche ich wirklich einen Drink.«

Wir sahen uns an und mussten laut loslachen. Die Anspannung ließ nach und wir lachten, bis uns die Tränen kamen.

»Ich glaube, du hast mich gerade gerettet, Sophia.«

»Ja, das glaube ich auch. Ich wusste gar nicht, was ich zuerst tun sollte, als ich euch sah. Mit so etwas hatte ich natürlich nicht gerechnet, als ich die offene Tür sah.«

»Das glaube ich dir. Ich habe auch nicht mit Rudolf gerechnet, als es an der Tür klingelte. Ich dachte, du hättest dich diesmal selbst übertroffen und wärst schon da.« Wieder mussten wir lachen.

Wir räumten auf und ich erzählte Sophia alles, was ich mit Rudolf erlebt hatte. Endlich hatte ich auch Gelegenheit, ihr von meinem Besuch bei Frau Müller zu erzählen.

»Eigentlich wusste ich, dass Rudolf nicht der richtige Mann für mich ist. Frau Müller hatte mir gesagt, ich könnte meinen Traummann daran erkennen, dass er beruflich mit viel Geld zu tun hat. Außerdem steht eine angehende Bestsellerautorin vor Dir!«, übertrieb ich maßlos, während ich eine Pirouette vor Sophia drehte.

»Ne, oder?«

»Dauert allerdings noch ein paar Jahre«, gab ich lachend zu.

»Wow!«, rief Sophia begeistert. »Da hätte ich glatt Lust, Frau Müller auch mal nach meiner Zukunft zu befragen.«

»Also, wenn du sowieso zu einer Wahrsagerin gehen willst, dann nur zu Frau Müller«, schwärmte ich. »Allerdings habe ich mittlerweile Bedenken, ob ich mich nicht zu weit vorwage. Ich fürchte, Wahrsager sind mit der dunklen Macht verkoppelt.«

Sophia, die in ihrer Kindheit auch sehr oft zur Kirche gegangen war und dort von Menschen tief enttäuscht wurde, wischte meine Bedenken vom Tisch. »Ach nein, Priscilla. Ich glaube, es gibt weiße Hexen, die verteilen auch Engelskarten und tun eher Gutes und natürlich gibt es auch schwarze Hexen, die nur Böses im Sinn haben. Aber Frau Müller hört sich nach einer weißen Hexe an.«

»Ich wusste gar nicht, dass du dich mit Wahrsagern auskennst«, bemerkte ich erstaunt.

»Nein, eigentlich glaube ich auch nicht an diesen Humbug, aber dein Erlebnis macht mich neugierig. Ich muss nur darauf achten, dass Ferdi und die Kinder es nicht mitbekommen. Sie würden es nicht verstehen.«

Ich gab Sophia die Telefonnummer von Frau Müller und erklärte ihr das Vorgehen. Sophia schrieb ihr gleich und bekam prompt eine Antwort. Ich wollte auch gleich einen weiteren Termin mit ihr vereinbaren. Nur um sicher zu gehen, dass ich diesen Traummann wirklich kennenlernen würde und keine Angst mehr vor Rudolf haben musste. Mein Gewissen, das mich daran erinnerte, dass ich Jesus fest versprochen hatte, nie wieder zu Wahrsagern zu gehen, ignorierte ich. ›Das konnte doch wirklich nicht schlimm sein, sich die Bestätigung zu holen. Danach ist dann wirklich Schluss‹, redete ich mir ein.

Ich bekam am gleichen Freitagnachmittag wie Sophia einen Termin.

»Wir fahren gemeinsam hin!«, rief ich glücklich.

»Das wird ein Spaß! Ich bin gespannt, was sie mir zu sagen hat.« So euphorisch hatte ich Sophia noch nie erlebt.

65

Rudolf fühlte sich schon viel besser. ›Der habe ich es jetzt aber gezeigt‹, dachte er sich. ›Die hat sich ja vor Angst fast in die Hosen gemacht.‹ Er lachte in sich hinein. ›Sie wird es sich gut überlegen, ob sie jemals wieder einen Mann derart bloßstellt.‹

Beschwingt fuhr er nach Hause.

Als er wieder Zuhause war, konnte er nicht verstehen, warum Lore und Laurenz ihn so ängstlich ansahen. Was war nur mit den Kindern los? Er setzte sich zu ihnen auf die Couch und las ihnen etwas vor, während er den Kindern erlaubte, sich an ihn zu kuscheln.

66

Sophia hatte Glück, denn Ferdi war mit den Kindern zu einem Vater-Kind-Wochenende unterwegs, als sie den Termin bei Frau Müller hatte. Ich musste mit großem Bedauern kurzfristig absagen, da ich in der Nacht von Donnerstag auf Freitag Läuse auf den Köpfen von Lisa und Lea entdeckt hatte. Beide schliefen so unruhig und kratzten sich die ganze Zeit am Kopf, dass ich schon Böses ahnte. Aber als ich die kleinen Viecher auf der Kopfhaut sah, wurde ich fast wahnsinnig. Anstatt Spaß mit Sophia zu haben, musste ich die Reinigungsprozedur auf den Lockenköpfen meiner Mädels sowie im ganzen Haus durchführen. Für mich war es ein Desaster, aber Lisa und Lea fanden es ganz witzig, da sie schulfrei hatten und während des Durchkämmens der Haare und der Einwirkzeit des Läusemittels Filme anschauen durften. Es war ein Ausnahmezustand. Sonst hätte ich das Geschrei nicht ausgehalten.

Gespannt wartete ich auf Sophias Anruf. Als das Telefon endlich klingelte, erlaubte ich Lisa und Lea einen weiteren Videofilm anzusehen, um ungestört mit ihr telefonieren zu können.

»Also ich fand diese Frau irgendwie unheimlich«, sagte Sophia, sobald ich den Hörer abgehoben hatte.

»Ja, ein wenig mulmig war mir auch zumute«, gestand ich.

»Ich hatte die ganze Zeit das Gefühl, dass sie gar nichts von meinem Leben sieht. Als ich ihr genaue Fragen zum Jetzt stellte, kamen auch nur schwammige Antworten. Ehrlich gesagt weiß ich gar nicht, warum Du sie so toll findest.« Sophia klang enttäuscht.

»Ich weiß auch nicht, aber ich war mir die ganze Zeit sicher, sie sieht, was wirklich passieren wird. Allerdings hatte ich auch das Gefühl, dass ich beten muss, bevor ich ihr Haus betrete.«

»Priscilla, ich fühle mich gar nicht gut.«

»Dann komm zu mir. Du kannst auch bei mir schlafen.«

Ich hatte ein schlechtes Gewissen, weil ich ihr den Tipp mit der Wahrsagerin gegeben hatte.

»Nein, ich lasse mir eine heiße Badewanne ein, dann geht es schon wieder. Ich wollte es ja so richtig genießen, an diesem Wochenende einmal allein sein zu können. Aber trotzdem Danke für dein Angebot.«

Wir beendeten das Telefonat, aber es ging mir nicht aus dem Kopf.

Am nächsten Morgen schrieb ich ihr als erstes eine SMS: »Bist Du schon wach?« Das Telefon klingelte kurz darauf und wie erwartet, war Sophia dran.

»Priscilla, ich habe eine unglaubliche Nacht hinter mir! Ich werde gleich zum Pfarrhaus gehen.«

»Was war denn los?« Bevor Sophia zu erzählen begann, legte sich etwas Schweres auf meine Brust.

»Ich hatte schon im Auto das seltsame Gefühl, nicht allein zu sein. Aber nachdem ich eigentlich an den Hokuspokus nicht glaube, versuchte ich darüber zu lachen und es mir auszureden. Um mich abzulenken, aß ich mein Abendessen vor dem Fernseher. Meine Gedanken kreisten aber die ganze Zeit um Frau Müller. Es ging mir nicht aus dem Kopf, dass sie mir nicht in die Augen sehen konnte und ihr Gesicht wirkte auf mich böse und gehässig.«

»Echt?«, fragte ich verwundert. »Also mich hat sie sogar ganz lange nachdenklich angeschaut. Böse und gehässig hatte sie auf mich nicht gewirkt.«

»Seltsam. Reden wir von der rothaarigen schlanken Frau Mitte Fünfzig?«

»Ja, ich fand ihren Gesichtsausdruck eher freundlich«, sagte ich kleinlaut.

»Unglaublich! Aber weißt du, was heute Nacht passiert ist?«

»Hm?« Der Druck auf meiner Brust verstärkte sich.

»Heute Nacht wachte ich auf und hätte am liebsten geschrien, weil ich einen Schatten durch die geschlossene Tür in mein Schlafzimmer kommen sah.«

Ich hielt erschrocken die Luft an, unfähig zu antworten.

»Ich konnte aber nicht schreien oder mich bewegen, weil ich wie gelähmt dalag.«

»Nein!«

»Doch! Es war eiskalt im Zimmer und es stank fürchterlich nach Schwefel!«

»Echt? Warst du wirklich wach, oder hast du das geträumt?« Ich wollte es nicht glauben, aber ich kannte schon die Antwort.

»Ich war wach, Priscilla. Ganz sicher! Du kennst mich, ich glaube normalerweise nicht an Geister.«

»Und was ist dann passiert?«

»Der Schatten kam ganz langsam näher, so langsam, dass ich das Gefühl hatte, er genießt meine Angst.«

»Oh nein!«

»Doch! Und ganz plötzlich wusste ich, was ich tun musste!«

»Du konntest Dich doch nicht bewegen?«

»Nein, ich habe angefangen zu beten! Ich schloss die Augen und betete wie noch nie in meinem Leben.«

»Super!« Freudentränen der Erleichterung strömten aus meinen Augen. »Und dann?«

»Ganz langsam strömte eine Wärmewelle durch meinen Körper. Es begann bei meinen Zehen und breitete sich dann langsam in meinem ganzen Körper aus. Als ich die Augen öffnete, sah ich gerade noch, wie der Schatten durch die geschlossene Tür wieder verschwand.«

»Danach hast Du vermutlich nicht mehr einschlafen können, oder?«

»Doch, ich fühlte mich so wohl und so beschützt, wie noch nie. Es war ganz seltsam. Ich hatte zwar nicht den Drang, in meinem Haus nach dem Schatten zu suchen, aber ich hatte auch keine Angst, dass er mir noch irgendetwas antun könnte.«

»Wow! Ich glaube, ich hätte kein Auge mehr zutun können!«

»Doch, aber ich habe gleich heute Morgen Pfarrer Grau angerufen. Ich darf um Zehn Uhr vorbeikommen.«

»Ich begleite dich, Sophia.«

»Nein, bleib du lieber bei Lisa und Lea. Ich rufe dich an.«

»Dann komm wenigstens nach dem Gespräch mit dem Pfarrer bei mir vorbei!«

»Super! Dann bringe ich den Schatten womöglich mit! Du hast schon genug Sorgen mit deinen Haustieren.« Sophia lachte, obwohl ihr sicher nicht zum Lachen zumute sein konnte.

»Davor habe ich keine Angst, Sophia«, log ich.

»Ich schau mal. Auf alle Fälle melde ich mich bei dir.«

67

Unruhig wartete ich, dass Sophia sich bei mir meldet.

Ich stellte mir vor, wie fahrlässig ich meine Kinder diesem Alptraum ausgesetzt hatte. Nicht auszudenken, wenn ich dieses 'Mitbringsel' auch hier im Haus hatte, ohne es zu bemerken. Mir lief ein Angstschauer über den Rücken. ›Was würde passieren, wenn meine Mädels von diesem Schatten einen Besuch bekämen?‹, fragte ich mich bange. Obwohl ich Läuse widerlich fand, war ich in diesem Moment dankbar dafür, dass ich deshalb den Termin hatte absagen müssen.

Beim Klingeln des Telefons sprang ich sofort auf.

»Priscilla, ich bin doch gleich nach Hause gefahren. Ich muss hier schnell etwas erledigen.«

»Was musst Du erledigen?«

»Der Pfarrer ist echt lieb! So hatte ich ihn ehrlich gesagt nicht in Erinnerung. Ich weiß jetzt, wie ich uns und unsere Häuser vor dem Bösen schützen kann!«

»Schieß los!«

»Ich habe ihm alles, wirklich alles erzählt und gesagt, wie leid es mir tut, mich mit dieser Macht eingelassen zu haben. Vor allem hatte ich es gar nicht so ernst genommen.«

»Was hat er dazu gesagt?«

»Dass das Böse zuerst immer sehr harmlos, fast freundlich daher kommt. Erst wenn es dich sicher hat, dann schlägt es zu und lässt dich nicht mehr los.«

Ich dachte an meine vielen Anrufe bei Consilium und wie ich immer mehr Geld ausgab, um an Informationen zu kommen, die mir sowieso nichts brachten. Außerdem wäre ich gestern beinahe schon wieder zu Frau Müller gegangen.

»Und wie können wir uns schützen?«

»Er hat eine Hand auf meine Schulter und die andere Hand auf meinen Kopf gelegt und gebetet. Währenddessen, spürte ich wieder diese Wärme durch meinen Körper fließen, wie heute Nacht, als ich gebetet habe.«

Ich hatte das Gefühl, dass ich sowieso unter dem Schutz Gottes stand. Ich war mir fast sicher, dass er mir die Läuse geschickt hatte, um mich davon abzuhalten, eine Dummheit zu begehen. Es war zwar nicht nett, mir gleich so viele Läuse zu schicken, aber sonst hätte er mich nicht daran hindern können, mit Sophia zu Frau Müller zu gehen. Den Gang zum Pfarrer würde ich mir sparen, aber mich interessierte, wie ich meine Kinder schützen konnte.

»Und wie können wir unsere Häuser schützen?«

»Indem wir an jeder Öffnung, also an jeder Tür und an jedem Fenster, beten.«

›Oh je‹, dachte ich mir und überschlug die Anzahl der Fenster und Türen in meinem Haus. »Einfach wie immer beten, oder gibt es ein besonderes Gebet?«, fragte ich laut.

»Es ist wichtig, dass du Jesus bittest, die Öffnung mit seinem Blut zu reinigen und zu versiegeln, damit nichts Böses hindurch kann.«

»Warum ist es wichtig, dass er es mit seinem Blut versiegelt?«, fragte ich und kramte in meinem Gedächtnis nach der Antwort. Es war schon so lange her, seit ich in der Kirche zugehört hatte.

»Gute Frage, das wollte ich auch wissen. Der Pfarrer meinte, dass Jesus mit seinem freiwilligen Tod das Böse besiegt hat. Daher hat sein Blut diese Kraft.«

»Okay, dann werde ich mein Haus heute auch mit Gebet reinigen.«

»Ja, mach das, es ist echt nicht witzig, wenn du diese Begegnung hast!«

»Das glaube ich dir sofort« antwortete ich und spürte wie Angst mich in Besitz nahm.

»Ach ja, und dein Gebet sollte immer mit: Im Namen des Vaters, des Sohnes und des Heiligen Geistes enden, dann kann es keine Missverständnisse geben.«

»Es tut mir leid, dass ich dich zu Frau Müller geschickt habe!«

»Das war eine Erfahrung, die mich für den Rest meines Lebens von allem Okkulten und Übersinnlichen fernhalten wird.«

»Ja, mich auch!«

»Weißt du, was ich den Pfarrer noch gefragt habe?«

»Was denn?«, fragte ich vorsichtig.

»Warum die Wahrsager mit Engelskarten hantieren, wenn sie doch mit den wahren Engeln nichts zu tun haben.«

»Stimmt! Das würde mich auch interessieren.«

»Weil damals, als Luzifer, der schönste und über allen anderen Engeln stehende Engel Gottes, heute der Teufel, sich gegen Gott stellte und von Gott aus seinem Himmelreich verbannt wurde, sich einige Engel auf Luzifers Seite geschlagen hatten. Es sind die gefallenen Engel. Es hört sich so schön und richtig an, wenn dir ein Wahrsager eine Engelskarte zieht. Dabei ist es nichts anderes, als eine Karte des Bösen in positive Worte gekleidet.«

»Oh nein! Und ich habe immer gedacht, wenn Engel im Spiel sind, kann es doch nur richtig sein!«

»Genau diese Irreführung bezwecken sie damit! Engel sind nicht unbedingt die göttlichen Engel, ganz gleich in welcher Form Du sie geschenkt bekommst!«

»Nie wieder werde ich mich auf so etwas einlassen!«

»Nein, ich mich auch ganz sicher nicht noch einmal!«

Beim Zubettgehen schlug ich Lisa und Lea vor, an das übliche Gutenachtgebet noch: »und bewahre uns vor allem Bösen«, anzuhängen. Beide taten es mit einer Ernsthaftigkeit, dass ich sie gerührt in den Arm nehmen musste, um nicht loszuweinen.

Als sie endlich schliefen, begann ich damit, alles, was mich an die Wahrsagerei erinnerte, in einen Müllbeutel zu werfen.

Die Kataloge von Consilium, alle Engelskarten und die Tarotkarten mit der ausführlichen Anleitung, die ich einmal geschenkt bekommen und ab und zu ausprobiert hatte. Alle Geschenke von Freundinnen, die mit Esoterik oder Okkultem zu tun hatten, wanderten ebenfalls in den Müll. Ich wollte kein Risiko eingehen.

Ich kniete vor den Betten meiner Kinder und bat Jesus darum, alle Bande des Bösen, die ich gesponnen hatte, zu durchtrennen. Ich übergab sie seiner Reinigung und seinem Schutz durch sein Blut.

Anschließend betete ich wirklich vor jedem Fenster und jeder Tür, auch im Keller. Als ich bei der Außenhaustüre angelangt war, spürte ich einen kurzen heftigen Schlag im unteren Rücken. Ich brach zusammen. Nicht wegen des Schlages, sondern weil ich daran bis zu diesem Augenblick nicht geglaubt hatte. Also war tatsächlich etwas Übersinnliches in meinem Haus. Ich konnte es nicht fassen. Ich saß am Boden und weinte. Es tat mir so leid, dass ich Jesus, meine Mutter, und letzten Endes auch mich selbst so enttäuscht hatte und damit meine Kinder und mich in Gefahr gebracht habe.

Müde machte ich alle Lichter, die ich zuvor angelassen hatte, aus.

Ich schlief mittlerweile im Dachgeschoß und bevor ich ins Bett ging, schaute ich noch einmal bei meinen schlafenden Mädels vorbei.

Lisa wachte in dem Moment auf, als ich ihr ein Bussi auf die Stirn drückte.

»Mama, ich kann nicht schlafen, darf ich in dein Bett?«

›Vermutlich habe ich sie mit meiner Heulerei geweckt‹, dachte ich und nahm sie auf den Arm. »Ausnahmsweise, mein Spatz.«

Wir kuschelten uns in meinem Bett aneinander und schliefen ein.

Ich wurde von einem furchtbaren Geräusch geweckt. Mein erster Blick fiel auf meinen Wecker. Zwei Uhr nachts! Ich schaute zu Lisa, sie schlief tief und fest. ›Lea!‹, schoss es mir durch den Kopf. ›Ich muss Lea zu mir holen.‹

Das Gebrüll, begleitet von einem Klappern, wurde lauter. Es hörte sich wie das Brüllen eines verletzten Tieres an. Vor Angst schlug mein Herz donnernd in meiner Brust, während ich in rasender Geschwindigkeit die Treppe hinunter zu Lea lief. Erleichtert und dankbar, dass sie in ihrem Bettchen lag und fest schlief, packte ich sie schnell und lief mit ihr auf dem Arm hoch zu Lisa. Beide Mädels fest im Arm und völlig panisch, betete ich, wie ich noch nie gebetet hatte. Nach einer ganzen Weile wurde das Brüllen immer leiser, bis ich es gar nicht mehr hören konnte. In dieser Nacht schlief ich nicht mehr ein. Dankbar betete ich die ganze Zeit, während ich meine Kinder nicht aus den Augen ließ.

Sonntagmorgen rief ich Sophia an und erzählte ihr von meinem nächtlichen Erlebnis.

»Oh nein! Das dürfen wir niemandem erzählen, die halten uns für übergeschnappt! Vor allem darf Ferdi nichts davon erfahren. Versprich mir, dass du es nicht weitererzählst!«

»Nein, Sophia, ich werde es sicher nicht breit treten, was wir für einen Mist erlebt haben. Vor allem bin ja eigentlich nur ich daran Schuld.«

»Quatsch! Jetzt fang nicht mit dieser Leier an. Wir sind beide so blöd gewesen. Aber aus Fehlern wird man klug.«

»Ich frage mich, warum ich dieses furchtbare Geräusch hören konnte, wenn alle Fenster und Türen geschlossen waren.«

»Woher kam denn das Geräusch?«

»Von unten, wahrscheinlich aus dem Keller. Als ich Lea holte, hörte ich ganz deutlich, dass es von unten kam.

»Geh noch einmal durchs Haus. Vielleicht hast Du ein Fenster im Keller vergessen.«

»Nein, ganz sicher nicht, aber ich werde alles nochmal durchsuchen und an jedem Fenster und jeder Tür nochmal beten.«

»Ich bin froh, dass Ferdi und die Kinder heute heim kommen. Du Arme! Willst du heute Nacht mit den Kindern lieber bei uns schlafen?«

»Nein, danke Sophia. Ich muss da durch, aber ich werde mit den Kindern zusammen oben bleiben. Außerdem fühle ich mich beschützt. Wenn es tatsächlich das Böse war, dann hat es gebrüllt, weil es keinen Zugang mehr zu meinem Haus hatte. Ich werde einfach wieder beten.«

»Ja, mach das. Aber ich lasse das Telefon neben meinem Bett liegen. Ruf mich an, wenn es brenzlig wird.«

»Danke.«

Suchend lief ich durch den Keller. Ich schaute hinter jedes Regal, ob ich eine Öffnung vergessen hatte. Nachdem ich aber im Keller wirklich nichts finden konnte, beschloss ich, den Rest des Hauses nochmal durchzugehen.

Endlich fand ich eine Erklärung für die nächtlichen Geräusche: Die Dunstabzugshaube in der Küche! Bei kräftigen Böen hörte man im Haus ein leises Klappern der Außenlamellen. Genauso wie das Klappern gestern, als das Brüllen anfing. Also betete ich innen an der Dunstabzugshaube und außen an der Öffnung. ›Das muss reichen‹, dachte ich mir.

Wahre Liebe

»Das Herz hat seine Vernunft, die der Verstand nicht kennt.«
- Blaise Pascal -

68

Die Pfingstferien begannen und ich hatte mir überlegt, dass ich mit Lea und Lisa nicht wegfahren, sondern jeden Tag etwas Schönes mit ihnen bei uns Zuhause unternehmen würde.

Als Erstes wurde der letzte Schultag gebührend gefeiert, indem wir uns ein besonders köstliches Mittagessen gönnten. Wir fuhren nach Starnberg, um bei Sembritzki Pasta zu essen. Sembritzki ist ein Geheimtipp, etwas versteckt gleich neben dem Tutzinger-Hof-Platz. Boris, der Eigentümer, hatte sich im Nu mit seinem kleinen Feinkostgeschäft und Bistro einen Namen gemacht. Er bot mittags zwar nur ein Gericht an, befriedigte damit aber auch jeden feinen Gaumen. Dazu gab es eine große Auswahl exquisiter Weine und eine Theke mit Käse und anderen Leckereien, die jedes Genießerherz höher schlagen ließen. Boris ließ sich auch von zwei Kindern nicht aus der Ruhe bringen. Geduldig und völlig relaxed ließ er sich erzählen, was Lea und Lisa in der Pastasoße haben und was sie nicht haben wollten. Am Ende bestellten sie doch die Pasta von der Tageskarte mit der mediterranen Soße und aßen ihren Teller leer.

»Mama, die Nudeln solltest Du mal nachkochen!«, rief Lisa begeistert, während sie sich damenhaft ihren Mund an der Serviette abtupfte.

»Mmmh«, bejahte Lea mit noch vollem Mund.

»Ok, dann versuche ich es nächstes Mal. Allerdings weiß ich nicht, ob ich das so gut hinbekomme!«

Lea und Lisa liebten es, wenn wir nach Starnberg fuhren, da sie sich meistens in der Bücherjolle ein Buch aussuchen durften. Vorher kauften wir uns als Nachspeise bei der Eisdiele GelatOK eine Kugel Eis, setzten uns am Kirchplatz auf die Steinstufen und genossen die Sonne. Lisa und Lea liefen anschließend noch ein wenig auf dem Kirchplatz herum, während ich mich in der Bücherjolle nach einem geeigneten Kinderbuch umsah. Es dauerte allerdings nicht lang, bis sie völlig außer Atem die Tür aufstießen und zu mir stürmten.

»Erster!«, rief Lea glücklich, während sie sich an mein Bein klammerte.

»Gar nicht!«, erwiderte Lisa genervt. »Ich war zuerst bei Mama. Ich habe mich nur nicht an ihr Bein geklammert!«

»Ihr streitet jetzt bitte nicht, sonst gehen wir gleich wieder.« Diese unnützen Streitereien machten mich wahnsinnig. Mir war klar, wie es gleich ausgehen würde, wenn ich nicht dazwischen ging.

»Ich will eh kein Buch, Mama. Ich mag lieber ein Kuschelpferd haben.« Lea war schnell abgelenkt und ging in Richtung Spielsachen, die in einem Büchergeschäft mit Kinderbüchern nicht fehlen durften.

»Das habe ich befürchtet!«

»Bitte, Mama«, flehte Lea mich an.

»Ok, dann dürft ihr euch ein Spielzeug und ein Buch aussuchen, weil ihr in der Schule so fleißig seid«, kapitulierte ich schnell. Heute wollte ich großzügig sein und gutgelaunte Kinder haben.

Jetzt strahlte auch Lisa und ließ sich von Leas Begeisterung anstecken. Eine freundliche Verkäuferin half liebevoll bei der Auswahl und bald hatten Lea ein kleines Pferdchen, Lisa ein Springseil und beide das richtige Buch gefunden. Ich hatte mir ein Buch von einer meiner Lieblingsautoren Nele Neuhaus geschnappt. Glücklich verließen wir die Bücherjolle.

»Mama, gehst du mit uns mal wieder ins Kino?«, fragte Lisa, die am Kino ein Plakat des Fünf Seen Filmfestivals mit Werbung für Kinderfilme entdeckt hatte.

»Ja, das ist eine tolle Idee, Lisa. Aber die Filme auf dem Plakat kommen erst in ein paar Wochen ins Kino. Ich schau mal, welcher Film in der nächsten Woche für Kinder gezeigt wird.« Lisa war einverstanden, da sie heute noch unbedingt mit ihren Freundinnen spielen wollte.

Kaum waren wir Zuhause, klingelten Verena und Karin, um Lisa und Lea abzuholen. Ich war nicht böse, etwas ausruhen zu können. Ich setzte mich in einen Liegestuhl und döste vor mich hin.

»Hey, du Faulenzer«, rief lachend meine Nachbarin Patrizia über den Zaun.

»Ja, stimmt«, antwortete ich grinsend. »Muss auch mal sein.«

»Hast recht. Ich weiß eh nicht, wie du das alles hinbekommst. Büro, Kinder und Haushalt. Das füllt Dich schon ordentlich aus, oder? Ich hätte zur Entspannung einen Spritz anzubieten.«

»Mmh, lecker. Da kann ich nicht nein sagen«, murmelte ich müde.

»Bleib liegen, ich komme rüber und bringe alles mit.« Es gefiel mir, dass Patrizia sich immer so resolut durchsetzen konnte. Sie war die Einzige, mit der ich mich nie anzulegen brauchte, weil ich wusste, dass ich sowieso verlieren würde.

Es war ein wunderschöner Ferienanfang. Die Kinder tobten bis zum Einbruch der Dunkelheit bei uns im Garten herum und deren Mütter und einige Nachbarn, die mittlerweile alle vorbei geschaut hatten, saßen mit uns zusammen.

»Mama, das war ein schöner Tag«, strahlte Lea mich nach dem Duschen an.

»Ja? Was hat dir denn am besten gefallen?«

»Also erstens, dass ich ein Pferdchen bekommen habe, zweitens, dass wir heute so lange aufbleiben durften und dann fand ich es schön, dass ich mich mit Karin und Simone so gut verstanden habe.«

»Das ist ja schon einiges, was dir heute gefallen hat.«

»Ja, und dass ich eine so liebe Mama habe«, rief sie fröhlich und umarmte mich stürmisch.

Ich beugte mich zu ihr hinunter und nahm sie in den Arm. »Ich bin auch froh, dass ich dich habe, mein Strolch.«

»Und ich?«, fragte Lisa und umarmte mich von hinten. Ich löste mich von Lea und nahm auch Lisa in den Arm.

»Natürlich bin ich sehr froh, dass ich auch dich habe, mein Spatz.«

»Mama, warum nennst du Lisa Spatz und mich nur Strolch?«, fragte Lea eifersüchtig. »Hast du Lisa mehr lieb als mich?«

»Nein. Du bist auch mein Spatz und Lisa ist auch mein Strolch. Je nachdem, was mir gerade einfällt. So und jetzt Schluss mit dieser Diskussion! Du weißt genau, dass ich euch beide gleich lieb habe und es daher gar nicht mag, wenn du meinst, ich hätte eine von euch lieber als die andere. Lea, du putzt jetzt bitte die Zähne und du Lisa, ab unter die Dusche!«

Diese Situation hatte etwas von der Fröhlichkeit im Bad geraubt und ich fragte mich zum tausendsten Mal, wann es endlich aufhören würde.

Wir kuschelten uns anschließend in mein Bett und schliefen zusammen ein.

Seit dem nächtlichen Erlebnis brachte ich es nicht über mein Herz, meine Kinder in ihren eigenen Betten schlafen zu lassen.

69

Am nächsten Morgen wachte ich auf, weil sich die ersten Sonnenstrahlen durch die Jalousie drängten.

Lea und Lisa lagen total entspannt da, ihre rötlich-goldenen Locken auf den weißen Kissen ausgebreitet und atmeten leise vor sich hin.

›Wie lieb ich sie beide habe‹, schoss es mir durch den Kopf. ›Die beiden sind so unglaublich liebenswerte und hübsche Mädchen.‹ Vor Dankbarkeit öffnete sich mein Herz ganz weit und ich fühlte so etwas wie Demut in mir, weil ich mit meinen Kindern so reich beschenkt war.

Lange lag ich unbeweglich da und hörte auf den regelmäßigen Atem meiner Kinder. Am liebsten hätte ich ihre rosigen Wangen geküsst, oder über ihre glänzenden Haare gestrichen, aber ich wollte sie natürlich nicht wecken. Sie sollten heute so lange schlafen, wie sie wollten.

Leas Lider zuckten, bevor sie ihre Augen langsam öffnete. Als sie mich erkannte, lächelte sie mich glücklich an, kuschelte sich an mich und gab dabei ein wohlig müdes Geräusch von sich. Bald war sie in meinem Arm nochmal eingeschlafen. Lisa entwickelte sich zu einem richtigen Langschläfer. Auch sie kuschelte sich an mich und schlummerte weiter.

Ich machte meine Augen zu und hoffte, es ihnen nachmachen zu können. Aber seltsamerweise hatte ich, sobald ich meine Augen schloss, die Szene mit Rudolf vor Augen. Gut, dass meine Kinder an dem furchtbaren Morgen nicht da waren. Undenkbar, wie viel Angst er ihnen eingejagt hätte. Hoffentlich hatte er sich mittlerweile beruhigt. Ein wirklich seltsamer Mensch und ich war richtig dankbar, ihm entkommen zu sein. Warum hatte ich nicht schon früher gemerkt, wie krank er ist? Ich verstand mich selbst nicht.

›Das nächste Mal sollte ich von Anfang an mehr auf Kleinigkeiten achten und auf meine innere Stimme hören‹, dachte ich mir. An die Voraussagen von Frau Müller wollte ich nicht mehr denken. Mit diesem Thema hatte ich abgeschlossen. Ich las noch nicht einmal mehr Horoskope. Ich schüttelte innerlich den Kopf über meine Dummheit. In Zukunft musste ich mehr Verantwortung für mich, aber auch für meine Kinder übernehmen. Außerdem durfte ich hier weder wahllos Psychopathen anschleppen, noch irgendwelche Menschen, die sich der Magie verschrieben hatten. Undenkbar, wenn meinen Kindern etwas zustoßen würde, nur weil ich so naiv und dumm war. Ich würde es mir nie verzeihen. Ich nahm mir vor, das nächste Mal jeden Mann mit den Augen einer Mutter, die ihre Kinder schützen will, anzusehen. Vielleicht klappt es dann. Aber jetzt wollte ich die Ferienwoche, in der ich meine Mädels hatte, nur mit ihnen verbringen und auch gedanklich ganz bei ihnen sein.

Lisa hob vorsichtig den Kopf und lächelte mich verträumt an. Ich erwiderte ihr Lächeln und gab ihr ein Bussi auf die Stirn. Dabei wachte auch Lea auf und wir streckten uns ausgiebig und kuschelten, bis die beiden frühstücken wollten.

Da es mittlerweile später Vormittag war, konnten wir unser Frühstück auf der sonnig warmen Terrasse genießen. Lea und Lisa halfen mit Feuereifer den Tisch zu decken und Obst zu schneiden. Im Nu waren wir fertig und mussten nur noch schnell Semmeln holen, während der Kaffee durchlief.

Zum ersten Mal aßen wir drei richtig lang und ausgiebig.

»Mit euch kann ich ja schon wie mit kleinen Erwachsenen frühstücken«, lobte ich sie.

»Was heißt das, Mama?«, fragte Lea kauend.

»Das heißt, dass ihr das Frühstück richtig genießen könnt. Ihr bleibt länger ruhig sitzen und könnt langsamer essen. Wir können uns unterhalten, ohne dass ihr euch streitet. Richtig erwachsen eben.«

Lisa lächelte mich dankbar an. Für sie war es ein richtig großes Kompliment, weil sie mit ihren mittlerweile neun Jahren schon gern zu den Erwachsenen gezählt werden wollte.

Allerdings war es vorbei mit frühstücken, als Verena durch die Hecke rief, ob Lisa Zeit zum Spielen hätte.

Wir räumten gemeinsam alles in die Küche, wobei auch Verena mithalf, damit Lisa schneller fertig wurde. Auch Lea verabschiedete sich, um bei Simone zu klingeln und so hatte ich Zeit, den Haushalt in Ordnung zu bringen.

Sie genossen es, nicht in den Hort zu müssen und einfach nur mit ihren Freundinnen spielen zu können. Ich war Bernhard wirklich dankbar, dass wir hier in dem Haus hatten bleiben dürfen. Es war so angenehm, dass die Kinder hier behütet aufwachsen und mit ihren Freundinnen spielen konnten, die sie seit ihrer Geburt kannten.

In dieser Woche unternahmen wir sehr viel. Wir waren auf dem Ponyhof, im Kino Breitwand in Starnberg, im Marionettentheater in Bad Tölz und ein Tag war für shoppen reserviert. Wir waren schon am frühen Morgen in München und liefen durch die Geschäfte, um ein paar notwendige Dinge einzukaufen. Als wir endlich alles gefunden hatten, durften sich Lea und Lisa noch etwas Schönes aussuchen. Beide entschieden sich für Perlenketten und einen hübschen Gürtel.

»So, und jetzt gehen wir noch eine Kleinigkeit essen.«

»Au ja, ich will eine Pizza essen«, rief Lisa begeistert.

»Ich will keine Pizza. Ich will Salat«, meinte Lea bockig.

»Okay, das bekommen wir hin. Wir gehen ins Hugos. Da bekommen wir beides und es ist auch noch äußerst lecker.«

Wir saßen an einem Tisch neben dem Brunnen. Dort roch es angenehm nach Kräutern, weil um den Brunnen herum alle möglichen Küchenkräuter gepflanzt waren. Der Küchenchef kam sogar einmal heraus und schnitt ein paar Kräuter ab. Als er Lea und Lisa sah, kam er zu ihnen an den Tisch und fragte sie, ob sie die einzelnen Kräuter kannten. Sie durften an Salbei, Thymian und Rosmarin schnuppern, aber sie schüttelten jedes Mal bedauernd ihren Kopf. Der Küchenchef lachte und sagte zu mir: »Que Belle!«, und berührte ganz leicht Lisas Lockenkopf. Das kannten meine Mädel seit Geburt an. Vor allem in Italien wollte jeder einmal rotblonde Locken in der Hand gehabt haben.

Wir genossen unser Mittagessen in der Sonne und holten uns anschließend eine Nachspeise bei Elly Seidl. Lisa und Lea fanden es aufregend, sich drei Pralinen aussuchen zu dürfen.

Im Auto herrschte gute Stimmung. Lisa sang vor sich hin, Lea stimmte dann irgendwann mit ein und ich wurde ständig an der Schulter angetippt, bis auch ich mitmachte. Wir sangen auch während wir an der Ampel standen und auf grünes Licht warteten. Die anderen Autofahrer schauten uns seltsam an, aber wir ließen uns nicht beirren.

Ich konnte mich nicht daran erinnern, jemals eine so schöne und entspannte Woche mit meinen Kindern erlebt zu haben. Am letzten Abend wünschten sich Lisa und Lea, dass wir zu dritt unser Abendessen vor dem Fernseher aßen. Sie wollten Cinderella sehen.

»Ausnahmsweise«, stimmte ich zu und hatte beide jubelnd am Hals hängen.

Wir richteten uns gemeinsam Schnittchen und Gemüse mit Dipp, breiteten ein Tischtuch auf dem kleinen Kindertisch aus und deckten den Tisch so schön wie möglich.

Am liebsten hätte ich Lisa und Lea auch in der zweiten Ferienwoche behalten, aber leider hieß es am nächsten Morgen Abschied nehmen.

»Mama, ich werde dich vermissen«, sagte Lea und legte ihre Arme ganz fest um meinen Hals.

»Ich möchte nicht, dass ihr mich vermisst. Wir sehen uns ja bald wieder und bis dahin werdet ihr tolle und aufregende Sachen mit Papa erleben. Also genießt es und seid nicht traurig, versprecht ihr mir das?«

»Und was machst du in dieser Woche? Bist du da ganz allein?«, fragte Lisa ängstlich.

»Ja, ich möchte mein Buch überarbeiten. Dazu brauche ich absolute Ruhe, das weißt du doch, mein Spatz.«

»Na gut, aber wir rufen dich mal an, okay?«, ließ Lisa nicht locker.

»Okay, wenn ihr wollt, dann freue ich mich natürlich darüber.«

»Ja, das wollen wir, gell Lisa?«, sagte Lea mit Babystimme. Ich wollte sie nicht zurechtweisen, obwohl ich diese Stimmlage gar nicht mochte. Ich nahm sie nochmals in den Arm und drückte sie ganz kräftig.

»Trägst du mich ins Auto, Mama?«, bettelte Lea.

»Natürlich.«

»Dann mich aber auch«, forderte Lisa.

»Ihr seid ganz schön schwer. Lange kann ich euch nicht mehr herumtragen«, stöhnte ich und beide lachten.

Zum Glück fuhr Bernhard bald los. Ich konnte meine Tränen kaum noch zurückhalten und ich wollte den Kindern eine lachende Mama präsentieren. Abschied nehmen gehörte bei getrennten Eltern nun mal dazu. Damit musste ich umgehen lernen, genauso wie meine Kinder und Bernhard auch.

70

Die Tage gingen langsam vorüber. Sehr langsam. Ich versuchte mich auf mein Manuskript zu konzentrieren, aber meine Gedanken schweiften überall hin ab, nur nicht zu meiner Geschichte. Ich wollte gerade Sophia anzurufen, als mein Telefon klingelte.

»Hallo Priscilla«, rief Jessi übertrieben gut gelaunt, wie es nun mal ihre Art war.

»Hallo Jessi. Schön, dass du dich meldest.« Ich freute mich tatsächlich über die Abwechslung, auch wenn Jessi mir manchmal ziemlich auf die Nerven ging.

»Ich wollte dich fragen, ob du heute spontan Zeit und Lust hast, mit uns zu Abend zu essen. Marcels Geschäftsfreund Stefan ist da und Marcel bat mich, dich auch einzuladen, weil es sich zu viert besser anfühlt als zu dritt. Was meinst du?«

Zumindest war sie ehrlich. »Ja, gern. Vielen Dank, dass ihr an mich gedacht habt. Wann soll ich denn da sein?«

»Um 19:00 Uhr. Dann haben wir noch etwas Zeit für den Aperitif.« Ich hörte leises Gemurmel im Hintergrund, dann verbesserte sich Jessi: »Ach Priscilla, Marcel meint gerade, dass wir dich besser abholen, damit du nachher nicht mehr fahren musst. Ich bin dann kurz vor sieben bei Dir.«

»Danke, das ist lieb von dir. Bis dann.«

»Ja, Tschüssi. Wir freuen uns auf dich.«

Ich war ganz aufgeregt. Jessi hatte mir schon des Öfteren von Stefan erzählt und ich hatte den Eindruck gewonnen, dass er ein besonderer Mann war. Zumindest konnte es kein Psychopath sein, sonst wäre er sicher kein Geschäftsfreund von Marcel. Dass ich ihn gerade jetzt kennen lerne, könnte ein Wink des Schicksals sein. Wieder ergriff mich eine tiefe Sehnsucht. So gern hätte ich einen Mann an meiner Seite. Ich würde liebend gern den Richtigen kennen lernen. Aber wirklich nur den Einen.

Ich holte mein kleines Schwarzes aus dem Schrank und verbrachte zwei Stunden im Bad, bis meine Haare so lagen und mein Gesicht so geschminkt war, wie ich es mir vorgestellt hatte. Mein Kleid und meine schwarzen High Heels machten mein Outfit perfekt. Ich hatte vor Aufregung schweißnasse Hände. ›Hoffentlich wird es ein schöner Abend‹, wünschte ich mir. ›Und vielleicht ein wenig mehr.‹

Jessi war aufgeregter als ich. Sie fiel mir förmlich um den Hals und redete wie ein Wasserfall. »Du wirst Deinen Augen nicht trauen, wenn Du ihn siehst. Ein Erste-Klasse-Mann! Ein richtiges Sahneschnittchen. Er hat Marcel erzählt, dass seine letzte Beziehung in die Brüche gegangen ist und er sich nach einer Frau sehnt. Da hat Marcel natürlich an dich gedacht. Lieb, gell? Er hat mich gleich gefragt, ob du auch noch solo bist und ob wir dich zum Abendessen einladen sollen. Na klar, habe ich gesagt. Niemand passt besser zu einem Klassemann als du. Du bringst alles mit, was sich ein Mann nur wünschen kann.«

»Na, na, nun übertreib mal nicht, Jessi«, unterbrach ich sie lachend.

Aber sie war voll in Fahrt und ich konnte nur schmunzelnd zuhören. Als wir vor ihrem Haus hielten, machte Stefan die Tür auf und kam die Treppe zu uns hinunter.

Mir blieb die Spucke weg. Mein Mund wurde trocken und die Zunge klebte so fest am Gaumen, dass ich kein Wort herausbrachte. Ein Mann, wie man ihn sich in den kühnsten Träumen vorstellt. Groß, welliges dunkles Haar mit ein paar Silberfäden durchzogen und weiße makellose

Zähne, die mit seinem weißen Hemd um die Wette glänzten. Sein Lächeln ließ meine Knie weich werden.

Jessi kam um das Auto herum und stellte uns einander vor.

»Sehr erfreut«, sagte Stefan mit einer angedeuteten Verbeugung und gab mir die Hand. Meine Hand brannte lichterloh und dieses Feuer verteilte sich in meinem ganzen Körper. Ich brachte nur ein kleines Lächeln zustande. Sein intensiver Blick hielt mich gefangen und ich vergaß die Welt um mich herum.

»Wollt ihr da draußen Wurzeln schlagen?«, fragte Marcel, der inzwischen etwas ungeduldig an der Tür stand.

Der Zauber brach und ich schwankte kurz, bevor ich mich wieder im Griff hatte. Es fühlte sich an, als wäre ich aus einem schönen Traum gerissen worden.

Ich war nicht mehr ich selbst, ich redete und lachte wie in Trance. Völlig hingerissen von diesem Mann. Er gab mir das Gefühl eine begehrenswerte wunderschöne Frau zu sein und er benahm sich wie ein wirklicher Gentleman. Er war äußerst aufmerksam und sah sofort, wenn ein Glas leer war und Marcel mit anderen Dingen, wie zum Beispiel seinem Essen, beschäftigt war. Er stand auf, wenn Jessi oder ich den Tisch verließen, und zog unseren Stuhl zurück. Er rückte mir wie selbstverständlich den Stuhl zurecht, wenn ich wieder kam.

Marcel und er lieferten sich zwischendurch ein Wortgefecht über die derzeitige Politik, bei dem mir Stefans Anmerkungen als überlegen, gebildet und intelligent auffielen. Ich konnte mich kaum auf das Gespräch konzentrieren und ich wollte mir an diesem Abend auch keine Meinung bilden, vielmehr lauschte ich seiner Stimme und seinen geschickten Manövern, mit denen er einem Streit mit Marcel humorvoll aus dem Weg ging.

Marcel hatte dem Wein zu eifrig zugesprochen und wurde unberechenbar. Ich kannte seine Art zu diskutieren von vielen früheren Abenden. Nicht selten endete es in einem Streit. Aber Stefan konnte damit sehr gut umgehen. Je mehr Marcel trank, desto weniger ließ er sich nachschenken.

Marcel gab dann endlich auf. Er stand auf und klopfte Stefan gutmütig auf die Schulter. »So, alter Knabe, lass uns eine Friedenszigarre rauchen und ein Glas von meinem besten Whiskey trinken. Das haben wir uns verdient.«

»Wir können den Damen zuerst beim Abwasch zur Hand gehen und uns dann gemeinsam einen letzten Drink gönnen.«

Ich konnte ihm anmerken, dass er sich lieber mit uns unterhalten hätte, aber auch Jessi bat ihn, sich Marcel anzuschließen. Damit war klar, er hatte keine andere Möglichkeit mehr als mitzugehen. Sein Blick den er mir schenkte sprach Bände, aber ich konnte ihn nicht retten.

In der Küche schloss Jessi gleich die Tür hinter mir und erzählte leise im verschwörerischem Ton: »Ist das nicht ein Schnuckel? Und er ist hin und weg von dir!« Jessi lachte. Trotzdem hatte ihr Lachen etwas Falsches.

»Er ist schon wirklich beachtlich. Dass du ihn mir jetzt erst vorstellst?«, merkte ich freundlich an.

»Es hat sich eben nicht früher ergeben«, sagte sie leichthin, dabei konnte ich ganz genau sehen, wie sie mich anflunkerte. ›Wenn Marcel heute nicht darauf bestanden hätte, hätte Jessi mich niemals angerufen‹, mutmaßte ich.

»Sehr lieb, dass ihr ihn mir heute vorstellt. Er hat tatsächlich Traummannqualitäten.«

»Ja, und das Beste ist, dass er solo ist«, flüsterte Jessi wieder und zwinkerte mir zu. »Er hatte Marcel gegenüber wohl angedeutet, dass er am liebsten jemanden hier in Raum München hätte, weil er diese Stadt so gern mag. Er sucht eine Frau, die ihn gern in die Oper, ins Theater oder auf Konzerte begleitet, mit ihm die feinsten Lokale besucht und sich gern beschenken lässt. Marcel hat erzählt, dass er seiner früheren Freundin immer Schmuck von Tiffany mitgebracht hat.«

Jessis Augen leuchteten und ich musste gestehen, dass auch ich nichts dagegen hätte, beschenkt zu werden. Meine Sehnsucht stieg ins Unermessliche. Er war der Mann, den ich schon immer gesucht hatte. Er war weltgewandt und wusste, was Frauen mögen. Oper, Theater, gutes Essen und dazu noch Geschenke. Heimlich lechzte ich diesem Mann entgegen. Endlich! Er war es, den ich wollte. Schnell packte ich das Geschirr in die Spülmaschine, damit wir wieder zu ihm gehen konnten. Jessi ließ mich allein arbeiten. Rasch hatte ich alles in der Geschirrspülmaschine verstaut und begann mit dem Schrubben der Kochtöpfe. »Er ist so perfekt, warum ist er noch nicht verheiratet? Ihn nimmt doch jede Frau mit Kusshand«, fragte ich neugierig.

»Seine langjährige Beziehung ging in die Brüche, weil sie wohl mehr wollte«, erzählte Jessi geheimnisvoll. Als sie sah, dass ich ihr gespannt am Mund hing und das Schrubben unterbrach, fuhr sie fort: »Er will sich im Moment nicht wirklich binden, hat er Marcel anvertraut. Weil er eben beruflich ständig in der ganzen Welt unterwegs ist, fände er es unfair, seine Frau die meiste Zeit sich selbst zu überlassen. Aber das ist doch genau das, was du suchst, oder?«, fragte Jessi mit unschuldiger Miene.

Nachdem ich nicht antwortete, sondern höchst konzentriert die Töpfe weiterschrubbte, erzählte sie flüsternd: »Stefans Freundin, entschuldige Exfreundin, hatte Marcel einmal nach ein paar Gläsern Wein erzählt, dass Stefan der feurigste Liebhaber ist, den sie je hatte.« Jessi zog vielsagend die Augenbrauen hoch. Ich konnte ihr ansehen, dass sie gern einmal selbst getestet hätte, ob dem so war.

»Der einzige Haken ist wohl der, dass es für ihn wichtig ist, dass alles unverbindlich bleibt«, schloss Jessi ihren Bericht.

Ich konnte Jessi nicht ansehen. Sie hätte mir meine Enttäuschung an den Augen abgelesen. ›Männer, die nur unverbindliche Beziehungen eingehen wollen, gibt es leider wie Sand am Meer‹, dachte ich. Allerdings war bislang niemand so verlockend wie Stefan. Schweigend trocknete ich den letzten Topf ab, während Jessi die Arbeitsplatte reinigte.

Ich dachte angestrengt nach, ob ich bei Stefan eine Ausnahme machen sollte. ›Vielleicht würde er es sich anders überlegen, wenn er mich erstmal besser kennt‹, überlegte ich still. Ich war hin- und hergerissen. So einen Mann konnte ich doch nicht einfach weiterziehen lassen, oder?

Obwohl die Küche mittlerweile glänzte, wischte ich noch hier und da, um den Zeitpunkt hinauszuzögern, Stefan wiederzusehen. Jetzt hatte ich es plötzlich nicht mehr eilig. Ich brauchte Zeit und einen klaren Kopf, um nachdenken zu können. Wie würde ich mich entscheiden, wenn Stefan sich mir nähern sollte? ›Vielleicht findet er mich ja auch einfach nur nett, aber nicht weiter interessant‹, redete ich mir ein. Vielleicht machte ich mir diese Gedanken auch völlig unnötig.

Tief in mir Drinnen wusste ich aber, dass dem nicht so war. Ich hatte seinen Blick förmlich aufgesogen, mit dem er mir signalisierte, dass er mich näher kennenlernen wollte. Er war unglaublich männlich, so überaus charmant und intelligent. Sein Humor war einfach umwerfend und er sah supertoll aus. Er hatte wirklich alles, was mein Traummann haben sollte, nur leider wollte er keine richtige Beziehung. Aber vielleicht konnte er es mit Geschenken ausgleichen. Einmal im Leben großzügig beschenkt zu werden, wäre auch eine Form von Liebe, oder nicht? Welche Frau wurde denn heute noch beschenkt? Am Anfang einer Beziehung vielleicht, aber irgendwann war alles zu viel und zu teuer. Warum sollte man auch eine Frau hofieren, die einem sicher war? Wenn Stefan mich also nie wirklich fest haben wollte und mich dafür aber mit den wertvollsten Dingen beschenken würde, dann wäre es eigentlich so, dass ich für ihn wertvoller war, als für andere Männer ihre Frauen, die sie geheiratet hatten. › Sex ist doch Liebe, oder?‹, sinnierte ich weiter.

»Lass uns zu den Männern gehen«, unterbrach Jessi meine Spinnereien. Sie sah mich fragend an, aber ich wollte mich ihr nicht mitteilen.

Ich hätte meinen Gedanken gern weiter nachgehangen, aber es gab keinen Grund mehr, in der Küche zu bleiben.

Stefan sah uns dankbar an, als wir uns zu ihnen gesellten. Er hatte sichtbar keine Lust mehr, sich mit Marcel über Politik zu unterhalten.

»Wir sollten die Damen nicht mit Politik langweilen, Marcel. Lass uns das Thema wechseln.«

Marcel stand widerwillig auf und bot uns einen Platz an. »Was wollt ihr denn trinken, meine Süßen?«

»Wenn Du uns so fragst? Champagner!«, lachte Jessi. Den Witz fand Marcel gar nicht lustig.

»Ich habe leider keinen kaltgestellt. Aber ich hätte noch eine Flasche Cremant Rosé, den trinkst du doch so gern, Priscilla, oder?« Seine Frage ließ ihn sein Gesicht wahren und ich beeilte mich »Ja, sehr gern. Vielen Dank«, zu sagen.

Stefan verschlang mich mit seinen Blicken.

»Womit beschäftigst du dich im Alltag?«, fragte er mich.

»Oh, du hast eine bereits namhafte Autorin vor dir«, warf Marcel ungefragt ein.

»Nun übertreibe mal nicht so«, wies ich ihn freundlich zurecht, war ihm für seinen Einwurf aber dankbar.

»Im eigentlichen Leben bin ich einfach nur Beamtin.«

»Und im uneigentlichen Leben?«, fragte Stefan interessiert.

»Ja, da versuche ich Bücher zu schreiben.«

»Welche Intention hast du, Bücher zu schreiben?«

»Ich möchte unterhalten, berühren, helfen, provozieren und verarbeiten.«

»Das heißt, du schreibst autobiographisch?«

»Zu einem gewissen Anteil schon. Natürlich. Ich denke, das macht ein Buch wirklich lebendig. Zumindest hoffe ich es. Ich denke, dass meine Leser sich mit einem Teil meiner Geschichte identifizieren können und Kraft oder Hilfestellungen daraus schöpfen. Gleichzeitig möchte ich aber auch provozieren und die Fantasie anregen.«

»Das bewundere ich«, sagte Stefan und ich hatte das Gefühl, dass er es wirklich ernst meinte. »Fantasie und Kreativität sind ein Gut, dem sich jeder Mensch gegenüber öffnen sollte.«

»Natürlich, leider ist es, von ein paar Ausnahmen abgesehen, aber eine brotlose Kunst. Jeder Künstler sollte auch ein Standbein im wahren Leben haben.«

»Sehr rational gedacht, meine Liebe«, warf Marcel ein. »Dafür, dass Du ein absolut emotionaler Mensch bist.« Er lächelte und ich fühlte mich angegriffen, weil er es in einem sehr süffisanten Ton gesagt hatte.

»Und du bist ein Geschäftsfreund von Marcel?«, versuchte ich von mir abzulenken, weil ich befürchtete, dass es Jessi gar nicht recht war, wie meine Person nun ins Rampenlicht rückte.

»Ja, wir kennen uns seit mehreren Jahren und arbeiten ab und zu an einem Projekt zusammen.« Er sah Marcel an, um ihn wieder ins Gespräch zu bringen.

»Immer wieder gern, immer wieder gern, mein Freund«, bestätigte Marcel.

Jessi verteilte noch ein paar Pralinen und ich nahm diese Gelegenheit gern wahr, um mich zu verabschieden.

Stefan bot sich sofort an, mich nach Hause zu bringen.

»Vielen Dank, aber den Umstand musst du dir wirklich nicht machen«, lehnte ich dankend ab und im gleichen Moment tat es mir leid, dass ich ihn abgewiesen hatte.

»Ich bestehe darauf«, erwiderte Stefan freundlich. Er stand einfach auf, verabschiedete sich von Marcel und Jessi und bedankte sich für den schönen Abend.

Wie selbstverständlich half er mir in meine Jacke und begleitete mich hinaus. Ich drückte Jessi und Marcel zum Abschied. Ich war ihnen sehr dankbar, weil sie mir diesen Wahnsinnsmann vorgestellt hatten.

Stefan zeigte einmal mehr, dass er ein absoluter Traummann war, indem er sich von mir nicht so einfach abwimmeln ließ, sondern seinen Willen durchsetzte. Ich mochte Männer, die ein Gespür dafür hatten, was eine Frau sich in diesem Moment wünschte, auch wenn der Anstand von ihr verlangte, nein zu sagen.

Marcel fuhr mich in seinem Jaguar E Type nach Hause. Wir waren sehr schweigsam, bis wir vor meinem Haus hielten.

»Darf ich dich noch hinein begleiten?«, fragte Stefan und ich dachte mir, dass er nicht wirklich schüchtern war.

»Ich glaube, wir sollten uns jetzt verabschieden«, erwiderte ich und sah ihm fest in die Augen.

»Priscilla, ich finde dich sehr interessant und würde Dich gern näher kennen lernen. Du bist so ganz anders als alle anderen Frauen.«

»Was ist an mir so speziell?«, fragte ich neugierig.

»Du wirkst sehr reif für dein Alter und du weißt was Du willst.«

»Bisher wusste ich nicht, was ich genau suchte und was ich wirklich wollte«, gab ich zu. »Aber was suchst du, Stefan?«

»Ich suche eine Frau, die mit mir die schönen Dinge des Lebens teilt. Die ich verwöhnen und beglücken darf und die mir nicht böse ist, dass ich immer wieder beruflich unterwegs bin. Manchmal ein paar Monate lang.« Er sah mich an und hoffte, dass ich dafür Verständnis zeigen würde.

»Ganz ehrlich Stefan, als ich dich sah, dachte ich, dass ich endlich meinem Traummann gegenüber stehe. Aber als ich hörte, dass du eine unverbindliche Beziehung suchst, war mir in meinem Herzen klar, dass du nicht mein Mann bist. Ich wollte es nicht wahr haben, weil du tatsächlich eine Sünde wert wärst, aber ich will nichts Unehrliches oder Unverbindliches mehr. Ich bin mir ganz sicher. Ich will lieben und wieder geliebt werden und das für immer. Das würde ich aber in einer unverbindlichen Beziehung nicht finden. Wenn du eine Frau suchst, die mit Dir nur die schönen Dinge im Leben teilt, dann fehlt Dir etwas Grundlegendes, das mit Geld nicht aufgewogen werden kann: Dir fehlt die Reibung. Sie ist wichtig, um voran zu kommen, um zu wachsen, um Erkenntnisse gewinnen und sich damit auseinandersetzen zu können.«

Woher ich diese Weisheiten immer so spontan hervorholte, war mir schleierhaft, aber ich fühlte, dass ich genau das ausgedrückt hatte, was ich empfand. Dem war nichts hinzuzufügen. Ich sah ihn traurig an. Stefan konnte meinem Blick nicht begegnen.

»Ich fürchte, wir beide müssen weiter suchen.«

Stefan erwiderte nichts. Er saß einfach nur still da.

Zum ersten Mal tat es richtig weh, einen Mann wegschicken zu müssen. Ich verabschiedete mich mit Tränen in den Augen und ging zu meinem Haus. Er wartete noch, bis ich im Haus verschwunden war und fuhr dann langsam vom Hof.

Ich schloss die Tür hinter mir, lehnte mich mit dem Rücken an die Tür, ging in die Knie und weinte. Ich hatte es geschafft! Ich hatte es geschafft, nicht weich zu werden, nur weil ein genialer Mann Interesse an mir hatte. Oberflächliches Interesse, denn sonst hätte er keine Frau für gewisse Stunden, sondern eine Frau fürs gemeinsame Leben gesucht.

Ich wusste jetzt, wofür ich kämpfen wollte: Für eine Beziehung mit gegenseitiger Liebe und gegenseitigem Respekt. Alles andere würde ich ab jetzt verneinen können. Es tat mir weh, wenn ich daran dachte, wie billig ich mich Männern an den Hals geworfen hatte. Stefan war die größte Gefahr gewesen, meinem Traum abtrünnig zu werden. Jetzt konnte nur noch der Richtige punkten. Ich hatte ein unglaubliches Glücksgefühl in mir. Jetzt war ich mir sicher, dass ich auf diesen Richtigen warten konnte. Ich rappelte mich auf und fühlte wieder die Kraft in mir.

Im Bett kamen mir dann doch wieder Zweifel, ob mich jemals jemand wirklich lieben konnte? So schön und so toll war ich nicht. Warum sollte ein Mann ausgerechnet mich lieben?

Ich zog die Bettdecke über den Kopf und weinte mich in den Schlaf. Es war eindeutig alles zu viel für mich.

Am nächsten Morgen sah die Welt schon wieder ganz anders aus.

Als erstes wollte ich mein komplettes Profil bei der Online-Partnervermittlung löschen. Als ich ein letztes Mal in mein Postfach schaute, sah ich, dass mir David - um Wochen verspätet - geantwortet hatte.

Liebe Priscilla,
Es freut mich sehr, dass Du fündig geworden bist.
Ich wünsche Dir alles Liebe und gutes Gelingen für Deine neue Beziehung.
Gruß David

Es tat weh, das zu lesen. Wenn er wüsste, wie wenig ich fündig geworden war. So ein Mist. Ich wollte David zumindest einmal gesehen haben, bevor ich mich aus diesem Portal verabschiedete. Jetzt war es auch schon egal. Also schrieb ich:

Lieber David,
Leider war ich zu vorschnell mit dem Verschenken meiner Gefühle. Ich hatte mich in dem Mann total getäuscht. Wenn Du magst, könnten wir uns auf einen Kaffee sehen.
Gruß Priscilla

Die Antwort kam am nächsten Tag:

Liebe Priscilla,
irgendwie fühlt sich das nach einem Fehlstart an. Sei mir nicht böse, aber ich habe kein Interesse mehr, Dich kennen zu lernen.
Du wirst sicher noch den Richtigen finden. Viel Glück, David

Als ich seine Antwort las, fiel ich aus allen Wolken. Wie konnte er es wagen? Fehlstart, nur weil ich von einem Mann gelinkt worden war? So leicht gab ich nicht auf. Sofort schrieb ich zurück:

Lieber David,
Auch wenn man nicht in der Poleposition steht, kann man das Rennen gewinnen. Ein Fehlstart ist nicht wirklich tragisch, wenn man weiter kämpft.
Aber ich verstehe Dich natürlich, wenn Du aufgeben möchtest.
Alles Gute für Deine Zukunft, Priscilla

Scheinbar hatte ich den richtigen Ton getroffen. Es dauerte keine Stunde, bis seine Antwort da war:

Liebe Priscilla,
Vielleicht sollten wir uns zumindest auf einen Kaffee treffen. Wann und wo?
Liebe Grüße, David

›Geht doch‹, dachte ich glücklich. Ich fühlte in mir eine unerklärliche innere Wärme aufsteigen und wieder dieses seltsame Gefühl der Verbundenheit, das ich schon gespürt hatte, als ich das erste Mal sein Bild sah. Diesmal versuchte ich es erst gar nicht zu unterdrücken. Ich freute mich einfach.

Wir vereinbarten einen Termin am kommenden Samstag am Starnberger See. ›Gut so‹, dachte ich mir. ›Da kennt mich wenigstens niemand.‹

Aus welchem Grund auch immer, fieberte ich diesem Treffen entgegen. Was sollte ich nur anziehen? Ich beschloss, einfach mal mit den Schuhen zu beginnen. Welche Schuhe sollte eine Frau beim ersten Date anhaben? Ganz klar High Heels. Aber sie sollten bequem sein. Ich wusste ja nicht, ob er am See spazieren gehen oder sich in einen Biergarten setzen wollte. Nach sieben unterschiedlichen Outfits entschied ich mich schließlich für das Erste: weiße siebenachtel Hose, eine weiße Bluse, dazu einen beigen Gürtel und beige Slingpumps. Unauffällig, aber edel. Ich konnte an nichts anderes mehr denken, bis ich endlich da stand und auf ihn wartete.

David kam zu spät. Ich überlegte schon, ob ich wieder gehen sollte, rief ihn aber dann doch noch an um zu fragen, wo er bleibt. So erfuhr ich, dass er unglücklicherweise im Stau stand und noch weitere zehn Minuten brauchen würde.

Ich nahm mir vor, auf keinen Fall mehr als 2 Stunden mit ihm zu verbringen. Wenn er mich bis dahin nicht überzeugt hatte - und heute würde ich doppelt und dreifach kritisch sein - dann wäre er sowieso nichts für mich.

Er kam mir entgegen und irgendetwas in meinem Inneren machte einen Freudensprung – obwohl ich wegen seiner Verspätung ärgerlich sein wollte.

›Er ist es‹, sagte meine innere Stimme. Ich reagierte genervt. ›So ein Schmarrn! Wie sollte ich nur vom Äußeren darauf schließen können, dass er derjenige welche ist«, murmelte ich in mich hinein.

»Hallo«, rief er mir zu, obwohl er noch ein paar Schritte von mir entfernt war.

»Hallo«, antwortete ich zurückhaltend. Er kam auf mich zu und gab mir die Hand.

Wir kauften uns ein Eis in der Waffel und liefen am See entlang, bis wir eine Stelle fanden, wo wir uns hinsetzen und unterhalten konnten. Meine Slingpumps hatte ich irgendwann ausgezogen und trug sie in der Hand spazieren.

Nach zwei Stunden taten uns unsere Hintern vom feuchten und harten Grasboden weh. Wir standen auf und gingen in ein nahegelegenes Lokal. Dort bestellten wir uns beide einen Eiskaffee und erzählten uns lustige, traurige und vergangene Dinge aus unserem Leben. David brachte mich in dieser Zeit so oft zum Lachen. Die Zeit mit ihm war so schön und warm. Als wir irgendwann auf die Uhr sahen, waren fünf Stunden vergangen, ohne dass wir es gemerkt hatten.

Wahnsinn, dachte ich mir. Jeder wird mich für absolut blöd halten, aber ohne in große Begeisterungsstürme auszubrechen, wusste ich, jetzt bin ich angekommen. David war vorsichtiger. Als wir uns verabschiedeten, sagte er: »Meine wichtigsten Entscheidungen treffe ich morgens unter der Dusche. Da spricht mein Bauchgefühl zu mir.« Er sah mich entschuldigend an. »Ich rufe Dich morgen früh an. Ist das für Dich okay?«

»Natürlich«, sagte ich, obwohl ich etwas anderes erhofft hatte.

Ich stieg in mein Auto und fuhr heim. David ging mir nicht mehr aus dem Kopf und ich war froh, als es endlich morgen war. Um zehn Uhr hatte er immer noch nicht angerufen. Ich gab ihm stillschweigend eine Frist bis elf Uhr. Danach würde ich nicht mehr ans Telefon gehen.

Endlich klingelte um halb elf mein Telefon. David war dran.

»Guten Morgen, Priscilla. Na? Gut geschlafen?«

»Super. Vielen Dank, und du?«

»Ja, auch gut. Ich habe ja eine Aufgabe mit nach Hause genommen.«

Ich schwieg.

»Bist du noch dran?«

»Ja. Welche Aufgabe?«

»Nun, wie es weiter geht mit uns.«

Ich lachte möglichst fröhlich, aber mein Herz rutschte mir dabei in die Hose. »Und? Zu welchem Ergebnis bist du gekommen?«

»Das würde ich dir gern persönlich sagen. Kann ich heute bei dir vorbeischauen?«

Ich überlegte. Eigentlich hatte ich mir geschworen, niemandem mehr mein Haus zu zeigen, den ich im Internet kennengelernt hatte. David war anders, entschied ich spontan und gab ihm meine Adresse.

»Ich wollte heute Nachmittag ohnehin mit dem Fahrrad die Isar entlangfahren. Allerdings komme ich im Radloutfit. Ich hoffe, das ist für dich in Ordnung?«

»Natürlich. Komm nur.«

Ich saß da und überlegte, was er mir denn persönlich sagen wollte.

›Dass ich es nicht bin, hätte er mir ja wohl auch am Telefon sagen können‹, dachte ich. ›Aber warum kommt er dann im Radloutfit, wenn er mich so toll findet?‹

Ich wurde nicht schlau aus seinem Verhalten. Es half nichts, ich musste warten. Sehnsüchtig stand ich am Fenster im oberen Stockwerk, von dem ich die Straße überblicken konnte.

Endlich radelte er um die Ecke. Ich beeilte mich und riss erwartungsvoll die Haustür auf.

»Hallo David.«

»Hallo Priscilla.« ›Zumindest begrüßte er mich mit Bussi Bussi.‹

»Komm rein. Was magst Du nach dem anstrengenden Radeln trinken?«

»Was du da hast. Hauptsache kalt.«

Ich sah in meinen Kühlschrank und bekam einen Schock.

»Es tut mir leid, ich habe nur noch ein einziges Bier im Kühlschrank. Ich war nicht auf Besuch eingerichtet.«

»Also dann teilen wir uns das Bier, oder?«, fragte er lachend.

›Zumindest verlässt ihn sein Humor nicht so schnell‹, dachte ich mir.

Wir setzten uns mit unserem Bier auf die Terrasse und unterhielten uns über belanglose Dinge, bis er endlich auf den Punkt kam:

»Priscilla, ich habe dir für heute eine Antwort versprochen, ob ich mir mit dir eine Beziehung vorstellen kann.« Fragend schaute er mich an.

»Ja? Und zu welchem Ergebnis bist du gekommen?« Ich hielt die Luft an. Für mich war klar, dass wir zusammen gehören.

»Ich bin noch nie einer Frau begegnet, die so warmherzig und gleichzeitig auch so taff ist wie du.«

›Oh je. Das war kein guter Anfang für eine Liebeserklärung‹, dachte ich und spürte, wie ich zu schwitzen begann. Er sah mir intensiv in die Augen und machte eine kleine Pause, als würde er sich die Antwort jetzt gerade erst überlegen. Ich fühlte einen Schweißtropfen langsam meinen Rücken hinab rinnen.

»Aber ich habe mir geschworen: Wenn ich mich noch einmal auf eine Frau einlasse, dann sollte es auch meine Traumfrau sein. Und du bist leider nicht meine Traumfrau.«

Das tat weh! Richtig weh!

Zuerst war ich so geschockt, dass ich ihn nur sprachlos anschauen konnte. Ich versuchte mich zusammenzureißen und nicht zu weinen. In meinem Inneren tobte ein Orkan der Gefühle, während ich mir die allergrößte Mühe gab, gefasst zu wirken.

›Wie kann ich ihm sagen, dass wir füreinander bestimmt sind?‹ Ich fühlte es doch so deutlich. Noch nie hatte ich solche Gefühle für einen Mann gehabt. Ich wollte es herausschreien, es ihm sagen, ihn anflehen seine Entscheidung zu überdenken.

Aber mein Mund blieb verschlossen. Ich lächelte verständnisvoll, während sich aus meinem Augenwinkel langsam eine Träne löste. Meine Lippen begannen verdächtig zu zittern und ich presse sie mit äußerster Anstrengung zusammen.

›Eine Träne war schon zu viel, aber noch mehr Tränen wären ein Desaster.‹

Mein Auge weinte, aber in meinem Herzen wusste ich: Das letzte Wort war noch nicht gesagt. David war der Mann meiner Träume und ich war die Frau seiner Träume. Er wusste es nur noch nicht …

DANKE

Die Idee zu diesem Buch hatte ich 2008. In dieser Zeit sind mir immer wieder Menschen begegnet, die mich unterstützt und mir Mut zugesprochen haben, die für mich recherchiert und gebetet haben. Diesen Menschen sage ich von ganzem Herzen Danke!

Lieber Michael, Dir danke ich von ganzem Herzen, dass Du nie aufgehört hast, mich zu unterstützen. Du hast mir geholfen, meine Buchidee in eine sinnvolle Struktur zu bringen. Ganz gleich, ob es darum ging, zu recherchieren, den Text zu überarbeiten oder das Manuskript hochzuladen ... Du warst immer an meiner Seite, hast mich ermutigt und mir den Rücken gestärkt. Ich liebe Dich!

Mein größter Dank geht an Gott, denn er hat mir die Fantasie und das Durchhaltevermögen geschenkt, aus der Idee ein Buch entstehen zu lassen.

nelli.novell@gmx.de
www.nelli-novell.de

Weitere Bücher von Nelli Novell

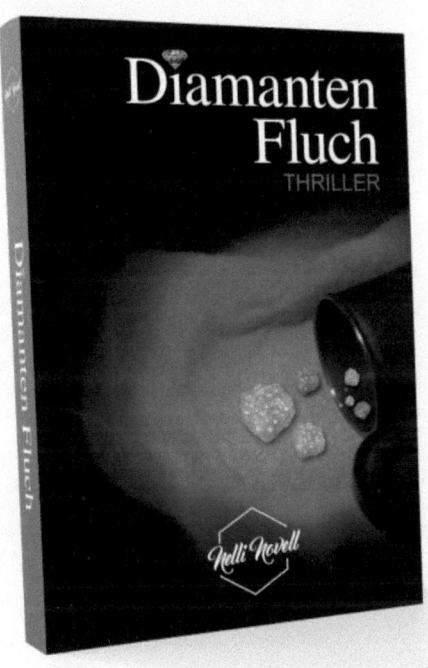

Moarito und Rando riskieren alles und schmuggeln unbemerkt einige Diamanten aus der Mine. Endlich sind sie am Ziel ihrer Träume angelangt! Doch dann braut der Fluch der Diamanten Schicksalswolken zusammen, die dunkler sind als ihre Haut …

LUST AUF SELFPUBLISHING?

Sie müssen es nicht alleine schaffen!

Sie träumen davon, mit Ihrem Werk nicht nur ihren Computer, sondern echte LeserInnen glücklich zu machen? Doch bisher war ein »*Nein, danke!*« das Einzige, was Verlage zu Ihrem Manuskript zu sagen hatten?

Sie denken darüber nach, ob Self Publishing für Sie in Frage kommt? Doch allein bei dem Gedanken daran, fühlen Sie sich überfordert, weil eine leise Stimme ihnen zuflüstert: »*Wie willst du das denn ganz alleine schaffen?*«
Insgeheim wissen Sie: *Es stimmt! Ich schaff das nicht allein!*

Gemeinsam machen wir Ihren Traum vom eigenen Buch möglich!

Egal, ob bei der Entwicklung von Vision und Marketingstrategie, bei der grafischen Umsetzung von Cover und Satzfahne oder aber beim Programmieren Ihrer persönlichen Autoren Webseite, stehe ich Ihnen kompetent, souverän und ganzheitlich zur Seite.

Wollen Sie also nicht länger nur von Ihrem Erfolg träumen, sondern ihn in Händen halten, dann lassen Sie es mich wissen und uns unverbindlich ins Gespräch kommen!

Ihr Daniel Freiwald

daniel@freiwald.de // www.freiwald.de